Melissa Foster

Freundschaft in Flammen

DIE BRADENS (WESTON, COLORADO)

DIE AUTORIN

Melissa Foster ist eine preisgekrönte *New-York-Times-* und *USA-Today*-Bestsellerautorin. Ihre Bücher werden vom *USA-Today-Bücherblog*, vom *Hagerstown Magazin*, von *The Patriot* und vielen anderen Printmedien empfohlen. Melissa hat mehrere Wandgemälde für das *Hospital for Sick Children*, eine Kinderklinik in Washington, D. C., gemalt.

Besuchen Sie Melissa auf ihrer Website oder chatten Sie mit ihr in den sozialen Netzwerken. Sie diskutiert gern mit Lesezirkeln und Bücherclubs über ihre Romane und freut sich über Einladungen. Melissas Bücher sind bei den meisten Online-Buchhändlern als Taschenbuch und E-Book erhältlich.

www.MelissaFoster.com

Melissa Foster

Freundschaft in Flammen

DIE BRADENS

LOVE IN BLOOM – HERZEN IM AUFBRUCH

Aus dem Amerikanischen von Rita Kloosterziel

Für Les

Vorwort

Freundschaft in Flammen ist der dritte Band über die Bradens in Weston, Colorado. Sie können ihn als Einzelroman genießen, noch mehr Lesevergnügen macht es allerdings, wenn Sie mit den beiden ersten Bänden *Im Herzen eins* und *Für die Liebe bestimmt* anfangen und auch die anderen Bücher der Serie *Love in Bloom – Herzen im Aufbruch* lesen. Eine vollständige Liste aller Bände finden Sie am Ende dieses Buches.

Um sich über Neuerscheinungen, Aktionen und exklusive Neuigkeiten auf dem Laufenden zu halten, können Sie meinen Newsletter abonnieren und meinem Fanclub auf Facebook beitreten, wo ich täglich mit meinen Lesern chatte.
www.MelissaFoster.com/Newsletter_German
www.facebook.com/groups/MelissaFosterFans

Die Bradens ist nur eine der vielen Serien aus der weitverzweigten Sammlung von Liebesromanen »Love in Bloom – Herzen im Aufbruch«. Jedes Buch kann für sich oder als Teil der jeweiligen Serie gelesen werden. Sie werden den Figuren aus jeder Geschichte immer wieder begegnen, sodass Sie keine Verlobung, Hochzeit oder Geburt verpassen. Eine vollständige Liste aller Serientitel sowie eine Vorschau auf kommende Veröffentlichungen finden Sie am Ende dieses Buches und unter:
www.MelissaFoster.com/Herzen-im-Aufbruch

Besuchen Sie auch Melissas Seite mit »Reader Goodies«! Dort gibt es Serienübersichten, Checklisten, Stammbäume und vieles mehr zum Download:
www.MelissaFoster.com/RG

Eins

Riley Banks hastete die 37. Straße hinunter. Es war die Woche nach Thanksgiving und in Manhattan herrschte bereits die fieberhafte Hektik der bevorstehenden Weihnachtsfeiertage. Atemlos verlangsamte sie ihren Schritt. *Morgen fasse ich mir ein Herz und fahre mit der U-Bahn. Vielleicht.* Sie schauderte in der frostigen Luft und zog ihren Mantel enger um sich. Hoffentlich fiel niemandem auf, dass sie sich nicht nur den Mantel, sondern auch das rote Catherine-Malandrino-Kleid und die Kalbfell-Pumps im Leopardenlook von Giuseppe Zanotte bei TheOutnet.com bestellt hatte, einem Onlineshop für herabgesetzte Designerklamotten. Es kam ihr vor, als würde sie mit falschen Karten spielen. An ihrem ersten Arbeitstag als Assistentin des weltberühmten Designers Josh Braden hatte sie Sachen an, die sie zum Schnäppchenpreis erstanden hatte. Bei dem Gedanken drehte sich ihr fast der Magen um. Allerdings hätte sie sich in Jeans und Cowboystiefeln, wie sie sie normalerweise zu Hause in Weston in Colorado trug, noch viel weniger wohlgefühlt. Sie hatte die vergangenen Wochen damit zugebracht, sich Designerkleider zu besorgen und sich ein paar sprachliche Eigenarten abzugewöhnen, die in Colorado gang und gäbe waren.

Schließlich stand sie vor der massiven Glastür, die zu den Räumen von JBD – Josh Braden Designs – führte. *Okay, los geht's.* Einen Moment lang schloss sie die Augen und sagte sich die Worte vor, die sie seit Wochen wie ein Mantra unablässig wiederholt hatte: *Ich bin gut ausgebildet, sachkundig und bereit, hart zu arbeiten. Ich schaffe das.*

Eine warme Hand legte sich auf ihren Rücken und riss sie aus ihren Gedanken.

»Hast du gut hergefunden?« Freundlich lächelnd stand Josh Braden neben ihr. Sein dichtes, dunkles Haar war perfekt geschnitten. Der schwarze Armani-Anzug saß wie angegossen und betonte seinen schlanken, muskulösen Körper. Vor ein paar Jahren hatte man ihn zu einem von Amerikas begehrtesten Junggesellen gekürt. Damals hatte sie dem Zeitschriftencover keine weitere Beachtung geschenkt. Er war in New York und sie war in Colorado, und die Entfernung war so groß, dass er für sie immer noch der Josh Braden aus Weston war, in den sie schon länger verknallt war, als sie denken konnte. Als sie nun in den Straßen von New York neben dem Mann stand, dessen Name in einem Atemzug mit Vera Wang genannt wurde, wurde ihr richtig schwindelig.

Beim Klang seiner tiefen Stimme durchfuhr sie ein Schauder. Als Josh vor ein paar Monaten seine Familie in Weston besucht hatte, hatte sie ihn zum ersten Mal seit Jahren wiedergesehen. Während seines Besuchs hatten sie die Gelegenheit gehabt, sich besser kennenzulernen, und Riley war sich nicht sicher, ob sie es sich nur einbildete oder ob da tatsächlich etwas zwischen ihnen aufkeimte. Jedenfalls hatte es sich mit jedem Tag ein wenig vertrauter und selbstverständlicher angefühlt, Zeit mit ihm zu verbringen. Und obwohl sie immer darauf achteten, Distanz zu halten, kam es ihr vor, als seien sie nur einen Hauch davon entfernt, sich in die Arme zu fallen.

»Äh ... ja ... nein.« *Lieber Gott, lass mich auf der Stelle im Erdboden versinken.*

Wenn Josh lächelte, breitete sich das Lächeln bis zu seinen Augen aus. »Nervös?«

Mit ihren eins dreiundsiebzig war sie ein gutes Stück kleiner als er. Sie fragte sich, wie es sich wohl anfühlen würde, wenn sie sich auf die Zehenspitzen stellte und ihn auf die vollen Lippen küsste. *Hör auf!* Bei der Art, wie er ihren Blick gefangen hielt, bekam sie eine Gänsehaut. *Höraufhöraufhörauf!* Sie erinnerte sich, wie er als Siebzehnjähriger ausgesehen hatte: ein großer, schlanker, muskulöser Bursche, dem das Testosteron nur so aus allen Poren strömte.

Sie hatte ihn schon damals angehimmelt, aber diese Träumereien eines Schulmädchens waren kein Vergleich zu dem Verlangen, das sie jetzt erfüllte. Sie wandte den Blick ab, atmete tief ein und versuchte, ihr heftig pochendes Herz unter Kontrolle zu bekommen. Sie hatte nicht vor, zu den Frauen zu gehören, die beim Anblick ihres Chefs in Ohnmacht fielen. Sie wollte sich hier eine berufliche Perspektive aufbauen, nicht ihren Ruf ruinieren.

»Ein bisschen«, antwortete sie aufrichtig.

Er hielt ihr die schwere Tür auf, und als sie nebeneinander durch die weitläufige Lobby gingen, legte er ihr wieder die Hand in den Rücken und brachte seinen Mund dicht an ihr Ohr. »Stell dir einfach vor, dass du zu Hause in Weston im Kaufhaus von Macy's bist«, sagte er leise. Dann setzte er mit normaler Stimme hinzu: »Hier ist der Empfang.« Er wies mit dem Kopf auf den eleganten Tresen aus Mahagoniholz und Granit.

Riley kam das Klappern ihrer Absätze auf den Marmorfliesen ungeheuer laut vor, als sie daran vorbeigingen.

»Guten Morgen, Chantal«, begrüßte Josh die Blondine hinter dem Tresen, die aussah, als käme sie geradewegs aus einem teuren Frisiersalon. Ihr Haar glänzte und der Lidschatten über ihren grünen Augen passte hervorragend zu ihrer smaragdgrünen Bluse.

Unwillkürlich fuhr Rileys Hand zu ihrem eigenen schulterlangen, braunen Haar und das bisschen Selbstbewusstsein, das sie sich mühsam zusammengekratzt hatte, schmolz dahin wie Eis in der Sonne. Wenn die Dame am Empfang schon aussah, als sei sie einer Modezeitschrift entsprungen, wie sahen dann erst die anderen Angestellten aus?

»Guten Morgen, Mr. Braden«, sagte Chantal mit geübtem Lächeln. »Guten Morgen, Riley.«

Woher weiß sie, wie ich heiße? Riley schob ihre Nervosität beiseite, so gut es ging, und rang sich ein freundliches Lächeln ab. »Guten Morgen … Chantal.« Sie straffte die Schultern, in dem verzweifelten Bemühen, ein wenig von ihrem Selbstvertrauen wiederzugewinnen. *Sie weiß, wie ich heiße!*

»Chantal ist eine der Assistentinnen im Atelier und springt gelegentlich für unsere Rezeptionistin ein. Du wirst sie nachher oben wiedersehen«, erklärte Josh.

Riley kam sich vor wie in einem Traum, als sie Seite an Seite mit Josh durch die elegant eingerichteten Räume ging. Jahrelang hatte sie sich ausgemalt, wie es wohl wäre, in New York zu arbeiten – und dann auch noch in einem Modeatelier. Nachdem sie ihre Ausbildung zur Modedesignerin mit Bestnoten abgeschlossen hatte, hatte sie sich auf die Suche nach einer Stelle als Designerin gemacht. Monatelang hatte sie Bewerbungen geschrieben und so viele Absagen bekommen, dass sie damit ihre Wände hätte tapezieren können, bis sie schließlich aufgab und sich damit abfand, dass sie ihr Leben in Weston, Colorado, fristen würde. Tagsüber arbeitete sie bei Macy's im Kaufhaus und abends entwarf und schneiderte sie Kleider, die niemand je zu Gesicht bekommen würde. Um eine Stelle in der Modebranche zu bekommen, brauchte man offenbar eher Beziehungen als Talent. Den Traum von einer Karriere als Modedesignerin hatte sie längst begraben, als ihre Freundin Jade mit Rex anbandelte, einem älteren Bruder von Josh. Bei ihrem ersten Date hatte sie eines von Rileys Kleidern getragen. Eine Empfehlung von Rex hatte gereicht und Josh hatte sich mit großem Interesse ihre Mappe mit Entwürfen angesehen. Ein paar Tage später war Riley zum Mittagessen auf der Ranch seines Vaters, und ehe sie sich's versah, hatte sie ein Angebot für eine Stelle in New York in der Tasche. Ob Josh ebenso oft wie sie an die Zeit dachte, die sie zusammen verbracht hatten?

Sie gelangten zu einem großen Saal und Riley schnappte nach Luft. An den Wänden reihte sich ein Kleiderständer an den anderen, allesamt vollgehängt mit Designermode. Auf langen Zeichentischen lagen Stoffproben wild durcheinander und eine ganze Wand war gespickt mit Entwurfsskizzen. Mehrere Männer und Frauen befühlten die Stoffstücke und unterhielten sich dabei leise. Eine Frau in Jeans mit pechschwarzem, kurzem Haar schob einen Rollcontainer voller Kleider durch den Raum. Ein Mann mit einem Notizbuch in der Hand hastete an ihr vorbei, während er in ein Headset sprach.

Ohne nachzudenken, packte Riley Josh am Arm – als sei sie zu Hause in Weston bei einem spannenden Reitturnier und neben ihr stünde nicht Josh, sondern ihre Freundin Jade. »Du meine Güte! Das ist umwerfend!«, rief sie.

Er lachte und mehrere Leute sahen erstaunt zu ihnen hinüber.

Riley wand sich innerlich vor Verlegenheit. Wahrscheinlich sah sie aus wie ein aufgeregtes kleines Mädchen, das zum ersten Mal den Weihnachtsmann sieht.

»Tut mir leid«, stotterte sie und versuchte verzweifelt, Joshs zerdrückten Ärmel glattzustreichen. »Es ist nur … Es tut mir leid.« *Lieber Himmel, wie idiotisch ist das denn!*

»Genau die Reaktion, die ich mir erhofft hatte«, sagte er.

Sie seufzte erleichtert. In diesem Moment trat eine große Frau mit kastanienbraunem Haar auf sie zu. Mit ihren grünen Augen sah sie Riley unverwandt an, dann schweifte ihr Blick über ihren Mantel und das Kleid, das darunter hervorblitzte, über ihre wohlgerundete Figur bis hinunter zu ihren Hochhackigen.

»Und Sie sind wohl Riley Banks?« Sie streckte Riley einen bleistiftdünnen Arm entgegen. »Claudia Raven. Ich bin die leitende Assistentin.«

Claudias gezwungenes Lächeln und drohender Blick erinnerten Riley an Cruella De Vil. Die Art, wie sie sich an Josh drückte, ließ keinen Zweifel aufkommen. Riley war sich nicht sicher, aber sie hatte das Gefühl, dass er zusammenzuckte, doch er wandte den Blick nicht von ihr, sein Lächeln verblasste nicht eine Sekunde und sie erkannte, dass sie wahrscheinlich ihre eigenen körperlichen Reaktionen auf ihn projiziert hatte. Eine Stimme in Rileys Kopf rief: *Lauf! Lauf, so schnell du kannst!* Sie wollte vor der schrecklichen Frau flüchten, die sie nach dem Blick ihrer boshaften Augen zu schließen bereits bis aufs Blut hasste. Die Frau, die wortlos Anspruch auf Josh erhob. Riley setzte sich ein Lächeln auf, ergriff ihre Hand und schüttelte sie fest.

»Es ist mir eine Ehre, mit Ihnen zu arbeiten«, sagte sie und schob alle Gedanken an Josh beiseite. Sie brauchte einen Job, keine komplizierte Liebesbeziehung.

Josh musste sich zusammenreißen, um nicht wegzuzucken, als sich Claudia an ihn lehnte. Sie zeigte offen, dass sie gedachte, sich ganz nach oben zu schlafen. Anfangs hatte er ihre Annäherungsversuche amüsant gefunden, doch inzwischen widerten sie ihn an. Aber sie war unbestreitbar tüchtig. Seit fünf Jahren arbeitete sie für JBD, die letzten beiden als leitende Assistentin. Allerdings hatte sie sich diese Position nicht »erschlafen«. Josh hatte seine Prinzipien, auch wenn es von außen so scheinen mochte, als sei Claudia die passende Art Frau für ihn. Er konnte nicht leugnen, dass sie attraktiv und intelligent war und sich in der Welt der Mode bestens auskannte. Josh hatte jedoch auch die andere Seite von Claudia kennengelernt – die berechnende, ehrgeizige Claudia, die um jeden Preis vorankommen wollte. Nichts davon passte zu dem, was sich Josh von einer Partnerin wünschte. Sie war die Nichte eines seiner ältesten Geldgeber und so fühlte sich Josh gezwungen, sie weiter zu beschäftigen.

Er fand Rileys professionell wirkende Zurückhaltung beeindruckend. Vermutlich merkte er als Einziger, dass ihr Lächeln nicht echt war. Die anderen konnten nicht wissen, dass die zusammengepressten Mundwinkel meilenweit von dem lässigen, natürlichen Lächeln entfernt waren, das Rileys Miene normalerweise aufleuchten ließ. Und sie sahen wohl kaum das leise Unbehagen in ihren braunen Augen. Josh dagegen entging es nicht und er wünschte, er könnte dafür sorgen, dass es verschwand.

Irgendwie schien seine Hand auf ihrem Rücken wie festgewachsen zu sein. Ihre Rundungen zu spüren war erfrischend. Die Frauen, mit denen er bisher zusammen gewesen war, waren meist spindeldürr. Mit ihnen in ein Restaurant zu gehen war, als würde man einem Skelett dabei zusehen, wie es an einem Salatblatt knabberte. Dabei umspielte ein gekünsteltes Lächeln ihre aufgespritzten Lippen, während die Dollarzeichen in ihren Augen blinkten. Allerdings waren es für gewöhnlich Dates gewesen, die Geschäftsfreunde für ihn arrangiert hatten, weil sie der Meinung waren, dass er eine Frau brauchte, die seinem sozialen Status entsprach. Seit ein, zwei Jahren kamen ihm diese Begegnungen schal und mühsam vor und mittlerweile versuchte er eher, sie zu umgehen, doch darüber würde er ein andermal nachdenken.

»Ich kann jetzt übernehmen«, sagte Claudia und schob sich zwischen sie.

Widerstrebend nahm er seine Hand weg und sah Riley noch einmal in die Augen. Wie immer dachte er daran, wie er sich schon als Teenager zu ihr hingezogen gefühlt hatte. Ihre Augen waren wie ein Spiegel ihrer Gefühle. Selbst damals hatte er schon sehen können, ob sie glücklich oder traurig, wütend oder gelangweilt war. Am liebsten hätte er den Arm um sie gelegt und ihr die Sorge genommen, die nun in ihrem Blick lag. Hinter der Sorge sah er jedoch auch die wachsende Erregung und wusste, dass sie sich schon durchschlagen würde. Jedenfalls hoffte er es.

»Riley, ich bin froh, dass du hier bist.« Josh ignorierte das wütende Blitzen in Claudias Augen und die eisige Kälte, die sie zu verströmen schien. »Wenn du etwas brauchst, wende dich an

Claudia. Sie wird sich gut um dich kümmern. Nicht wahr, Claudia?« Es bereitete ihm ein diebisches Vergnügen, Claudia aus ihrer Boshaftigkeit zu rütteln.

»Danke, Josh. Ich weiß das alles sehr zu schätzen. Ich werde dich nicht enttäuschen«, sagte Riley.

»Sollen wir?« Claudia packte sie am Arm und zog sie mit sich.

Auf dem Weg zu seinem Büro dachte Josh über Riley nach. Ihre Entwürfe waren verdammt gut – frisch und elegant und ganz anders als die typische New Yorker Mode. Am liebsten hätte er sie gleich als Designerin eingestellt, doch wahrscheinlich war es besser, wenn sie das Geschäft von der Pike auf lernte. Claudias Entwürfe ließen einiges zu wünschen übrig, ebenso wie ihr Umgang mit Menschen. Als leitende Assistentin war sie jedoch unschlagbar. Sie war gewissenhaft, tüchtig und loyal. Ihr entging kein Termin und sie hielt die Mitarbeiter in der Spur, auch wenn sie dabei nicht gerade freundlich vorging. Hoffentlich konnte sie ihre Krallen lange genug einfahren, um Riley alles beizubringen, was sie wissen musste.

Wenn nicht, dachte er, *muss ich es selbst machen.*

Zwei

»Das ist das Designstudio«, sagte Claudia und zeigte im Vorübergehen auf die Tische, an denen Leute arbeiteten. »Alles, was mit Entwürfen und Planung zu tun hat, findet hier statt. Aber es wird wohl noch eine Weile dauern, bis du an einem dieser Tische sitzt.«

»Ja, natürlich«, sagte Riley. Ihr fiel auf, dass die Angestellten angestrengt den Kopf gesenkt hielten. Am liebsten hätte sie jeden Einzelnen mit »Hallo, ich bin Riley Banks. Ich kann es kaum erwarten, mit dir zu arbeiten!« begrüßt, doch es schien nicht ratsam, Cruella zu reizen. Überhaupt fragte sich Riley, wie jemand, der so kühl und unnahbar wirkte wie Claudia, für einen warmherzigen Menschen wie Josh arbeiten konnte. *Oder hat Josh vielleicht noch eine ganz andere Seite?* Riley nahm sich vor, genau zu beobachten, wie die Mitarbeiter auf ihren Chef reagierten. Vielleicht war sein Charme nur eine Maske, hinter der er sein wahres Gesicht verbarg. Eigentlich glaubte sie nicht, dass sich der Josh, mit dem sie in Weston so oft zusammen gewesen war, als Blender erweisen würde, aber sie machte sich nichts vor. *Alles ist möglich.*

»In der Modebranche darf man nicht allzu empfindlich sein. Dann und wann bekommt man ein aufmunterndes

Schulterklopfen, aber ablehnendes Kopfschütteln ist eher an der Tagesordnung. Dann muss man eben noch einmal von vorn anfangen.« Claudia führte Riley zu einer Nische am Rand des weitläufigen Ateliers. »Und hier wirst du arbeiten.«

Rileys Lächeln erstarrte. Sie versuchte, sich nichts anmerken zu lassen, doch es gelang ihr nicht ganz. Der schäbige Metalltisch, der die winzige Nische ausfüllte, hätte eher in ein Lagerhaus als in ein Modeatelier gepasst. Angewidert betrachtete sie den abgewetzten Schreibtischstuhl und den Computer. *Egal. Du bist hier, das ist das Wichtigste.* Offenbar wollte Claudia ihr unmissverständlich klar machen, wer im Atelier das Sagen hatte. Sie würde sich nicht demütigen lassen, weder von Claudia noch von sonst jemandem. Sie wollte sich hier eine berufliche Zukunft aufbauen, und Josh musste wohl an ihr Talent als Designerin glauben, sonst hätte er sie nicht eingestellt. Lächelnd begegnete sie Claudias kaltem Blick.

»Perfekt. So kann ich in Ruhe arbeiten.« Riley legte ihre Tasche in die Schreibtischschublade. »Womit soll ich anfangen?«

Es war sieben Uhr und Riley taten die Füße weh. Sie war es nicht gewohnt, den ganzen Tag in Hochhackigen herumzulaufen. In ihrer Heimatstadt Weston hatte sie bei ihrer Arbeit als Verkäuferin immer schicke Cowboystiefel getragen. Doch im Kaufhaus bei Macy's war sowieso alles ganz anders gewesen als hier im Designstudio. Die Leute hatten sie begrüßt und ihr das Gefühl gegeben, wichtig zu sein. Sie hatte Zeit gehabt, sich mit Kunden, anderen Angestellten und sogar mit ihren Freundinnen zu unterhalten, wenn sie ihre Einkäufe erledigten. Sie hatte gelacht und manchmal fast geweint, wenn es einem Freund oder einer Freundin nicht gut ging. Selbst bei der Arbeit hatte sie ihre Gefühle nicht unterdrückt. Bei JBD arbeiteten die Leute jedoch, als stünden sie unter Strom, und da Claudia sie kaum einen Moment aus den Augen ließ, wagte Riley nicht, mehr als ein paar freundliche Worte mit den anderen Angestellten zu wechseln. Sie war darauf angewiesen, dass Claudia sie mochte oder zumindest duldete.

»Na, immer noch hier?« Claudia steckte den Kopf in die Nische. Am Arm hatte sie eine Handtasche von Valentino.

»Ich gehe noch die Dokumentation der Kollektionen und die Datenblätter durch und stelle mir eine Liste zusammen, damit ich nichts vergesse.« *Und vielleicht laufe ich Josh über den Weg.* »Danke, dass du mir heute alles gezeigt hast. Ich muss noch so viel lernen.«

Claudia reckte das Kinn hoch. »Wollen sehen, ob du auf Dauer mithalten kannst«, sagte sie, drehte sich auf dem Fuße um und ging davon.

»Und ob ich mithalten kann«, flüsterte Riley wütend. Sie wartete, bis das Klack-klack von Claudias Absätzen verklungen war, bevor sie sich aus ihrer Nische wagte. Sie hatte gar nicht mitbekommen, dass sich das Designstudio allmählich geleert hatte. Vorsichtig setzte sie einen Fuß vor den anderen, als wäre sie ein Dieb in der Nacht. Schließlich stand sie an einem langen Tisch, auf dem sich bunte Seiden türmten. Ein Lächeln stahl sich auf ihre Lippen, als sie die Hände in den schimmernden Stoffen vergrub. Sie konnte nicht anders: Sie musste sie durch die Finger gleiten lassen, daran schnuppern und den Duft von Farben und Chemikalien einsaugen. Viele Leute fanden den Geruch beißend, doch für Riley beflügelte er ihre Fantasie.

»Wenn man dich so sieht, könnte man meinen, dass du ein

echtes Problem hast«, lachte Josh.

Riley riss die Augen auf und trat einen Schritt von dem Tisch zurück. »Tut mir leid. Ich weiß, dass ich eigentlich nichts anfassen soll. Ich konnte einfach nicht anders.« Sie spürte, wie ihr das Blut in die Wangen stieg. Josh trug sein Jackett über dem Arm. Sein Hemd war immer noch so makellos glatt wie am Morgen. *Er sieht schneidig aus*, fuhr es Riley durch den Kopf. *Höraufhöraufhörauf!*

Er lachte. »Riley, das ist okay. Wie war dein erster Tag? Lässt Claudia dich Überstunden machen?«

»Gut. Toll. Spannend.« Ich höre mich an wie ein plappernder Idiot. »Hat mir wirklich Spaß gemacht.« Dass sie auch deshalb länger geblieben war, weil sie gehofft hatte, ihn zu sehen, würde sie ihm nicht sagen. »Ich wollte nur sichergehen, dass ich alles im Griff habe, bevor ich für heute Schluss mache.«

»Waren alle nett zu dir?« Er lehnte sich an die Tischkante und verschränkte die Arme. Seine ganze Aufmerksamkeit galt ihr.

Riley presste die Lippen zusammen. Wie sollte sie seine Frage beantworten? *Claudia hasst mich. Ich habe mit niemandem geredet. Ich kann diese winzige Nische nicht leiden. Ich muss mit Leuten zusammen sein.*

»Ja. Prima. Claudia hat mir genau gezeigt, was ich zu tun habe, und ich finde alles wahnsinnig spannend.« Trotz ihres bedrückenden Arbeitsplatzes und Claudias seltsamen Bedürfnisses, ihr ihre Überlegenheit zu zeigen, fand Riley es atemberaubend, in einem echten Designstudio zu arbeiten. Und Claudia hatte ihr tatsächlich viel gezeigt, also log sie streng genommen nicht.

»Gut«, sagte er lächelnd.

Er sah sie einen Wimpernschlag zu lange an, und Riley

senkte den Blick, um nicht wieder zu erröten. *Lies nicht zu viel in sein Verhalten. Er ist nur höflich. Er hat eben gute Manieren, das ist alles. – Und warum schlägt mir dann das Herz bis zum Hals?*

Josh sah auf die Uhr. »Ich muss jetzt los zu einem Meeting, aber Mia ist noch hier. Sie kann abschließen, wenn du fertig bist.«

Sie wusste nicht, was sie von Josh wollte, doch sie war erleichtert, dass die Spannung, die zwischen ihnen knisterte, nun von einer ganz normalen Unterhaltung überdeckt wurde. »Mia?«

»Hast du sie noch nicht kennengelernt?« Josh stieß sich vom Tisch ab und stand plötzlich so dicht neben ihr, dass sie die Zahnpasta in seinem Atem riechen konnte.

Du hast dir die Zähne geputzt? Für ein Meeting? Was für eine Art von Meeting ist das wohl? Sie schob beiseite, was sich verdächtig nach Eifersucht anfühlte, und konzentrierte sich auf seine Frage. »Nein, Mia bin ich noch nicht begegnet. Ehrlich gesagt, habe ich noch nicht allzu viele Leute kennengelernt, aber es ist ja erst mein erster Tag. Claudia wird mich den anderen schon irgendwann vorstellen, wenn sie Zeit hat.«

Josh reichte ihr den Arm. »Komm mit.«

Sie hakte sich bei ihm ein und spürte, wie ihr ein wohliger Schauder über den Rücken lief. Sie musste sich mühsam daran erinnern, dass sie in einem professionellen Modeatelier in New York war und dass es ihr Chef war, mit dem sie den Flur hinunterging.

»Entschuldige«, sagte er am Ende des Flures und zog behutsam seinen Arm hervor. Er schob eine doppelflügelige Tür auf und plötzlich stand Riley vor dem größten begehbaren Kleiderschrank, den sie je gesehen hatte. Mit offenem Mund ließ sie den Blick über deckenhohe Regale gleiten. Sie waren angefüllt mit Schuhen – Pumps, Stiefel, Ballerinas, Sandaletten so weit das Auge reichte. Ein Kleiderständer reihte sich an den anderen, und an Haken und Bügeln hingen alle erdenklichen Accessoires.

Riley folgte Josh in den Raum und sah sich mit großen Augen um.

»Wir nennen diesen Raum unseren Kleiderschrank. Mia ist meine Assistentin und sie verbringt eine Menge Zeit hier«, sagte Josh.

»Wow, ich wünschte, ich hätte einen solchen Kleiderschrank«, sagte Riley.

Josh sah sie an. »Unser Kleiderschrank ist dein Kleiderschrank«, sagte er mit einem warmen Lächeln und Riley spürte wieder diesen wohligen Schauder.

»Hallo, Chef.« Eine zierliche, dunkelhaarige Frau tauchte neben Josh auf. Sie bewegte sich auf ihren schwindelerregenden Absätzen, als hätte sie Turnschuhe an.

Riley blickte auf ihre eigenen Schuhe hinunter. Wie schaffte sie das bloß?

»Viel zu tun heute. Brauchst du ein Outfit?« Die Frau streckte Riley lächelnd die Hand entgegen. »Ich bin Mia«, stellte sie sich vor.

Erleichtert erwiderte Riley das Lächeln. Sie war froh, endlich einer freundlichen Seele zu begegnen. »Ich bin Riley. Du hast wirklich einen tollen Arbeitsplatz.«

»Ja, finde ich auch.« Mit einer weitschweifenden Armbewegung wies Mia auf die vielen Kleider. »Ich kleide alle ein.« Sie musterte Riley von oben bis unten.

»Oh, davon passt mir sicher nichts. Ich bin nicht hier, um mich einkleiden zu lassen.« Riley spürte, wie sie rot wurde. Was ihre Figur anging, so machte sie sich keine Illusionen. In Weston hatte sie selbstbewusst zu ihren Rundungen gestanden, aber New York City war etwas ganz anderes. Sie war zwar erst seit ein paar Tagen in der Stadt, doch nach allem, was sie bisher mitbekommen hatte, konnte man Touristen und Einheimische ganz einfach voneinander unterscheiden. Die New Yorker erkannte man an ihrer Kleidung, an ihren Schuhen und daran, dass sie kaum etwas zum Essen einzukaufen schienen. Vermutlich lebten die Leute hier nur von Luft und Liebe, um nur ja kein Gramm zuzunehmen.

»Natürlich! Riley, unsere neue Assistentin. Tut mir leid, ich habe nicht geschaltet. Willkommen bei JBD.« Mia strich sich das glatte schwarze Haar aus dem Gesicht und sah Riley stirnrunzelnd an. »Und? Hast du Claudia überlebt?«

Riley warf Josh einen raschen Blick zu.

Er zuckte nur mit den Schultern. Offenbar wusste er, dass Claudia nicht gerade einfach war.

»Ja. Sie ist …« Riley zögerte. Sie wollte sich nicht zu abschätzig über Claudia äußern, auch wenn sie das Gefühl hatte, dass sie mit Mia auf einer Wellenlänge lag. Von den Schuhen einmal abgesehen, hatte sie genau die Sachen an, in denen sich Riley am wohlsten fühlte: eng anliegende Jeans, einen schicken Gürtel und eine tief ausgeschnittene Bluse. In Weston trug sie eng anliegende Jeans voller Stolz, trotz ihrer Rundungen. Nun überlegte sie, ob sie in Zukunft nicht besser die Finger davon lassen sollte, zumindest, so lange sie in New York war. »Sie ist absolut professionell. Ich denke, ich kann eine Menge von ihr lernen.«

»Schätzchen, mir musst du nichts vormachen«, sagte Mia mit einer wegwerfenden Handbewegung.

»Na, Mia«, sagte Josh warnend, doch seine Augen blitzten

belustigt.

Mia verschränkte die Arme und sah Josh herausfordernd an. »Sie ist hinterhältig und sie ist verdammt ehrgeizig. Du kennst sie doch. Je eher Riley Bescheid weiß, desto besser.«

Josh schüttelte lächelnd den Kopf. »Riley arbeitet heute Abend länger. Kannst du abschließen, wenn sie fertig ist?«

»Ja, klar«, sagte Mia. Dann sah sie auf ihre Uhr. »Du musst los«, sagte sie zu Josh. »Und vergiss nicht, dass für morgen früh um sieben eine Telefonkonferenz mit der Agentur Stafford angesetzt ist.«

Riley zuckte leicht zusammen. Die Agentur Stafford, die Mia so beiläufig erwähnte, war *die* Modelagentur in New York. Bei dem lockeren Ton zwischen Josh und Mia bekam sie ein schlechtes Gewissen, weil sie an Josh gezweifelt hatte. Dass er ein netter und unkomplizierter Chef war, war nicht zu übersehen.

»Ich werde morgen rechtzeitig da sein«, sagte er.

»Wir stellen die Verbindung um zehn vor sieben her, also hole ich dir besser einen Espresso und nicht deinen üblichen Milchkaffee.«

»Was würde ich nur ohne dich machen, Mia?« Zu Riley gewandt sagte er: »Claudia soll dich morgen den anderen vorstellen. Wir sind hier wie eine große Familie und du musst alle kennenlernen. Du gehörst jetzt zu uns.«

Auf Rileys Gesicht breitete sich ein Lächeln aus. *Du gehörst zu uns. Ich bin ein Teil des Teams von JBD. Vielleicht werden manche Träume doch wahr.*

Drei

Riley saß in Savannah Bradens Gästezimmer auf der Bettkante. Sie konnte bei ihr wohnen, bis sie eine eigene Bleibe gefunden hatte. Savannah hatte ein Büro in der Stadt, doch als Medienanwältin war sie oft unterwegs, und so hatte Riley die Wohnung, die nur ein paar Straßen vom Central Park entfernt lag, in den nächsten Wochen für sich allein. Mit ihren zwei Schlafzimmern, zwei Bädern, der Küche und dem Wohnzimmer mit Essecke war sie klein, aber gemütlich.

Riley tauschte ihr Designerkleid gegen Jogginghose und T-Shirt. Inzwischen war es acht Uhr, und wenn sie jeden Abend so lange arbeitete, würde sie die Wohnungsuche aufs Wochenende verschieben müssen. Sie war gleichzeitig erschöpft und aufgekratzt und hatte auch ein wenig Heimweh. Riley zog ihr Handy hervor und wählte Jades Nummer.

Sie klemmte sich das Telefon zwischen Schulter und Kinn.

»Stell dir vor, ich habe Cruella De Vil als Mentorin erwischt, oder als Chefin wohl eher. Ich kann mir überhaupt nicht vorstellen, wie Josh es mit ihr aushält – oder wie ich es mit ihr aushalten soll«, sagte sie, kaum dass sie Jade begrüßt hatte.

»Cruella De Vil?« Jade lachte.

»Ja, und das ist wirklich nicht zum Lachen. Sie ist schrecklich.« Bevor Jade etwas erwidern konnte, fügte sie hinzu:

»Und ich habe Mia kennengelernt. Sie ist Joshs Sekretärin und ganz anders als Claudia, wirklich nett und bodenständig. Ich wünschte, sie wäre meine Mentorin.« Sie seufzte.

»Mit Cruella kommst du schon zurecht. Du hast mir doch selbst erzählt, dass es in der Modebranche mörderisch zugeht, weißt du noch? Lass dich von ihr nicht unterkriegen«, sagte Jade. »Wahrscheinlich fühlt sie sich von dir bedroht, weil du so eine tolle Designerin bist.«

Riley lächelte. Sie stellte sich Jade mit ihren langen dunklen Haaren vor, wie sie in Jeans und Cowboystiefeln auf ihrer Veranda saß. »Ich vermisse dich«, sagte sie.

»Natürlich vermisst du mich«, lachte Jade. »Aber du wirst es überleben und du wirst erfolgreich sein. Das ist deine große Chance, genau das, was du dir immer gewünscht hast.«

»Ja, natürlich, und dafür bin ich dankbar, aber trotzdem vermisse ich dich. Und ich vermisse die Landschaft um Weston und die Farmen. Und das Autofahren. Lieber Himmel, ich bin nicht einmal eine Woche hier und schon vermisse ich das Autofahren.« Wie jämmerlich sie klang! Riley holte tief Luft. »Es ist wunderbar hier, auch wenn es ein bisschen nach ungewaschenen Füßen, abgestandenem Essen und Abgasen riecht. Stell dir vor, es ist acht Uhr abends und die ganze Stadt ist noch unterwegs. Es ist so ganz anders als zu Hause.«

»Ja, aber in Weston kannst du als Modedesignerin nichts werden«, erinnerte Jade sie.

Und in Weston gibt es keinen Josh Braden. »Ich weiß. Ich will New York. Ich will das alles. Ich wünschte nur, du könntest hier sein. Eine Freundin und ein Drink, das wäre jetzt genau das Richtige.« Riley ging in die Küche und holte sich eine Flasche Mineralwasser. Sie nahm sich vor, für Abende wie diesen einen Alkoholvorrat anzuschaffen. »Mineralwasser bringt's einfach nicht. Wie gerne würde ich meinen neuen Job mit dir feiern.

Und du würdest mich in den Arm nehmen und mir sagen, dass Cruella wirklich blöd ist und dass ich zehnmal besser bin als sie.«

»Cruella ist wirklich blöd und du bist zehnmal besser als sie.« Jade schwieg einen Moment, dann sagte sie: »Und nun erzähl mal. Wie ist es, mit Josh zusammenzuarbeiten?«

Riley trank einen großen Schluck Wasser und ließ sich auf die Ledercouch sinken. »Ich wusste überhaupt nicht, wie nett er ist. All die Jahre in der Schule … ich meine, er war süß, wie alle Bradens. Aber Josh ist …« Sie erinnerte sich, wie er sie angesehen und wie er ihr die Hand auf den Rücken gelegt hatte. »Er ist einfach richtig nett.«

»Riley, ich bin's, okay? Richtig nett? Meinst du das ernst? Wir reden von Josh Braden. Nun sag schon.«

Sie lachte. »Es ist ja nicht, als wäre da etwas zwischen uns. Er ist einfach … er ist einfach anders. Du weißt schon, was ich meine. Alle Bradens sehen unverschämt gut aus, aber Rex ist total sexy und unwiderstehlich, während sein Bruder Treat eleganter und irgendwie weltmännisch ist.«

»Ja, und? Dass Rex total sexy und unwiderstehlich ist, habe ich auch schon gemerkt.« Jade lachte. Ihr Vater und Hal Braden, der Vater ihres Freundes Rex, waren jahrzehntelang zerstritten gewesen. Als Jade nach einer schiefgelaufenen Beziehung nach Hause zurückgekehrt war, war sie Rex über den Weg gelaufen. Nach dieser zufälligen Begegnung ließ sich die verbotene Leidenschaft nicht mehr leugnen, die die beiden seit Langem füreinander empfanden. Wenn es Jade und Rex nicht gelungen wäre, ihre Familien wieder auszusöhnen, hätte sich Riley nie mit Josh treffen können. Schließlich war sie Jades beste Freundin.

»Du weißt schon, was ich meine.« Riley massierte ihre schmerzenden Füße. »Ihr Bruder Hugh ist ein bisschen egozentrisch und Dane ist eher der gewandte, glatte Typ, bei dem man sofort merkt, dass er ein Draufgänger ist.« Sie schwieg einen Augenblick. »Nun, Josh ist eine Mischung aus allem. Er ist gewandt, aber ich halte ihn nicht für einen Draufgänger. Er ist elegant und weltmännisch, ohne arrogant zu sein. Er ist ganz sicher nicht egozentrisch, aber an der Art, wie er sich kleidet und auf sein Äußeres achtet, merkt man, dass es ihm nicht egal ist, wie er aussieht. Er ist einfach … anders.«

»Das ist der Typ, nach dem du dich all die Jahre verzehrt hast, und du hast nichts weiter zu sagen, als dass er ›anders‹ ist?«, sagte Jade vorwurfsvoll.

Riley und Jade waren befreundet, seit sie beide laufen konnten, und Riley wusste, dass es keinen Sinn hatte, Jade etwas vorzulügen. Sie würde sie sofort durchschauen. »Ich bin hier, weil ich beruflich weiterkommen will, nicht, weil ich auf der Suche nach einer Beziehung bin. Ich versuche, ihn nur als meinen Chef zu sehen.«

»Klar, Ri, ich verstehe. Ganz professionell«, sagte Jade neckend.

»Du weißt, was ich meine. Es ist nicht zu übersehen, dass er hinreißend ist, und schließlich bin ich eine Frau. Aber das wird nichts, nicht mit ihm.« Sie erinnerte sich, wie Claudia sich an Josh gedrängt hatte, als sie ihr vorgestellt wurde. »Außerdem bin ich mir nicht sicher, ob er nicht etwas mit Cruella hat.«

»Und als ihr euch getroffen habt, um über deine Anstellung in seiner Firma zu reden? Und du mir ständig mit ›Am liebsten hätte ich ihn geküsst‹ in den Ohren gelegen hast?«, fragte Jade.

»Nun hör schon auf, Jade! Es ist schon schlimm genug, sein hinreißendes Gesicht zu sehen und zu fühlen, was ich fühle. Ich muss doch nicht auch noch danach handeln, oder? Ich bin aus beruflichen Gründen hier, nicht wegen Josh.« Sie war sich nicht sicher, ob sie sich selbst oder Jade davon überzeugen wollte.

»Tja, ich bin froh, dass du die richtigen Prioritäten setzt«, sagte Jade. »Aber selbst, wenn du sie aus den Augen verlieren solltest, würde ich dich immer anfeuern.«

»Du bist wirklich die beste Freundin, die man sich vorstellen kann. Übrigens habe ich gestern Abend noch gezeichnet.«

»Wirklich? Entwirfst du mir etwas Schönes, was ich Weihnachten anziehen kann?«

Die Begeisterung in Jades Stimme spornte Riley an. »Ja, klar. Die Skizzen, die ich heute Abend gemacht habe, habe ich weggeworfen. Ich war zu müde, sie taugten nichts, aber ich bleibe dran. Und du hast recht. Ich lasse mich nicht von Cruella unterkriegen. Sie raubt mir all meine Kreativität.« Sie fühlte sich sofort munterer. »Und nun erzähl mir mal, wie es mit eurem Haus vorangeht.« Jade und Rex hatten das Grundstück gekauft, das zwischen den Farmen ihrer Familien lag.

»Die Pläne sind fertig und nächste Woche treffen wir uns mit dem Bauunternehmer.«

»Ich bin gespannt, wie es weitergeht.« Riley massierte ihren schmerzenden Fußballen. »Meine Füße fühlen sich an, als hätte ich sie eingeschnürt. Ich lasse mir ein Bad ein. Bis morgen?«

»Okay, bis morgen. Pass auf dich auf«, sagte Jade.

»Du auch«, sagte Riley zum Abschied. Auf dem Weg zum Bad blieb sie stehen, um sich ein Foto auf Savannahs Bücherregal anzusehen. Josh stand in der Mitte zwischen seinem Vater und Hugh, die anderen Geschwister rechts und links von ihnen aufgereiht. Die Braden-Brüder sahen umwerfend aus, mit ihrem strahlenden Lächeln und dem muskulösen Körperbau, doch Riley hatte nur Augen für Josh. *Niemand außer dir.*

Sie stellte das Foto auf das Bücherregal zurück. »Jetzt werde ich allmählich verrückt«, sagte sie laut. »Er ist dein Boss. Hör auf, so zu denken. Hör auf, hör auf, hör auf!«

Vier

Wie jeden Morgen erwachte Josh, als sich der erste Schimmer des Tageslichts in sein geräumiges Schlafzimmer stahl. Er schnappte sich eine Fernbedienung vom Nachttisch und ging zum Fenster. Auf Knopfdruck hoben sich die Jalousien und gaben den Blick auf den Central Park frei. Josh lebte seit acht Jahren in New York und war sich sehr wohl der Tatsache bewusst, dass es das Schicksal gut mit ihm gemeint hatte. Mit seinen achtunddreißig Jahren war er der Herrscher über ein Imperium, das seinen Namen trug, doch er hielt seinen Erfolg nicht für selbstverständlich.

Er begann seine Morgengymnastik mit Dehnübungen und machte dann mit den üblichen achtzig Sit-ups und Liegestützen weiter, wobei sich die allzu vertraute morgendliche Erektion allerdings als hinderlich erwies. Josh hatte immer schon einen gesunden Appetit auf Sex gehabt, auch wenn er die Einzelheiten vor seinen neugierigen Brüdern geheim gehalten hatte. Über einen Mangel an Frauenbekanntschaften konnte er sich wahrhaftig nicht beklagen, doch meist verabredete er sich mit Frauen, von denen alle Welt erwartete, dass er sich mit ihnen verabredete. Eine Pflichtübung, nichts weiter. Für gewöhnlich beließ er es bei einem höflichen Abendessen, doch sein Körper wurde nicht müde, ihn an seine Bedürfnisse zu erinnern. Er zog sich seine Laufsachen an.

Inzwischen hätte er mit geschlossenen Augen durch die Straßen New Yorks laufen können. Er kannte jede Ecke, jede Wegbiegung, jeden Baum im Central Park auswendig. Morgen für Morgen drehte er seine Drei-Meilen-Runde, egal ob es regnete, schneite oder höllisch heiß war. Es half ihm, den Stress loszuwerden, den sein Beruf mit sich brachte. Er hätte nie damit gerechnet, einen derart durchschlagenden Erfolg zu haben. Der Ruhm war fast über Nacht gekommen. Während eines Praktikums hatte er seinem Chef einige Skizzen gezeigt, und ehe er sich's versah, war er ein anerkannter Modedesigner und alle möglichen Berühmtheiten trugen seine Modelle auf dem roten Teppich spazieren.

Josh überholte eine Frau mit braunen Haaren, die durch den Park walkte. Im ersten Moment dachte er, es sei Riley. Sie war es nicht, doch nun kreisten seine Gedanken um Riley. Er hatte ihr helfen wollen, sich in New York einzuleben, doch erst hatte er sie Claudia überlassen, der hinterhältigsten Frau in der ganzen Modebranche, und dann war er gestern Abend zu diesem Meeting aufgebrochen, das sich als reine Zeitverschwendung erwiesen hatte.

Er war zu Besuch in Weston gewesen, als er Riley nach Jahren wiedergetroffen hatte. Er hatte sich gefreut, sie zu sehen. Sie hatte immer ein Lächeln auf den Lippen, es gab immer etwas, das ihre Augen leuchten ließ, sei es die Beziehung seines Bruders Rex zu ihrer besten Freundin oder die Aussicht, nach New York zu kommen. Sie hatten sich von Anfang an hervorragend verstanden, und jetzt, wo sie hier war, wollte er sie besser kennenlernen.

Gestern Abend hatte er in ihren Augen etwas Neues

entdeckt. Sie hatte müde ausgesehen, was nach dem langen Tag nicht verwunderlich war, doch da war noch etwas. Ernüchterung? Hatte Claudia ihren Enthusiasmus schon gedämpft? Der Gedanke machte ihn wütend und ließ ihn schneller laufen. Er glaubte nicht, dass Claudia unnötig gemein sein würde, doch sie war für ihren Ehrgeiz bekannt. Das war der Grund, weshalb Josh ihr Rileys Entwürfe bis jetzt nicht gezeigt hatte. Er würde die Augen offen halten müssen.

Eine Stunde später betrat er das Foyer von JBD. Mia kam ihm mit einem Kaffeebecher entgegen.

»Espresso«, sagte sie, während sie gemeinsam zu Joshs Büro gingen. »In zehn Minuten stelle ich die Verbindung für die Telefonkonferenz her. Außerdem hast du zwei Nachrichten von Madeline Stein. Du sollst sie zurückrufen.«

Madeline Stein, sein Date vom Abend zuvor. Sie war die Letzte, mit der er jetzt reden wollte – ein gertenschlankes Model mit weniger Gehirnzellen als den paar Kilos, die sie auf den Rippen hatte. Er schwor sich, dass er sich nie wieder auf ein Date einlassen würde, nur damit sich ein Model mit ihm in der Öffentlichkeit zeigen konnte, um das Scheinwerferlicht auf die Modelagentur dahinter zu richten.

»Sag ihr, ich sei tot«, meinte er.

»Kommt nicht infrage. Ich hole für dich nicht mehr die Kastanien aus dem Feuer«, entgegnete Mia. »Das habe ich die letzten beiden Male gemacht, und wenn ich mich recht entsinne, auch die Male davor.«

Josh setzte sich an seinen Schreibtisch. »Ist das nicht genau das, was eine Sekretärin macht? Den Anweisungen ihres Chefs folgen?«

Mia stemmte die Hand in die Hüfte. »Nicht, wenn der Chef einer Frau nach der anderen ausrichten lässt, dass er nicht interessiert ist. Warum verabredest du dich überhaupt mit ihnen, wenn sie dir nur lästig sind?«

Er dachte an seine älteren Brüder Treat und Rex und daran, wie glücklich sie waren, seit sie die Frau gefunden hatten, mit der sie den Rest ihres Lebens verbringen wollten. Ob er jemals jemanden finden würde, mit der er sich so eng verbunden fühlte? Bei jedem Date hoffte er, bei seinem Gegenüber die Eigenschaften zu entdecken, die er an Frauen schätzte: Intelligenz, Einfühlungsvermögen, Sinn für Humor. Bis jetzt war ihm noch niemand begegnet, mit dem er sich rundum wohlfühlte. *So, wie ich mich daheim in Weston mit Riley wohlgefühlt habe.* Er schob den Gedanken an Riley beiseite und überlegte, wie er Mias Frage beantworten sollte. *Weil es besser ist, als einsam zu Hause zu sitzen.* Oder vielleicht doch nicht. »Weil es zu meinem Beruf gehört. Ich bin Modedesigner. Man will sich mit mir zeigen. Ich kann die Leute doch nicht enttäuschen.«

Mia verdrehte die Augen. »Wie großmütig von dir.«

Er sah sie mit hochgezogenen Augenbrauen an.

»Oh nein, den waidwunden Blick brauchst du gar nicht zu versuchen. Ich erledige das nicht für dich.« Sie sah auf ihre Uhr. »Du hast genau sieben Minuten bis zur Telefonkonferenz. Warum rufst du Madeline Stein nicht einfach an und sagst ihr, was Sache ist?«

»Sieben Minuten?« Er wollte mit Claudia über Rileys Arbeitsplatz sprechen. Diese kleine Nische, in die sie sie gesteckt hatte, war einfach unmöglich. »Gib mir zehn.« Er sprang auf und war schon zur Tür hinaus, als Mia ihm hinterherrief: »Sieben – und nicht eine Minute länger.«

Er fand Claudia über Rileys Schreibtisch gebeugt.

»Claudia, gut, dass ich dich treffe.«

»Ich bin etwas früher hier, weil ich ein paar Dinge für die neue Linie durchgehen wollte. Gestern habe ich eine Menge Zeit verloren, weil ich mich um Riley kümmern musste.« Sie trug ein perfekt geschnittenes Kostüm von Chanel und hatte die Haare zu einem glatten Knoten geschlungen. Sie sah genau so aus, wie man sich eine Modedesignerin vorstellte, doch Josh durchschaute die makellose Fassade. Und auch der verärgerte Unterton in ihrer Stimme entging ihm nicht, als sie Rileys Namen sagte.

Bisher hatte sich Claudia einem Mitarbeiter gegenüber nie ausgesprochen feindselig verhalten. Warum sie ausgerechnet Riley im Visier zu haben schien, konnte sich Josh nicht erklären, aber er würde es auf keinen Fall zulassen. »Darüber wollte ich mit dir reden. Warum sitzt Riley in dieser Nische?« Er spürte, wie sich etwas in seiner Brust zusammenzog, als er ihren Namen aussprach, und schob die Hände in die Hosentaschen, um gelassener und weniger persönlich interessiert zu wirken.

»Die Tische im großen Raum waren alle belegt.« Sie legte ihm die Hand auf den Arm und fügte in verführerischem Ton hinzu: »Ich sorge dafür, dass sie noch diese Woche einen eigenen Tisch bekommt. Verlass dich drauf.« Josh hätte schwören können, dass sie diese Stimmlage lange und sorgfältig einstudiert hatte.

Die Telefonkonferenz rückte näher und er hatte keine Zeit für ihr Getue. »Ja, tu das. Heute noch«, sagte er und ging davon. Er musste ihre Ränkespiele im Auge behalten. Er sah sich noch einmal nach ihr um. Sie stand mit verschränkten Armen da und starrte auf Rileys Tisch.

»Suchst du etwas Bestimmtes?«, fragte Josh.

Sie wirbelte herum. »Nein. Nein, ich denke nur nach«, sagte sie und stolzierte davon.

Wahrscheinlich war das Leben kein Zuckerschlecken, wenn man einerseits ehrgeizig und andererseits unsicher war. Jeder andere hätte ihm leidgetan, doch wenn sie Modedesignerin sein wollte, sollte sie sich darauf konzentrieren, an ihrer Kreativität zu arbeiten, statt ständig nach Konkurrenten Ausschau zu halten.

Mia packte ihn beim Arm und zerrte ihn in den Konferenzraum. »Peter ist auf Leitung drei. Es geht um *Bliss*. Bist du so weit?«

Bliss. Seine neue Linie. Er nickte, setzte ein freundliches Gesicht auf und machte sich an die Verhandlungen mit Peter Stafford. Seine weltbekannte Modelagentur hatte vor Jahren zu den ersten Erfolgen von Joshs Kleidern beigetragen. Josh hatte es auch Peter zu verdanken, dass er es so weit gebracht hatte. Aus Dankbarkeit hatte er seine Nichte engagiert. Claudia. Damals wusste er noch nicht, was für ein Mensch Claudia war, und nun verbot ihm seine Loyalität, sie vor die Tür zu setzen.

Fünf

Riley atmete erleichtert auf, als Claudia sie zu ihrem neuen Arbeitsplatz führte. Sie hatte keine Ahnung, wie es dazu gekommen war, dass sie nun bei den anderen Mitarbeitern mitten im Designstudio sitzen durfte, aber sie war dankbar und noch stärker motiviert, gute Arbeit zu leisten und sich einen Namen in der Modebranche zu machen. Als sie am Abend zuvor zu Bett gegangen war, hatte sie sich bedrückt und mutlos gefühlt, doch jetzt war sie entschlossen, die Dinge zum Besseren zu wenden. Sie würde sich mit Claudia anfreunden – oder es zumindest versuchen.

»Clay, darf ich dir Riley Banks vorstellen, unsere neue Designassistentin?« Claudias Lächeln wirkte tatsächlich echt.

»Hallo, ich hatte schon gehört, dass du diese Woche anfängst. Nett, dich kennenzulernen«, sagte Clay. Er war groß und schlaksig, ungefähr in Rileys Alter und hatte einen Bürstenhaarschnitt.

»Ja, ganz meinerseits«, konnte Riley gerade noch sagen, bevor Claudia sie weiterzerrte zu einer Gruppe von Leuten, die um einen Kleiderständer herumstanden. Sie unterhielten sich darüber, welche Vorzüge ein ausgestellter Rock gegenüber einem Glockenrock hatte, und Riley hätte sich liebend gern an der Diskussion beteiligt. *Je nachdem, welches Material man verwendet, lässt sich ein Glockenrock etwas förmlicher gestalten, sodass der Übergang von Büro-Outfit zu Abendkleidung fließender wird. Ein ausgestellter Rock dagegen wirkt grundsätzlich etwas lässiger. Aber mit der richtigen Figur kann eine Frau darin umwerfend aussehen.*

Claudia räusperte sich.

Ein Mann und eine Frau wirbelten herum. Ihr Gesichtsausdruck wirkte angespannt. »Was ist?«, fragten sie wie aus einem Munde.

Riley fiel auf, dass sich die Dritte im Bunde, eine blonde Frau, nicht umgedreht hatte. Sie stand mit einem Rock in jeder Hand da und bewegte den Kopf von einer Seite zur anderen, als würde sie einem Tennismatch zusehen.

»Dies ist Riley Banks. Riley, das sind Simone und K.T.«

Riley war es schrecklich peinlich, dass Claudia in ihre Unterhaltung geplatzt war, um sie vorzustellen. Sie lächelte unsicher.

»Schön, dass du bei uns bist«, sagte Simone und schloss Riley in die Arme.

»Freut mich, dich kennenzulernen. Und – danke«, sagte Riley.

Simone sah aus, wie man sich eine Simone vorstellte. Um die schmalen Schultern trug sie ein buntes Tuch, ihr schwarzes, schnurgerade geschnittenes Haar reichte ihr gerade über die Ohren. Auf der Stupsnase saß eine runde Nickelbrille und das breite Lächeln, das sie Riley schenkte, ließ ihr kantiges Gesicht weich erscheinen.

Riley strahlte. Die überfüllten New Yorker Straßen, die Enge in der U-Bahn, an die sie nicht einmal denken mochte, und die Kälte, mit der Claudia ihr begegnete, hatten sie zweifeln lassen, ob sie jemals hierher passen würde. Simones freundliche Umarmung und ihr warmes Lächeln waren dagegen wie ein Hoffnungsschimmer. Sie würde nicht aufgeben.

»Und das ist Chantal«, fuhr Claudia fort und wies mit dem Kopf auf die blonde Frau, die mit dem Rücken zu ihnen stand. Als sie sich umdrehte und Riley anstrahlte, wirkten ihre Augen noch grüner als am Tag zuvor.

»Wir haben uns gestern schon getroffen. Hi, Riley, ich kann es gar nicht abwarten, dich besser kennenzulernen«, sagte sie und begrüßte sie Wange an Wange.

»Woher wusstest du gestern, wie ich heiße?«, fragte Riley.

»Ach, das war einfach«, sagte sie mit einer wegwerfenden Handbewegung. »Mr. B. hat es mir gesagt, weil ich ab und zu an der Rezeption aushelfe. Es ist doch nett, persönlich willkommen geheißen zu werden, oder?« Ohne Rileys Antwort abzuwarten, fuhr sie fort: »Wie ich höre, bist du neu in New York.«

»Ja, ich komme aus Colorado.« Kaum hatte sie diese Worte ausgesprochen, stellte sie empört fest, dass K.T., ein Afroamerikaner Anfang zwanzig, mit verschränkten Armen dastand und sie von oben bis unten musterte.

»Aha, was haben wir denn hier? *Juicy Couture*, stimmt's?« Er befühlte den Ärmel ihres Kleides. »Und eine Frau, die keine Angst hat, zu essen. Das gefällt mir.«

Riley erstarrte. *Willst du damit sagen, dass ich fett bin?*

Claudia kicherte und Riley wäre am liebsten im Boden versunken.

Offenbar wusste K.T., was ihr durch den Kopf ging. »Mädel, ich würde gerne mit dir essen gehen. Wenn man mit diesen Hungerhaken hier in ein Restaurant geht, schnuppern sie nur an ihrem Teller und stöhnen dann: ›Puh, bin ich satt‹.«

Simone schlug ihm auf den Arm. »Hör gar nicht auf ihn. Er hat heute Morgen seine Medizin noch nicht genommen. Es ist wirklich schön, dich kennenzulernen. Wenn wir dir irgendwie helfen können, sag einfach Bescheid.«

Innerlich seufzte Riley erleichtert. Sie konnte sich gut vorstellen, mit Simone, Chantal und K.T. zusammenzuarbeiten – trotz der Bemerkungen über ihre Figur. Sie neckten sich, sie umarmten sich, sie waren nett. Anscheinend fiel Claudia einfach aus dem Rahmen. Trotzdem konnte Riley sie nicht einfach ignorieren. *Ich schaffe das.*

Claudia seufzte. »Okay, das hätten wir also erledigt. Heute musst du die Modelldokumentationen der Bliss-Kollektion durchgehen und prüfen, ob alle Einzelheiten und Änderungen, die in den letzten beiden Tagen vorgenommen wurden, eingetragen und den entsprechenden Mitarbeitern mitgeteilt wurden. Warum siehst du mich so an?«

»Was meinst du?«, fragte Riley verblüfft. Sie hatte keine Ahnung, wovon Claudia redete.

»Du guckst, als wärst du dir zu fein für die Modelldokumentation. Sie ist ungeheuer wichtig. Ein einziger Fehler bei den Modellnummern, dem Preis, der Farbe oder der Größe kann die ganze Modelinie auf den Kopf stellen. Wir müssen die Angaben täglich aktualisieren, aber da du gestern erst angefangen hast, sind wir einen Tag im Verzug.« Schnellen Schrittes ging Claudia zu Rileys Arbeitstisch. »In zwei Wochen haben wir einen Stand bei einer Modemesse. Bis dahin gibt es noch viel zu tun, machen wir uns also an die Arbeit. Vergewissere dich, dass die Entwürfe auf dem neuesten Stand sind. Und denk immer daran, dass sich keine Ungenauigkeiten einschleichen dürfen. Ach, und die Kisten mit den Kleidern und Accessoires vom gestrigen Foto-Shooting kommen bald zurück.

Du gehst sie bitte durch und kontrollierst, ob alles komplett ist. Wenn etwas fehlt, sagst du Phil Bescheid und machst dich auf die Suche nach den verschwundenen Sachen. Die Models sind furchtbar gierig, sie würden sich nur allzu gerne unsere Entwürfe unter den Nagel reißen.«

»Wer ist Phil?«, fragte Riley.

Claudia zeigte auf Rileys Computer. »Phil Lancorn. Du findest seine Nummer im internen Adressbuch.«

Endlich hatte sie wirklich etwas zu tun. Das alles war zwar weit von Modedesign entfernt, aber wenigstens bekam sie Stoff in die Finger. Ein Schritt in die richtige Richtung.

»Okay, kapiert«, sagte sie.

»Gut.«

Riley sah Claudia nach, die hoch erhobenen Hauptes davonstolzierte. Dann machte sie sich an die Arbeit.

Um zwei Uhr wurde die Kiste mit den Kleidern vom Foto-Shooting geliefert. Riley war bereits alle Modelldokumentationen durchgegangen und hatte sie an die entsprechenden Mitarbeiter weitergeleitet. Sie hatte schrecklichen Hunger. Kein Wunder, dass alle so dünn waren. Sie hatten überhaupt keine Zeit zum Essen.

Mia wühlte in der Kiste. »Ich brauche den pinkfarbenen Bleistiftrock aus der Frühjahrskollektion.«

»Ich habe die einzelnen Stücke noch nicht gelistet«, sagte Riley und blätterte in den Checklisten auf ihrem Klemmbrett.

Simone kam hereingerauscht. »Carlisle kommt um vier vorbei. Wo ist der Schal zu dem Overall aus der Bliss-Linie?« Sie warf die Sachen eine nach der anderen aus der Kiste auf das Sofa in der Zimmerecke.

»Bei jedem Foto-Shooting verschwindet etwas«, sagte Mia.

Riley schnappte sich die Kleidungsstücke, die Simone aus der Kiste schleuderte, und versuchte, sie so schnell wie möglich auf ihrer Liste abzuhaken. Als Claudia hereinkam, hielt Riley gerade einen Gürtel in der Hand, mit dem Simone hatte davonlaufen wollen. »Lass mich ihn eben in die Liste aufnehmen, dann kannst du ihn haben, versprochen.«

Claudia riss Riley den Gürtel aus der Hand. »Josh hat Vorrang. Er braucht die Sachen jetzt, nicht später.« Sie schnippte mit den Fingern.

»Wie soll ich prüfen, ob alles da ist, wenn ihr die Kleider wegschleppt? Ich brauche nur ein paar Minuten.« Riley sah zu Simone hinüber, die mit einem Stapel Kleider auf dem Arm zur Tür ging.

»Warte! Bitte! Sag mir einfach, was du da hast, damit ich es aufschreiben kann. Es dauert nur einen Moment«, bettelte sie und zuckte dann innerlich zusammen, als sie sah, wie Simone und Mia erstarrten. *Mist. Bin ich zu weit gegangen?*

»Sie gefällt mir«, sagte Simone zu Claudia.

Danke, lieber Gott. Sie warf Claudia einen verstohlenen Blick zu und hielt den Atem an.

Claudia verengte die Augen zu Schlitzen und verschränkte die Arme vor der Brust.

Mistmistmist.

»Okay, los geht's.« Simone zählte all die Dinge auf, die sie über dem Arm trug. Als sie alles notiert hatte, folgte sie Mia zu Joshs Büro und schrieb sich dabei auf, was diese aus der Kiste geholt hatte.

»Danke für deine Hilfe, Mia. Für die Zukunft müssen wir uns ein besseres System ausdenken«, sagte sie, während sie eifrig

Notizen machte. An der Bürotür stieß sie mit Josh zusammen. Wenn er sie nicht an den Armen gepackt hätte, wäre sie gestolpert. »Oh, tut mir leid. Bitte entschuldige«, stammelte sie.

»Kein Problem. Wozu die Eile?«, fragte Josh, ohne sie loszulassen.

»Ich muss die Kiste mit den Sachen vom Foto-Shooting prüfen, bevor sie in alle Winde verstreut werden.« Sie blinzelte ein paarmal, um den Energiefluss zu durchbrechen, der von seinen Händen durch ihre Arme strömte und ihr Herz rasen ließ. Als das nicht funktionierte, drehte sie sich halb um, wie, um wegzugehen, und unterbrach den Kontakt mit ihm ganz.

»Hast du schon zu Mittag gegessen?«, fragte er.

»Keine Zeit«, sagte sie und hielt sich gerade noch rechtzeitig zurück, bevor sie sagen konnte: Komm, wir holen uns etwas.

»Ich habe dich noch gar nicht in New York willkommen geheißen. Lass uns heute Abend zusammen essen gehen.«

Wenn Josh sie zu Hause in Colorado angesehen hatte, lag in seinem Blick etwas, das Riley nicht einzuordnen wusste. Seine Augen verdunkelten sich, der rechte Mundwinkel ging ein wenig in die Höhe und Riley war hin- und her gerissen zwischen dem Wunsch, ihn zu küssen, und dem Wunsch, davonzulaufen. Nun stand sie wie erstarrt neben ihm und versuchte, diesen Blick zu deuten, den er ihr zuwarf. Diesmal waren sie allerdings nicht allein – und außerdem war sie seine Angestellte. Was verbarg sich hinter diesem Blick? Unterdrückte Lust? Oder war sie einfach nur eine durchgeknallte Angestellte, eine gute Bekannte, die mehr wollte, als er zu geben bereit war?

Zusammen essen gehen? Wie bei einem Date? *Nein, kein Date. Es hat mit der Arbeit zu tun. Er ist einfach nur höflich.*

»Hast du nicht etwas vergessen?«, fragte Mia.

Hinter Josh betrat Claudia den Raum. »Riley, die Kiste leert sich allmählich«, flötete sie.

Josh sah Mia fragend an.

»Du bist mit Peter Stafford zum Essen verabredet«, sagte Mia.

»Stimmt. Komm doch einfach mit«, schlug er Riley vor.

»Zu deiner Verabredung mit Mr. Stafford? Aber das geht doch nicht –«

»Aber natürlich geht das. Es wäre mir eine Ehre, wenn du mitkämst. Dann könntest du gleich sehen, wie die Branche funktioniert.« Er sah sie forschend an.

»Sie muss die Modemesse vorbereiten«, warf Claudia streng ein.

»Ja, und außerdem –« *Ein Abendessen mit Josh und Peter Stafford?*

»Bis zur Messe sind es noch zwei Wochen, das ist reichlich Zeit. Also: Wie wäre es mit sechs Uhr? Soll ich dich bei Savannah abholen?« Josh wartete ihre Antwort nicht ab. »Und nun lasse ich dich zu deinen Kleiderlisten zurückkehren. Und, Claudia? Sie macht um fünf Uhr Feierabend, okay?«

Riley wagte nicht, Claudia anzusehen, als sie an ihr vorbeiging. Trotzdem spürte sie ihren eiskalten Blick im Rücken.

Sechs

Riley war froh, dass sie so viel zu tun hatte. Auf diese Weise kam sie kaum dazu, sich über ihre Verabredung am Abend Gedanken zu machen. War es als Date oder als Arbeitsessen gemeint? Die Art, wie er sie an den Armen gefasst hatte, war nicht besonders geschäftsmäßig gewesen. Andererseits konnte ein Abendessen mit Josh und Peter Stafford, dem Inhaber der größten Modelagentur von New York, gar nichts anderes als ein Geschäftstermin sein. *Ich lese viel zu viel in die ganze Sache hinein.* Es war nur eine freundliche Geste, um sie in New York willkommen zu heißen. Kein Date. *Oder?*

Kaum hatte sie das Büro hinter sich gelassen, setzte pure Panik ein. Sie war so aufgeregt, dass ihr fast übel wurde. Während sie duschte, spielte sie die verschiedenen Möglichkeiten durch. Wenn es nun doch ein Date war? Was sollte sie anziehen, wie sollte sie sich verhalten? Zu Hause in Weston war es so einfach gewesen, mit Josh zusammen zu sein. Warum war sie jetzt so nervös? Und was, wenn sie sich vor Peter Stafford blamierte?

Sie ließ sich das heiße Wasser über das Gesicht rieseln. Was würde sie Jade in einer solchen Situation raten, überlegte sie, während sie sich abtrocknete. Sei einfach du selbst, würde sie ihr sagen. Jade war schön, klug und lustig. Sie war in Ordnung so, wie sie war. Riley sah in den Spiegel und kam sich vor wie eine ertrunkene Ratte. So ging es nicht weiter. Sie musste sich Unterstützung suchen. Entschlossen griff sie zum Telefon.

Jade meldete sich nach dem ersten Läuten.

»Sag mir, dass ich schön, klug und lustig bin«, sagte Riley.

Jade lachte. »Warum?«

Seufzend ließ sich Riley auf den Toilettendeckel sinken. »Weil ich gleich mit Josh und Peter Stafford zum Abendessen verabredet bin. Weißt du, wer Peter Stafford ist?« Sie ließ Jade gar nicht zu Wort kommen. »Ihm gehört die größte Modelagentur von New York. Kaum zu glauben, was? Und ich habe keine Ahnung, ob es ein Arbeitsessen ist oder ein Date oder was. Außerdem sehe ich nicht aus wie diese superschlanken Models. Und zu allem Überfluss bin ich aus Weston, nicht aus New York. Wahrscheinlich führe ich mich schrecklich peinlich auf.«

»Ist das alles?«, sagte Jade neckend.

»Jade, bitte! Ich brauche Hilfe. Heute hat jemand zu mir gesagt, dass ich offensichtlich keine Angst habe, zu essen. Und jetzt überlege ich, ob ich gleich im Restaurant nicht einfach nur so tun sollte, als würde ich essen. Mir ist vor lauter Aufregung richtig schlecht. Wahrscheinlich kriege ich sowieso nichts runter.«

»Um Himmels willen, du machst doch wohl Witze, oder?«

»Jade.« Riley schloss die Augen und holte tief Luft.

»Nun komm schon, Riley. Du weißt selbst, wie hübsch du bist. Alle drehen sich nach dir um, wohin du auch gehst. Du hast deine Rundungen und weißt sie einzusetzen. Männer lieben das.«

»Hier in New York aber nicht, glaube ich.«

»Meinst du wirklich? Josh ist mittlerweile New Yorker. Und du weißt, wie er dich angesehen hat, bevor er dir die Stelle angeboten hat.«

»Wie könnte ich das vergessen«, erwiderte Riley.

»Und erinnerst du dich an den Konzertabend? Ehrlich, Ri. Der Mann hat dich keine dreißig Sekunden aus den Augen gelassen.«

»Wir haben über Mode geredet. Wahrscheinlich war er einfach froh, sich mit jemandem unterhalten zu können, der etwas davon versteht. Er hat nie mit mir geflirtet, Jade.« *Die Schmetterlinge in meinem Bauch sind hyperaktiv.*

»Dafür, dass du so schlau bist, bist du manchmal ganz schön begriffsstutzig. Riley, es ist Josh Braden, der Junge aus der Highschool. Sei du selbst. Du bist charmant und geistreich. Du siehst blendend aus und bist intelligent. Ri, du bist so liebenswert. Ich kann mir überhaupt nicht vorstellen, dass dich jemand nicht mögen könnte.«

Die Aufrichtigkeit in Jades Stimme beruhigte Riley ... ein wenig. »Meinst du wirklich? Ich weiß nicht einmal, welche Gabel man für welches Gericht nimmt. Ich benehme mich bestimmt völlig daneben.«

»Sieh bei Google nach«, sagte Jade trocken.

»Du wirst lachen, aber genau das habe ich vor, bevor er mich abholt.«

»Josh holt dich ab?«, fragte Jade.

»Ja.«

»Dann ist es ein Date«, sagte Jade entschieden.

»Wieso? Nur, weil er mich abholt? Ich kenne mich ja hier nicht aus und traue mich nicht in die U-Bahn, obwohl ich mir geschworen habe, es morgen zu probieren. Ich glaube, Josh ist einfach nur nett.« *Oh Gott, ein Date?*

»Ich weiß nicht. Ich finde das schwer zu durchschauen. Ich weiß nicht, wie es in New York ist, aber wenn man nur so gemeinsam essen geht, trifft man sich im Restaurant. Wie hat er die Einladung denn ausgesprochen?«

Das wurde von Sekunde zu Sekunde stressiger. »Nun, er sagte, er hätte mich noch nicht richtig willkommen geheißen, und fragte, ob ich mit ihm essen gehen wollte. Dann meinte Mia, dass er mit Peter Stafford verabredet sei, und da hat er gefragt, ob ich mitkommen wollte.«

»Tja, das klingt schon nach einem Date, aber auch so, als wollte er nett sein, weil er dich nach New York gelotst hat und dich willkommen heißen will.«

»Genau, das dachte ich auch«, sagte Riley.

»Weißt du, eigentlich ist es egal, ob es ein Date ist oder nicht. Du bist seine Angestellte, also solltest du professionell auftreten und dich so geben, wie du bist. Wenn er dir Blumen mitbringt oder dich zur Begrüßung küsst, weißt du, dass es ein Date ist.«

»Welcher Mann bringt einer Frau denn noch Blumen mit?«, fragte Riley.

»Rex bringt mir oft Blumen mit, aber meist pflückt er sie im Garten«, lachte Jade.

Riley warf einen Blick auf die Uhr. »Oh mein Gott. Ich muss mich fertigmachen.« Was sollte sie bloß anziehen? »In zwanzig Minuten kommt er. Wünsch mir Glück.«

»Brauche ich gar nicht. Es wird ein toller Abend und ihr werdet euch gut amüsieren. Rufst du mich später noch an?«

»Klar. Und, Jade?« Riley hoffte, dass sie Jade eine ebenso gute Freundin war wie umgekehrt.

»Ja?«

»Danke für alles.«

Riley trocknete sich die Haare und schminkte sich. Dann stand sie vor ihrem Schrank und wünschte, sie hätte Zeit gehabt, sich etwas Neues zu kaufen. Zwei ihrer Designer-Outfits hatte sie schon angehabt und sie hatte insgesamt nur vier. Ganz hinten im Schrank war das Kleid, das sie genäht hatte, bevor sie nach New York aufbrach. Vielleicht war es ein bisschen gewagt für ein Arbeitsessen, doch es betonte genau die richtigen Stellen. Sie streifte es über.

Der schwarze Stoff schmiegte sich um ihre Rundungen, der gewellte Saum endete knapp über dem Knie, war aber nicht zu kurz für ein Geschäftsessen. Der u-förmige Ausschnitt ließ ihre Oberweite schmaler erscheinen. An die Cut-out-Schultern schlossen sich eng anliegende Ärmel an. Riley mochte zwar keine Modelmaße haben, aber sie hatte schöne Schultern, die von ihrer etwas fülligeren Taille ablenkten.

Sie sprühte etwas Gucci Première auf, das sie bei Macy's besonders preiswert bekommen hatte, und steckte ihre schmerzenden Füße in ein Paar schwarz-weiße Pumps. Dann stand sie vor dem Spiegel und musterte ihr Spiegelbild. Ihr Haar enttäuschte sie nie. Es war nicht zu dick und nicht zu fein und leicht gewellt, sodass es sich mit ein paar Bürstenstrichen leicht in Form bringen ließ. Dass ihre Hüften und Brüste etwas ausladender waren, ließ sich nicht leugnen, doch sie fühlte sich wohl in ihrem selbst entworfenen Kleid. Sie schüttelte den Kopf, sodass ihr die Haare verspielt ins Gesicht fielen. Egal, ob es nun ein Date war oder nicht: Sie war bereit und sie sah verdammt gut aus.

Als es klopfte, schwand ihr Selbstbewusstsein dahin wie Schnee in der Sonne. Mit aufgerissenen Augen starrte sie auf die Wohnungstür. Plötzlich hatte sie das Gefühl, dass sie unbedingt wissen musste, ob es nun ein Date war oder nicht. *Nun geh schon, mach auf. – Ich kann nicht. – Du musst aber.*

Es klopfte noch einmal. Riley holte tief Luft und streckte die Hand nach dem Türknauf aus.

Sieben

Josh sah auf die Uhr. Fünf vor sechs. Er war sich sicher, dass er sechs Uhr gesagt hatte. Es war Monate her, dass er eine Frau in ihrer Wohnung abgeholt hatte. Meist wurden seine Dates von Freunden oder Bekannten arrangiert und waren nicht mehr als Gefälligkeiten, mit denen er Frauen half, in der Modebranche Fuß zu fassen. Für gewöhnlich schickte er seinen Fahrer vorbei, um sie abzuholen, oder traf sich mit ihnen am verabredeten Ort. Auf diese Weise lag die Entscheidung bei ihm, wie nahe er den jeweiligen Damen kommen wollte. Sich mit Frauen zu treffen, an die er am darauffolgenden Tag meist keinen Gedanken mehr verschwendete, hatte ihm früher nichts ausgemacht. Seit Treat und Rex jedoch die Frau fürs Leben gefunden hatten, sehnte er sich nach dem Glück und der Zufriedenheit, die die beiden ausstrahlten. Er wünschte sich die Verbundenheit, die im Blick seiner Brüder lag, wenn sie Max und Jade ansahen. Und er wünschte sich die Liebe, mit der Max und Jade ihre zukünftigen Ehemänner betrachteten, die sanften Berührungen, die sie bei jeder Gelegenheit austauschten. Jahrelang war er mit Frauen ausgegangen, von denen andere meinten, dass er mit ihnen ausgehen sollte, doch damit war nun Schluss. Es war an der Zeit, dass er seine eigene Wahl traf.

Die Tür schwang auf und Josh war starr vor Staunen. Er hatte mehr Models gesehen, als er zählen konnte, und Dates mit den schönsten Frauen des Landes gehabt, doch Riley Banks in ihrem umwerfenden schwarzen Kleid übertraf sie alle. Sie sah natürlich und sexy aus. Sie sah echt aus.

»Hi«, sagte sie mit einem breiten Lächeln und klimperte mit ihren wundervollen, dichten Wimpern.

»Wow, Riley, du siehst hinreißend aus.« Josh gab ihr einen Kuss auf die Wange und sog ihren Duft ein. »Gucci Première tragen nicht viele Frauen. Es gehört zu meinen Favoriten. Bergamotte, Johannisbeere und ein Hauch von Sandelholz. Passt perfekt zu dir.«

»So etwas fällt dir auf?«, fragte sie leise.

Er bemerkte ihren staunenden Blick und kam sich albern vor. Die Modebranche hatte ihn von jeher fasziniert, er hatte sich angewöhnt, sich Düfte, Texturen und natürlich Designer zu merken, und nahm unwillkürlich wahr, was Leute mochten. Es bereitete ihm ungeheures Vergnügen, zu wissen, was Menschen in seiner Umgebung glücklich machte. Gleichzeitig war ihm klar, dass seine Fähigkeit, Parfüms und Modelinien zu erkennen, anderen womöglich besserwisserisch und arrogant erschien. *Ich muss mich bremsen.*

»Tut mir leid«, sagte er.

»Nein, das muss es nicht. Es gefällt mir, dass du es erkannt hast.«

Dass sich Josh an die Vorlieben seiner Kunden erinnerte, hatte ihm bisher bei seinen Geschäftsbeziehungen genutzt, doch vielleicht sollte er sich ein paar Dinge über Riley merken.

»Und wer ist der Designer?«, fragte er mit einem Blick auf ihr Kleid.

Sie errötete. »Das ... es ist eins von meinen.«

»Das hast du entworfen? Riley, es ist wirklich umwerfend. Wundervoll, diese Details am Saum und den Schultern. Das gehört auf den Laufsteg.« *Sie sollte wirklich als Designerin arbeiten.*

Sie sah nervös an sich herab. »Ehrlich? Es gefällt dir? Ich war mir nicht sicher, ob ich es anziehen sollte.«

»Es gefällt mir nicht nur, ich bin hingerissen. Du solltest dieses Kleid voller Stolz tragen. Du bist so talentiert.«

»Danke«, sagte sie und errötete.

»Die sind für dich.« Er hielt ihr einen Strauß gelber Rosen mit rotem Rand entgegen, und als sie die Hand danach ausstreckte, berührten sich ihre Fingerspitzen und eine ungewohnte Sehnsucht durchströmte ihn. Es war so lange her, dass er echtes Verlangen verspürt hatte, dass er es fast nicht erkannte. Als er den Strauß für Riley ausgesucht hatte, wusste er ganz genau, was er wollte, und als er den Blumenladen verließ, fiel ihm ein, dass er seit Collegetagen keine Blumen mehr für eine Frau gekauft hatte.

»Die sind sehr schön«, sagte sie. »Danke. Bitte, komm doch herein. Savannah hat bestimmt eine Vase.«

Er folgte ihr in die Wohnung und konnte dabei den Blick nicht von ihren runden Hüften wenden. Er versuchte, sie nicht anzustarren, doch es fiel ihm schwer.

In der Küche schob Riley einen Stapel Skizzen beiseite und öffnete dann einen Schrank nach dem anderen. »Ich bin sicher, dass hier irgendwo eine Vase ist.«

»Darf ich?«, fragte er und deutete auf die Skizzen.

»Ach, sie sind nicht besonders gut. Ich habe in den ersten Tagen hier in New York nur ein bisschen herumgekritzelt. Seitdem bin ich nicht mehr dazu gekommen.«

»Riley, die sind hervorragend. Du hast einen einzigartigen

Stil. Deine Konturen sind elegant und feminin zugleich und der hohe Halsausschnitt ist ungewöhnlich.« Als er sah, wie sie seinem Blick auswich, wurde ihm klar, dass er sie mit seinem Lob in Verlegenheit brachte. Er legte die Skizzen beiseite und nahm eine Packung Kekse in die Hand, die auf dem Tisch lag.

»Oh je, erwischt«, sagte Riley. »Meine heimliche Sünde. Nervennahrung.«

Aha, noch eine Vorliebe. Er legte die Kekspackung auf den Tisch zurück und zeigte auf eine Glasflasche mit weitem Hals, die er auf der Arbeitsplatte entdeckt hatte. »Warum nimmst du nicht einfach die?«

Riley sah sie sich genauer an. »Das ist eine Weinflasche oder so was, nicht wahr?«

»Ist doch egal, Hauptsache, es funktioniert. Ich finde den grünlichen Schimmer und die gedrungene Form eigentlich ganz hübsch. Probieren wir es.« Er nahm ihr den Strauß aus der Hand, schnitt die Stängel auf unterschiedliche Längen und arrangierte die Blumen geschickt in der Glasflasche.

»Das ist schon fast unheimlich, wie gut du Dinge gestalten kannst. Ich wäre nie darauf gekommen, die Flasche zu nehmen. Das sieht aus wie aus einer Zeitschrift«, sagte sie.

»Im nächsten Leben werde ich vielleicht Blumenhändler«, sagte er scherzhaft.

Riley lächelte, dann verlosch ihr Lächeln allmählich. Nervös spielte sie mit einem der abgeschnittenen Blumenstängel. Sie sah so süß aus, wenn sie nervös war, dass Josh ohne nachzudenken ihre Wange berührte. Als sie fragend den Blick hob, zog er die Hand hastig zurück.

»Tut mir leid, ich weiß nicht, warum ich das gemacht habe. Du hast so nervös ausgesehen. Ich glaube, ich wollte dir nur zeigen, dass dazu kein Grund besteht.«

Sie senkte den Blick. »Ist schon okay.«

»Riley, ich bin auch nervös, aber es besteht wirklich überhaupt kein Grund dazu. Wir kennen uns seit Jahren. Lass uns einfach losgehen und so tun, als seien wir in Weston beim Konzert.« Zu Hause in Weston hatte er sich mit ihr so wohlgefühlt. Fast wünschte er, sie wären jetzt dort. Sie in diesem eng anliegenden Kleid zu sehen, das jede ihrer Rundungen betonte, brachte ihn noch mehr durcheinander. Am liebsten hätte er an das angeknüpft, was sie in Weston hatten: eine enge Freundschaft, die sich sicher zu etwas anderem hätte entwickeln können, wenn sie in Colorado geblieben wären. Doch hier war alles anders. Er war ihr Chef. Er musste vorsichtig sein.

Sie spielte mit zittrigen Fingern mit ihrem Saum. »Das klingt ... prima. Ich war ganz schön nervös. Ich war mir nicht sicher, ob das heute Abend ein Date ist oder ein Geschäftsessen. Wirklich dumm von mir. Ich meine, warum sollte es ein Date sein?«

Josh hatte das Gefühl, als hätte ihm jemand einen Schlag in die Magengrube versetzt. Er hatte sich den Abend als so etwas wie ein Date vorgestellt – die Verabredung mit Peter erschien ihm wie lästiges Beiwerk. Er wollte es ihr gerade sagen, doch dann sah er, dass sie jetzt freier wirkte, weniger nervös.

»Sollen wir?« Er hasste den enttäuschten Klang seiner Stimme und nahm sich vor, seine Gefühle besser unter Kontrolle zu halten. Wusste er schon gar nicht mehr, wie es bei einem richtigen Date war? Hatte er sich nicht zu einem richtigen Date mit ihr verabredetet? Leicht verärgert folgte er ihr auf die Straße zu dem wartenden Auto.

»Du hast einen Fahrer?«, fragte sie, als er ihr den Wagenschlag aufhielt.

Ihr erschrockener Blick unterschied sich wohltuend von dem, was er bei seinen Dates normalerweise erlebte: Die Frauen gingen selbstverständlich davon aus, dass er einen Fahrer hatte. Riley dagegen schien es eher übertrieben zu finden.

»Ich war mir nicht sicher, was du von Taxifahrten hältst«, erklärte er.

»Mit einem Taxi habe ich kein Problem. Nur um die U-Bahn habe ich bisher einen Bogen gemacht«, antwortete Riley.

Noch etwas, was er an ihr mochte.

Acht

Peter Stafford erwies sich als gut aussehender Mann mit ergrauten Schläfen, durchdringenden blauen Augen und kupferfarbener Haut. Er erhob sich, als Riley und Josh an den Tisch traten. Er war etwas kleiner als Josh, doch in seinem dunklen Anzug und gestärkten weißen Hemd sah er elegant und weltgewandt aus.

»Dies ist Riley Banks, unsere neue Designassistentin«, sagte Josh. »Und eine sehr talentierte künftige Designerin«, fügte er stolz lächelnd hinzu.

Man könnte denken, dass er mir unbedingt die Schamröte ins Gesicht treiben will. »Ich freue mich sehr, Sie kennenzulernen, Mr. Stafford.« Auf dem Weg zum Restaurant hatte sie immer noch Joshs Worte im Ohr gehabt. *Lass uns einfach losgehen und so tun, als seien wir in Weston beim Konzert.* Erst, als er das sagte, hatte sie gemerkt, wie sehr sie gehofft hatte, dass der Abend tatsächlich ein Date sein würde. Warum hatte er ihr Blumen mitgebracht? Vielleicht machte man das in New York so. Und was war mit dem Kuss?

Mr. Stafford begrüßte sie mit einem Handkuss und sagte: »Nennen Sie mich bitte Peter.«

Hm, noch ein Kuss – und mit ihm habe ich ganz sicher kein

Date. Wahrscheinlich ist das in New York so üblich, dachte sie enttäuscht.

Sie setzten sich und bestellten. Riley war erleichtert, als der Kellner mit einer Flasche Wein zurückkam. Sie brauchte dringend etwas, um ihre Nerven zu beruhigen.

»Josh, wie geht es meiner Lieblingsnichte?«, fragte Peter.

Josh warf Riley einen raschen Blick zu, dann erwiderte er: »Es geht ihr gut, Peter. Claudia macht sich.«

Claudia war Peter Staffords Nichte? Mistmistmist. Riley versuchte, sich ihre Überraschung nicht anmerken zu lassen.

»Gut, freut mich zu hören«, sagte Peter.

Aus den Augenwinkeln beobachtete Riley, wie Josh unbehaglich auf seinem Stuhl herumrutschte und mit übertriebener Sorgfalt seine Serviette faltete. *Jetzt wundert es mich nicht mehr, dass sie für Josh arbeitet.*

»Wie lange ist sie jetzt bei JBD? Fünf, sechs Jahre?«, fragte Peter.

»Ja, das kommt ungefähr hin«, antwortete Josh.

»Und? Meinst du, sie rückt bald in die Riege der Designer auf?«, fragte Peter.

Josh räusperte sich. »Wir arbeiten daran«, sagte er ausweichend und nippte an seinem Wein.

»Gut«, meinte Peter, leerte sein Glas in einem Zug und fuhr dann fort: »Jeder braucht seine Chance. Ich weiß noch, wie ich meine Mädels in deinen Entwürfen habe auftreten lassen. Das war ein großes Risiko, doch heute bin ich froh, dass ich diesen Schritt gewagt habe.«

Josh nickte. »Es war wirklich eine mutige Entscheidung und ich bin dir dankbar, dass du damals mein Potenzial erkannt hast.«

Peter goss sich noch einmal nach. »Nichts zu danken, mein

Junge.«

Als der Kellner ihre Vorspeisen servierte, hatten sie die erste Flasche Wein bereits geleert.

Peter bestellte eine zweite und füllte ihnen nach, kaum, dass der Kellner sie gebracht hatte. Er hob dann sein Glas zu einem Toast.

»Auf die Modebranche, in der alles möglich ist«, sagte er.

Sie stießen an, und als Riley an ihrem Glas nippte, fiel ihr auf, dass Peter sie anstarrte. Ihre Blicke trafen sich, Peter hob eine Augenbraue und Riley sah weg.

Was ist das nun wieder? Egal, konzentrier dich auf deinen Salat. Dann erstarrte sie voller Panik. Sie hatte tatsächlich vergessen, im Internet nachzusehen, welche Gabel für den Salat bestimmt war. Dass Claudia Peters Nichte war und Peter nun auch noch anfing, mit ihr zu flirten, brachte sie ganz durcheinander. Sie beäugte verstohlen Joshs Besteckarsenal, sah, welche Gabel er genommen hatte, und machte es ihm nach. *Puh. Katastrophe abgewendet.*

»Und, Riley, wie hat es Sie nach New York und zu JBD verschlagen?«, fragte Peter.

»Oh, das war reiner Zufall.« Sie sah Josh an und wusste nicht recht, was sie sagen sollte. *Sein Bruder hat Josh auf mich aufmerksam gemacht? Ich bin mit der Freundin seines Bruders befreundet?* Wenn sie sagte, dass sie und Josh sich von früher kannten, würde Peter doch bestimmt wissen wollen, warum sie erst jetzt bei ihm angefangen hatte, oder?

Josh sprang rettend ein. »Riley hat während ihrer Ausbildung zwei Preise in Modedesign gewonnen, und als ich auf Familienbesuch zu Hause war, habe ich mir ihre Mappe angesehen.« Er sah Riley an und lächelte. »Ihre Entwürfe waren zu gut, da musste ich einfach zuschlagen.«

Wie schaffte er es nur, sich so gewandt auszudrücken? Riley entspannte sich etwas. In Zukunft würde sie sich auf solche Situationen besser vorbereiten. Ach, sie brauchte sich nichts vorzumachen. *Für mich wird das ohnehin das letzte Dinner mit Joshs Geschäftspartnern sein.*

»Ah, wunderbar«, sagte Peter. »Erzählen Sie mir ein bisschen über sich, Riley. Haben Sie Hobbys?«

Warum zerrt er mich so in dem Mittelpunkt? Ein Blick auf sein leeres Weinglas schien ihre Frage zu beantworten. Manche Männer sollten besser nicht so viel trinken. Eigentlich wollte Riley nichts von sich preisgeben. Peter schenkte ihr nach, sie trank einen Schluck und überlegte, was sie sagen sollte. Dann erinnerte sie sich, was Jade ihr geraten hatte. *Sei du selbst.*

»Ich habe nicht viele Hobbys. Ich bin gerne mit Menschen zusammen, ich reite gern und natürlich zeichne und entwerfe ich gern. In Weston habe ich bei Macy's gearbeitet, also nichts besonders Glamouröses. Aber es war nie langweilig, es hat mir Spaß gemacht. In meiner Freizeit habe ich Entwürfe gezeichnet, manchmal stundenlang.«

»Vermissen Sie Weston?«, fragte Peter.

Die Art, wie er an ihren Lippen zu hängen schien, gab ihr zu denken. Sicher, sie hatte ein paar Gläser Wein getrunken, aber sie merkte trotzdem, wenn ein Mann mit ihr flirtete.

Sie warf Josh einen raschen Blick zu, der sie ebenfalls nicht aus den Augen ließ. Ihr Herz begann zu rasen. »Ich vermisse meine Freunde, aber New York ist genau der Ort, an dem ich sein möchte. Ich wollte immer schon Designerin werden. Hier, bei Josh und seinem Team, wird mein Traum wahr, und es ist ungeheuer belebend.«

»Ich nehme an, Riley wird dich begleiten, wenn wir uns wegen der Bliss-Linie treffen?«, fragte Peter an Josh gerichtet.

»Das lässt sich sicher einrichten«, sagte Josh.

Peters Blick ging zwischen Josh und Riley hin und her. »Entschuldigt, wenn ich neugierig bin, aber ich bin nun mal geradeheraus.« Er sah Riley unverwandt an und fragte: »Seid ihr beide …?«

Oh Gott, lass mich auf der Stelle tot umfallen. Bin ich so leicht zu durchschauen?

»Nein«, sagte Riley schnell. Wieder warf sie Josh einen kurzen Blick zu und war überrascht, weil sie so etwas wie Verletztheit in seiner Miene entdeckte. Was hatte sie falsch gemacht?

Josh faltete seine Serviette zusammen, trank einen Schluck Wein. Er sah sie nicht an, sondern starrte auf die Wand hinter ihr. *Oh Gott, was habe ich getan? Ich habe ihn in Verlegenheit gebracht mit meinem Geplapper über Macy's und Weston.*

»Entschuldigt mich bitte einen Moment«, sagte sie und stand auf. *Ich will nur zur Toilette. Und mich im Waschbecken ertränken.*

Josh kochte innerlich. Er kannte Peter als jemanden, der eher bemüht war, Wogen zu glätten, als Konflikte heraufzubeschwören. Seine Frage, ob er und Riley ein Paar seien, traf ihn daher ebenso unvorbereitet wie seine eigenen Gefühle, die dabei an die Oberfläche kamen. Außerdem hatte er das Gespräch mit Riley noch nicht verarbeitet, ob dieser Abend nun als Date oder Geschäftstermin gedacht war.

Josh gab sich nicht leicht geschlagen, sonst hätte er es in der Modebranche nicht so weit gebracht. Er hatte hart gearbeitet, war Risiken eingegangen und hatte Erfolg gehabt.

Kaum, dass Riley außer Hörweite war, straffte Josh die Schultern und sah Peter geradewegs in die Augen. Er wusste, dass er ihm viel zu verdanken hatte, doch im Gegenzug hatte er sich bereit erklärt, Claudia in sein Team aufzunehmen, und dadurch waren sie quitt. Es war nicht zu übersehen, dass Peter zu viel getrunken hatte, daher entschied sich Josh, ganz sachlich vorzugehen. »Peter, Riley und ich sind nicht zusammen, aber ich wäre dir dankbar, wenn du eine angemessene Distanz wahren würdest.«

Peter lehnte sich zurück und schlug die Beine übereinander. Seine Mundwinkel zuckten. »So, du hast also ein Auge auf sie geworfen? Dachte ich doch, dass da etwas ist. Tut mir leid, wenn ich dich in Verlegenheit gebracht habe.«

Josh hielt seinem Blick stand. »Ich weiß nicht, was daraus wird, aber ich wüsste es zu schätzen, wenn du dich zurückhalten und mir Gelegenheit geben würdest, es herauszufinden.«

Peter beugte sich vor. »Habe verstanden«, sagte er. »Eine alte Jugendliebe, die neu entflammt ist?«

Schön wär's. Dann wäre es nicht so verdammt kompliziert. »Nein. Eher aus der Ferne angehimmelt«, räumte Josh ein und stellte überrascht fest, wie angespannt er war.

»Wenn ich dir einen Rat geben darf, Josh, dann hüte dich davor, dich auf ein Techtelmechtel mit einer Angestellten einzulassen, wenn du keinen Skandal willst.«

Josh lachte. »Ich glaube kaum, dass sie einen Skandal heraufbeschwören würde.« Natürlich war er sich bewusst, dass er der Boss und sie die Angestellte war, doch weiter war er mit seinen Überlegungen noch nicht gekommen. Nur so viel wusste er: Wenn er sie sah, wenn er sie berührte, selbst wenn sich nur ihre Fingerspitzen streiften, dann durchfuhr ihn etwas, das er schon sehr lange nicht mehr gespürt hatte. Wenn sie nervös war, wenn sie errötete und aufsprang und beinahe davonrannte, wie gerade eben, dann fand er sie hinreißend und wollte sie in die Arme schließen und ihr einen Kuss auf die Wange geben. Er hatte die Zeit genossen, die sie zusammen in Weston verbracht hatten, und er wollte nur zu gerne sehen, ob noch mehr dahinter steckte. Obwohl sie seine Angestellte war. Um dieses Detail würde er sich später kümmern. Jedenfalls konnte er im Augenblick keinen Peter Stafford brauchen, der sie umgarnte. Er erkannte, dass er Riley irgendwie klarmachen musste, was er empfand, ohne sie in Angst und Schrecken zu versetzen.

»Ob eine Frau einen Skandal heraufbeschwören will, weißt du immer erst, wenn es zu spät ist.« Peter hob sein Glas und sah Josh eindringlich an. »Ich habe da eine neue Geschäftsidee, über die ich mit dir reden will, aber das hat Zeit bis nach Neujahr. Lass uns sehen, wie der heutige Abend verläuft.«

Neun

Als Riley zum Tisch zurückkehrte, stellte sie erleichtert fest, dass sich die beiden Männer angeregt über Mode unterhielten. Vielleicht konnte sie sich mit ein paar intelligenten Bemerkungen rehabilitieren. Der Appetit war ihr vergangen und sie schob das Essen lustlos auf dem Teller herum.

»Ich will etwas, das Klasse hat. Nicht die billigen Trends, wie sie für New York so typisch sind, sondern Stil und Tradition. Daher beschränken wir uns auf die eleganteren Stücke aus deiner Bliss-Linie«, sagte Peter.

Oh je.

»Ich würde nicht sagen, dass es bei der Bliss-Linie auch nur ein einziges billig wirkendes Stück gibt«, gab Josh zurück.

»Nein, nein, sicher nicht. Ich meine nur, dass wir die Stücke aus den feineren Stoffen nehmen sollten. Bleistiftröcke, Wolle und Seide, vielleicht ein bisschen Leder dabei. Sachen, die die ältere Generation selbstbewusst tragen kann«, sagte Peter. »Meinen Sie nicht auch?«, wandte er sich dann an Riley.

Mist, ich will nicht in diese Diskussion hineingezogen werden. Am liebsten hätte sie mit einem Messer eine Schneise in die Anspannung gehauen, die sie umgab. Sie holte tief Luft und antwortete: »Joshs Kollektionen sind generell elegant und zeitlos, aber ich verstehe, dass Sie ein reiferes Publikum ansprechen wollen.« Ihre Antwort war hoffentlich diplomatisch genug. Josh nickte ihr lächelnd zu.

Für einen Außenstehenden mochten sie wie drei Leute aussehen, die in ein ernsthaftes Gespräch vertieft waren, doch für Riley war die Rivalität zwischen den Männern fast mit Händen zu greifen. Sie fühlte sich äußerst unbehaglich.

»Riley, ich würde gerne Ihre Entwürfe sehen. Es macht dir doch nichts aus, Josh, oder?«, sagte Peter. Die lächelnde Fassade konnte den brennenden Ehrgeiz in seinen Augen nicht verbergen.

Josh hob sein Glas, als wollte er darauf anstoßen. »Nur zu. Sie ist die talentierteste Designerin, die mir seit Langem begegnet ist. Sie hat eine glänzende Zukunft vor sich.«

Oh mein Gott? Ich? Eine glänzende Zukunft? Riley krallte die Finger in die Serviette auf ihrem Schoß, sonst wäre sie aufgesprungen und ihm um den Hals gefallen. Dann sah sie, wie er an seinem Wein nippte und Peter über den Rand des Glases hinweg beobachtete. Setzte er sie als Joker ein? Forderte er Peter heraus? *Lieber Himmel, worauf habe ich mich da nur eingelassen?*

Als Josh die Rechnung bezahlt hatte und sie aufbrechen wollten, stand er schnell auf, zog Riley den Stuhl hervor und legte ihr mit besitzergreifender Geste die Hand auf den Rücken.

»Peter, es war mir ein Vergnügen, wie immer. Deine Sekretärin soll Mia anrufen und einen Termin ausmachen«, sagte Josh mit einem charmanten Lächeln, das seinen Ärger über Peters Verhalten nur mühsam verdeckte.

»Über die Feiertage bin ich mit meinem Bruder und seiner Familie in der Schweiz. Wir machen einen Termin für Anfang Januar.« Peter gab Riley einen Kuss auf die Wange. »Das Vergnügen war ganz meinerseits.« Er schüttelte Josh zum Abschied die Hand. »Ich freue mich schon auf unser nächstes Zusammentreffen.«

Für Josh war die Doppeldeutigkeit unüberhörbar. »Ich auch«, sagte er.

»Danke, dass ich heute Abend hier sein durfte. Es hat mich sehr gefreut, Sie kennenzulernen, und es ist mir eine Ehre, bei künftigen Meetings dabei sein zu können«, sagte Riley.

Als sie im Auto saßen, gingen Josh die warnenden Worte von Peter nicht aus dem Kopf. Eigentlich hatte er Riley mit diesem Date – das in ihren Augen ja gar kein Date war – in New York willkommen heißen, sie herumführen und sie besser kennenlernen wollen. Und davon würde er sich auch durch Peters Bemerkungen so leicht nicht abbringen lassen.

»Das ist doch gut gelaufen, meinst du nicht?«, sagte er.

»Ja, er ist sehr nett.« Riley spielte mit dem Riemen ihrer Handtasche. »Claudia ist also seine Nichte?«

Er hatte schon fast vergessen, dass das Verwandtschaftsverhältnis zur Sprache gekommen war. »Ja. Vor Jahren hat Peter mir geholfen, in der Modebranche Fuß zu fassen, und als Claudia mit dem College fertig war und eine Stelle suchte …« Er zuckte mit den Schultern. »Ich bin eben loyal. Was soll ich dazu noch sagen?«

»Ich denke, das erklärt einiges. Ich hatte mich schon gefragt, wie sie zum Team gestoßen ist. Sie ist … anders als die anderen«, erklärte Riley. Bevor er etwas erwidern konnte, fuhr sie fort: »Josh, es tut mir wirklich leid, dass ich dich in Verlegenheit gebracht habe. Mit meinem Gerede von Weston muss ich wie eine ungebildete Hinterwäldlerin geklungen haben. Es ist mir so peinlich.«

»Du denkst, du hättest mich in Verlegenheit gebracht?« Josh konnte es kaum ertragen, sie so unglücklich zu sehen. Er streckte die Hand aus und hob ihr Kinn an, sodass sie ihm in die Augen sehen musste.

»Riley, es ist alles in Ordnung. Du warst wie eine frische Brise. Ich finde es herrlich, dass du dich so begeisterst, für das Leben, für andere Menschen und natürlich für deinen Beruf.« Verdammt, am liebsten würde er sie küssen, ihren köstlichen Mund spüren, die Finger in ihren Haaren vergraben und ihren Körper an seinem fühlen.

Riley starrte ihn stumm an. Josh beobachtete fasziniert, wie sie sich mit der Zungenspitze langsam über die Unterlippe fuhr. Wie ihre Lippen wohl auf seinen schmecken würden? Er schüttelte den Kopf, um das verführerische Bild loszuwerden.

»Mit seiner Frage, ob wir ein Paar sind, und seiner besonderen Aufmerksamkeit für dich wollte Peter mir zeigen, dass er … interessiert ist.« So, nun war es heraus. Zumindest ein Teil der Wahrheit.

»An mir?« Riley lachte. »Du hast wohl zu viel Wein getrunken, wie? Ich bin ein Niemand. Er wollte einfach nur nett sein. Vermutlich macht er das bei allen Frauen.«

Sie wandte den Blick ab, doch er zwang sie, ihn anzusehen.

»Riley, ich kenne Peter, seit ich als Designer angefangen habe, und ich kann dir versichern, dass er sich keineswegs bei allen Frauen so verhält. Tatsächlich habe ich ihn noch nie so offen mit der Begleiterin eines anderen Mannes flirten sehen«, sagte er leise und eindringlich. Er hoffte inständig, dass sie ihn nicht mit Peter in einen Topf warf. Vielleicht dachte sie, dass sich alle Männer in der Modebranche so benahmen.

Langsam schien sie zu verstehen, was er ihr sagen wollte, und für einen Augenblick blitzte etwas in ihren haselnussbraunen Augen auf, nur um gleich darauf hinter einem Schleier aus Verwirrung zu verschwinden.

»Aber … aber es war ein Geschäftstermin, das wusste er doch sicherlich«, sagte sie kopfschüttelnd. »Ein Geschäftstermin, mehr nicht.«

»Meinst du wirklich?« Josh lächelte, doch in seinem Innern zog sich alles zusammen. Ihm war klar, dass er gerade eine Grenze überschritten hatte. Möglicherweise war eine Stelle in der Modeindustrie alles, was sie sich von ihm erhoffte.

»Aber ich dachte … du sagtest doch, wir sollten so tun, als seien wir in Weston.« Ihre Finger krallten sich um ihre Tasche.

»Das ist nicht das, was ich mir erhofft hatte«, gab er zu. »Du warst so nervös und ich wollte, dass du dich entspannst.«

»Nicht das, was du dir erhofft hattest? Willst du damit sagen, dass die Blumen … und der Kuss –«

»Ich bin wohl ein bisschen aus der Übung, wenn es um Dates geht, Riley. Blöd wie ich bin, dachte ich, gelbe Rosen mit rotem Rand stehen für eine Freundschaft, die sich zu etwas anderem entwickelt.«

»Tun sie das?«, hauchte sie und Josh spürte, wie sich alles in ihm nach ihr sehnte.

»Ja, das tun sie.« Er betrachtete sie forschend, suchte nach einem Hinweis, dass sie die unwiderstehliche Anziehungskraft zwischen ihnen ebenso wahrnahm wie er. »Rot allein steht für romantische Liebe, während Gelb Freundschaft, Hoffnungen und Versprechen symbolisiert.«

»Hoffnungen«, flüsterte Riley.

»Auf rote Rosen«, sagte er. »Vielleicht irgendwann. Riley ...«

Wieder fuhr sie sich mit der Zungenspitze über die Lippen und diesmal hielt er sich nicht zurück. Er nahm ihr Gesicht zwischen die Hände und küsste sie erst sanft auf den warmen Mund, und dann, als sie sich entspannte und seinen Kuss erwiderte, wurde er drängender, leidenschaftlicher. Er hätte sie stundenlang weiter küssen können, doch er hatte Angst, zu weit zu gehen, noch dazu auf dem Rücksitz des Firmenwagens. Verdammt, er musste seine Gefühle unter Kontrolle bekommen.

Sie starrten sich wortlos an, die Luft zwischen ihnen vibrierte vor Begierde. Ihre Brüste hoben und senkten sich mit jedem heftigen Atemzug. Er sehnte sich danach, seine Lippen wieder auf ihre zu senken und die milchweiße Haut ihrer Brüste zu berühren, die ihn den ganzen Abend gelockt hatte. Doch so sehr er bei Dates auch aus der Übung sein mochte: Er wusste, dass es riskant war, zu schnell zu weit zu gehen – und auch wenn er es ungern zugab, so hatte Peter mit seinem Hinweis auf Skandale nicht unrecht. Um sich selbst machte er sich in dieser Hinsicht keine Sorgen, doch wenn Claudia erfuhr, was Josh für Riley empfand, würde sie ihr das Leben zur Hölle machen. Also drängte er seine Begierde beiseite und nahm ihre Hand.

»Komm, wir sehen uns ein bisschen in New York um«, brachte er mühsam hervor. Seine Begierde konnte er zügeln, doch gegen das breite Grinsen auf seinem Gesicht kam er nicht an. Sein Herz tanzte vor Freude, und als er aus dem Fenster auf die vorbeihuschenden Lichter sah, kamen sie ihm heller und strahlender vor.

»Jay«, sagte er zu seinem Fahrer, »zum Longacre Theatre,

bitte.«

»Sehr wohl, Sir«, sagte Jay.

Ein nervöses Lächeln umspielte Rileys Lippen und sofort wurde Josh unruhig. Hatte er ihre Reaktion falsch gedeutet? Hatte er die Grenzen ihrer Freundschaft überschritten?

»Bereust du diesen Kuss?«, fragte er.

»Bereuen? Nein, ganz bestimmt nicht«, sagte sie lächelnd und drückte seine Hand.

Ihre Nervosität machte sie für ihn noch anziehender, und er war heilfroh, dass dieser wundervolle Kuss sie nicht verschreckt hatte. Zum ersten Mal seit Monaten hatte Josh das Gefühl, dass es neben der Arbeit noch etwas anderes gab, das ihn mit Freude erfüllte. Als ein Countrysong im Radio ertönte, beugte er sich vor, um einen anderen Sender zu suchen.

»Nein, bitte. Das ist mein Lieblingssänger«, sagte Riley.

»Wer?«

»Hunter Hayes. ›Wanted‹ ist das tollste Lied, das ich kenne.«

Hunter Hayes. Ein weiteres Detail, das er sich unbedingt merken musste.

»Die Stadt ist so herrlich«, sagte Riley. Sie reckte den Hals, um im Vorbeifahren einen Blick auf die bunten Leuchtreklamen zu erhaschen. »So anders als zu Hause. Weißt du, früher habe ich mir oft Fotos angesehen und mir vorgestellt, wie es sein muss, in New York zu leben. Und nun bin ich tatsächlich hier und es ist noch viel schöner, als ich es mir erträumt habe.« Sie sah Josh mit einem strahlenden Lächeln an. »Es ist, als könnte ich platzen vor Energie. Ich will das alles erleben, die Lichter, den Trubel …« Ihr Lächeln erlosch.

»Was ist?«, fragte Josh.

Riley stöhnte. »Ach, das hat nichts mit heute Abend zu tun.

Ich habe Angst, mit der U-Bahn zu fahren, dabei werde ich kaum darum herumkommen.«

Er drückte ihre Hand. »Das kriegen wir hin«, sagte er. Er hatte auch schon eine Idee, wie.

»Meinst du?«, fragte sie.

»Bestimmt.«

Riley sah wieder aus dem Fenster. »Sieh nur, da ist Tiffany.« Dann stöhnte sie. »Lieber Himmel, ich sage genau die Sachen, die jeder Tourist sagt. Tut mir leid.«

Sie war so verdammt süß. »Das muss dir nicht leidtun, ich finde es wunderbar.«

Je näher sie dem Theater kamen, desto nervöser wurde Josh. Vor Theatern und Restaurants lauerten die Paparazzi besonders gern. Zum Glück war Jay mit allen Wassern gewaschen. Er arbeitete seit fünf Jahren für Josh und wusste genau, wie man ihnen entkam. Er fuhr am Theater vorbei in eine dunkle Seitenstraße.

Josh sagte ihm, sie würden zu Fuß nach Hause gehen, und hielt Riley die Tür auf.

»Sind wir nicht eben am Theater vorbeigekommen?«, fragte Riley.

»Wir machen nur einen Bogen um die Fotografen. Was meinst du, wie es dir ergeht, wenn Claudia uns morgen früh auf der Titelseite der Zeitung sieht?«

»Lieber Himmel, bloß nicht«, sagte Riley mit weit aufgerissenen Augen.

Er konnte nicht anders, er musste sie einfach küssen, nur ganz kurz. Sein Mund streifte ihre Lippen, und als er sich aufrichten wollte, schmiegte sie sich an ihn. Sie ließ den Kuss tiefer werden und sagte ihm so alles, was er wissen musste.

»Komm«, sagte er und nahm ihre Hand. Gemeinsam

hasteten sie um die nächste Ecke.

»Mr. Braden, wie schön Sie zu sehen.« Der ältere Herr mit dem schütteren grauen Haar, der sie am Hintereingang begrüßte, trug ein weißes Hemd und eine schwarze Stoffhose. »Guten Abend, Ms. Banks, und viel Spaß bei der Vorstellung.«

Riley drückte Joshs Hand. »Danke«, sagte sie.

Als Josh die Karten bestellt hatte, hatte er Frank Rimmel vorgewarnt, dass sie durch die Hintertür kommen würden. Das Strahlen in Rileys Augen zeigte ihm, wie sehr sie sich über die persönliche Begrüßung freute. »Frank arbeitet schon seit zwanzig Jahren hier«, erklärte Josh. »Danke, Frank.«

Hand in Hand eilten sie durch ein Labyrinth aus Gängen und Treppen, bis sie schließlich ihre Plätze in der Nähe der Bühne erreichten. Kaum hatte Riley seine Hand losgelassen, empfand Josh eine schmerzliche Leere und sehnte sich danach, sie zu berühren und ihre Wärme zu spüren. Wie konnte das sein, nach so kurzer Zeit?

»Das ist ja wahnsinnig aufregend. Wie bist du nur so schnell an die Karten gekommen?«, fragte Riley mit großen Augen. Sie blickte sich begeistert um, dann sah sie Josh an und sagte schlicht: »Danke.«

»Die Show heißt ›First Date‹. Ich dachte mir, der Titel passt, also habe ich ein bisschen herumtelefoniert«, sagte Josh. Er schob seine Hand in ihre.

Sie strahlte ihn an und flüsterte: »First Date? Ehrlich? Das ist wirklich lieb von dir. Es ist umwerfend hier, so glamourös und gleichzeitig gemütlich. Toto, ich habe das Gefühl, dass wir nicht mehr in Kansas sind«, witzelte sie.

Plötzlich fühlte sich Josh in ihre gemeinsame Zeit in Weston zurückversetzt. Es waren wundervolle Tage gewesen, mit der Frau, die so unvermutet wieder in sein Leben getreten war.

Die Show begann, aber Joshs Augen waren eher auf Riley als auf das Geschehen auf der Bühne gerichtet. Ihr Lachen war laut und herzlich und so gar nicht feminin, sie warf den Kopf zurück und lachte, bis ihr die Tränen kamen. Und zum ersten Mal seit Langem erlaubte sich Josh, aus vollem Hals mitzulachen. Er hatte sich so daran gewöhnt, sich zu beherrschen und das Bild zu vermitteln, das man von einem Mann in seiner Stellung erwartete, dass er gar nicht mitbekommen hatte, wie sehr sich sein Beruf auf sein Leben auswirkte und ihn einschränkte.

Als die Show vorbei war, hatten Rileys Lachtränen einen guten Teil ihres Make-ups weggespült und die natürliche Schönheit darunter zum Vorschein gebracht. Ihre hohen Wangenknochen schimmerten rosig und unter ihren dichten Wimpern blitzten die gelben und grünen Pünktchen in ihren haselnussbraunen Augen. Joshs Herz machte einen Satz, der ihn völlig unerwartet traf.

Als sie sich dem Haupteingang näherten, legte Riley ihm die Hand auf den Arm. »Sollten wir nicht besser den Hintereingang nehmen?«

Seine Gedanken waren so voll von ihr, dass er gar nicht mehr an die Fotografen gedacht hatte. »Nein, dort drängen sich die Leute, die auf ein Autogramm von den Stars hoffen. Am Haupteingang sind wir sicherer, wenn wir es geschickt anstellen.« Es fiel ihm schwer, ihre Hand loszulassen, doch sie durften das Gebäude nicht gemeinsam verlassen, wenn sie die Gerüchteküche nicht anheizen wollten. Wahrscheinlich warteten vorne keine Fotografen mehr. Nach der Show versammelten sie sich meist am Hinterausgang, um einen Blick auf die Schauspieler zu erhaschen.

Eigentlich war es Josh egal, wer ihn und Riley Hand in

Hand aus dem Theater kommen sah, doch er wusste nur allzu gut, dass man Claudia nicht unterschätzen durfte. Sie konnte Riley das Leben zur Hölle machen. »Riley, wir sollten nicht den Anschein erwecken, als seien wir zusammen. Es tut mir wirklich leid, aber es ist wahrscheinlich am besten so. Geh du erst, ich komme dann nach. Halte dich links und warte um die Ecke auf mich.«

»Oh, gute Idee. Wie raffiniert du bist!« Riley lachte. Sie ließ seine Hand los und flüsterte: »Ich komme mir vor wie ein Teenager in der Highschool.«

»Ich auch, aber eigentlich gefällt mir diese Heimlichtuerei überhaupt nicht.«

Sie runzelte die Stirn und er fuhr hastig fort: »Ich meine, mir macht es nichts aus, wenn uns jemand Hand in Hand sieht, aber ich will Claudia keinen Grund geben, dich zu schikanieren.«

»Warum lässt du es zu, dass sie sich so verhält?«, fragte Riley.

»Claudia ist eben so, wie sie ist. Ihr Charakter lässt sich nicht ändern, aber sie ist eine verdammt gute Designassistentin, tja, und dann ist sie Peters Nichte.«

Riley errötete und senkte den Blick.

»Was ist?«, fragte Josh.

»Ich dachte, ihr beide seid … du weißt schon.«

Josh schüttelte den Kopf. »Wie kommst du denn darauf?« Konnte es sein, dass Claudia ihr diesen Eindruck vermittelt hatte? Er würde gleich morgen früh mit ihr sprechen. Das ging nun wirklich zu weit.

Riley zuckte die Schultern. »So, wie sie sich verhält, wenn du in der Nähe bist, könnte man meinen …«

»Sie ist eine Meisterin der Manipulation und schafft es

mühelos, falsche Eindrücke zu erwecken. Mir ist klar, wie sie tickt, aber ich hätte nicht gedacht, dass du auf ihre Tricks hereinfällst.« *Sonst hätte ich dieses Missverständnis schon längst aufgeklärt.* Josh nahm sich vor, am nächsten Tag dafür zu sorgen, dass Claudia auf Distanz blieb. Es war höchste Zeit, dass er ihr ein paar klare Grenzen aufzeigte.

Wieder zuckte Riley mit den Schultern. »Sie ist ziemlich überzeugend.«

»Moment mal, du glaubst doch nicht etwa, dass ich … Nein, nein, nein. Ich habe nie etwas mit ihr gehabt und habe auch gar kein Interesse daran. Riley, ehrlich!«Wie konnte sie annehmen, dass er auf Claudia hereinfiel? Wirke ich so sehr wie ein Draufgänger? Josh hätte nie angenommen, dass jemand, der ihn kannte, das von ihm denken könnte. Andererseits kannten er und Riley sich eigentlich nicht besonders gut. In einer Kleinstadt, in der Familienfehden Freundschaften zunichtemachten und man sich nur aus der Ferne anhimmeln konnte, war es kaum möglich, jemanden wirklich kennenzulernen.

»Tut mir leid. Inzwischen weiß ich, dass nichts daran ist, aber als ich euch gestern zusammen sah …«

Josh erwiderte nichts. Er sah ihr nach, wie sie die Treppe hinabstieg und allein die belebte Straße entlangging. Er kam sich vor wie ein Idiot. *Ach, verdammt.* Er hastete die Stufen hinunter und ergriff ihre Hand, noch bevor sie um die Ecke gebogen war.

Sie zuckte zusammen. »Warte, sie könnten –«

Er küsste sie, heftig und entschlossen, und als sie sich an ihn schmiegte, wurde sein Kuss tiefer, intensiver. Als sich ihre Lippen lösten, atmete sie heftig. Er liebte es, die Begierde in ihren Augen aufglimmen zu sehen, wenn sie sich küssten.

»Ich will mich nicht verstecken, Riley. Ich nehme mir Claudia vor und sorge dafür, dass sie dir nichts tut, aber ich lasse es nicht zu, dass eine einzige Frau uns diese Augenblicke nimmt.« Josh atmete schwer. Er konnte es selbst kaum fassen, dass er bereit war, ihre Beziehung der Öffentlichkeit preiszugeben. Jahrelang hatte er sich zurückgehalten, hatte gewartet und gehofft. Nun wollte er es allen erzählen – seiner Familie, seinen Angestellten, seinen Kollegen.

Riley sah ihn wortlos an.

Alles in seinem Innern zog sich zusammen. »Mist. Habe ich das alles falsch verstanden? Willst du gar nicht, dass wir zusammen sind?«, fragte er und hielt den Atem an.

»Nein«, sagte sie und schüttelte heftig den Kopf. »Ich meine, mir war gar nicht klar, wie sehr ich mir das gewünscht habe. Ich will es, ich will das.«

Josh atmete auf.

»Aber, Josh, ich blamiere mich bis auf die Knochen. Das Mädel, das sich nach oben geschlafen hat. Alle werden sich über mich den Mund zerreißen, und das will ich nicht.«

Sie hatte recht, doch der Gedanke, sie ziehen zu lassen, noch bevor ihre Beziehung richtig angefangen hatte, war fürchterlich. Er respektierte sie und wollte nicht, dass sie sich Sorgen machte, aber er wollte auch mit ihr zusammen sein.

»Heißt das, dass wir uns verstecken sollen?«, fragte Josh. Bevor sie etwas erwidern konnte, hatte er sie um die Hausecke gezogen und blieb unter einer kaputten Straßenlaterne stehen, wo sie niemand sehen konnte. Er zog sie an sich und senkte seine Lippen auf ihre. Ihre vollen Brüste drängten sich an seine Brust und er spürte, wie er hart wurde. Er ließ seine Hände über ihre Rundungen gleiten, brannte sich den sanften Schwung ihrer Hüften ins Gedächtnis, damit er sich daran laben konnte, wenn sie nicht in der Nähe war. Er küsste sich an ihrem Hals entlang bis zu ihren Schultern.

»Ja«, flüsterte sie heiser. »Ja, ich will, dass wir uns verstecken. Ich weiß, es klingt dumm, aber ich bin noch ganz neu hier und finde es schwierig genug.«

Seine Fingerspitzen erkundeten ihr Schlüsselbein.

»Okay«, sagte er und sah ihr in die Augen. »Verstecken wir uns also, auch wenn es mir nicht gefällt. Es ist so lange her, dass ich mich für etwas anderes als meine Arbeit begeistert habe. Und du« – er fuhr ihr sanft über die Wange – »weckst jede Menge Begeisterung in mir.«

Als Josh Riley die Stelle in seinem Team anbot, hatte er sich vorgestellt, dass er ihr New York zeigen und sie ein bisschen besser kennenlernen würde, um herauszufinden, was sich aus dem entwickeln würde, was er bei ihren Begegnungen in Weston empfunden hatte. Jetzt brauchte er jedoch keine weitere Gewissheit. Sein Körper sehnte sich nach Riley. Er wollte sie. Er brauchte sie. Der verklärte Blick in ihren Augen schien zu sagen, dass sie genauso fühlte wie er, doch er wollte sie nicht drängen.

Joshs Worte drangen an Rileys Ohr, doch das Herz schlug ihr bis zum Hals, sodass sie keinen Ton hervorbrachte. *Du weckst jede Menge Begeisterung in mir.*

»Riley?« Josh berührte ihren Arm. »Sollen wir ein Stück gehen?«

Mein Puls rast. Ich kann nichts sagen.

Er schloss sie wieder in die Arme, drängte sie mit dem Rücken gegen die Wand und schmiegte seine Wange an ihre. Riley sog seinen Duft ein, der ihren Körper einhüllte, und legte ihm die Hände auf die Taille.

»Gott, du duftest wundervoll.« *Mist. Habe ich das wirklich gesagt oder nur gedacht?* Sie schloss die Augen.

»Clive Christian«, flüsterte er. Seine Stimme klang tief und verführerisch. »Mit Sandelholz. Man glaubt schon seit viertausend Jahren, dass es Seelenverwandte zusammenbringt.«

Sie unterdrückte ein Wimmern, das ihre Lust verraten hätte.

Seine Lippen glitten zu ihrem Ohr, sein Hals war so nah, dass sie ihn hätte küssen und seine Haut kosten können. Sie biss sich auf die Zunge, um sich daran zu hindern.

Josh küsste sich an ihrem Ohrläppchen entlang. »Bist du sicher, dass du dich verstecken willst? Uns verstecken willst?« Sein heißer Atem streifte ihre Haut. »Ich möchte nämlich nichts lieber, als mit dir Hand in Hand durch die Straßen zu gehen.«

Wie sollte sie dem Mann, der seit Jahren durch ihre Träume geisterte, sagen, dass sie das nicht wollte, wenn sie sich doch nach so viel mehr sehnte?

Er löste sich von ihr. Die Botschaft in seinen Augen hätte nicht deutlicher sein können: Ich will dich. Die Hände auf ihren Hüften sagten es ebenso eindringlich: Ich brauche dich. War ihr Begehren auch so offensichtlich? In ihrem Kopf kreiste jedoch ein Gedanke, den sie vergeblich zu verdrängen versuchte.

Er ist mein Chef.

Ach, verdammt. Sie schluckte, um ihre Stimme unter der Glut ihrer Lust hervorzuholen. »Es tut mir leid. Ja«, brachte sie hervor.

Er gab ihr einen Kuss auf die Wange. »Ich respektiere deine Entscheidung.«

Er trat einen Schritt zurück und Riley hatte das Gefühl, als wollte sich ihr Herz einen Weg nach draußen bahnen, um ihm nahe zu sein.

»Sollen wir?« Er wies mit dem Kopf die Straße hinunter, während sein Blick ihr weiterhin signalisierte: *Ich will dich.*

Riley versuchte, die widerstreitenden Stimmen in ihrem Kopf zum Schweigen zu bringen. *Verstecken? Bist du verrückt? Jemandem wie Josh sagt man nicht, dass man die Beziehung zu ihm verstecken will. Du willst es doch auch gar nicht. Ich muss aber. Claudia wird mir das Leben zur Hölle machen. Du bist wahnsinnig. Okay, hab's kapiert. Ich rede mit mir. Hör endlich auf, hör auf!*

Sie gingen am Times Square entlang. Josh zeigte ihr verschiedene Geschäfte, erzählte ihr von den unterschiedlichen New Yorker Bezirken. Riley hörte ihm mit halbem Ohr zu, während ihre Gedanken auf Wanderschaft gingen. Im Vergleich zu Weston waren die Wolkenkratzer, die Leuchtreklamen und der hektische Verkehr so neu, so fremd und so faszinierend, doch es kam ihr vor, als seien sie beide in eine romantische Wolke eingehüllt, die die elektrisierenden Töne des New Yorker Abends nicht durchdringen konnten. Die Erinnerung daran, wie ihre Hand in seiner gelegen hatte, war so stark, dass sie seine Handfläche zu spüren meinte, wenn sie die Finger zur Faust ballte. Sie fuhr sich mit der Zunge über die Lippen und schmeckte seine Süße. Der Abendwind wehte ihr seinen Duft zu und sie hatte das Gefühl, das leise Kratzen seiner Bartstoppeln auf ihrer Wange zu spüren.

Das Hupen eines Taxis ließ sie zusammenzucken.

»Alles okay?«, fragte Josh.

»Ja.« Sie schüttelte den Kopf, um die Traumgespinste loszuwerden, die sie einhüllten. Sie sah sich um. »Es ist wundervoll hier. Geht es die ganze Nacht so weiter? Die Leute, die Lichter, die Autos?«

»Ja, eigentlich schon.« Er wollte nach ihrer Hand greifen, als sie die Straße überquerten, und hielt sich im letzten Moment zurück. »Tut mir leid.«

»Nein, *mir* tut es leid. Dir kommt es wahrscheinlich völlig übertrieben vor, aber ich will nicht, dass Claudia etwas gegen mich in der Hand hat. New York ist riesig, ich weiß, und die Wahrscheinlichkeit, dass sie oder jemand, der sie kennt, uns zusammen sieht, ist gering, aber –«

»Nein, nicht so gering, wie du vielleicht denkst. Wenn die Medien neues Futter brauchen, nehmen sie Leute wie mich gerne ins Visier«, sagte Josh kopfschüttelnd.

»Oh je, das klingt nicht besonders beruhigend.« *Das ist schwieriger, als ich dachte.* »Ich möchte ernsthaft versuchen, mir einen Namen in der Modebranche zu machen, und das wird mir nie gelingen, wenn mir von Anfang an der Ruf anhaftet, dass ich eine Beziehung zu meinem Chef habe – und du bist schließlich nicht irgendein Chef, sondern Josh Braden, der Kult-Designer.« *Ich höre mich an wie ein Groupie.*

Josh verlangsamte seine Schritte. »Nein, ich finde das alles gar nicht übertrieben. Ich mag keine Heimlichtuerei, das stimmt. Aber dass ich Hand in Hand mit einer Frau durch die Straßen gehen oder sie umarmen oder sie küssen wollte, bis sie nicht mehr weiß, wo oben und unten ist –« Er blieb stehen und trat einen Schritt auf sie zu.

Küsse ihn. Tu's einfach. Riley konnte sich nicht rühren, geschweige denn einen klaren Gedanken fassen. Sie konnte sich nur ausmalen, wie sich dieser Kuss anfühlen würde.

»... das ist ewig her«, sagte Josh. »Und all das will ich mit dir.« Er sah sie forschend an. »Als wir uns in Weston getroffen haben, war da etwas, aber ich war mir nicht sicher, ob es echt war oder eingebildet.«

Er wandte den Blick ab und Riley hielt überrascht den Atem

an. Vor dem Hintergrund des Times Square war sein Profil noch beeindruckender.

»Ich habe es auch gespürt«, flüsterte sie. Sie wusste nicht, ob er sie gehört hatte, und sie hatte nicht den Mut, es zu wiederholen.

»Ich verstehe, warum du vorsichtig sein willst, und wie gesagt: Ich respektiere deine Entscheidung. Es wird nicht einfach werden. Aber nun komm«, sagte er. »Wenn ich noch länger hier stehe und dein wunderschönes Gesicht betrachte, kann ich für nichts mehr garantieren.« Für einen Augenblick legte er ihr die Hand auf den Rücken. »Ich will dir etwas zeigen.«

In atemlosem Schweigen ging Riley neben ihm. Allmählich ließen sie den Lärm und die Hektik des Times Square hinter sich, und als sie die Fifth Avenue überquerten, umgab sie plötzlich eine zauberhafte Stille. Hier gab es keine Leuchtreklamen und keine Schaufenster. Es war, als seien sie in eine geheime Welt eingetreten. Langsam beruhigte sich Riley und konnte wieder klarer denken.

»Wohin gehen wir?«, fragte sie.

»Das ist eine Überraschung, aber wir sind fast da. Diese Straße mag ich besonders gern. Spürst du es?« Er streckte im Gehen die Arme aus.

»Diese friedliche, magische Aura?«, fragte Riley.

»Ja, das beschreibt es ganz genau.« Er schob die Hände in die Hosentaschen, als wollte er sie vorsichtshalber einsperren.

Bald kamen sie wieder in belebtere Gegenden und der Zauber verschwand wie Morgennebel in der Sonne.

»Ist das nicht –« Riley starrte Josh mit aufgerissenen Augen an.

»Grand Central Station.« Er lächelte. »Ich lebe schon so

lange hier, dass ich ganz vergessen habe, wie spektakulär der Bahnhof ist.«

»Er ist umwerfend«, sagte sie. »Gehen wir da hinein?«

»Ganz genau.« Er streckte die Hand aus und ohne nachzudenken, schob sie ihre Hand in seine. Ihre Finger berührten sich, ihre Blicke trafen sich und für den Bruchteil einer Sekunde war alles perfekt. *Er ist mein Chef.* Rasch zog Riley ihre Hand zurück und senkte den Blick. *Vielleicht ist es ein Fehler. Er ist mein Chef.* Sie sah auf seine Hand. *Aber er ist auch Josh.*

»Ist schon okay«, sagte er. »Komm mit.«

Sie folgte ihm ins Innere des Bahnhofsgebäudes. Ihre Absätze klackerten auf dem Marmorboden. Über den massiven Säulen an den goldfarbenen Wänden wölbte sich die grüne Decke, durch die Fenster schien das Mondlicht und gab der Szenerie einen traumhaften Anstrich.

Sie gingen an einem großen Zeitungskiosk vorbei und unter einem hohen Portal hindurch. Riley dachte, sie würden den Bahnhof durch einen Nebenausgang verlassen, doch dann zeigte Josh auf eine Rolltreppe.

»Da hinunter?«, fragte Riley verblüfft.

»Genau.« Nacheinander betraten sie die Rolltreppe.

Sie umklammerte das Geländer, als sie in den Untergrund fuhren. »Das macht mich ein bisschen nervös.«

»Deshalb machst du es ja auch mit mir«, sagte er.

Sie landeten auf einem Bahnsteig zwischen zwei U-Bahn-Gleisen.

»Josh«, sagte sie. Sie spürte, wie sich ihr Magen zusammenzog. »Ich bin mir nicht sicher, ob ich das schaffe.«

»Ri, sieh mich an.«

Sie bemühte sich, doch ihr Blick richtete sich auf den

dunklen Tunnel jenseits des Bahnsteigs.

»Ich bin bei dir«, sagte Josh. »Ich passe auf, dass dir nichts passiert. Du bist eine intelligente, fähige Frau und ich möchte nicht, dass du dich vor etwas fürchtest. Ich verspreche dir, dass du am Ende unserer Fahrt ganz anders über die U-Bahn denkst.«

Am liebsten hätte sie sich einfach an ihn gekuschelt und den Gedanken an die U-Bahn ganz weit weggeschoben.

»Vertraust du mir?«, fragte er.

Sie nickte.

»Mehr braucht es nicht«, sagte Josh.

Mit zittrigen Beinen und angehaltenem Atem wagte Riley den Schritt von der Bahnsteigkante in den Zug. Josh hatte einen Arm um sie gelegt und führte sie zu einer Metallstange, an der sie sich festhalten konnte. Es störte sie nicht, dass kein Sitzplatz mehr frei war. So konnte sie sich ganz dicht an Josh schieben. Seine Nähe gab ihr Sicherheit und half ihr, sich zu beruhigen. Eine ältere Frau las Zeitung. Wenn ihr die silberfarbene Brille von der Nase rutschte, schob sie sie ungerührt wieder hoch. An einem Ende des Zuges stand eine Gruppe von Teenagern, sie lachten und spielten mit ihren Handys. Riley staunte, wie entspannt sie waren. *Warum bin ich so nervös?* Auf den Sitzen saßen die Passagiere dicht gedrängt. Die meisten starrten stumm vor sich auf den Boden.

Jedes Mal, wenn der Zug hielt, stiegen Leute aus, und nach dem dritten Stopp ließ Rileys Nervosität ganz allmählich nach. Sie beobachtete Frauen und Männer, die in Gruppen oder alleine saßen oder standen, und je länger sie sie beobachtete, desto mehr wurde ihr klar, dass die U-Bahn einfach ein Teil vom Alltag in New York war, so wie der Bus zu Weston oder Allure gehörte. Sie sah zu Josh auf, der sie aufmerksam beobachtete, und konnte es kaum fassen, dass er sich die Mühe machte, ihr zu helfen. Allerdings war dies auch der Josh Braden, der als Fünftklässler einem Jungen sein Mittagessen gegeben hatte, dem in die Schulcafeteria sein Tablett heruntergefallen war. Sie hatte diesen Vorfall fast vergessen, und als sie jetzt sein gut geschnittenes Gesicht betrachtete, wurde ihr klar, dass der Junge von damals immer noch in dem Mann steckte, der er geworden war.

Nach der nächsten Haltestelle setzten sie sich auf die harten Sitze, und bald waren nur noch drei andere Leute mit ihnen im Zug.

»Es riecht ein bisschen nach Zigaretten und abgestandenem Essen, aber Rauchen ist hier nicht erlaubt, oder?«, fragte Riley.

»Nein, das kommt von den Leuten. Wenn man genug Raucher in einen geschlossenen Raum steckt, riecht es schon bald unweigerlich nach Zigaretten. Ich mache die Augen zu und stelle mir vor, dass das Rumpeln unter mir eine Achterbahn oder ein Schlitten ist, und dann kann ich es wirklich riechen«, sagte Josh.

»Du kannst die frostige Luft eines schneebedeckten Berggipfels riechen? Hier drinnen?«, fragte Riley lächelnd.

»Ich bin Designer. In meinem Kopf kann ich alles entwerfen. Dann muss ich nur noch mein Gehirn davon überzeugen, es zu glauben. Probier es selbst einmal«, sagte er.

Riley schloss die Augen und seufzte.

»Stell dir vor, du bist wieder zu Hause. Erinnerst du dich an die Hügel hinter der Highschool?«

Riley nickte.

»Und weißt du noch, wie wir als Kinder in den Winterferien den ganzen Tag Schlitten gefahren sind? Stell dir vor, du stehst da im Schnee, mit deinem Schlitten.«

Riley wusste genau, wovon er sprach. Sie war oft genug mit Jade dort gewesen. Allerdings waren sie die meiste Zeit damit beschäftigt gewesen, so zu tun, als würden sie Rex und Josh nicht anstarren. Als sie versuchte, den Geruch der Winterluft in Colorado heraufzubeschwören, drängten sich das Bild von Josh und der Duft von Clive Christian Cologne in ihre Erinnerung. Riley spürte, wie ihr das Blut in die Wangen stieg.

»Funktioniert es?«

»Besser, als ich dachte«, sagte sie. Als sie die Augen öffnete, stieg gerade der letzte Mitreisende aus. »Hier ist Brooklyn Bridge. Ist das nicht der letzte Halt?« Sie stand auf. »Müssen wir nicht aussteigen?« *Warum bleibst du einfach sitzen?*

»Alle denken, dass hier die Endhaltestelle ist.« Josh stand auf, legte einen starken Arm um sie und zog sie an sich. »Wir sind ganz alleine. Keine Augen, keine Ohren.«

Er neigte den Kopf und Riley stellte sich nervös auf die Zehenspitzen und kam ihm auf halbem Weg entgegen. *Die Endhaltestelle? Und was kommt dann?* Kaum, dass sich ihre Lippen berührten, fiel alle Angst von ihr ab. Sie vertraute ihm. Bei ihm war sie in Sicherheit. Er vertiefte den Kuss und sie fragte sich, wie ihre Beine sie noch tragen konnten. Der Zug schlingerte. Josh schlang einen Arm um die Metallstange und hielt sie mit dem anderen fest an sich gedrückt.

»Siehst du, es gibt keinen Grund, Angst vor der U-Bahn zu haben«, sagte er. »Warst du nervös?«

Nur, weil du so dicht bei mir gestanden hast. »Nicht wirklich.«

»Gut. Hier sind ständig alle unterwegs. Und du wirst künftig mit der U-Bahn zur Arbeit und zurück fahren. Dir kann nichts passieren. Ich will nicht, dass du dir Sorgen machst. Die U-Bahn ist ein Muss in New York.«

»Ich weiß. Es geht mir schon viel besser. Vielleicht fahre ich nicht unbedingt nachts alleine mit der U-Bahn, aber ich denke, morgens schaffe ich das. Ich werde mich schon daran gewöhnen.« Sie konnte es kaum glauben, dass er sich gemerkt hatte, was sie über ihre Angst vor der U-Bahn gesagt hatte. Seine Fürsorglichkeit rührte sie. »Danke«, sagte sie.

»Komm, setzen wir uns. Der Zug fährt gleich um eine scharfe Kurve und dann siehst du die schönste vergessene U-Bahn-Station von New York.«

»Eine vergessene U-Bahn-Station?«

Der Zug fuhr langsamer und fuhr kreischend um die Kurve. Riley und Josh legten die Hand über die Augen und spähten durch das Fenster.

»Oh mein Gott. Was ist das? Es ist so wunderbar verziert. Josh, das ist herrlich.« Und genau so schnell, wie sie aufgetaucht war, verschwand der Bahnhof wieder. Riley sah Josh mit offenem Mund an.

»Der Bahnhof befindet sich unter dem Rathaus. Sie haben die Station vor ein paar Jahren renoviert, aber sie wurde nie wieder eröffnet. Sie ist schön, nicht wahr?«

»Das war unglaublich. Wissen alle hier in New York, dass es diesen Bahnhof gibt?«

Josh schüttelte den Kopf.

»Woher wusstest du das? Nein, warte. Sag mir nicht, dass du es herausgefunden hast, als du mit einer anderen Frau unterwegs warst.« Der Gedanke ließ sie zusammenzucken. In Zeitschriften hatte sie Fotos von Josh Arm in Arm mit schönen Models gesehen und versuchte, nicht darüber nachzudenken. *Hör auf. Jeder hat eine Vergangenheit.*

»Du bist so süß.« Er legte den Arm um sie. »Mein Immobilienmakler.« Er gab ihr einen Kuss auf die Wange. »Er hat es mir erzählt.« Er küsste ihren Hals und Riley schloss die Augen, genoss die schaukelnde Bewegung des Zuges und das Gefühl von Joshs Lippen. »Wenigstens müssen wir uns hier nicht verstecken.« Er nahm sie in einem weiteren Kuss, ließ seine Hand über ihren Brustkorb gleiten. Mit dem Daumen strich er über die Unterseite ihrer Brust.

Hitze durchströmte sie, und als der Zug in den nächsten Bahnhof einfuhr, hatte Riley nur einen einzigen Gedanken. *Ich habe diese Heimlichtuerei jetzt schon satt.*

Zehn

Das ist ein Traum. Es muss einfach ein Traum sein. Riley stand an Savannahs Eingangstür. Josh hatte sie in seine Wohnung eingeladen, aber sie hatte Angst, dass man sie dabei ertappte, wie sie hineinging oder herauskam. Sie fand es schrecklich, sich darüber Gedanken machen zu müssen. Als sie sich im Zug geküsst hatten, war sie fast so weit, die ganze Heimlichtuerei zu vergessen, doch als sie in die kühle Nachtluft traten, setzte die Vernunft wieder ein und ihr war klar, dass die Realität am nächsten Morgen um acht auf sie warten würde.

Von dem Moment an, als Joshs Lippen ihre berührten, hatte Riley kaum an etwas anderes denken können. Das Musical hatte ihr Spaß gemacht und sie abgelenkt, und dass er ihr half, ihre Angst vor der U-Bahn in den Griff zu bekommen, war so einfühlsam und rücksichtsvoll von ihm gewesen. Doch jetzt standen sie Hand in Hand vor Savannahs Wohnung und Riley spürte nur noch den Wunsch, ihm nahe zu sein.

Ihre Finger zitterten, als sie versuchte, den Schlüssel ins Schloss zu stecken. Josh griff um sie herum, legte seine Hand auf ihre und schloss auf. Sein heißer Atem streifte ihren Hals und sie machte die Augen zu und sog die Wärme seines Körpers auf, der sich von hinten an sie drängte.

Die Tür öffnete sich und Rileys hatte das Gefühl, als hätten ihre Nerven Feuer gefangen. *Oh mein Gott! Ich werde in der Wohnung seiner Schwester mit ihm schlafen. Das geht doch nicht.* Josh legte von hinten die Arme um sie, küsste sie am Hals und knabberte an ihrem Ohrläppchen.

»Lass uns hineingehen, damit ich dich noch mehr küssen kann«, flüsterte er.

Zur Hölle mit ›Das geht doch nicht.‹ Riley drehte sich um, packte ihn am Hemdkragen und zog ihn in die Wohnung. Er schloss die Tür mit einem raschen Fußtritt. Viel zu lange hatte sie ihr Verlangen nach ihm unterdrückt. Sie wollte ihn, verdammt noch mal, und solche Kleinigkeiten wie die Tatsache, dass die Wohnung seiner Schwester gehörte, würden sie nicht davon abhalten, der Sehnsucht ihres Körpers und ihres Herzens nachzugeben. Dafür brauchte sie ihn zu sehr. Sie nestelte an seinen Hemdknöpfen, während sie küssend und schwer atmend Richtung Schlafzimmer taumelten. Sie wollte keine Scheu, keine Zurückhaltung mehr. Josh löste sich für einen Augenblick von ihr, um sein Hemd abzustreifen. Als er an ihrem Kleid zupfte, streckte Riley die Hand nach dem Lichtschalter aus.

»Ich will dich sehen«, sagte er.

Nicht nach all deinen Dates mit diesen superschlanken Models. »Es ist mir ein wenig peinlich«, gab sie zu.

Er legte ihr die Hand an die Wange – eine Geste, die ihr schon so vertraut erschien – und flüsterte: »Du bist die schönste Frau, die ich kenne.«

Das ist lieb von dir, egal, ob du lügst oder die Wahrheit sagst. Sie griff nach einer Kerze auf dem Bücherregal. »Okay?«

»Perfekt.« Josh nahm eine Packung Streichhölzer vom Regal, zündete die Kerze an und stellte sie auf den Nachttisch. Er zog seine Brieftasche aus der Hosentasche und legte sie neben die Kerze.

Sie standen nur drei Schritte voneinander entfernt, aber diese drei Schritte fühlten sich an wie ein gähnender Abgrund. Riley trat auf ihn zu und er kam ihr auf halbem Weg entgegen und schob ihr die Hand in den Nacken. Seine Hand war groß und warm, und als er sie in einen Kuss zog, wollte sie ihn anfassen, wollte ihre Haut an seiner fühlen, doch sie zögerte. *Ob er mich für zu forsch halten wird?* Seine Zunge erkundete erst ihren Mund und glitt dann über ihre volle Unterlippe. Als er sie sanft zwischen den Zähnen packte, durchfuhr ein Stromstoß ihren aufgeheizten Körper, und gerade als sie sich nicht mehr zurückhalten konnte, streifte er ihr das Kleid über den Kopf. Dann senkten sich seine Lippen wieder auf ihre. Sie griff nach dem Knopf an seiner Hose und zog sie hinunter, ohne sich auch nur einen Augenblick lang von der betörenden Wärme seines Mundes zu lösen. Josh trat einen Schritt zurück und ließ seinen Blick genüsslich und langsam über ihren Körper gleiten.

»Mein Gott, Riley, du bist hinreißend.«

Sie schaute auf ihren BH und den String aus schwarzer Spitze herunter. Sie sah dabei etwas ganz anderes als er, doch seltsamerweise gab ihr sein Blick, der auf den Rundungen ihrer Hüften und ihrer vollen Brüste verharrte, das Gefühl, schön und begehrenswert zu sein. Langsam streifte sie ihre Schuhe ab. Sie sonnte sich in der Hitze, die den Raum zwischen ihnen füllte, und hoffte, dass sich dieser Moment für immer in ihr Gedächtnis brennen würde. Seine muskulöse Brust und die kräftigen Arme waren nicht das, was sie sich unter seinen eleganten Anzügen vorgestellt hatte. Selbst in ihren wildesten Fantasien hatte sie sich seinen Körper nicht so vollkommen ausgemalt. *Oh Gott. Er sieht blendend aus.*

Bis auf ihre gierigen Atemzüge war es vollkommen still im

Zimmer. Riley hätte schwören können, dass sie das Hämmern ihres Herzschlags in ihrer Brust hörte. Durch die dünnen Vorhänge schien der Mond, sein Licht warf Schatten, die im Licht der flackernden Kerze tanzten. Als Josh die Hand nach ihr ausstreckte, schloss Riley die Augen und dachte nicht weiter als bis zum nächsten Atemzug. Sie genoss das Gefühl, wie seine Finger sie sanft erkundeten, und schob die Angst vor dem nächsten Morgen weg.

Er küsste sie wieder. Sie legte ihm die Hände auf den Rücken und fuhr an den harten Muskeln entlang über die heiße Haut hinunter bis zu seiner Boxershorts. Wenn nur ihre Finger nicht so zittern würden. Riley war bisher nur mit drei Männern zusammengewesen, aber sie erkannte den Unterschied sofort. Ihre Nervosität hatte nichts damit zu tun, dass sie mit einem Mann zusammen war. Sie zitterte, weil dieser Mann der einzige Mann war, den sie jemals wirklich gewollt hatte. Josh.

Er löste seine Lippen von ihren, küsste ihren Hals, ihre Brust und ließ dann den Finger am Rand ihres BHs entlanggleiten, bevor er den Mund auf die zarte Haut ihrer Brust senkte. Sie hielt die Luft an. Seine heiße, sinnliche Zunge tastete sich unter den Spitzenstoff. Sie hatte so lange davon geträumt, seine Lippen auf ihrem Körper zu spüren, dass sie unter ihrer Berührung fast dahinschmolz. Er griff hinter sie, hakte den BH auf und befreite ihre schweren Brüste. Seine Hände waren da, um sie zu begrüßen, sie zu streicheln und ihre Brustwarzen mit dem Daumen und Zeigefinger zu umschmeicheln, bis sie vor Lust stöhnte.

Josh führte sie zum Bett. Sie legte sich auf den Rücken und er beugte sich über sie und schaute ihr tief in die Augen. Lächelnd strich er ihr das Haar aus der Stirn.

»Alles okay?«, fragte er.

Riley gab sich ganz seiner Berührung hin. »Mm-hmm« war alles, was sie hervorbrachte.

»Ich will nicht, dass du etwas machst, was du nicht willst, Riley. Ich wollte es langsam angehen lassen, aber …«

Sie fuhr ihm mit einer Hand über die Bartstoppeln, die sich auf seinen Wangen zeigten. Er war nicht mehr Josh Braden, Modedesigner, Arbeitgeber. Er war einfach nur Josh, der süße, sexy Mann, in den sie sich vor Jahren verliebt hatte. Sie würde ihr Verlangen nicht weiter unterdrücken.

»Ich will es nicht langsam angehen lassen«, sagte sie und ergriff mit der anderen Hand den Rand seiner Boxershorts, schob sie unter den weichen Stoff und streichelte ihn schmeichelnd und quälend. Ein Stöhnen entfuhr ihm, als er den Mund auf ihre Brust senkte. Mit der Zunge umspielte er ihre Brustwarze und brachte jeden Nerv in ihrem Körper zum Glühen. Sein Mund glitt von der einen Brust zur anderen, dann tastete er sich mit der Zunge abwärts bis zu ihrem Bauchnabel. Mit geschlossenen Augen genoss Riley seine Berührungen. Mit beiden Händen umfasste er ihre Hüften, während seine Zunge Kreise um ihren Bauchnabel malte und immer wieder hineintauchte. Voller Verlangen nach mehr wand sie sich unter ihm.

Rileys Rundungen waren sinnlich und voll, so ganz anders als bei den anderen Frauen, mit denen Josh zusammen gewesen war. Zu spüren, wie sich ihre üppigen Hüften in seine Handflächen wölbten, jagte einen Blitz des Verlangens durch seinen Körper. Mit den Daumen schob er ihren String ein Stück herunter, sodass die empfindliche Haut oberhalb ihrer Hüftknochen freilag. Stöhnend bäumte sie sich auf. Am liebsten hätte er ihr den String heruntergerissen, um tief und hart in sie einzudringen, aber er hielt sich zurück. Er wollte ihre Leidenschaft genießen, darin eintauchen, während sie neu und unversehrt war. Wer wusste, womit der nächste Tag aufwarten würde? Josh hatte jahrelang auf den nächsten Tag hingelebt. Heute Abend zählte nur der Augenblick.

Riley schob ein Bein über seine Hüfte und jagte ihm Lustschauder über den Rücken. Er küsste sich Zentimeter für Zentimeter nach oben und bedeckte ihre Lippen mit seinen, während sich seine Hand unter das winzige Stück Stoff zwischen ihren Beinen stahl. Ihre seidige Haut war feucht und warm. Erst ein, dann zwei Finger glitten in sie und stießen im Gleichtakt mit seiner Zunge immer wieder zu.

Sie wölbte sich ihm bereitwillig entgegen, ihre warme Mitte pulste um seine Finger. Sie krallte die Hände in seine Haare und drängte sich an ihn, ihr Kuss wurde fordernder und steigerte sein Verlangen, sie zu nehmen, ins Unermessliche. Die rhythmische Bewegung ihrer Hüften wurde schneller, aber er war noch nicht bereit, sie über den Rand der Lust zu treiben. Er zog seine Finger zurück und entlockte ihrer Kehle ein tiefes, quälendes Stöhnen. Jeder ihrer Laute ließ seine Begierde anschwellen. Langsam tauchte er seine Finger wieder in ihre samtige Enge, zog sie ebenso hervor, bevor er sie erneut tief in sie gleiten ließ. Dann beschleunigte er seine Bewegungen, um jedem Stoß ihrer Hüften zu begegnen, bis er spürte, wie ihr Innerstes um seine Finger zuckte. Ihr Kopf kippte zurück, sie öffnete den Mund und kniff die Augen zusammen. Sie krallte sich mit beiden Händen in seine Schultern.

»Josh«, rief sie in die Dunkelheit. »Oh … Josh«, raunte sie mit einer kehligen Stimme. Ihr Atem kam in kurzen, heftigen Stößen, bis schließlich ihre Beine zur Seite fielen und sich ihre Lider flatternd öffneten.

Er legte seine Lippen auf ihre und spürte die zufriedene

Mattigkeit ihres Kusses, die alle möglichen zügellosen Wünsche in ihm weckte. Er küsste sich langsam an ihrem Körper herunter, bis sein Mund dicht über ihrem Geschlecht verharrte. Das hatte er seit Jahren nicht mehr gemacht. Es war ein so intimer Akt, den er sich mit keiner Frau vorstellen konnte, die ihn benutzte, um in ihrem Beruf voranzukommen, oder mit jemandem, mit dem er keine Zukunft sah. In dieser Hinsicht war er anders als viele Männer, und als er jünger war, hatte er sich Sorgen gemacht und sich gefragt, ob seine Prinzipientreue irgendwie seltsam war.

Nun, als Riley unter ihm lag und er das Vertrauen in ihren Augen sah und spürte, wie sie sich ihm öffnete und ihr Herz seines füllte, wusste er, dass es richtig gewesen war, diesen heiligen Akt für einen ganz besonderen Menschen aufzuheben. Er senkte den Mund zwischen ihre Beine und liebkoste die Innenseiten ihrer Oberschenkel. Ihre Haut war salzig und süß und der Duft ihrer Erregung zog ihn magisch an. Seine Lippen fanden ihre Mitte und seine Zunge fuhr sanft und zärtlich darüber. Riley krallte die Hände in die Laken, als er schneller wurde. Er packte ihre Oberschenkel, als er sie an den Rand eines weiteren Höhepunktes brachte, sich ihre Muskeln unter den Handflächen spannten und ihr Innerstes gegen seine Zunge pochte. Mit einer Hand zog er seine Boxershorts herunter und stieß sie mit dem Fuß weg.

Riley stöhnte seinen Namen. Jedes Aufwölben ihres Rückens war von einem gierigen Keuchen begleitet und Josh konnte nicht mehr warten. Seine Erektion pochte vor Lust. Rasch fischte er ein Kondom aus seiner Brieftasche, riss die Verpackung mit den Zähnen auf und zog die Latexhülle über. Riley packte seinen Bizeps und zog ihn zu sich herunter. Er drang in ihre feuchte Hitze ein, bedeckte ihren Mund mit seinem und stieß hart und hungrig zu. Sie schlang beide Beine um seine Taille, um ihn noch tiefer aufzunehmen. Es war verdammt lange her, dass er sich so gut gefühlt hatte.

Als sich ihre Mitte pulsierend um ihn zusammenzog, war er kurz vor dem Höhepunkt.

»Ri, sieh mich an«, sagte er.

Sie lächelte und er verlangsamte seine Bewegungen gerade genug, um ihr einen langen, sinnlichen Kuss zu geben, bevor er selbst den Gipfel der Lust erreichte. Ihre Lider schlossen sich flatternd, als er sich mit einem letzten Stoß gegen sie wölbte. Dann sank er auf sie, satt und erfüllt. Ihre glühenden Körper entspannten sich.

»Wow«, flüsterte sie.

Ihre Haut glänzte im Kerzenlicht. Josh griff nach ihrer Hand. »Wow stimmt ganz genau«, sagte er. Wenn der Morgen kam, würde es ihm ungeheuer schwerfallen, seine Gefühle für Riley geheimzuhalten.

Elf

Riley wachte auf, als ihr Handy auf dem Nachttisch vibrierte. Sie tastete danach, ohne die Augen aufzumachen. Plötzlich setzte sie sich mit einem Ruck im Bett auf. Die vergangene Nacht fiel ihr ein – und Josh war verschwunden. *Haben wir uns überhaupt verabschiedet?* Sie sah sich im Schlafzimmer um. Joshs Kleider waren ebenso weg wie seine Brieftasche. Hatte er sich davongeschlichen wie nach einem One-Night-Stand?

Wieder vibrierte ihr Handy. »Hallo?«, sagte sie.

»Du solltest mich doch gestern Abend anrufen.«

»Jade, Gott sei Dank«, flüsterte Riley panisch, während sie aus dem Bett kletterte. Sie wusste nicht, ob Josh möglicherweise vor der Schlafzimmertür stand oder überhaupt noch in der Wohnung war.

»Stimmt was nicht?«, fragte Jade.

»Nein. Doch. Warte mal.« Sie legte das Telefon auf den Nachttisch und zog ein T-Shirt und Unterwäsche an, dann sprach sie weiter. »Es war auf jeden Fall ein Date.«

»Warum flüstern wir?«, flüsterte Jade.

»Weil ich mich nicht erinnern kann, dass ich mich von Josh verabschiedet habe, nachdem … du weißt schon.«

»Du und Josh?«, kreischte Jade. »Wirklich? Das ist

wunderbar!«

»Nein, ist es nicht. Ich meine, es ist wunderbar, ja, aber es ist auch furchtbar beängstigend.« Auf Zehenspitzen ging sie ins Wohnzimmer. Offenbar war sie allein in der Wohnung. Sie atmete erleichtert auf.

»Was ist daran beängstigend?«

»Jade, ich schlafe mit meinem Chef! Cruella wird begeistert sein. Sie wird mich den anderen zu Fraß vorwerfen, darauf kannst du Gift nehmen.« Auf dem Küchentisch fand Riley einen Zettel. »Moment mal«, sagte sie und las.

Guten Morgen, meine Schöne. Bin bald zurück. J.

»Oh mein Gott.«

»Riley, nun sag endlich, was los ist«, drängte Jade.

»Es ist ein Zettel·von Josh. Er kommt gleich zurück. Wie spät ist es eigentlich?« Über den Baumwipfeln zeigten sich gerade die ersten Sonnenstrahlen.

»Bei dir ist es jetzt sechs Uhr«, sagte Jade.

»Dann ist es bei dir also erst vier? Himmel, du musst wirklich früh raus, um die Tiere zu versorgen. Warum ist er wohl vor sechs aufgestanden? Und warum steht hier, dass er wiederkommt?« Riley ging ins Badezimmer. Auf dem Handtuchhalter hing ordentlich gefaltet ein frisch benutztes Handtuch. »Er hat geduscht«, sagte sie.

»Und du? Hast nicht einmal mitbekommen, wie er aufgestanden ist und sich fertiggemacht hat?«, fragte Jade belustigt.

»Hm, muss ich wohl. Ich weiß gar nicht, wann wir eingeschlafen sind.«

»Tja, das klingt nach gutem Sex«, sagte Jade. »Überleg doch mal: Wann hattest du das letzte Mal Sex, ohne dass du den Typen gleich danach vor die Tür setzen wolltest?«

»Halt den Mund! Wenn man dich reden hört, könnte man mich direkt für eine Schlampe halten«, fauchte Riley.

»Nein eine Schlampe bist du nun wirklich nicht, aber sehr wählerisch. Und daraus schließe ich, dass Josh Braden gut im Bett ist.«

Riley setzte sich auf den Toilettendeckel. Ihre Gedanken gingen zurück zum Abend zuvor. Aus jeder seiner Berührungen sprachen Achtsamkeit und Respekt, als würde er jeden Augenblick genauso genießen wie sie. »Ja, war er, aber das ist nicht alles. Als du und Rex zusammengekommen seid, hattest du da das Gefühl, dass er alles richtig macht?«

»Was meinst du damit? Er ist ein Mann und kein Mann macht alles richtig.« Jade lachte.

»Nein, ich meine, dass jede seiner Berührungen sich richtig anfühlt. Bei den meisten Männern geht alles viel zu schnell, sie sind in Gedanken schon beim nächsten Schritt. Du weißt schon: ein paar Küsse, ein bisschen Gefummel und dann … Bei ihm war es ganz anders.« *Sieh mich an.* Ein wohliger Schauder lief ihr über den Rücken.

»Kurzer, knackiger Sex kann auch ganz toll sein, aber ich weiß, was du sagen willst. Und wie geht es jetzt weiter? Was machst du mit Cruella?«

Riley schnaubte frustriert. »Ich habe ihm gesagt, dass ich unsere Beziehung lieber geheimhalten würde, damit sie nichts davon erfährt. Aber richtig glücklich bin ich damit nicht.«

»Oh je.«

»Ja, du sagst es: oh je. Ach, Jade. Ich bin so ein Idiot. Er war bereit, mit ihr zu reden und ihr zu sagen, dass wir zusammen sind, und da bin ich ziemlich panisch geworden. Ich will nicht, dass man mich als die Frau sieht, die sich nach oben schläft.«

»Nun«, sagte Jade, »wenn du vorhattest, dich nach oben zu

schlafen, hast du alle Zwischenschritte übersprungen.«

»Ach, halt die Klappe. Du weißt doch, was ich meine. Ich möchte ernst genommen werden. Ja, ich schlafe mit Josh, aber nicht, um meine Karriere voranzubringen.« Riley fragte sich, ob es ein Fehler war, ihrem Herzen zu folgen. »Ich sollte die ganze Sache beenden, nicht wahr? Bevor wir uns näher kommen?« Der bloße Gedanke, mit Josh Schluss zu machen, bevor ihre Beziehung richtig angefangen hatte, schnürte ihr die Kehle zu.

»Hör mal, wenn Rex und ich eine Familienfehde aus dem Weg schaffen können, die schon vor unserer Geburt begonnen hat, dann kommt ihr auch mit ein paar Gerüchten zurecht. Aber sag mir ehrlich: Was empfindest du für ihn?«

Riley schüttelte den Kopf. »Ich weiß es nicht. Ich mag ihn. Sehr sogar. Aber vielleicht bilde ich mir das nur ein, weil alles neu und aufregend ist. Du weißt ja, wie das ist. Manchmal, nach einem Monat oder so, flaut die anfängliche Begeisterung ab. Was ist, wenn ich in ein paar Wochen ganz anders denke als jetzt und es bereue, dass ich mein Ansehen in der Modebranche für den Rest meines Lebens zunichtegemacht habe?«

»Das meinst du doch wohl nicht ernst, oder?«, fragte Jade. »Du magst ihn seit Jahren. Das ist nichts Neues, es kommt nur jetzt erst richtig zum Vorschein. Wie kannst du dir einreden, dass du einen Fehler gemacht hast?«

Riley seufzte. »Tue ich ja gar nicht. Oder vielleicht doch. Es ist wie früher, als ich ihn aus der Ferne beäugt habe –«

»Und die halbe Nacht von ihm geträumt hast«, ergänzte Jade.

»Kann sein.«

»Mir ging es ja mit Rex genauso, daher weiß ich, wie es bei dir war.«

»Gut, okay. Seit dem Tag, als meine Hormone aktiv

wurden, habe ich von ihm geträumt, und je öfter ich ihn sah, desto schlimmer wurde es. Während meiner Ausbildung an der Modeschule war es etwas besser, da konnte ich die Gedanken an ihn ein bisschen beiseiteschieben«, sagte Riley.

»Ich kenne das Gefühl, aber, Ri, das ist Realität. Das passiert wirklich, und eigentlich weißt du, dass du es nicht beenden willst«, sagte Jade.

Riley zuckte zusammen, als es an der Tür klopfte.

»Es hat geklopft. Das muss er sein. Ich muss Schluss machen. Wir reden später, okay?«, sagte Riley.

»Ja, und Ri?«

»Ja?«

»Es ist vollkommen okay, wenn du deinem Herzen folgst. Erlaube dir, glücklich zu sein.«

Riley legte das Telefon beiseite und öffnete die Tür.

»Hi.« Josh küsste sie auf die Wange und reichte ihr einen Becher mit Kaffee. Er schob sich an ihr vorbei in die Wohnung, als hätte er ihr seit Jahren jeden Morgen frischen Kaffee gebracht. Er hatte Jogging-Shorts und ein verschwitztes T-Shirt an und trug einen Kleidersack und eine Sporttasche über der Schulter.

»Hallo.« Riley schloss die Tür, lehnte sich dagegen und umfasste den warmen Becher mit beiden Händen. *Erlaube dir, glücklich zu sein.* Ihr Herz war so voll, als sie Josh zusah, wie er die Tasche und den Kleidersack auf die Couch legte und mit ausgebreiteten Armen auf sie zukam.

Seine schweißbedeckte Haut fühlte sich eiskalt an und trotzdem schmolz sie fast dahin, als er sie küsste. Als er ihr »Ich habe dich vermisst« ins Ohr flüsterte, war es um sie geschehen. Nie im Leben würde sie ihre Beziehung beenden, nur um nicht zum Gegenstand von Klatschgeschichten zu werden. Sie erstarrte in seinen Armen. Was sollte sie jetzt tun? Zur Arbeit gehen und so tun, als sei nichts? Im Grunde hatte sie ihn genau darum gebeten. Wie sollte sie das schaffen, wenn sie nichts lieber wollte, als in seinen Armen zu liegen und ihn zu küssen, als gäbe es die Welt da draußen nicht?

»Alles okay?«, fragte er. »Ist der Kaffee gut so?«

»Ja, perfekt«, sagte sie.

»Was ist los? Stimmt etwas nicht?« Er betrachtete sie besorgt.

Wie sollte sie ihm sagen, was ihr durch den Kopf ging?

»Riley, was ist es? Hätte ich besser nicht zurückkommen sollen?«, fragte er.

»Nein, nein, das ist es nicht. Es ist nur ...« *All das gefällt mir viel zu gut. Ich will neben dir aufwachen. Ich will, dass du mir Kaffee mitbringst. Ich will nur nicht als die Frau gelten, die Karriere gemacht hat, weil sie mit dir geschlafen hat.*

»Babe, was ist?«

Babe? Oh Gott, ich liebe das.

Riley wandte sich ab, damit er ihr Gesicht nicht sah. Sie wusste, dass ihre Augen ihre Gefühle offenbarten. Jade hatte es ihr immer wieder gesagt.

Er schloss sie in die Arme und legte seine Wange an ihre.

»Was immer es sein mag: Wir kriegen es hin«, sagte er.

Riley seufzte. »Willst du das wirklich?« *Warum klingt meine Stimme so ängstlich? Himmel, wie sehr ich das hasse!*

»Das? Meinst du das hier?« Er zog sie an sich und gab ihr einen Kuss auf die Wange. »Oder meinst du das, was zwischen dir und mir ist?«

»Das, was zwischen dir und mir ist.« *Sag mir, dass du es willst. Nein, bitte sag mir, dass du es nicht willst. Ach, verdammt.*

Er trat einen Schritt zurück und sah sie forschend an.

»Lassen wir mich einen Moment außer Acht. Was willst du, Riley? Was würde dich glücklich machen? Ich will dich nicht bedrängen. Wenn du nicht erkunden möchtest, was zwischen uns möglich ist, dann verstehe ich es. Und du brauchst dir keine Sorgen um deine Stelle zu machen.«

»Nein.« Sie legte ihm die Hand auf den Arm und spürte die Anspannung in seinen Muskeln. »Josh, ich habe nicht den geringsten Zweifel, dass ich dich will. Und dass ich keine Heimlichtuerei und kein Versteckspiel will. Aber ich bin mir nicht sicher, ob ich das Gewitter aus Klatsch und Tratsch überstehe, bevor ich überhaupt eine Chance hatte, mich zu beweisen.«

Er zog sie wieder in seine starken Arme und hielt sie fest. Sie legte die Wange an seine Brust und genoss die Wärme und Geborgenheit.

»Oh, Babe. Das ist nicht so einfach.« Er sah sie lächelnd an, legte ihr die Hand an die Wange und küsste sie. »Aber wir finden einen Weg. Lass uns darüber reden.« Er nahm sie bei der Hand und führte sie zur Couch.

»Wo warst du vorhin?«, fragte sie.

»Ich war laufen und dann war ich kurz in meiner Wohnung und habe mir etwas zum Anziehen und eine Zahnbürste und dergleichen geholt.«

»Bist du mit den Taschen gelaufen?«, fragte sie.

»Nein, Jay hat sie hergebracht. Ich wollte nicht, dass du denkst, ich würde mich davonschleichen, aber ohne mein tägliches Laufpensum fehlt mir einfach etwas. Ist es okay, dass ich wieder hierhergekommen bin?«

»Ja, natürlich. Aber warum? Ich meine, warum hast du dich nicht in deiner Wohnung fertig gemacht?«

»Riley, es ging mir nur ums Laufen, nicht darum, den Tag

ohne dich anzufangen. Ich möchte Zeit mit dir haben, und wenn es dir lieber ist, dass wir uns heimlich treffen, dann werde ich jeden unbeobachteten Moment nutzen, der sich bietet. Außerdem gehört es sich doch wohl, seiner Liebsten einen Kaffee mitzubringen – nach einer solchen Nacht.« Er fuhr sich mit der Hand durchs Haar. »Wahrscheinlich hätte ich dich vorher fragen sollen. Tut mir leid. Dass ich dir im Weg sein könnte, ist mir gar nicht in den Sinn gekommen. Aber Frauen haben schließlich auch ihre morgendlichen Rituale.« Er lachte. »Ich bin ja schon groß. Ich kann mich auch in meiner Wohnung fertig machen. Kein Problem.« Er stand auf.

Riley zog ihn aufs Sofa zurück. »Josh, das wollte ich doch gar nicht sagen. Jemanden wie dich habe ich noch nie kennengelernt. Die meisten Männer würden zusehen, dass sie so schnell wie möglich verschwinden. Du hast mich überrascht, das ist alles. Bleib hier. Bitte bleib hier.«

Er streichelte ihre Wange. »Ich bin eben nicht wie die meisten Männer.«

»Ja, ich weiß. Die meisten Männer hätten keine Lust, sich über Probleme zu unterhalten.«

Er runzelte die Stirn. »Wobei es für dieses spezielle Problem keine einfache Lösung gibt. Viele Alternativen haben wir nicht gerade. Wir können zur Arbeit gehen, so tun als sei nichts und sehen, wie sich unsere Beziehung entwickelt. Oder wir können allen zeigen, was los ist, und aushalten, was die Gerüchteküche ausbrütet. Dazwischen gibt es nichts. Ich richte mich ganz nach dir. Du kannst frei entscheiden.«

»Du bist wirklich unglaublich. Machst du dir keine Gedanken, wie es ankommt, dass du eine Beziehung mit einer Angestellten hast? Und mit einer, die gerade erst angefangen hat? Du bist nicht einfach nur mein Chef, Josh, du bist Kult.

Du bist der Kopf von JBD. Ach, was rede ich: Du *bist* JBD. Findest du es nicht problematisch, mit jemandem aus deinem Team zusammen zu sein? Oder …«

»Oder was?«

Riley sah ihm direkt in die Augen und stellte die Frage, die ihr einfach nicht mehr losließ. »Oder hattest du früher schon mal eine Beziehung mit einer Mitarbeiterin? Vielleicht ist es nichts Neues für dein Team. Schließlich gehen die tollsten Models bei JBD ein und aus.«

Ehe sie wusste, wie ihr geschah, lag Josh auf ihr, hielt ihre Hände über ihrem Kopf fest und küsste sich an ihrem Hals entlang. Riley schrie vor Überraschung und Entzücken auf.

»Ehrlich! Für so jemanden hältst du mich also, ja? Für jemanden, der einsame Mitarbeiterinnen und Models flachlegt?« Er hob ihr T-Shirt hoch und küsste sie auf den Bauch. »Dann will ich dir eins sagen, meine Liebe. Nicht nur habe ich noch nie eine Beziehung mit jemandem aus dem Team gehabt. Ich habe auch noch nie eine Beziehung mit jemandem wie dir gehabt.« Er kitzelte sie, bis sie vor Lachen kreischte.

»Okay, ist ja schon gut«, keuchte sie zwischen zwei Lachsalven.

Er senkte seine Lippen in einem sinnlichen Kuss auf ihre. *Daran könnte ich mich gewöhnen.* Sie wölbte sich ihm entgegen und er zog sie auf seinen Schoß. Ihr Haar umgab sie wie ein Vorhang. Josh streifte ihr das T-Shirt ab und nahm ihre Brust in den Mund. Stöhnend überschlug sie rasch, ob sie genug Zeit hatten, bevor sie zur Arbeit mussten. Ach verdammt. Irgendwie würden sie es hinbekommen. Er zupfte an ihrer Unterhose, gleichzeitig schob sie seine herunter.

»Kondom«, sagte er und streckte die Hand nach seiner Tasche aus.

Sie stöhnte. »Beeil dich.« Sie lag nackt auf der Couch und sah zu, wie er das Kondom über seine beeindruckende Erektion stülpte. Am Abend zuvor hatte sie gar nicht mitbekommen, *wie* beeindruckend sie war, und nun konnte sie sich kaum daran sattsehen.

Mit einem verschmitzten Lächeln schob er sich auf sie. »Der Fluch der Bradens.«

»Mit diesem Fluch könnte ich mich anfreunden«, sagte sie.

»Kann man sich nicht aussuchen.«

»Geteiltes Leid …«, sagte sie neckend. Atemlos nahm sie erst die Spitze, dann jeden Zentimeter seines Schafts in ihrer feuchten Mitte auf. Bei jedem Stoß seiner Lenden entfuhr ihr ein lustvolles Stöhnen. Sie hatte so lange von ihm geträumt und nun, als die Sonne ins Zimmer schien und seine dunklen Augen sie herausfordernd ansahen, wusste sie, dass Sex sich noch nie so perfekt angefühlt hatte.

Er nahm ihr Gesicht in beide Hände und küsste eine sanfte Spur über ihre Lippen, die Wangen, die Stirn. »Du bist wirklich wunderschön«, sagte er.

»Sagst du das auch zu all den Models?«, fragte sie neckend. »Übrigens ist das das Sofa deiner Schwester. Ich glaube nicht, dass sie begeistert wäre.«

»Wahrscheinlich nicht.« Er stand auf und sofort streckte sie die Hände nach ihm aus.

Er zog sie auf die Füße, sodass sie auf dem Sofa stand, und hob sie hoch. Sie schlang die Beine um ihn und ließ ihn in sich gleiten.

»Jetzt sind wir nicht mehr auf dem Sofa.«

Noch ließ er sich die Anstrengung nicht anmerken, die es ihn kosten musste, sie festzuhalten. Mit den Händen unter ihren Oberschenkeln drückte er sie mit dem Rücken gegen die Wand und stieß hart und hungrig in sie. Sie küsste ihn auf den

Hals, dann sog sie an der Haut an seiner Schulter, bis er stöhnte.

»Wenn du so weitermachst, komme ich gleich«, sagte er.

»Darum geht es doch, oder?«, lachte sie.

Wieder stöhnte er. Er trug sie ins Schlafzimmer und legte sie aufs Bett. Als er sich auf sie schieben wollte, schüttelte sie den Kopf.

»Ich bin dran«, sagte sie und drückte ihn spielerisch an die Wand. »Nimm das ab«, sagte sie mit einem Blick auf das Kondom.

»Abnehmen?«

»Ja, nimm es ab. Wenn man sich schon das Maul über mich zerreißt, will ich es wenigstens genießen.« Sie sah zu, wie er das Kondom abzog. »Außerdem nehme ich die Pille«, sagte sie. Dann umschloss sie seine Brustwarze mit den Lippen und saugte daran, bis sie sich hart und prall anfühlte. Keuchend packte er sie an den Armen.

»Nicht so hastig«, sagte sie. Sie küsste sich an seiner Brust nach unten bis zu seinem hoch aufgerichteten Schaft.

»Riley, das muss nicht sein«, sagte er.

»Psst.« Sie fuhr mit der Zungenspitze an der ganzen Länge seines Schafts entlang und genoss das kehlige Stöhnen, das sie Josh entlockte. Sie umschloss ihn mit den Fingern und ließ die Zunge über seine Hoden gleiten, während sie ihn streichelte, erst langsam, dann immer schneller. Josh drängte sich jeder ihrer Bewegungen entgegen.

»Babe«, presste er zwischen zusammengepressten Zähnen hervor.

»Psst.« Sie zog ihn zur Bettkante und tippte ihm mit dem Finger an die Brust. Als er sich auf den Rücken sinken ließ, kniete sie vor ihm, schloss die Lippen um seinen pulsierenden Schaft und glitt mit quälender Langsamkeit daran entlang.

»Lieber Himmel«, stöhnte Josh. »Du machst mich verrückt.«

Sie wurde schneller, umschloss seinen Hoden mit den Fingern und brachte ihn mit dem Mund kurz vor den Höhepunkt.

»Riley, das ist nicht fair. Was ist mit dir?«, fragte er.

»Mm, mein gütiger Liebhaber. Das gefällt mir.« Sie liebkoste seine Härte, bis er die Hände in die Bettdecke krallte und sein Atem stoßweise ging. Dann schob sie sich an ihm hoch, bis sie ihm in die Augen sehen konnte. »Kondom?«, fragte sie.

»Du nimmst doch die Pille?«, fragte er zurück.

»Ja, aber entscheide dich schnell, sonst verliere ich womöglich das Interesse«, neckte sie.

Lächelnd schloss er die Augen. Sie wusste, dass sie nicht schwanger werden konnte, aber die anderen Frauen, mit denen er zusammen gewesen war, machten ihr schon Sorgen. Diesmal würde sie noch auf Nummer sicher gehen, bis sie mehr über seine Vergangenheit wusste. Dass er ein erfahrener Liebhaber war, hatte er letzte Nacht hinreichend bewiesen.

»Bin gleich wieder da«, flüsterte sie und lief in den Flur, um ein Kondom zu holen. Als sie wiederkam, lag er immer noch auf dem Rücken auf der Bettdecke. Seiner Erektion hatte die Unterbrechung nichts anhaben können. Sie riss die Packung auf und half ihm, das Kondom überzustreifen, bevor sie sich hinkniete und mit der Zunge über die Innenseite seiner Oberschenkel fuhr.

Er zog sie auf seinen Schoß. »Du hast eine schmutzige Fantasie«, sagte er.

»Nein, eigentlich nicht. Du musst eine besondere Macht über mich haben.« Sie genoss die Zügellosigkeit und Unbefangenheit, die er in ihr geweckt hatte. Zu Hause in

Weston kannte jeder jeden. Die Gerüchteküche brodelte unablässig vor sich hin. Riley selbst hielt ständig Augen und Ohren offen, um alles mitzubekommen. Wenn ein Gerücht die Runde machte, wusste sie, wer es in die Welt gesetzt hatte, und normalerweise wusste sie auch, ob es der Wahrheit entsprach oder nicht. Insgeheim hatte sie immer Sorge gehabt, dass ein Mann, mit dem sie zusammen war, aus dem Nähkästchen plauderte, doch hier in der Ferne, mit dem Mann, den sie wirklich mochte und respektierte, hatte sie nichts zu befürchten.

»Dann kann ich ja von Glück reden«, sagte Josh.

Er drehte sie auf den Rücken und drang tief und genüsslich in sie ein, trieb sie an den Rand des Höhepunktes, wurde langsamer, quälte sie, ließ sie warten, bis eine lustvolle Woge nach der anderen sie durchströmte.

»Schneller«, forderte sie ungeduldig.

Er senkte seinen Mund auf ihren und fuhr unbeirrt mit seinen bedachtsamen Bewegungen fort. Sie wölbte sich ihm entgegen, drängte ihn, schneller zu werden, doch er weigerte sich, und als er seine Lippen von ihren löste, sagte er: »Rache ist süß.«

Sie schlang lachend die Beine um seine Hüften und schob sich ein Kissen unter den Po. Jeder sanfte Stoß streichelte sie an genau den richtigen Stellen.

»Gute Idee«, sagte er.

Die Atemlosigkeit in seiner Stimme sagte ihr, dass er kurz davor war, die Kontrolle zu verlieren. Sie legte ihm die Arme um den Hals und klammerte sich an ihn, als er sie auf den Gipfel der Lust führte. Ihr Innerstes zog sich um ihn zusammen, während er immer und immer wieder ihren Namen rief, bis er keuchend und lächelnd neben ihr auf das Bett sank.

»Ich glaube, wir haben ein Problem«, sagte er.

»Ja, das glaube ich auch.«

Zwölf

Josh saß in seinem Büro über einer Mappe mit Entwürfen und versuchte, nicht an Riley zu denken. Als er sie an ihrem Arbeitstisch hatte stehen sehen, musste er sich zusammenreißen, um nicht die Arme um sie zu legen. Sein Körper reagierte noch genauso wie in Teenagertagen. Schon damals hatte ein einziger Blick auf Riley gereicht, um ihn hart werden zu lassen. Heute war er in sein Büro geflüchtet und bemühte sich nun, die Dinge unter Kontrolle zu bekommen.

Mia steckte den Kopf zur Tür herein. »Treat ist auf Leitung zwei.«

»Danke.« Er nahm den Hörer ab. »Treat, wie geht's?« Er hatte seinen Bruder nicht mehr gesehen, seit er und Max vor ein paar Wochen ihre Verlobung bekannt gegeben hatten.

»Prima, und dir?« Treats Stimme klang vertraut und tröstlich.

»Bestens. Was gibt's?«

»Max und ich kommen morgen nach New York. Das hat sich kurzfristig ergeben, ich habe einen Geschäftstermin. Hast du Zeit? Dann könntest du dich mit Max zusammensetzen, wegen des Hochzeitskleids.«

»Klar, wann würde es denn passen?«

Wieder steckte Mia den Kopf zur Tür herein und er winkte sie ins Zimmer.

»Meine Besprechung müsste gegen vier vorbei sein, danach haben wir noch nichts vor«, sagte Treat.

Josh legte die Hand auf den Hörer. »Was steht für morgen in meinem Kalender?«, fragte er Mia.

»Nichts. Ich habe dir schon alles freigeräumt«, sagte sie strahlend.

Josh überlegte, ob es Treat etwas ausmachen würde, wenn er Riley mitbrachte.

»Die Terminverhandlungen hast du offenbar schon mit Mia abgeschlossen.«

»Tja, du bist ein viel beschäftigter Mann und ich bin es auch.« Treat lachte.

»Das ist eine große Hilfe. Macht es dir etwas aus, wenn ich Riley mitbringe? Ich würde gerne ihre Meinung zu Max' Kleid hören.« Mia sah ihn stirnrunzelnd an. Wieder bedeckte Josh die Hörmuschel. »War sonst noch etwas, Mia?«

»Ich wollte dir nur sagen, dass Claudia heute besonders übel drauf ist. Ich dachte, du solltest es wissen.«

Bei der bloßen Vorstellung, dass Claudia Riley schlecht behandelte, krampfte sich ihm der Magen zusammen. Es war eine Sache, sie aus Loyalität im Team zu halten, es war jedoch eine andere, wenn sie seine Loyalität missbrauchte und anderen schadete. *Ist mein Verhältnis zu Peter das wirklich wert?* Wenn es auf diese Frage nur eine einfache Antwort gäbe. In der Modebranche entschied jemand wie Peter über das Schicksal eines Designers und umgekehrt.

»Ach, und vergiss nicht, dass für heute Abend um sieben eine Telefonkonferenz angesetzt ist. Soll ich so lange hierbleiben?«

Mist. Er nahm sich vor, ein Wörtchen mit Claudia zu reden und sein Date mit Riley zu verschieben. »Nein, ich komme schon zurecht. Danke, Mia.« Er sah ihr nach, als sie das Büro verließ.

»Wie macht sich Riley im Team?«, fragte Treat.

Josh kannte seinen Bruder gut genug, um die unausgesprochene Frage herauszuhören, doch er zog es vor, sie zu ignorieren. »Sie macht sich gut.«

»Und?«

»Was meinst du mit ›und‹?« Verdammt, er brauchte gar nicht erst zu versuchen, Treat etwas vorzumachen. Das wusste er eigentlich gut genug.

»Josh, vor sechs Wochen hast du sie zum Mittagessen nach Hause mitgebracht. Es war das erste Mal, dass du eine Frau zu irgendetwas nach Hause mitgebracht hast. Willst du mir weismachen, es sei nur eine nette Geste gewesen? Weil sie eben aus Weston stammt?«

Josh lehnte sich zurück. Er hatte Treat jahrelang beobachtet. Seinem Bruder gehörten Hotelanlagen in der ganzen Welt. Ihm gelang es, die hartgesottensten Geschäftsleute zu Zugeständnissen zu bewegen, die ihnen sonst niemand abrang. Josh hatte von ihm viel über Verhandlungen und Manipulationen gelernt, doch in diesem Moment wusste er nicht, wie er den neugierigen Fragen seines Bruders hätte ausweichen können.

»Warum nicht?«, sagte Josh lächelnd.

»Gut, ihr seid also einfach nur gute Freunde. Du bist jung, du findest schon noch jemanden.«

Josh verdrehte die Augen. »Okay, in Ordnung. Um es kurz zu machen: Riley und ich sind zusammen. Seit gestern.«

»Seit gestern? Wow, wie hast du das geschafft? Sie ist seit

einer Woche in New York und du hast dich ganze sechs Tage lang zurückgehalten.«

»Haha«, sagte Josh. »Ich hatte nicht geplant, eine Beziehung mit ihr anzufangen, als ich sie nach New York geholt habe. Es ist einfach passiert. Und ich mag sie. Sehr sogar.«

»Moment mal. Josh, du hast mir gerade erzählt, dass du mit jemandem zusammen bist. Das ist das erste Mal seit sechs Jahren, dass du so etwas durchblicken lässt. Es ist also nichts Alltägliches, das ist dir doch wohl klar, oder?«

Mist. Heute war offenbar nichts mehr normal. Josh redete nie über sein Privatleben, weder mit Treat noch mit sonst jemandem. Er war mit Models und allen möglichen Berühmtheiten am Arm fotografiert worden und hatte kein einziges Mal den Medien oder seiner Familie gegenüber durchblicken lassen, wie leer ihm die Beziehungen zu diesen Frauen erschienen waren. Was war nur los mit ihm? Und warum fühlte es sich so gut an, über Riley zu reden?

»Treat, versprich mir, dass das unter uns bleibt, okay?«

»Dir ist klar, dass Max morgen mitkommt, nicht wahr?«, erinnerte Treat ihn.

»Dann bleibt es unter uns dreien. Bitte. Riley möchte nicht, dass andere von unserer Beziehung erfahren. Aus beruflichen Gründen.«

»Ist das ihre Entscheidung? Oder deine?«, forschte Treat nach.

»Sie will es so. Ich hätte es am liebsten sofort herumposaunt, aber sie will nicht, dass man sie als die Frau betrachtet, die sich durch die Betten schläft, um Karriere zu machen. Ich kann es ihr nicht verdenken.«

»Habe ich das richtig verstanden? Ein einziges Date und du wolltest es aller Welt erzählen?«, fragte Treat.

So hatte Josh die ganze Sache noch gar nicht gesehen. War es tatsächlich erst ein Date gewesen? Er fühlte sich schon so vertraut mit ihr. Als Rex ihn gebeten hatte, sich Rileys Mappe anzusehen, waren die Gefühle, die er all die Jahre für sie gehegt hatte, wieder auf ihn eingestürmt. Er hatte sich wie früher zu ihr hingezogen gefühlt, als hätte er sein ganzes Leben lang auf sie gewartet und es gar nicht gemerkt. Alles an ihr war anders – und viel besser – als bei jeder anderen Frau, die er kannte. *Darum war ich nach der Show gestern Abend so weit, dass ich es am liebsten herausgebrüllt hätte.* Weil sie es war, Riley. »Ja, kann man so sagen«, sagte er. »Ich weiß nicht, was es ist, Treat, aber sie macht mich glücklich. So glücklich, wie ich es lange nicht mehr war.«

Treat lachte. »Das hätte ich nie für möglich gehalten, dass ich diese Worte jemals aus deinem Mund höre, Bruderherz. Freut mich für dich. Wer hätte das gedacht, dass du bei einer Frau aus unserem Nest in Colorado landest? Warte nur, bis Dad davon erfährt. Er wird sich freuen wie ein Schneekönig und all möglichen Pläne schmieden, dass du nach Hause zurückkehrst.«

»Bestimmt nicht«, sagte Josh und fügte zur Sicherheit noch einmal hinzu: »Versprich es mir, Treat. Nicht ein Wort zu Dad oder irgendjemand anderem. Riley möchte unsere Beziehung vorerst geheimhalten und ich respektiere ihre Wünsche. Und ich möchte, dass du es auch tust.«

»Josh.« Treats Stimme klang ernst. Josh stellte sich vor, dass er gerade die Augen zu Schlitzen verengte, die Stirn runzelte und die Arme vor der Brust verschränkte. »Für Riley mag die Heimlichtuerei ja okay sein, aber wie sieht es bei dir aus? Rex und Jade haben ihre Beziehung geheimgehalten und es war der pure Stress, für beide. Bist du dir sicher, dass es ein guter Anfang für etwas ist, das Zukunft haben soll?«

Als der ältere von beiden war Treat immer mit vernünftigen Überlegungen zur Stelle gewesen. Josh hatte sich schon dieselbe Frage gestellt – und keine Antwort darauf gefunden.

»Wenn wir es allen sagen, könnte es passieren, dass sie ihre Karriere vergessen kann. Für sie wäre der Schaden ungleich größer als für mich. Die Leute erwarten, dass ich mir meine Dates aussuchen kann. Wahrscheinlich würden sie mir sogar Beifall klatschen, weil ich mir die Neue im Team geschnappt habe. Aber Riley? Die würden sie in der Luft zerreißen.« Bei dem Gedanken krampfte sich alles in ihm zusammen. »Sie würden in ihr nur die Frau sehen, die sich nach oben geschlafen hat. Wahrscheinlich würde sie niemand mehr ernstnehmen. Es gibt keine einfache Lösung. Die Vorstellung, dass wir unsere Beziehung verstecken, behagt mir nicht, aber ich will auch nicht, dass sie es ausbaden muss.« Frustriert fuhr er sich mit der Hand durchs Haar. »Was würdest du mir raten?«

»Tja, schwer zu sagen. Wahrscheinlich hat Riley recht. Eine junge Frau aus der Provinz in der Großstadt und dann auch noch in einer Branche, in der man nicht gerade zimperlich miteinander umgeht. Selbst wenn ihr es schafft, eure Beziehung ein ganzes Jahr lang geheimzuhalten, werden alle Erfolge, die sie in dieser Zeit hat, der Tatsache zugeschrieben, dass ihr zusammen seid.« Treat lachte. »Du machst keine halben Sachen, wie? Erst gibst du den Verschwiegenen, und wenn du endlich mal etwas erzählst, dann kommst du mit einer Geschichte an, die kaum schwieriger sein könnte.«

»Wem sagst du das?«

»Riley ist ein nettes Mädchen. Eigentlich kann ich dir nur raten, dir deiner Sache ganz sicher zu sein, bevor du eure Beziehung öffentlich machst. Du bist ein Braden. Du überstehst jeden Sturm. Frauen sind da anders. Sie sind viel empfindlicher und überlegen ständig, was die Leute wohl von ihnen halten. Riley wird bestimmt eine heftige Breitseite abbekommen.«

»Ja, ich weiß. Danke, Treat. Wie wäre es, wenn wir uns morgen um sieben sehen?«

»Ja, sieben Uhr ist gut. Sollen wir zu dir kommen?«

Zu mir? Wenn Riley ihre Beziehung geheimhalten wollte, konnte sie nicht in seine Wohnung kommen. Und wenn sie sich in einem Restaurant trafen, durften sie nicht zusammen ankommen, um nicht den Eindruck zu erwecken, dass es sich um ein Date handelte. Sie durften sich nicht berühren, nicht Händchen halten, nicht … Wie sollte er das bloß aushalten?

»Ist es dir egal, wo wir essen?«, fragte Josh.

»Ja, warum?«, fragte Treat.

»Riley wohnt bei Savannah, bis sie eine eigene Wohnung gefunden hat. Wir könnten dort essen. Entweder koche ich was oder wir lassen etwas kommen. Dann ist es nicht so stressig und wir brauchen uns nicht zu verstecken.«

»Okay. Ist Savannah auch da?«

»Nein, sie ist für zwei Wochen in Los Angeles.«

»Weiß sie, dass du es mit ihrer Mitbewohnerin treibst?«, neckte Treat ihn.

»Himmel, Treat, das klingt furchtbar vulgär. Und nein, sie weiß es nicht. Niemand weiß es.«

»Wahrscheinlich weiß Jade Bescheid.«

»Vielleicht«, sagte Josh zweifelnd.

»Ich freue mich, dich morgen zu sehen.«

»Ich mich auch, Treat. Und danke, dass du es für dich behältst.«

»Tu mir einen Gefallen, Josh. Leg dir einen Plan B zurecht. So etwas bleibt nicht lange verborgen. Ich glaube, Rex und Jade haben es gerade zwei Wochen lang geschafft, ihre Beziehung geheimzuhalten, bevor Rex nicht mehr an sich halten konnte und es jedem erzählen musste, der ihm über den Weg lief. Überleg etwas für den Fall der Fälle. Und sorg dafür, dass sie nicht zu Schaden kommt.«

»Ja, versprochen.«

Dreizehn

»Verkaufsmessen sind ungeheuer wichtig in unserer Branche«, begann Claudia. »Wir repräsentieren JBD, darüber musst du dir im Klaren sein.« Sie ließ den Blick über Rileys cremefarbene Bluse und den schwarzen Bleistiftrock gleiten, die sicher nicht topmodisch waren, aber elegant und professionell aussahen. »Lass dir etwas aus dem Kleiderschrank geben. Falls du etwas findest, das dir passt.«

Riley biss die Zähne zusammen. *Ignorier es einfach.* »Werde ich machen.«

»Sei eine Stunde früher da, um den Stand zu bestücken. Dass das Layout perfekt sein muss, versteht sich ja wohl von selbst.«

»Wirst du nicht auch dort sein?«, fragte Riley.

»Doch, aber ich habe noch ein paar andere Dinge zu erledigen und komme später dazu. Die Veranstalter wollen etwas Neues ausprobieren und haben die Eröffnung diesmal auf den Abend verlegt, nicht wie sonst auf den Vormittag. Richte dich also darauf ein, dass du bis mindestens zehn Uhr zu tun hast. Die Messe findet zum ersten Mal so kurz vor Weihnachten statt, und wenn sie nicht gut läuft, wird es auch das letzte Mal sein.«

»Gibt es Vorgaben für die Gestaltung des Standes?« Für Riley war es die erste Messe und allmählich schien es, als würde es Claudia darauf anlegen, dass sie auf ganzer Linie scheiterte.

»Simone kann dir die Einzelheiten erklären«, sagte Claudia mit einer wegwerfenden Handbewegung. Als Riley sie abwartend ansah, fragte sie schnippisch: »Was ist?«

Riley blinzelte ungläubig. *Meinst du das ernst?* »Bei dem Wind, den du um die Messe machst, dachte ich, dass das nicht alles sein kann. Ich habe das Gefühl, noch gar keine Informationen zu haben. Was soll ich mitnehmen? Wie ist es mit Accessoires? Ist es okay, wenn ich Einkäufern die Sachen in anderer Zusammenstellung zeige? Oder mit anderen Accessoires?« Sie hatte noch viel mehr Fragen, doch ein Blick in Claudias Gesicht machte ihr klar, dass sie ihr keine davon beantworten würde.

»Frag Simone«, sagte Claudia, drehte sich auf dem Absatz um und ging davon.

Mit zusammengekniffenen Lippen machte sich Riley auf die Suche nach Simone. *Frag Simone. Wofür hält sie mich? Für einen Hund? Für ein Kind?* Riley ließ sich wirklich nicht leicht unterkriegen und wenn sie zu Hause jemand so behandelt hätte, hätte sie ihm ordentlich den Kopf gewaschen, aber sie konnte es sich nicht leisten, Claudia gegen sich aufzubringen. Plötzlich blieb sie wie angewurzelt stehen. Vielleicht war es gar nicht klug, ihr gegenüber selbstbewusst aufzutreten. Riley wusste, wie solche Frauen tickten. Sie mussten immer im Mittelpunkt stehen, und zum Glück hatte sie nichts dagegen, Claudia Honig ums Maul zu schmieren. Jedenfalls im Moment nicht.

Sie machte kehrt und ging stirnrunzelnd zu Claudia zurück.

»Was ist?«

»Ich weiß, du hast gesagt, ich sollte mich an Simone

wenden, aber eigentlich möchte ich von den Besten lernen. Und«, fügte sie flüsternd hinzu, »Josh sagt, dass es niemand Besseren gibt als dich. Es wäre so toll, wenn du mich ein bisschen herumführen könntest. Es ist nicht zu übersehen, dass du dich in der Branche genau auskennst. Josh meint, du seist die ideale Mentorin.« Dann schlug sie sich erschrocken die Hand vor den Mund und sah Claudia mit weit aufgerissenen Augen an. »Oh je, bitte sag niemandem, dass ich dir das erzählt habe. Wahrscheinlich wollte Josh gar nicht, dass es alle erfahren.« Sie senkte den Blick. »Entschuldige, ich sollte dir nicht auf die Nerven gehen«, murmelte sie und wandte sich zum Gehen.

»Bleib stehen«, sagte Claudia.

Riley musste sich auf die Lippe beißen, um nicht zu grinsen.

»Das hat Josh also gesagt?« Claudia sah Riley forschend an.

Riley trat dicht zu ihr und warf einen vorsichtigen Blick durch den Raum, bevor sie flüsterte: »Ja, und deshalb dachte ich … nun, dass es wunderbar wäre, direkt von dir zu lernen. Du kennst dich so gut aus.«

»Selbstverständlich tue ich das.« Einen Augenblick klopfte sie nachdenklich mit dem Stift auf den Schreibtisch, dann stand sie entschlossen auf. »Okay. Ich habe allerdings nicht viel Zeit, also pass genau auf.«

Riley folgte Claudia in den Nebenraum, in dem alle möglichen Stellwände, Kleiderständer, Werbeplakate und Broschüren lagerten. Claudia nahm einen Ordner vom Regal.

»Hier sind Dokumentationen von unseren früheren Ständen. Erst kommen die Fotos, dahinter ist die Zusammenfassung des jeweiligen Messeauftrittes abgeheftet. Natürlich können wir nicht immer wieder die gleiche Aufmachung verwenden, aber die Bilder sind eine gute Inspirationsquelle.

Denk immer daran, dass die Messekunden ein gutes Gedächtnis haben. Es fällt ihnen sofort auf, wenn man mit dem Stand vom Vorjahr kommt und nichts Neues, nichts Frisches bietet. Merke dir genau, was wir für die Messe mitbringen, und natürlich musst du den Überblick über unseren Lagerbestand behalten.«

»Wie soll ich das innerhalb von zwei Wochen schaffen?«, fragte Riley.

»Du musst dir die Dokumentation der Kollektionen genau ansehen, und zwar alle. Ich arbeite auch die einzelnen Datenblätter durch, damit ich über die Materialien Bescheid weiß.«

Hätte ich wetten können, dass du das machst. »Oh, du bist so schlau. Okay, ich gebe mein Bestes.«

»Dein Bestes?« Claudia sah sie streng an. »Das reicht nicht. Du musst perfekt sein. Bei einer Modemesse ist kein Platz für nervöse Neulinge.«

Und was habe ich dann dort zu suchen? »Natürlich. Ich werde dich nicht enttäuschen. Ich kann ja länger hierbleiben und daran arbeiten.«

»Warum nimmst du sie heute Abend nicht mit nach Hause? Ich kann mich in meinen eigenen vier Wänden besser konzentrieren als hier.«

»Ehrlich? Ich darf sie mitnehmen? Ich dachte, diese Unterlagen sind Eigentum der Firma.«

»Oh, mach dir darüber keine Gedanken. Wenn ich es dir erlaube, ist es okay.« Lächelnd legte Claudia ihr die Hand auf die Schulter.

Fast wäre Riley der Berührung ausgewichen. »Danke, Claudia, ich bin dir sehr dankbar für deine Hilfe.« Sie hätte Claudia von Anfang an umschmeicheln sollen, es funktionierte hervorragend. Oder? War das vielleicht eine Falle?

Möglicherweise bekam sie Schwierigkeiten, wenn sie die Unterlagen aus dem Büro mitnahm. Sie spürte, wie sich ihr der Magen zusammenkrampfte.

Riley machte sich sofort an die Arbeit und notierte sich alle wichtigen Einzelheiten. Als sie sich gerade weitere Unterlagen holen wollte, sah sie Josh mit Mia auf sich zukommen.

»Hi, Riley, wie geht's?«, fragte Mia mit breitem Grinsen.

»Sehr gut. Ich freue mich auf die Modemesse.« Sie spürte, dass Josh sie ansah, und hob den Blick. *Na prima, jetzt möchte ich ihn küssen.* »Guten Morgen, Josh.«

Sein Lächeln schickte eine warme Woge bis hinunter in ihre Zehenspitzen.

»Riley«, sagte er leichthin. »Hast du das Gefühl, dass Claudia heute besonders kritisch ist?«

»Oh nein, sie ist richtig freundlich. Eine schöne Überraschung.« *Aber ich traue ihr nicht.*

Mias Blick ging zwischen den beiden hin und her. Riley merkte, dass sie Josh anstarrte wie ein verliebter Teenager. »Ich gehe besser wieder an die Arbeit«, sagte sie und hastete zu ihrem Schreibtisch zurück.

»Ein bisschen nervös, oder?«, hörte sie Mia sagen.

»Ist doch normal, wenn man neu ist«, erwiderte Josh.

Gerettet! Riley atmete erleichtert auf. Sie breitete die Dokumentation der Bliss-Linie und der Kollektionen der vergangenen Saison vor sich aus. Wo hatte sie nur ihren Bleistift hingelegt? Sie zog ihre Schreibtischschublade auf und griff hinein, ohne hinzusehen. *Autsch.* Sie hatte sich in den Finger gepikst. Sie lutschte an der blutenden Fingerspitze. Wenn sie doch nur wüsste, was Claudia im Schilde führte. Dass sie so nett war, machte sie unruhig. Riley hätte gerne geglaubt, dass ihre Schmeicheleien der Grund für diesen plötzlichen Umschwung waren, aber konnte sie wirklich so schnell umschalten? War diese Liebenswürdigkeit echt? *Wenn sie irgendetwas ausheckt, dann* – Sie sah in die Schublade und positionierte dann schnell den Schreibtischstuhl so, dass sie vor den neugierigen Blicken ihrer Kollegen verborgen war. Vorsichtig zog sie eine orangefarbene Rose hervor. *Josh.* Ihr Herz setzte einen Schlag aus. Als sie ihre Handtasche aufmachte, um die Blume darin verschwinden zu lassen, entdeckte sie einen Zettel. Hastig schloss sie die Finger darum, dann schob sie den Stuhl zurück und rannte fast zur Damentoilette. Auf keinen Fall wollte sie, dass ihre Kollegen sie mit hochrotem Kopf am Schreibtisch sitzen sahen.

Sie schloss sich in einer Kabine ein und faltete den Zettel auseinander.

Liebste Riley, bitte verzeih mir, aber ich habe heute Abend eine Telefonkonferenz. Können wir unser Date auf acht verschieben? Kann es kaum abwarten, dich wiederzusehen. Ich hole dich bei Savannah ab. Zieh dir etwas Schäbiges an. Ja, schäbig, nicht hübsch, nicht elegant, kein Designerteil.

—J.

Etwas Schäbiges? Was meint er wohl damit? Habe ich überhaupt etwas Schäbiges?

Um fünf saß Riley immer noch über den Dokumentationen. Die unterschiedlichen Größen, Farben und Produktnummern verschwammen fast vor ihren Augen.

»Na, wie läuft's?«, fragte Claudia.

Trotz ihres freundlichen Tons zuckte Riley zusammen. »Prima. Ein bisschen anstrengend für die Augen, aber sonst kein

Problem. Noch zwei Wochen und ich habe diese Informationen auf ewig in mein Gehirn eingebrannt.«

»Gut. Denk daran: Du musst perfekt sein.«

»Perfekt. Verstanden.« Riley sah, wie sich Josh näherte, und wandte sich wieder ihren Unterlagen zu.

»Claudia, wie macht sich unsere neueste Mitarbeiterin?«, fragte Josh.

»Oh, sie macht sich ganz gut«, antwortete Claudia.

Der verführerische Unterton in ihrer Stimme ließ Riley aufhorchen. Claudia legte Josh die Hand auf den Arm und sah ihn mit kokettem Augenaufschlag an.

»Ich gebe ihr gerade noch ein paar wertvolle Tipps«, sagte Claudia.

Riley kämpfte gegen die aufkeimende Eifersucht an, doch sie konnte nicht verhindern, dass sich jeder Muskel in ihrem Körper anspannte. Stumm hielt sie den Blick auf die Dokumente gerichtet.

»Danke, Claudia. Ich wusste, dass ich mich auf dich verlassen kann«, sagte Josh.

»Aber selbstverständlich«, hauchte sie in aufreizendem Ton und fügte dann hinzu: »Josh, ich wollte ein paar Sachen mit dir besprechen. Im Moment habe ich noch zu tun, aber bist du in einer Stunde noch da?«

Riley hielt es nicht länger aus. Mit einem Ruck schob sie ihren Stuhl zurück und stand auf. So beiläufig wie möglich sagte sie: »Entschuldigt mich bitte.« Sie stürmte an Josh vorbei zur Damentoilette. Wahrscheinlich zog sie eine Rauchfahne hinter sich her, aber sie war derart wütend auf Claudia, dass es ihr völlig egal war.

Vierzehn

Am Nachmittag hatte Josh Termine mit einigen Einkäufern und mit seinem Steuerberater. Die restliche Zeit verbrachte er am Telefon. Dabei sah er ständig auf die Uhr, doch die Zeiger schienen noch langsamer dahinzuschleichen als sonst.

»Da ist noch etwas, Josh«, sagte Peter Stafford.

Josh hatte bereits zwanzig Minuten mit Peter telefoniert und wollte das Gespräch eigentlich beenden.

»Josh, es tut mir leid, dass ich mich gestern Abend so danebenbenommen habe. Ich weiß selbst nicht, was in mich gefahren ist«, sagte Peter.

Eigentlich war Josh froh, dass Peter so unverhohlen mit Riley geflirtet hatte. Schließlich war das für ihn der Anstoß gewesen, aktiv zu werden, doch das musste er Peter ja nicht unter die Nase reiben. Lass nie zu, dass ein Geschäftspartner die Oberhand bekommt, lautete eine von Treats Weisheiten.

»Ja, du warst irgendwie anders als sonst«, sagte Josh.

»Ich hoffe, du kannst mir verzeihen. Es tut mir aufrichtig leid, wenn ich Riley Unbehagen bereitet habe. Ich werde mich auch persönlich bei ihr entschuldigen. Wir sehen uns ja im Januar bei unserem Meeting.«

Josh hatte erwartet, dass er Gründe für sein Verhalten Riley gegenüber nennen würde, doch Peter ging nicht weiter darauf ein. Also nahm Josh seine Entschuldigung an und schob das Thema beiseite. Als sie sich endlich verabschiedeten, war es Viertel vor sieben.

Er ging ins Designstudio und war überrascht, dass Riley und der größte Teil der Mitarbeiter bereits Feierabend gemacht hatten. Bis zur Telefonkonferenz hatte er noch eine Viertelstunde Zeit. Er ging in sein Büro zurück und wählte Rileys Handynummer.

»Wie geht es meiner heimlichen Freundin?« *Freundin.* Das gefiel ihm.

»Müde und schlecht gelaunt«, sagte sie.

»Zu müde, um mich zu treffen?«

»Auf keinen Fall. Du kannst dafür sorgen, dass meine schlechte Laune verschwindet«, sagte sie.

Sie war aufrichtig und das liebte er an ihr. »Hat deine schlechte Laune etwas mit Claudia und ihrem verführerischen Augenaufschlag zu tun?«

»Gott, ich klinge weinerlich und eifersüchtig, nicht wahr? Ich bin es nicht, ehrlich. Aber ich traue ihr nicht über den Weg«, sagte sie.

»Das geht mir auch so«, sagte Josh. »Traust du mir über den Weg?«

Riley zögerte.

»Ri?« Josh war ein kleiner Junge gewesen, als seine Mutter starb. Nach ihrem Tod hatte er erlebt, wie sein Vater ihr Jahr um Jahr treu blieb. Beides hatte dazu geführt, dass er vorsichtiger mit seinen Emotionen umging. Er sehnte sich nach der Liebe, die er bei seinem Vater gesehen hatte, und glaubte, dass er eines Tages die gleiche Liebe für eine Frau empfinden würde, wenn er alles richtig machte. Selbst als Teenager war er in der Lage gewesen, seine Triebe zu kontrollieren und seine Gefühle zu analysieren, und wenn er nicht mehr als Lust für eine Frau gefühlt hatte, war er nicht mit ihr ins Bett gegangen. Josh wusste, dass er in dieser Hinsicht anders war als andere Männer, aber er hatte sich immer vorgestellt, dass die richtige Frau das an ihm respektieren und schätzen würde. Es war Zeit, dass Riley ihn besser kennenlernte und begann, den Mann zu verstehen, der er immer gewesen war.

»Ich vertraue dir, Josh. Aber ich weiß nicht viel über dein Leben hier in New York, also habe ich keine Ahnung, wie es vor mir war.«

Josh holte tief Luft und ließ sich auf die Ledercouch fallen, die hinter seinem Schreibtisch stand. Er streckte die langen Beine aus und warf einen Blick auf die Uhr. Bis zur Telefonkonferenz waren es nur noch ein paar Minuten, nicht genug Zeit, um all das zu sagen, was er sagen wollte. Also antwortete er einfach: »Glaub nicht alles, was du denkst, Ri, okay?« Er wünschte, sie säße neben ihm und würde sich an ihn schmiegen, damit er ihr einen Kuss auf den Scheitel geben und ihr seine Vergangenheit erklären konnte.

»Woher weißt du, was ich denke?«, fragte sie.

»Ich weiß, was die Leute denken. Vertrau mir, Ri. Heute Abend reden wir.« Es klopfte an seiner Tür. »Ich muss los. Um sieben habe ich eine Telefonkonferenz, aber um acht bin ich da, okay?« Die Tür öffnete sich langsam und Claudia kam herein.

»Hast du einen Moment Zeit?«, fragte sie.

Josh hielt einen Finger hoch. »Acht?«, fragte er Riley. Er fühlte sich ein bisschen wie eine Fliege im Spinnennetz. Verdammt, er wollte Claudia von Riley erzählen, nur um der Heimlichtuerei ein Ende zu bereiten. Allerdings war die Anspannung, die er jetzt in seinen Schultern spürte, nichts im

Vergleich zu dem Zorn, den Claudia entfesseln konnte, sobald sie von ihnen erfuhr. *Wahrscheinlich hätte ich sie schon vor Ewigkeiten entlassen sollen.* Früher hatte er sich nie Gedanken wegen seiner Loyalität Peter gegenüber gemacht, doch nun fühlte sie sich an wie eine Schlinge um den Hals.

»Ja, acht Uhr.« Rileys Stimme war nur noch ein Flüstern. Dann war die Leitung tot.

Josh stand auf und fuhr sich mit der Hand durchs Haar. Mittlerweile merkte er, dass ihm ein paar Stunden Schlaf fehlten. Er brauchte eine heiße Dusche – und Zeit mit Riley.

»Ich habe in zwei Minuten einen Termin. Geht es schnell?«, fragte er Claudia.

Claudias Lächeln wirkte ungewöhnlich herzlich und er betrachtete sie argwöhnisch.

»Dann komme ich später noch mal vorbei. Ich habe eh noch zu tun.« Kaum hatte sich die Tür hinter ihr geschlossen, atmete er erleichtert auf – jedenfalls für den Moment.

Zwanzig Minuten später griff er gerade nach Mantel und Schlüsseln, als es an der Tür klopfte.

»Ich habe gesehen, dass die Lampe für deine Leitung aus war. Hast du einen Augenblick Zeit?«, fragte Claudia und kam herein, ohne seine Antwort abzuwarten.

Josh lehnte sich an seinen Schreibtisch und warf einen Blick auf die Uhr. »Ja, wenn es schnell geht«, sagte er.

Sie setzte sich auf die Couch und schlug ihre langen Beine übereinander. Ihr Lederrock schob sich bis auf die Oberschenkel hoch. »Riley macht Fortschritte«, sagte sie.

Josh stieß einen erleichterten Seufzer aus. »Das ist großartig.«

»Es wird nicht einfach werden, aber ich glaube, sie arbeitet wirklich hart daran, ihren Weg zu finden.«

»Sie ist sehr talentiert.«

Claudia beugte sich vor und stützte die Ellenbogen auf die Knie. In ihrem Blusenausschnitt zeigte sich der Rand eines Spitzen-BHs. Josh wandte den Blick ab.

»Du machst mich nervös«, sagte Claudia. »Kannst du dich nicht wenigstens für eine Minute hinsetzen? Ich beiße nicht.«

Fast erwartete er, dass sie sagte: »Es sei denn, du willst es.« Er rührte sich nicht vom Fleck. »Was gibt's, Claudia?«

Sie schürzte die Lippen. »Ich dachte, wir sollten uns ein bisschen austauschen. Wir haben in der letzten Zeit kaum miteinander geredet. Ich wollte nur sicher sein, dass ich alles so mache, wie du es gern hast.«

Josh spürte Übelkeit in sich aufsteigen. Claudia war eine attraktive Frau und manch ein Mann wäre ihren Verführungskünsten erlegen. Er fand es jedoch abstoßend, dass sie seine Loyalität ihrem Onkel gegenüber so schamlos ausnutzte, und er fragte sich, ob seine Treue zu Peter es wert war.

Sie wühlte in ihrer riesigen Louis-Vuitton-Tasche. »Ich habe neulich jemanden kennengelernt, einen Redakteur bei der Vogue. Jemand Neues.«

»Jemand Neues? Habe ich gar nicht gehört, dass bei der Vogue ein neuer Redakteur anfängt.« Sein Interesse war geweckt. Normalerweise erfuhr sein Pressesprecher von solchen Dingen eher als Claudia.

»Er hat noch nicht angefangen, kommt aber bald«, sagte sie und hob die Hand, um sich die Haare aus dem Gesicht zu streifen. Dabei stieß sie gegen die Handtasche und ihr Inhalt verteilte sich auf dem Boden. »Oh Mist. Tut mir leid.«

Josh kniete sich hin, um ihr zu helfen, ihre Habseligkeiten aufzusammeln. Als er sie ihr reichen wollte, sah er Claudia direkt in die Augen. Ihre Lippen waren kaum eine Handbreit von seinen entfernt.

»Danke«, flüsterte sie. Langsam ließ sie die Zunge über die Unterlippe gleiten. »Ich weiß, wie sehr du meine Arbeit schätzt, Josh, und wenn ich jemals etwas für dich tun kann …« Sie ließ das Ende ihres Satzes in der Luft zwischen ihnen hängen.

Josh richtete sich im selben Moment auf wie sie und sie stießen mit den Köpfen zusammen. Claudias Lippen streiften seine Wange und sie hielt sich die Hand an die Stirn.

»Tut mir leid«, sagte Josh. »Ist alles okay?« *Hoffentlich.* Er hatte nicht die geringste Lust, sich um sie kümmern zu müssen. Verdammte Claudia. Musste sie sich so aufführen?

»Ja«, flüsterte sie. »Oh mein Gott, jetzt hast du Lippenstift im Gesicht.« Sie streckte die Hand aus und rieb ihm mit dem Daumen über die Wange.

Josh trat einen Schritt zurück. »Das mache ich selbst«, sagte er brüsk. Er griff sich ein Taschentuch und wischte den Lippenstift ab. »Claudia, ich weiß, dass du bereit bist … sehr weit zu gehen, um Designerin zu werden.«

»Ja, das bin ich«, sagte sie mit unverhohlener Lust in den Augen.

»Bei JBD schläft sich niemand nach oben. Wenn dich etwas ans Ziel bringt, dann sind es allein deine Fertigkeiten. Du solltest originelle Ideen entwickeln, keinen neuen Aufguss alter Themen. Etwas Handfestes, womit ich was anfangen kann.«

Sie trat zu ihm und drängte sich mit der Hüfte an ihn. »Oh, wenn du etwas Handfestes suchst …«

Angewidert schob Josh sie weg. »Claudia, du bist eine attraktive Frau«, sagte er, »aber das, was du dir da vorstellst, wird nicht passieren. Lass deine Arbeit für sich sprechen.«

In ihren Augen blitzte es gefährlich. Sie straffte die

Schultern. »Du hast ja keine Ahnung, was du verpasst, Josh Braden. Wir würden ein großartiges Team abgeben, und das nicht nur im Designstudio.«

Josh fuhr sich mit der Hand durchs Haar. Er hatte ihre Spielchen satt. Er hatte sich doch wohl deutlich genug ausgedrückt, oder? Claudia war kein Neuling, sie hatte gute Beziehungen zu Medien, Einkäufern und Designern aufgebaut. Sie würde überall Arbeit finden, und mittlerweile überlegte er ernsthaft, mit Peter zu reden und sie loszuwerden. Sie war einfach zu weit gegangen. Und selbst, wenn sie einen Skandal lostreten sollte, wäre das zwar schmerzhaft und beschämend, aber nicht das Ende der Welt.

»Claudia –«

Sie hielt ihre Hand hoch und gebot ihm zu schweigen. »Es ist okay, Josh. Ich verstehe. Ich bin eine gute Assistentin, aber ich muss eine bessere Designerin werden. Das ändert nichts an der Tatsache, dass ich mich von dir angezogen fühle, und das seit dem Tag, an dem ich dich zum ersten Mal gesehen habe.«

»Claudia, du fühlst dich von dem angezogen, wofür ich stehe, nicht von dem, was ich bin.« Er musste verhindern, dass die Situation außer Kontrolle geriet. »Außerdem bin ich mit jemandem zusammen.« So, nun war es heraus. Und er hatte Rileys Namen nicht erwähnt.

Die Wut in ihren Augen verlosch und machte einem Anflug von Verletztheit Platz. Die harte Linie um ihren Mund wurde weich. »Bitte, verkauf mich nicht für dumm. Du fühlst dich nicht von mir angezogen. Das verstehe ich, aber du brauchst keine fiktive Freundin zu erfinden. Anziehungskraft ist nicht alles«, sagte sie und schob sich wieder näher an ihn heran.

»Hör auf, Claudia. Egal, welchen Fantasien du nachhängst, sie werden sich nicht bewahrheiten.« Er holte tief Luft. »Wenn dir dein Job lieb ist, dann hör bitte auf!«

Claudia biss die Zähne zusammen. »Also gut.« Sie nahm ihre Handtasche und ging zur Tür.

»Und, Claudia?«

Als sie sich umdrehte und er ihre tränenfeuchten Augen sah, hatte er fast Mitleid mit ihr. »Das sollte hier niemand ausbaden müssen, okay? Wir sind alle Profis. Ich kann es nicht gebrauchen, dass du wütend herumstampfst oder den anderen das Leben zur Hölle machst. Ich erwarte professionelles Verhalten ohne Hintergedanken.«

»Ja, Sir«, sagte sie und stürmte aus der Tür.

Fünfzehn

Nicht hübsch, kein Designerteil. Etwas Schäbiges. Riley stand vor ihrer Kommode und fragte sich, was Josh wohl damit gemeint hatte. Sie war es gewohnt, gut auszusehen, nicht schäbig. In zehn Minuten sollte Josh da sein und sie wusste immer noch nicht, was sie anziehen sollte. Nachdem sie am Telefon Claudias Stimme im Hintergrund gehört hatte, hatte sie sich nicht mehr auf die Dokumentation der Kollektionen konzentrieren können. Und obwohl sie sich alle Mühe gegeben hatte, ihre Eifersucht wegzuschieben, und sich sicher war, dass sich Josh nie mit jemandem wie ihr einlassen würde, ging Claudia ihr nicht mehr aus dem Kopf. Würde er ihr sagen, wenn er mit ihr geschlafen hatte, auch wenn es nur ein einziges Mal gewesen war? Und sich Claudia danach mehr erhofft hatte? Könnte das der Grund für Claudias unfreundliches Verhalten sein?

Es klopfte an der Tür. *Mist.* Bis auf ihre Hochhackigen hatte sie immer noch den Rock und die Bluse an, die sie bei der Arbeit getragen hatte. Sie öffnete und ein sehr verschwitzter Josh stand vor ihr. Er trug eine Jogginghose und ein zerknittertes T-Shirt. Eine Baseballmütze mit dem Namenszug der Mets hatte er tief in die Stirn gezogen. Er sah sie strahlend an.

»Ah, das meinst du mit schäbig«, begrüßte ihn Riley lächelnd. *Schäbig, aber immer noch umwerfend.*

Er schloss die Tür hinter sich, nahm sie in die Arme und küsste sie, als hätten sie sich wochenlang nicht gesehen. Rileys Herz ging ihr auf.

»Darauf habe ich den ganzen Tag gewartet«, sagte er. »Gott, du duftest gut.«

Riley zog die Nase kraus. »Ja? Ähm.« Sie warf einen vielsagenden Blick auf sein verschwitztes T-Shirt.

»Entschuldige, ich bin hierher gerannt. Es war schon spät, als ich aus dem Büro kam, also habe ich zu Hause schnell geduscht, mich umgezogen und bin dann losgelaufen.« Er sah an sich herunter. »Die Dusche hätte ich mir wohl sparen können. Eine blöde Angewohnheit, nach der Arbeit zu duschen.« Josh lächelte. »Aber wahrscheinlich gibt es Schlimmeres als zu oft zu duschen. Jedenfalls halte ich mich strikt an deinen Wunsch, unsere Beziehung geheimzuhalten, obwohl es mir nicht gefällt. Aber wenn ich auf diese Weise ein paar Kilometer zusätzlich laufe, dann hat es auch etwas Gutes.«

Riley zog ihn in ihre Arme und küsste ihn. »Jetzt habe ich ein schlechtes Gewissen. Ich habe keine Ahnung, wo du wohnst. Ist es weit?«

»Nein, es ist nicht so weit. Aber es reicht, um ins Schwitzen zu kommen.« Er zeigte auf sein verschwitztes Hemd. »Tut mir leid, aber das ist der Preis für Anonymität.«

»Zufällig finde ich Schweiß sehr sexy.« Riley fuhr ihm mit dem Finger über die Brust.

»Oh nein, keine Ablenkungsmanöver, zumindest noch nicht.»Er betrachtete ihr Outfit. »Hast du meinen Zettel gefunden?«

»Ja, das war wirklich süß, aber ganz schön riskant, meinst du nicht?«

»Aber ich war mir sicher, dass du vorsichtig bist.« Er nahm ihre Hand. »Nun komm. Wir suchen dir ein paar schmuddelige Klamotten.«

Sie gingen in ihr Schlafzimmer und durchwühlten die Schubladen.

»Jeans, Jeans und noch mehr Jeans. Tja, es ist nicht zu übersehen, dass du aus Weston kommst«, neckte er.

»Ich habe eine Jogginghose«, meinte sie. »Wohin gehen wir überhaupt?«

»Jogginghose. Perfekt. Hast du auch ein Sweatshirt? Und eine Mütze oder so was?«

»Tut mir leid, meinen Cowgirlhut habe ich in Colorado gelassen.«

»Ich habe eine Baseballkappe in meiner Sporttasche. So, Babe, ich lasse dich allein, damit du dich fertigmachen kannst. Ich warte im Wohnzimmer auf dich.« Riley duschte schnell und zog dann Jogginghose und Sweatshirt an.

Als sie ins Wohnzimmer kam, hatte sich Josh ein Mets-Sweatshirt übergestreift und saß auf dem Sofa.

»Meine Liebe, du siehst hinreißend aus«, sagte er, stand auf und küsste sie auf die Wange.

»Übrigens, danke noch mal, dass du mir geholfen hast, meine Angst vor der U-Bahn in den Griff zu bekommen. Das war wirklich lieb von dir. Nun komme ich viel leichter zur Arbeit. Danke«, sagte sie.

»Ich konnte doch nicht zulassen, dass meine geheime Freundin Angst hatte, sich in der Stadt zu bewegen, oder?« Er küsste sie wieder. »Macht es dir etwas aus, wenn ich kurz unter die Dusche springe?« Er griff nach seiner Sporttasche und ging zum Badezimmer. Zehn Minuten später trat er mit einer Mets-Kappe in der Hand ins Wohnzimmer. Er setzte sie ihr auf den Kopf und zog sie ihr in die Stirn. »Perfekt.«

»Hm, gut für die Frisur«, sagte Riley. Sie liebte Mützen und Hüte, nur leider vertrugen sie sich meist nicht mit Haaren. Doch für Josh würde sie alles tun.

»Hey, manche Männer finden zerdrückte Frisuren sehr attraktiv. Hast du schon gegessen?«, fragte er.

»Nein, du?«

Er schüttelte den Kopf. »Dann komm. Ich sehne mich nach ein bisschen Normalität. Der Tag war einfach verrückt.« Er griff nach ihren Schlüsseln und zog sie aus der Tür.

»Oh je, und ich hatte gehofft, dass es erst nachher richtig verrückt werden würde.« *Habe ich das wirklich laut gesagt?* Riley staunte, wie entspannt das Zusammensein mit Josh war. Selbst ihre Eifersucht wegen Claudia hatte sich in Luft aufgelöst.

»Klingt gut.« Er küsste sie auf die Wange.

Hand in Hand hasteten sie die Treppe hinunter. In der kühlen Abendluft gingen sie durch die hell erleuchteten Straßen. Die Lichter der Stadt funkelten aus jedem Fenster. Riley fand es faszinierend, wie sich alle mit schnellen, zielstrebigen Schritten bewegten. Sie konnte verstehen, warum sich Leute in New York verliebten, aber die Stadt fesselte sie nur für einen Moment. All ihre Gedanken richteten sich auf Josh. Gegen Josh kam selbst die Pracht von New York nicht an.

»Also, ist das unsere Verkleidung?«, fragte sie und zeigte auf ihre Jogginghose.

»Jep.«

»Cool. Wir sind inkognito. Wunderbar.«

Josh verlangsamte seinen Schritt, kaum dass sie Lennys Delikatessenladen passiert hatten. »Abendessen. Hätte ich fast vergessen.« Sie drehten um und betraten den Laden. Josh legte Riley den Arm um die Schulter, während sie in der Schlange warteten.

»Das ist das Beste an New York. Lennys Laden an einem kalten Abend.« Er küsste sie auf die Wange.

Wer scherte sich schon um Lenny und seinen Laden? *Das* war das Beste an New York. Sie schmiegte sich an ihn.

Josh bestellte Truthahn-Sandwiches und Diet Cokes. Mit der prall gefüllten Tasche traten sie wieder auf die Straße.

»Was wäre, wenn ich keinen Truthahn mag?«, fragte sie.

»Oh, tut mir leid. Magst du keinen Truthahn?«, fragte Josh.

»Doch, und ich finde es wundervoll, dass du für mich bestellt hast. Ich habe mich nur immer gefragt, was ein Mann machen würde, wenn er bei einem Date etwas bestellt und die Frau es nicht mag.«

»Die meisten Frauen, mit denen ich verkuppelt werde, essen nichts, deshalb ist das normalerweise kein Problem.«

Riley blieb stehen. »Josh, ich bin nicht wie diese Frauen, und wenn du hoffst, mich zu einer solchen Frau zu machen, wird das nicht funktionieren. Ich esse. Ich esse gerne, und ich werde nie so dünn sein wie ein Model.«

Josh drehte sich um und zog sie zurück in die Richtung, aus der sie gekommen waren.

»Wohin gehen wir?«, fragte sie.

»Ich bringe dich zurück in die Wohnung. Verdammt, wenn du nicht mir zuliebe aufhörst zu essen, dann hat das ja alles keinen Sinn«, sagte er heftig und zerrte sie hinter sich her.

Riley lachte, als er sie in die Arme nahm und herumwirbelte.

»Siehst du ein, wie albern das ist?«, fragte Josh.

Es war so wundervoll, seinen Körper wieder an ihrem zu

spüren. Sie hatte den ganzen Nachmittag an ihn gedacht, und die Gefühle, die sie so lange zurückgehalten hatte, hüllten sie nun ein wie eine warme Decke.

»Babe, was ich letzte Nacht gesagt habe, waren keine leeren Worte. Du bist die schönste Frau, die mir seit langer Zeit begegnet ist.« Er küsste sie tief und ausgiebig und stellte sie dann wieder auf die Füße. Dann hob er mit dem Zeigefinger ihr Kinn an, eine Geste, die ihr inzwischen so vertraut erschien und die ihr jedes Mal das Herz stahl.

»Riley, du bist wie eine frische Brise für mich. Ich bin Designer von Beruf, genau wie du es eines Tages sein wirst, aber tief drinnen bin ich immer noch Josh Braden aus Weston. Ich wohne in New York, doch das bedeutet nicht, dass ich die Werte und Moral einer hektischen, rasanten Stadt übernommen habe.«

Mit jedem seiner Worte ging ihr das Herz ein bisschen mehr auf. Er war so anders als die meisten Männer, mit denen Riley zusammen gewesen war. Sie waren immer nur an der Oberfläche geblieben, während Josh tief tauchte. Sie lehnte den Kopf an seine Brust.

»Danke«, flüsterte sie. »Ich kann nur ich sein. Ich bin nicht perfekt, auf gar keinen Fall, aber ich bin, wer ich bin, und ich mag mich so, wie ich bin.«

»Ich auch.«

Sechzehn

Wenn ein Mann von Joshs Statur abends allein durch den Central Park joggte, war das eine Sache. In der Dunkelheit mit Riley dieselben Wege entlangzugehen, war jedoch eine ganz andere Sache. Misstrauisch musterte Josh jeden Mann, der vorbeikam. Er hatte im Park nie die geringsten Probleme gehabt, aber wie alle New Yorker kannte er natürlich die Geschichten, die man sich erzählte.

Als Josh sich für den Abend fertig gemacht hatte, hatte er nur die Hoffnung, dass sie niemand in ihrer Verkleidung erkennen würde. Ansonsten hatte er keinen Plan. Wenn er ehrlich war, hatte er auch für das, was zwischen Riley und ihm passierte, keinen Plan, doch er war zuversichtlich, dass es ein wundervoller Abend werden würde.

»Das ist so hübsch«, sagte Riley, während sie durch den Park schlenderten.

»Hier ist meine Lieblingsbrücke. Ich finde es herrlich, wie sie in den Park eingebettet ist, wie ein verstecktes Juwel.« Sie erklommen den sanften Bogen der Gapstow Bridge und blieben auf dem Scheitel stehen. Mondlicht erleuchtete die fast kahlen Bäume und tanzte auf dem Wasser unter der Brücke.

Riley beugte sich über das Geländer. »Es ist so friedlich,

ganz anders als in den Straßen. Mit geschlossenen Augen kann ich mir fast vorstellen, ich sei irgendwo auf dem Land.«

»Die Geräusche der Stadt lassen sich nur schwer ausblenden.« Josh schlang von hinten die Arme um sie und küsste sie auf den Hals. »CK One?«

»Es ist beängstigend, wie gut du dich mit Parfüms auskennst.« Sie drehte sich in seiner Umarmung, sodass sie ihm ins Gesicht sehen konnte. »Das ist so romantisch.«

»Eine Brücke im Mondschein – und Sandwiches von Lenny's. Was kann es Schöneres geben?«, neckte er.

Sie drückte ihm die Hände auf die Brust. »Ob du es glaubst oder nicht: Ich liebe es einfach, mit dir zusammen zu sein. Es ist mir egal, was wir essen oder wohin wir gehen.«

Er senkte den Mund auf ihren und küsste sanft die Kälte von ihren Lippen. Dann löste er sich hastig von ihr. Er kam sich gierig vor, weil er sie so oft küsste.

»Tut mir leid. Ich kann einfach nicht damit aufhören«, sagte er entschuldigend. »Komm, wir setzen uns.«

Sie gingen über die Brücke und ließen sich auf der angrenzenden Wiese im kalten Gras nieder. Riley lehnte sich an Josh, der hin- und herüberlegte, wie – und ob – er ihr von Claudia und von dem erzählen sollte, was früher am Abend geschehen war.

»Machst du das oft? Im Park spazieren gehen, meine ich?«, fragte Riley.

»Heutzutage nicht mehr. Als ich neu in der Stadt war, bin ich bestimmt einmal in der Woche hier herumgelaufen, nur so zum Spaß. Doch dann wurde das Leben zu hektisch für solche Vergnügungen.« Er zuckte die Achseln. »Jetzt jogge ich hier, aber ich komme fast nie dazu, den Park einfach zu genießen.« Er drückte sie an sich. »Deshalb wollte ich mit dir hierherkommen, damit wir es zusammen genießen können.«

»Ich finde es wunderbar. Vielen Dank.«

Josh packte die Sandwiches aus. Er hatte Hunger, nachdem er sich den ganzen Tag nur mit ein paar Müsliriegeln über Wasser gehalten hatte. Mit wenigen Bissen schlang er die Hälfte seines Sandwiches herunter, dann lehnte er sich zurück und sah Riley beim Essen zu. Am vorangegangenen Abend war ihm gar nicht aufgefallen, dass sich direkt über ihrem rechten Mundwinkel ein Grübchen zeigte, wenn sie kaute.

Sie wandte den Kopf ab und hielt sich die Hand vor den Mund.

»Du bist so süß, wenn du isst«, sagte Josh. Die Gewissheit seiner Gefühle für sie wurde mit jedem Moment größer, den sie zusammen verbrachten – und mit jeder Sekunde, die sie voneinander getrennt waren.

»Hör zu, Riley«, sagte er, »ich bin wirklich gern mit dir zusammen. Noch haben wir uns nicht unsere tiefsten Geheimnisse offenbart und haben auch keine nennenswerte gemeinsame Geschichte, aber ich möchte, dass du weißt, was ich fühle.«

Sie legte ihm die Hand aufs Knie. Er bedeckte sie mit seiner Hand und wünschte, sie könnte immer so nah bei ihm sein.

»Ich auch«, sagte sie.

»Ich möchte, dass du weißt, wer ich wirklich bin. Eigentlich bin ich ziemlich kamerascheu.« Er lächelte, als er ihren erstaunten Blick sah. »Ich weiß, dass die Öffentlichkeit ein bestimmtes Bild von mir hat, aber ich stelle mich nicht gerne zur Schau. In den Zeitschriften gibt es jede Menge Fotos von mir, immer mit einer anderen Schönheit am Arm. Und ich lächle in die Kamera oder sehe meine Begleiterin an, als sei sie etwas ganz Besonderes, aber das ist alles eine Farce. Das ist das

Bild, das man von mir erwartet. Die Frauen, mit denen ich so etwas wie eine ernsthafte Beziehung hatte, kann ich an einer Hand abzählen.«

Sie senkte den Blick und biss sich auf die Unterlippe. »War Claudia eine dieser Frauen?«

»Nein, und sie wird es auch nie sein.« Er berührte ihre Wange und hielt ihren Blick fest. »Nicht ein einziges Mal, niemals.«

Sie nickte. »Okay. Ich glaube dir.«

»Es gab drei Frauen, mit denen ich fünf oder sechs Monate lang zusammen war. Aber das waren eigentlich keine echten Beziehungen, eher ein Zeitvertreib. Für sie ebenso wie für mich. Das war in meinem letzten Jahr am College und in den zwei Jahren danach. Dann wurde mein Leben ziemlich hektisch, und ich hatte einfach keine Zeit für eine Beziehung. Kaum hatte ich JBD gegründet, wurden mir die Dates regelrecht aufgedrängt, und oft schätzt man das, was einem so bereitwillig geboten wird, nicht sonderlich. Die Leute, mit denen du in einer Position wie meiner zu tun hast, sind meist mehr an deinem Status interessiert oder an dem, was du für sie tun kannst. Mir war klar, dass ich auf diese Weise keine ernsthafte Beziehung finden würde, also habe ich mich gar nicht erst darum bemüht.«

»Ich glaube, ich weiß, was du meinst«, sagte sie. »Ich würde nie wegen deines Status mit dir zusammen sein. Ich hoffe, du weißt das.«

Er verschränkte seine Finger mit ihren. »Ja, das weiß ich. Ri, ich sage dir das alles nicht, weil ich zweifle, warum du mit mir zusammen bist. Ich sage es dir, weil du wissen sollst, dass ich kein Herumtreiber bin. Ich bin nicht so, wie mich die Zeitschriften darstellen, und so will ich auch gar nicht sein. Du weißt, dass meine Mutter starb, als ich noch klein war, oder?«

»Ja, das muss schrecklich gewesen sein.«

»Ich kann mich nicht wirklich an sie erinnern. Ich war wahrscheinlich noch zu klein, aber nachdem Treat und mein Vater mir so viel von ihr erzählt haben, habe ich das Gefühl, alles über sie zu wissen, als wäre sie die ganze Zeit da gewesen.«

»Das ist doch schön, oder? Ich meine, wenn du keine Ahnung hättest, wie sie war, wäre alles noch viel schlimmer, nicht wahr? So kannst du dir ein Bild von ihr machen«, sagte Riley.

»Ja. Treat hat immer von ihr gesprochen, als sei sie bei uns. Er hat mir Geschichten erzählt, die sie ihm erzählt hatte, und er versuchte sogar, so zu reden wie sie. Ich hatte wirklich Glück, dass er das getan hat. Mein Vater hat zwar auch ab und zu von ihr gesprochen, aber ich hatte immer Angst, ihn nach Einzelheiten zu fragen. Er hat sie so furchtbar vermisst.« Josh erinnerte sich noch daran, wie sie seinen zehnten Geburtstag feierten und er gesagt hatte, er wünschte, die Mutter hätte bei ihnen sein können. Seinem Vater waren die Tränen in die Augen gestiegen. Mit belegter Stimme hatte er geantwortet: »Sie ist hier bei uns, mein Sohn.«

»Mein Vater ist der Erinnerung an meine Mutter immer treu geblieben, zumindest so weit wir wissen. Ich habe großen Respekt vor dieser Haltung. Für mich ist das Liebe. Es ist eine Bindung an jemanden, die über physische Anwesenheit hinausgeht und sich vielleicht gar nicht in Worten ausdrücken lässt.«

»Du glaubst also an die wahre Liebe?«, fragte Riley. »An die Liebe, die einem das Herz rasen lässt, die einem den Atem raubt? Die Für-immer-und-ewig-Liebe?«, fragte sie mit leuchtenden Augen.

»Doch, das tue ich«, sagte er.

»Und was ist mit der Lust?« Sie schlang die Arme um die Knie und sah ihn erwartungsvoll an.

»Lust ist auf jeden Fall ganz real.« *Und meine Lust auf dich ist sehr lebendig.*

»Aber welche Rolle spielt sie in der Liebe?« Sie rutschte noch näher an ihn heran.

»Ich denke, Lust ist ein Teil der Liebe. Ich meine, ohne ein bisschen heißen Sex wäre es doch schrecklich langweilig, oder?«

»Und« – sie senkte die Stimme fast zu einem Flüsterton – »glaubst du, dass es den bei deinen Eltern auch gab? Oder waren sie einfach verliebt? Ich denke, da gibt es einen Unterschied. Bei meinen Eltern weiß ich, dass sie verliebt sind. Man erkennt es an der Art, wie sie sich ansehen, aber was die Lust angeht, bin mir nicht so sicher. Ich glaube, sie fühlen sich wohl zusammen, sie haben sich miteinander eingerichtet. Vielleicht passiert das nach so vielen Jahren. Ich weiß es nicht. Aber ich würde gerne glauben, dass die Lust nicht verloren geht.«

Josh dachte an den Blick seines Vaters, wenn er sich im Stall um Hope kümmerte, das Pferd seiner Mutter. Er bezweifelte nicht, dass es in der Beziehung seiner Eltern alle Formen der Liebe gegeben hatte. »Ich glaube schon, dass das möglich ist, aber ich bin nicht naiv. Oft ist es im Alltag schwierig, die Lust lebendig zu halten. Manchmal gelingt es vielleicht nicht, den Bürostress außen vor zu lassen. Aber das bedeutet nicht, dass die Lust weg ist.« Er schaute nachdenklich ins Wasser. »Man muss sich darüber im Klaren sein, dass Stress eine Beziehung verändern kann, wenn man es zulässt. Paare müssen sich Zeit nehmen, um intim zu sein und möglicherweise ungewöhnliche Dinge zu tun, um ihre Beziehung aufzupeppen. Aber ich denke, dass die Lust bleibt, wenn man ein bisschen nachhilft.«

Riley nickte und stützte das Kinn auf die Arme. »Vielleicht

hast du recht.«

»Macht dir etwas Sorgen?«, fragte er.

Sie zuckte die Achseln.

»Wirklich, Ri, ich möchte es wissen. Du weißt doch, dass ich mich gerne mit dir unterhalte. Natürlich habe ich nichts gegen Sex einzuwenden, aber ich will dich auch kennenlernen.«

»Es ist nur … Ich sehe, wie glücklich Rex und Jade sind, obwohl das niemand für möglich gehalten hätte.« Sie lächelte. »Und ich hoffe, dass ich eines Tages so etwas haben kann.«

»Rex ist ein sehr leidenschaftlicher Typ, das war schon immer so. Was er liebt, beschützt er mit allem, was er hat. Er verteidigt das, woran er glaubt, und bekämpft, was gegen seine Überzeugungen geht.« Für Josh war Rex immer schon der Inbegriff von Männlichkeit gewesen, mit dem er unmöglich mithalten konnte. Es war ihm peinlich, aber Riley sollte eins wissen: Wenn sie jemanden wie Rex suchte, war sie bei ihm an der falschen Adresse.

»Ri, ich bin nicht Rex und ich werde es nie sein. Ich habe nicht diese Wut oder dieses Temperament oder was auch immer es ist, das ihn so … machomäßig macht. Ich habe dieselbe Liebe und Leidenschaft in mir und auf meine eigene Art stehe ich für das ein, was mir wichtig ist, aber ich werde mich wohl nie mit jemandem prügeln. Ich bin eher der methodische, rationale Typ. Ich bin groß und ich bin stark, aber ich gehe mit meiner Größe und Kraft anders um. So war ich immer schon und daran wird sich wohl auch nichts ändern.«

»Das ist eines der Dinge, die ich an dir am meisten bewundere«, sagte sie und legte den Kopf schief. »Ich will nicht jemanden wie Rex. Ich hoffe, dass ich eines Tages über alles geliebt werde, so wie Jade, welche Form diese Liebe auch immer annehmen mag. Versteh mich nicht falsch: Ich bitte dich nicht um diese Liebe. Ich rede nur. Du hast mir eine Frage gestellt und das ist meine Antwort. Ich mache mir keine Illusionen und versuche auch nicht, unsere Beziehung mit Macht in eine bestimmte Richtung zu drängen.« Sie zuckte die Achseln.

»Wie könnte ein Mann dich nicht über alles lieben?« Die Worte lagen ihm auf der Zunge. *Ich liebe dich.* Aber es war noch zu früh. Womöglich machte er ihr Angst, wenn er sie laut sagte. Verdammt, sie machten selbst ihm ein bisschen Angst. Stattdessen nahm er ihre Hand und holte tief Luft. Er musste ihr sagen, was ihn den ganzen Nachmittag nicht losgelassen hatte. Von Claudia würde er ihr auch bald erzählen, aber erst wollte er sichergehen, dass Riley verstand, wer er wirklich war.

»Ri, ich bin nicht so wie meine Brüder. Ich habe viel über Treat nachgedacht und wahrscheinlich bin ich eher wie Treat als wie Rex, aber ich kenne mich. Ich könnte niemals meine Karriere aufgeben, so wie er es für Max getan hat, egal, wie sehr ich jemanden liebe. Dafür mag ich meinen Beruf zu sehr, auch wenn es egoistisch klingt. Wenn man sich verliebt, sollte man bereit sein, alles für den anderen zu opfern. Ich will dir nur ehrlich sagen, wie es ist.«

Riley richtete sich auf. »Warum erzählst du mir das? Ich würde niemals verlangen, dass du deinen Beruf aufgibst. Und ich denke, du würdest umgekehrt nicht erwarten, dass ich meinen aufgebe.«

»Sieh dir Rex und Jade an. Sie konnten ihre Beziehung nicht sehr lange geheimhalten, und ich möchte nur sicher sein, dass du weißt, was dich erwartet, wenn du dich auf mich einlässt«, sagte Josh.

»*Wenn* ich mich auf dich einlasse?«

»Du weißt, was ich meine. Langfristig.« Allmählich wurde das Gespräch zu gewichtig, dabei gab es noch so viel zu sagen.

Und es gab noch so viel, das er über Riley wissen wollte. Er atmete tief durch und sagte: »Ich will nur, dass du weißt, wo ich stehe. Ich will dir keine Angst einjagen, Riley. Gott, das ist das Letzte, was ich will. Aber du hast es verdient, dass ich dir reinen Wein einschenke.«

Riley wandte den Kopf ab. In der Stille zwischen ihnen war die Spannung fast mit Händen zu greifen.

»Sollen wir ein bisschen laufen?«, fragte Josh.

Riley nickte stumm. Er zog sie hoch und sie gingen Hand in Hand weiter. »Ich muss dir noch etwas sagen«, gestand er.

»Das klingt ernst.«

»Ich bin nun mal ein ehrlicher Bursche, ich kann nicht anders. Und wie gesagt: Du hast es verdient, dass ich dir gegenüber ehrlich bin.« Er blieb stehen und ergriff sanft ihre Arme. »Heute Abend gab es einen Zwischenfall mit Claudia.« Er spürte, wie sie erstarrte. »Sie kam in mein Büro und machte sehr deutlich, was sie von mir will.«

Riley sah ihn mit unbewegter Miene an.

»Ich habe ihr klipp und klar gesagt, dass zwischen ihr und mir nichts ist und nie sein wird. Und ich habe ihr gesagt, dass ich mit jemandem zusammen bin. Natürlich weiß sie nicht, mit wem, das würde ich ihr niemals ohne deine Zustimmung erzählen, aber sie soll wissen, dass sie sich keine Hoffnungen zu machen braucht. Außerdem habe ich sie gewarnt, dass sie ihren Ärger über meine Ablehnung nicht an meinen Mitarbeitern auslassen soll. Sie kann auf keinen Fall so tun, als hätte sie nicht verstanden, was ich meine.«

Riley senkte den Blick, doch Josh hatte trotzdem den Schatten der Sorge in ihren Augen gesehen. »Josh, du brauchst nicht ...«

»Doch, Riley. Ich weiß nicht, was aus uns beiden wird, aber

ich möchte, dass unsere Beziehung die Zeit und den Raum bekommt, die sie braucht. Und das geht nicht, wenn Claudia ständig dazwischenfunkt. Du sollst dir keine Sorgen machen müssen, schon gar nicht ihretwegen.« Josh hatte das Gefühl, als sei ihm eine riesige Last von den Schultern genommen. Bis der Weg für ihre Beziehung frei war, stand ihnen noch ein gutes Stück Arbeit bevor, doch es war ein erster Schritt.

»Danke«, sagte Riley.

Schweigend gingen sie weiter. Gerade, als Josh etwas sagen wollte, kam Riley ihm zuvor.

»Eigentlich kann ich es Claudia nicht verdenken. Ich meine, du bist einfach hinreißend, auch wenn du fast ein bisschen zu gut aussiehst.«

»Ein bisschen zu gut?« Er grinste. Er hatte noch nie eine Frau getroffen, die einer potenziellen Bedrohung mit Humor begegnete. »Was meinst du damit?«

»Also wirklich«, lachte Riley. »Es ist, als würde man mit einem Supermodel herumlaufen. Ich liebe es, aber ich kann kaum den Blick von dir wenden. Wieso sollte es anderen Frauen anders gehen?«

Sie lachte und Josh schüttelte den Kopf. Er wusste, dass Frauen ihn attraktiv fanden. Sein Foto hatte schon so manches Zeitschriftencover geziert und sein ganzes Leben lang hatte man ihm gesagt, dass er gut aussah. Das hieß aber nicht, dass Josh es auch glaubte. Aus Rileys Mund klang es jedoch wesentlich überzeugender, und das bedeutete ihm mehr als jedes Titelblatt.

»Ich möchte, dass du weißt, wirklich verstehst und mir glaubst, dass ich dir allein gehöre, solange wir zusammen sind. Du brauchst keine Sorge haben, dass ich auf Abwege gerate. Und schon gar nicht mit Claudia. – Ich muss dich etwas fragen«, fügte er hinzu.

»Frag ruhig, aber ich sag's dir gleich: Nein, ich werde keine essbare Unterwäsche anziehen, und ja, ich knutsche gern im Kino herum und … nun, alles andere überlasse ich deiner Fantasie.«

Wie kann ich nur so ein verdammtes Glück haben? »Mist, keine essbare Unterwäsche?«

»Tja, vielleicht lasse ich mich überreden«, sagte sie neckend.

»Ich werde mir etwas ausdenken«, grinste er. Dann fuhr er in ernstem Ton fort: »Wir sollten uns einen Plan zurechtlegen, falls unsere Beziehung doch publik wird. Ich bin ein geduldiger Mensch, aber ich bin mir nicht sicher, ob ich meine Gefühle für dich sehr lange verbergen kann. Und ich weiß, was dann auf dich zukommen könnte. Selbst wenn ich Claudia einweihen sollte, ist sie nur die Spitze des Eisbergs. Wahrscheinlich wird man sich das Maul darüber zerreißen, dass du mit dem Chef schläfst. So ist es leider in unserer Branche. Ich denke, wir sollten versuchen, eine Strategie zu entwickeln, wie wir im Fall der Fälle mit der Situation umgehen. Und wie wir dich am besten vor üblem Gerede schützen können.«

Riley ging ein Stück vor ihm her, drehte sich dann um und blieb stehen und zwang ihn so, ebenfalls stehen zu bleiben. Sie stellte sich auf die Zehenspitzen und küsste ihn. »Ich finde es wundervoll, wie du an mich denkst. Es gibt nicht viele Männer, die sich solche Gedanken um die Gefühle einer Frau machen wie du, und es gibt nicht viele Männer, die sich überlegen, wie sie sie in einer solchen Situation schützen können. Vielen Dank.«

Er zog sie an sich und bog ihren Kopf nach hinten, senkte seinen Mund auf ihren und küsste sie, als wäre sie ein Filmstar auf einer Bühne.

»Ich kann einfach nicht aufhören, an dich zu denken«, sagte

er, als er sie wieder aufrichtete. »Ich mache mir Sorgen, weil du dich mit Klatsch und Tratsch und allem anderen auseinandersetzen musst, was durch unsere Beziehung möglicherweise ausgelöst wird. Es wäre schlimm, wenn du dich in der Öffentlichkeit oder bei der Arbeit unbehaglich fühlst, nur weil wir zusammen sind.«

Sie lehnte den Kopf an seine Schulter, während sie am Wasser entlangschlenderten. »Mir fällt keine Lösung ein. Egal, wie ich die Sache drehe und wende, es kommt nichts Gutes dabei heraus. Natürlich könnte ich bei JBD aufhören und mich nach einem anderen Job umsehen, aber ich weiß aus Erfahrung, dass ich in der Modebranche nichts finden werde.«

Das Bedauern in ihrer Stimme war nicht zu überhören. »Daran solltest du gar nicht erst denken. Dafür bist du viel zu talentiert. Vielleicht war es ein Fehler, dich das Geschäft von der Pike auf lernen zu lassen. Ich hätte dich gleich als Designerin einstellen sollen.«

Sie drückte seinen Arm. »Meinst du, dafür wäre ich gut genug?«

»Ich weiß es.«

»Und warum konnte ich dann nach dem College keinen Job bekommen?«

»Wahrscheinlich, weil man in der Modebranche ohne Beziehungen kaum etwas reißen kann. Auf jede Stelle gibt es Hunderte von Bewerbern. Du warst gerade mit deiner Ausbildung fertig, daher hat sich vermutlich niemand überhaupt die Mühe gemacht, deine Mappe mit deinen Entwürfen anzusehen. Ich bin froh, dass ich es getan habe. Du hättest schon vor Jahren zu mir kommen sollen«, sagte er.

»Du machst Witze, oder? Wegen der Fehde zwischen deiner Familie und den Johnsons durften wir gar nichts miteinander zu tun haben. Außerdem würde ich nicht einmal im Traum daran denken, unsere Freundschaft so auszunutzen«, sagte sie.

Fragend zog er eine Augenbraue hoch.

»Es war Rex' Idee, dir meine Mappe zu zeigen, nicht meine«, erklärte sie.

Josh lachte. »Ich weiß. Ich finde es nur so herrlich, wenn du dich aufregst. Aber ich wünschte wirklich, du wärst früher zu mir gekommen. Denk doch nur an die gemeinsame Zeit, die wir verpasst haben.«

Riley streichelte seinen Arm.

Josh fragte sich immer wieder, ob alles ganz einfach wäre, wenn es Claudia nicht gäbe. Würden Simone oder K.T. oder einer der anderen Riley schief ansehen, weil sie sich angeblich nach oben geschlafen hatte?

»Nun, wahrscheinlich sollten wir uns einfach bedeckt halten«, sagte Riley. »Wer weiß? Vielleicht bist du mich morgen schon leid?«

»Was redest du denn da? Solange die Chance besteht, dass du essbare Unterwäsche anziehst, bin ich dich sicher nicht leid. Schließlich bin ich ein Mann.«

»Wenn du welche anziehst, mache ich es auch«, sagte sie.

»Jetzt kommen wir der Sache schon näher.« Er lachte, aber Treats Warnung ging ihm nicht aus dem Kopf. Sie brauchten einen Plan B. Irgendwann würde irgendetwas ans Licht kommen, sei es zufällig oder absichtlich. Und dann mussten sie gewappnet sein.

»Hast du morgen Abend schon etwas vor?«, fragte er.

»Ich werde die Dokumentation der Kollektionen und die Datenblätter durchgehen, als Vorbereitung für die Messe.«

»Hättest du Lust, zwischendurch eine Pause zu machen und mit Treat, Max und mir zu Abend zu essen? Bei dir? Ein

Doppeldate sozusagen.« Sich mit Riley vor seiner Familie als Paar zu zeigen, war für Josh ein großer Schritt, und er spürte, wie Freude sein Herz durchströmte.

»Ehrlich? Was machen die beiden hier? Ich würde sie gerne sehen.«

»Treat hat einen Geschäftstermin und ich entwerfe Max' Hochzeitskleid. Das wird bestimmt schön. Wir können irgendetwas zu essen bestellen, was immer du willst.« Sie verließen den Park und schlugen den Weg zu Savannahs Wohnung ein.

»Stell dir vor, ich kann tatsächlich kochen. Meine Mama hat es mir beigebracht«, sagte Riley.

»Wow, du kannst kochen und bist obendrein noch schön? Was bin ich doch für ein Glückspilz.« In den Straßen waren inzwischen weniger Leute unterwegs, sodass sie schneller vorankamen als auf dem Hinweg. Josh verlangsamte seine Schritte, er wollte nicht, dass dieser wunderbar normale Abend zu Ende ging. Er dachte an seine Schulzeit, als er Riley beobachtet hatte, wenn sie mit Jade auf dem Schulhof war oder mit ihren Freundinnen durch die Stadt schlenderte. Bei dem Gedanken an die heimlichen Blicke durchfuhr ihn der gleiche Adrenalinstoß wie früher, und als er das stille Lächeln auf Rileys Lippen sah, während sie Hand in Hand durch die Straßen gingen, wollte er ihr sagen, dass seine Gefühle für sie nicht erst vor ein paar Wochen begonnen hatten.

»Riley, ich habe es noch nie jemandem erzählt, aber ich war ganz schön verknallt in dich, als wir noch zur Schule gingen.«

»Ehrlich? Ich war auch schrecklich verknallt in dich, aber du warst eben ein Braden und einfach unerreichbar für mich.«

»Das ist das Dümmste, was ich je gehört habe. Wir sind eine Familie, nichts weiter. Wir sind nichts Besonderes.« Er war immer stolz auf den Namen Braden gewesen, aber er wusste auch um den Ruf seiner Familie. Seine Geschwister und er galten als die unberührbaren Bradens: zu gut aussehend, um sich mit gewöhnlichen Sterblichen einzulassen, und zu wohlhabend, um wie ganz normale Menschen behandelt zu werden. Im Laufe der Zeit hatten sich diese Vorurteile zum Glück mehr und mehr in Luft aufgelöst, aber lange waren sie das Einzige gewesen, was ihm den Namen Braden etwas verleidet hatte.

»Ihr wart die heißesten Typen in der ganzen Stadt. Und Savannah erst! Lieber Himmel, selbst in der Grundschule sah sie schon aus wie ein Model, mit ihrem wunderschönen kastanienbraunen Haar und ihrer lebhaften Art. Ich habe sie immer um ihr Selbstbewusstsein beneidet.«

»Tatsächlich? Wenn ich mich recht entsinne, warst du selbst verdammt selbstbewusst und hast hinreißend ausgesehen. Du warst immer mit Jade zusammen, und weil wir mit Jade nichts zu tun haben durften, kam ich nicht an dich heran. Wie oft habe ich dich und Jade beobachtet, wenn ihr die Köpfe zusammengesteckt und über irgendwas gelacht habt. Ich fühlte mich so zu dir hingezogen und habe mir gewünscht, ich könnte den Mut aufbringen und dich ansprechen. Es ist echt peinlich, aber ich brauchte dich nur kurz zu sehen und schon gingst du mir nicht mehr aus dem Kopf.«

»Wirklich?«, fragte sie, während sie die Stufen zu ihrer Wohnung hinaufkletterten.

»Oh ja.«

»Nun, diese Familienfehde hat Spuren in unser aller Leben hinterlassen. Jade war verrückt nach Rex und ich musste immerzu an dich denken«, sagte Riley. »Meine Güte, ich kann dir gar nicht sag, wie oft ich diese unsichtbare Linie überqueren wollte. Wie gerne wäre ich mit dir auf das Herbstfest gegangen oder hätte nach der Schule mit dir herumgehangen, nur so, wie eben alle einfach herumhingen.«

»Umso schöner ist es jetzt, dass wir alle Zeit der Welt haben, uns von unseren geheimsten Fantasien zu erzählen.«

»Fantasien?«, sagte sie neckend.

Josh grinste vielsagend.

An der Wohnungstür angekommen nahm Josh ihre Hand und führte sie an seine Lippen. »Vielen Dank für den wunderschönen Abend, Ms. Banks.«

»Ist das mein Gutenachtkuss?«, fragte sie und schlang die Arme um seinen Hals.

»Ich will mich nicht aufdrängen.« Er war selbst erstaunt, wie glatt ihm die Lüge über die Lippen kam, dabei wollte er nichts lieber als die Tür aufzustoßen, sie ins Schlafzimmer zu tragen und sie sich zu Willen zu machen. Gleichzeitig wollte – nein, musste – er ihr Zeit und Raum zum Nachdenken geben. Ihre Beziehung entwickelte sich in schwindelerregendem Tempo und sie sollte die Möglichkeit haben, ihre Gefühle zu verarbeiten.

»Oh, bitte, dräng dich ruhig auf.« Sie küsste ihn hungrig.
Zur Hölle mit dem Nachdenken.

Siebzehn

Am nächsten Morgen fuhr Riley auf, als ihr Handy vibrierte. Dass Josh nicht mehr neben ihr lag, überraschte sie nicht, doch sie staunte, wie natürlich es ihr erschien, die Nacht mit ihm zu verbringen und sich zu freuen, dass er nach seinem Lauf zurückkommen würde.

»Tut mir leid. Ich hätte dich gestern Abend anrufen sollen«, sagte sie zu Jade.

»Jawohl, du hattest es versprochen«, sagte Jade. Das Lächeln in ihrer Stimme war nicht zu überhören. »Ich hoffe, du hast einen guten Grund, warum du nicht angerufen hast.«

»Allerdings.« Riley stand auf und streifte sich ein T-Shirt über. Sie ging in die Küche, und als sie keinen Zettel auf dem Küchentisch fand und sah, dass Joshs Sporttasche verschwunden war, verspürte sie einen Anflug von Panik. »Wir halten unsere Beziehung immer noch geheim«, sagte sie zerstreut, während sie ins Badezimmer ging.

»Was machst du gerade? Du atmest so schwer«, fragte Jade.

»Ich gehe ins Bad.« Riley schaltete das Licht im Badezimmer an und ließ fast das Handy fallen, als sie es sah. *Dusche nicht ohne mich. J* stand mit Lippenstift geschrieben auf dem Spiegel. Drumherum hatte er ein großes rotes Herz gemalt.

Sie atmete erleichtert auf.

»Hallo?«, sagte Jade.

»Tut mir leid. Ich bin gerade erst aufgewacht.«

»Wie ich höre, bekommst du heute Abend Besuch. Ich wünschte, ich könnte dabei sein. Mir kommt es vor wie früher, als wir am College waren. Da saßen wir in verschiedenen Bundesstaaten und haben die ganze Zeit telefoniert und uns gegenseitig auf den neuesten Stand gebracht«, sagte Jade.

Riley vermisste ihre beste Freundin, aber sie mochte keine Minute ihrer Zeit mit Josh missen. Josh. Wie sollten sie sich entscheiden? Er würde es bald satthaben, sich zu verstecken, und ihr würde es sicher genauso gehen. Wünschte sie sich nicht eine richtige Beziehung, die sich nicht verstecken musste?

»Hallo?«, sagte Jade noch einmal.

»Entschuldige, ich bin abgelenkt. Ich kann mir nicht vorstellen, wie ihr das gemacht habt, Rex und du. Diese Heimlichtuerei. Ich mache mir immer solche Sorgen. Selbst wenn ich nicht darüber nachdenke, denke ich darüber nach.«

»Ich habe dir doch gesagt, was ihr tun solltet. Legt die Karten auf den Tisch. Cruella kann selbst sehen, wie sie das verdaut«, sagte Jade.

»Das ist leichter gesagt als getan. Sie hat sich gestern Abend an Josh herangemacht.«

»Nein!«

»Doch. Er hat ihr unmissverständlich klargemacht, was er davon hält, aber wenn sie von uns erfährt, hat sie einen Grund mehr, mich zu hassen. Und sind wir mal ehrlich: Wir sind ja erst seit zwei Tagen zusammen. Zwei Tage. Ich kann es kaum glauben.«

»Machst du Witze? Das geht doch schon seit fünfzehn Jahre so, das weißt du ganz genau. Er hat dir ja schon in der Schulzeit den Kopf verdreht«, sagte Jade. »Das habe ich genau gemerkt, auch wenn ich selbst fast nur an Rex denken konnte. Ich habe es schon einmal gesagt und ich werde es immer wieder sagen: Wir haben sie geliebt, aus der Ferne. Und das war verdammt hart.«

Riley hatte Josh damals gemocht, aber als sie aufs College ging und auch in den Jahren danach hatte sie ihn aus ihren Gedanken verbannt – bis zu jenem Abend, als sie ihn bei dem Konzert wiedersah und spürte, wie die Tür zu ihrem Herzen aufsprang. In den letzten zwei Tagen waren diese unterdrückten Gefühle, die sie damals so verzweifelt ignoriert hatte, mit solcher Macht an die Oberfläche gedrängt, dass sie sich vorkam wie ein liebeshungriger Teenager.

»Okay, du hast recht, aber du kennst mich ja, Jade. Ich war noch nie derart hin und weg von einem Typen, dass ich jede Sekunde mit ihm zusammen sein wollte, und schon gar nicht nach zwei Tagen. Meinst du, es ist einfach die Kombination aus neuer Stadt und sexy Mann?«

»Was meinst du selbst?«

Verdammt. Jade ließ nie locker. »Soll ich ehrlich sein? Nein, ich glaube nicht, dass es das ist. Aber heißt das nicht, dass ich eines dieser naiven Mädchen bin, die alle Vorsicht in den Wind schießen und sich von der Liebe mit all ihren Fallstricken umgarnen lassen?«

»Hey, das nehme ich dir übel«, sagte Jade.

»Du weißt, was ich meine. Du und Rex wart seit Ewigkeiten hintereinander her. Ich war verknallt, und anscheinend war Josh ebenfalls verknallt, aber nicht so, wie ihr beide. Meinst du, ich hätte nicht mitbekommen, wie ihr euch all die Jahre angesehen habt? Ihr wart wie entflammt füreinander. Was ist, wenn sein Verlangen nach mir weniger wird? Woher weißt du, wann Liebe allein reicht?«

»Kein heißer Sex?«

»Oh doch. Und er wird immer heißer. Aber ich will nicht enden wie meine Eltern. Ich will dieses Feuer für immer und ewig. Ich möchte auch noch mit fünfzig von meinem liebesdurstigen Ehemann durchs Wohnzimmer gejagt werden.« Riley dachte daran, wie aufmerksam und leidenschaftlich Josh als Liebhaber war und wie lebendig sie sich fühlte, wenn sie mit ihm zusammen war. Die Angst, so zu werden wie ihre Eltern, trübte offenbar ihren Blick für die Realität. *Wir sind genauso heiß wie Rex und Jade.*

»Das kannst du nicht vorhersagen, Ri. Du willst Gewissheit, aber die kann dir niemand geben. Ich weiß, wovor du dich fürchtest. Du willst nicht so sein wie deine Eltern. Du hast Angst, dass ihr euch zu behaglich miteinander einrichtet. Sogar bei Paaren, die zu Beginn ihrer Beziehung heißer sind als Rex und ich, erlischt der Funke manchmal. Und die, die lauwarm angefangen haben, entwickeln bisweilen im Laufe der Jahre große Leidenschaft. Du musst deinem Bauchgefühl folgen. Und es ist ja nicht so, als hätten wir es nicht in der Hand.«

Riley putzte sich die Zähne, während sie Jade zuhörte. Sie spülte sich den Mund aus. »Was meinst du?«

»Ich meine, dass wir die Leidenschaft anfachen können, wenn sie abzukühlen droht. Himmel, Ri, du bist doch diejenige gewesen, die mir geraten hat, den Sprung zu wagen und mich mit Rex einzulassen. Weshalb bist du besorgt? Vielleicht magst du ihn nicht so sehr, wie du dachtest?«

»Nein, das ist es nicht.« Sie schloss die Augen und offenbarte Jade ihre geheimsten Ängste. »Das Problem ist, dass ich ihn viel mehr mag, als ich dachte. Es macht mir Angst. Ich denke ständig an ihn. Wenn er anruft, rast mein Puls. Wenn er mich küsst ... Oh Gott, Jade, es ist viel mehr als heißer Sex.

Wir fühlen uns so wohl, wenn wir zusammen sind, trotz der ganzen Heimlichtuerei. Es fühlt sich an, als wären wir seit Ewigkeiten zusammen. Ist das ein gutes oder ein schlechtes Zeichen? Ich bin so durcheinander. Und das alles bei der Arbeit zu verstecken ist einfach total blöd.«

»Das hört sich doch gut an, bis auf das Versteckspiel. Ich wünschte, ihr hättet dieses elende Problem nicht. Das ist wirklich stressig.«

»Ich könnte kündigen. Dann würde sich das Problem in Luft auflösen.« Wie am Abend zuvor hörte Riley das Bedauern in ihrer Stimme.

»Du bist ja verrückt. Josh würde niemals wollen, dass du das tust. Es wird sich schon alles irgendwie einrenken. Außerdem hat er Cruella den Kopf gewaschen. Vielleicht habt ihr Glück und sie kündigt.«

»Ich will nicht, dass sie aufhört. Ich will nur, dass sie nett ist. Außerdem geht es nicht nur um sie. Alle werden denken, dass ich mich nach oben geschlafen habe. Cruella ist nur die Bösartigste von allen.« Riley ging aus dem Bad in den Flur. Das Gespräch machte sie nervös. Sie wollte sich nicht ausmalen, was passierte, wenn Claudia von ihr und Josh erfuhr. »Genug von meinen Problemen. Wie geht es dir?«, fragte sie.

»Prima. Du kommst doch Weihnachten nach Hause, oder?«, fragte Jade.

»Ich habe dir ja ein Outfit versprochen. Natürlich komme ich nach Hause. Hast du das Bild bekommen, das ich geschickt habe?«

»Ja, und ich finde es wunderbar. Du bist so talentiert«, sagte Jade. »Wie findest du nur die Zeit dafür?«

»Ich verzichte aufs Essen«, scherzte Riley.

»Oh Gott, werd bloß nicht so dürr wie all diese Models.«

»Ich doch nicht«, versicherte Riley ihr. »Ich muss mich fürs Büro fertig machen. Ich hab dich lieb«, sagte sie.

»Ich dich auch, Ri. Ruf mich morgen an, ja? Ich möchte wissen, wie es mit der Familie gelaufen ist.«

»Spinnst du? Es ist deine Familie, nicht meine.« Riley lachte.

»Offiziell ist es gar nicht meine Familie. Wir sind nicht einmal verlobt.«

»Aber fast. Tschüss, ich muss los.«

Nach dem Gespräch mit Jade fühlte Riley sich besser. Sie schloss die Wohnungstür für Josh auf und ging ins Badezimmer, um zu duschen. Dann fiel ihr Blick auf den Spiegel. Während sie noch überlegte, ob sie trotzdem kurz unter die Dusche springen sollte, hörte sie die Wohnungstür ins Schloss fallen. Gleich darauf lehnte Josh verschwitzt am Türrahmen und sah sie mit hungrigem Blick an.

»Ich habe gerade an dich gedacht«, sagte sie. Er sah so verdammt sexy aus. *Und hier stehe ich und habe nichts weiter an als ein T-Shirt.* Wie von allein schoben sich ihre Hände unter sein T-Shirt und wanderten über seine verschwitzte Brust, dann fuhr sie mit der Zunge über seine salzige Haut und knabberte sanft an seiner Brustwarze, während sie ihn durch seine Sporthose hindurch streichelte.

»Ich habe dich vermisst«, sagte sie.

Er senkte den Mund auf ihren, tastete mit der Zunge über ihre Unterlippe und nahm sie sachte zwischen die Zähne. Rileys Nippel stellten sich unter ihrem Hemd auf, als er seine Hand erst über ihren Rücken zu ihrem nackten Hintern und dann nach vorne gleiten ließ. Er streichelte sie, bis sie geschwollen und nass war.

»Riley, ich will dich verwöhnen«, flüsterte er an ihren

Lippen.

Rileys Atem stockte, als er sich aus seinen Sportsachen schälte. Wie gebannt starrte sie auf das Spiel seiner Muskeln unter der schweißglänzenden Haut. Er hielt ihren Blick gefangen, während er die Dusche aufdrehte. Dann streifte er ihr das T-Shirt über den Kopf und führte sie unter den heißen Wasserstrahl. Trotz der warmen, dampfigen Luft im Bad hatte Riley eine Gänsehaut. Josh schäumte Seife auf einem Waschlappen auf und wusch sie sanft von der Schulter bis zu den Fingerspitzen. Als er ihre Arme über den Kopf hob und den Lappen über die empfindliche Haut an der Unterseite gleiten ließ, durchfuhr sie ein wohliger Schauder. Mit sanften Bewegungen wusch er ihr den Nacken, bevor er ihre rechte Brust in die Hand nahm und mit dem Lappen einseifte.

»Beim Laufen ist mir etwas aufgefallen«, sagte er mit einer leisen Stimme.

Riley schloss die Augen, als er die gleichen sinnlichen Liebkosungen auf der linken Seite wiederholte. Dann trat er hinter sie und legte seine Wange an ihre.

»Ich möchte, dass du spürst, wie sehr ich dich mag«, flüsterte er. Er fasste ihre Haare mit beiden Händen zusammen und legte sie ihr über die rechte Schulter. »Nicht nur sexuell«, fuhr er fort, als er ihren Rücken wusch. »Du bist eine intelligente, gutherzige Frau, Riley, und je besser ich dich kennenlerne, desto mehr möchte ich dich lieben und ehren.«

Riley öffnete die Augen, als er sich vor sie stellte und ihr die nasse Handfläche an die Wange legte. Sie lehnte sich in die Wärme seiner Hand. *Ja! Liebe und ehre mich*, wollte sie sagen, aber ihr Herz war zu voll, ihre Kehle wie zugeschnürt, und als sie den Mund öffnete, um zu sprechen, küsste er sie. Sie fühlte seine Härte an ihrem Bauch. Sie wollte ihn anfassen, doch er hielt ihren Arm zurück.

»Wir haben alle Zeit der Welt. Lass mich dich lieben. Der Sex kann warten.«

Jede Faser ihres Körpers verlangte nach Josh. Seine Worte berührten sie tiefer, als irgendein Teil seines Körpers es jemals vermochte. Sie schloss die Augen, während er sich hinkniete und die Innenseite ihrer Oberschenkel mit langsamen, vorsichtigen Bewegungen wusch. Dann glitt der Waschlappen über ihre Waden und schließlich an der Außenseite ihrer Beine hoch. Riley hatte noch nie etwas so Sinnliches erlebt. Sie bebte vor Verlangen und ihre Beine wurden schwach. Zitternd trat sie einen Schritt zurück und lehnte sich an die Fliesenwand. Die Kühle der Kacheln durchfuhr ihren Körper wie ein Stromstoß. Mit weichen Küssen tastete er sich über ihre Brüste und den Hals zu ihrem Mund vor und nahm sie schließlich in einem wilden Kuss. Sie wölbte sich seiner Hitze entgegen und wunderte sich flüchtig, dass sie überhaupt noch die Kontrolle über ihre Glieder hatte, nachdem unter seinen sanften Berührungen alle Anspannung aus ihrem Körper gewichen war. Sie konnte keinen klaren Gedanken fassen. Sie griff ihm zwischen die Beine, sie war bereit, wollte ihn, brauchte ihn.

»Noch nicht«, flüsterte Josh. »Dreh dich um.«

Ohne zu zögern, gehorchte sie. Er fuhr ihr mit den Fingern durchs Haar und sie neigte bereitwillig den Kopf nach hinten. Sie hörte das Klicken der Shampooflasche, dann spürte sie, wie sich seine Fingerspitzen in ihre Haare schoben und das Shampoo in ihre Kopfhaut massierten. Sie schloss die Augen und genoss es, so liebevoll verwöhnt zu werden. Als er das Shampoo ausgespült hatte, gab er ihr einen Kuss auf den Nacken, seifte den Waschlappen ein und fuhr damit langsam und zärtlich über die Wölbung ihres Hinterns bis zu der

Vertiefung, wo ihr Oberschenkel ansetzte. Vorsichtig spreizte er ihre Beine gerade so weit, dass seine Hand dazwischen passte. Riley spürte, wie ihre Erregung von Sekunde zu Sekunde wuchs. Sie presste die Handflächen an die Kachelwand und konnte es kaum erwarten, dass er sie endlich nahm.

Dann fühlte sie Joshs Hände auf ihren Brüsten, seine Finger liebkosten ihre Brustwarzen. Selbst die leiseste Berührung löste einen Feuersturm in ihr aus. Sie fühlte seinen Körper an ihrem, seine Zähne an ihrem Hals. Atemlos stöhnte sie seinen Namen in die dampfige Luft. Er drehte sie langsam um, packte ihre Handgelenke und hob ihre Hände über den Kopf. Dort hielt er sie fest, als er seinen Mund auf ihren senkte und sie gierig küsste.

»Kondom?«, fragte Josh und riss sie jäh aus ihrer Träumerei. Sie starrte ihn an und suchte in seinen Augen nach Antworten auf eine Frage, die sie nicht stellen wollte.

Er küsste sie wieder. »Ich habe sie immer benutzt. Zweimal in der Schule habe ich es nicht getan, aber seitdem habe ich mich zweimal testen lassen«, sagte er eindringlich.

Sie vertraute ihm. Alle Zweifel lösten sich in Nichts auf. Was blieb, war ihr brennendes Verlangen. »Nimm mich«, flüsterte sie heiser.

Mit einer Hand hielt er ihre Hände über dem Kopf fest. Ohne ein weiteres Wort drang er in sie ein. »Du bist so nass. Himmel, du fühlst dich wunderbar an«, stöhnte er.

Riley stockte der Atem. Sie spürte, wie ihr Körper an seiner harten Männlichkeit festhielt, während er fieberhaft immer wieder in sie stieß. Sie stöhnte an seinen Lippen, ihr Körper wölbte sich ihm entgegen und begegnete seinen Stößen mit der gleichen Intensität. Er fühlte sich so gut an und sie war so bereit, dass sie bald kurz auf dem Höhepunkt der Lust war. Ihr

Kopf fiel zurück, als sie laut aufstöhnte, ihre Hände ballte und sich in seinem Griff wand. Josh saugte an ihrem Hals und sandte neue Feuersbrunst durch ihre Adern. Es war alles zu viel: die funkelnden Lichtblitze hinter ihren geschlossenen Lidern, das berauschende Verlangen in ihren Lenden, das Gefühl seiner glühenden Zunge auf ihrer Haut. Laut rief sie seinen Namen, gerade als er sich von seinem eigenen Orgasmus mitreißen ließ. Sein Körper bebte über ihr, sein Atem ging schnell und heiß an ihren Hals und Riley wusste in diesem Moment, dass sie nicht verstecken wollte, was sie fühlte. Nicht, um ihre Karriere zu retten, nicht, um Claudias Zorn zu entkommen. Überhaupt nicht.

Achtzehn

Josh war gerade in Mias Büro, als Peter anrief.

»Peter Stafford ist am Apparat«, sagte Mia stirnrunzelnd. »Er möchte mit Riley Banks sprechen.«

Der Anruf kam nicht überraschend. Schließlich hatte Peter gesagt, dass er gerne Rileys Mappe sehen wollte. Trotzdem hatte Josh ein ungutes Gefühl. Er überlegte kurz, ob er die Gelegenheit nutzen und Peter auf Claudia ansprechen sollte, verwarf den Gedanken jedoch gleich wieder. Wahrscheinlich würde er eher wie ein eifersüchtiger Liebhaber klingen und nicht so sehr wie ein Arbeitgeber, der Probleme mit einer Angestellten hatte.

»Stell ihn zu ihr durch«, sagte er so beiläufig wie möglich und zuckte die Achseln.

Mia schüttelte den Kopf. »Du läufst mit einem Gesicht herum, als hättest du Sahne geschleckt, Claudia kann sich nicht entscheiden, ob sie nett oder garstig sein soll, und jetzt das? Ich komme mir vor wie im falschen Film.«

»Sahne geschleckt?«, fragte Josh.

Mia verdrehte nur die Augen.

Auf dem Weg zurück zu seinem Büro machte er einen kurzen Abstecher ins Designstudio, wo Claudia an einem der

Zeichentische saß. Er sah ihr über die Schulter und stellte überrascht fest, dass sie an einem beeindruckenden Entwurf arbeitete.

»Die Taille im Empirestil bildet einen interessanten Kontrast zu den Cut-out-Schultern«, sagte er. Er musste an das Kleid denken, das Riley zum Abendessen mit Peter Stafford getragen hatte. Die Ähnlichkeit war nicht zu übersehen. »Wie bist du darauf gekommen?«

Claudia lehnte sich lächelnd zurück. »Du sagtest doch, ich sollte mir etwas Originelles einfallen lassen, keinen neuen Aufguss alter Themen. Ich habe ein bisschen herumprobiert und das ist dabei herausgekommen.« Sie streckte die Hand nach ihm aus und er zuckte zurück, als hätte er sich verbrannt.

»Claudia«, sagte er streng. »Ich habe dir gesagt, dass Schluss sein muss mit diesen Spielchen. Und das meine ich ernst.«

»Tut mir leid«, sagte sie und wandte sich wieder ihren Zeichnungen zu. »Ist eben nicht so einfach, alte Gewohnheiten abzulegen.«

»Hauptsache, du legst sie ab, und zwar sofort«, sagte er und ging davon.

Als er sich Rileys Tisch näherte, hörte er ihre Stimme.

»Ja, Sir«, sagte Riley.

Die Neugier brachte ihn fast um. Peter leitete eine Modelagentur, mit Modedesign hatte er nur am Rande zu tun. War er vielleicht doch eher an Riley persönlich interessiert und nicht so sehr an ihren Entwürfen? Rileys Stimme klang distanziert, aber höflich. Unwillkürlich dachte Josh daran, wie warm und sinnlich sie sich anhörte, wenn sie in seinen Armen lag.

»Ja, ich werde sie Ihnen schicken, aber ich möchte noch einmal betonen, dass ich nicht vorhabe, JBD zu verlassen. Ich fühle mich hier sehr wohl. Oh ja, ich verstehe. Vielen Dank. Das ist wirklich nett von Ihnen. Jawohl. Auf Wiederhören.« Riley schob ein paar Zeichnungen zusammen, bevor sie sich in ihren Stuhl zurücklehnte. Als sie Josh sah, atmete sie erleichtert auf. »Ich wollte gerade zu dir kommen«, sagte sie. Unwillkürlich streckte sie die Hand nach ihm aus, ließ dann den Arm sinken und warf einen verstohlenen Blick zu den anderen Mitarbeitern an ihren Tischen.

Am Morgen unter der Dusche hatte er das Gefühl gehabt, als hätte sich bei Riley etwas verändert, doch sie hatten sich in aller Eile für die Arbeit fertigmachen müssen, und zum Reden war keine Zeit gewesen.

»Das war Mr. Stafford«, sagte sie.

»Ja, ich weiß.« Er wünschte, sie wären irgendwo für sich, sodass er den Arm um sie legen und die Nervosität in ihrem Blick besänftigen konnte.

»Er möchte, dass ich ihm meine Mappe mit Entwürfen schicke, aber ich verstehe nicht, warum. Er weiß, dass ich gerne hier arbeite. Sollte ich mir Sorgen machen? Oder mich geschmeichelt fühlen?«

»Ich denke, du solltest dich geschmeichelt fühlen«, sagte Josh und versuchte, sachlich und professionell zu klingen. »Möchtest du, dass ich ihn anrufe und herausfinde, was er im Schilde führt?«

Sie schüttelte den Kopf. »Lieber Himmel, nein. Danke, aber das ist wirklich nicht nötig.« Sie trat einen Schritt näher zu ihm. In diesem Moment stand Claudia auf und kam zu ihnen.

Josh sah, wie sich Rileys Schultern anspannten.

»Wie kommst du mit den Planungen für den Messestand voran?«, fragte Claudia.

»Sehr gut. Ich denke, ich bin bestens vorbereitet«,

antwortete Riley.

Claudia nickte. »Prima«, sagte sie freundlich und ging weiter.

Riley atmete erleichtert auf.

»Du weißt, dass du mich gerne fragen kannst, wenn dir wegen der Messe etwas unklar ist? Schließlich habe ich schon einige Messen hinter mir«, sagte Josh.

»Ja, ich weiß. Ich möchte allein zurechtkommen, und ich bin sicher, dass es perfekt wird. Ich bin wirklich gut vorbereitet. Der Stand wird toll. Wir gehören zu der Handvoll von Designern, die ihren Stand von Grund auf entwerfen, also habe ich ihn wie eine kleine Boutique gestaltet. Claudia hat mir alles an Unterlagen und Informationen gegeben, was ich brauche. Und Outfits zusammenzustellen ist auch kein Problem, darin habe ich Übung.«

Er beugte sich vor und flüsterte ihr ins Ohr: »Im Ausziehen von Outfits auch.« Dann ging er in sein Büro und hoffte, dass sie für den Rest des Nachmittags an ihn denken würde.

»Riley, kannst du mal kommen?« Simone winkte sie zu sich.

K.T. hielt zwei weiße Wollröcke hoch. Einer hatte eine hohe Taille, der andere eine zarte, kaum wahrnehmbare Stickkante. »Welchen würdest du mit einer capriblauen Satinbluse kombinieren?«

Riley betrachtete die beiden Röcke nachdenklich. »Mit Capriblau würde ich keinen von beiden kombinieren«, sagte sie schließlich. »Der Kontrast ist zu hart, finde ich. Wie wäre es mit einem sanften Honiggelb? Oder mit einem hellen Türkis? Für welchen Anlass ist das gedacht?«

»Sanftes Honiggelb?«, sagte K.T. »Ist sie nicht schlau?« Er legte die Röcke beiseite und ging den Flur hinunter zum Kleiderschrank.

»Worum geht's?«, fragte Riley.

»Wir sind mitten in einem Modekrieg.« Simone lachte. »In ein paar Tagen hat sich ein potenzieller Käufer angekündigt und K.T. weigert sich, mich die Stücke allein zusammenstellen zu lassen. Er schwört, dass mir das gewisse Etwas fehlt. Angeblich sieht man es allen meinen Zusammenstellungen an.«

»Oh je, das klingt aber nicht sehr nett.« *Die Konkurrenz hört nie auf.*

Simone zuckte mit den Achseln und schob ihre knallrote Brille hoch, die wunderbar zu ihrem rot karierten Rock und dem strahlend weißen Top passte. Simone wählte ihre Brille immer passend zum Outfit aus.

»Er ist wie ein kleines Kind. Er muss immer seinen Senf dazugeben. Aber auch, wenn ich seine Ideen nicht aufgreife, ist mir K.T. nie böse. So etwas ist unter uns kein Problem.« Sie warf einen Blick auf Claudia, die in einem Türrahmen lehnte. »Nur bei ihr natürlich. Ist dir aufgefallen, wie rasch ihre Launen neuerdings wechseln?«

Riley wollte sich auf keinen Fall in Klatsch und Tratsch über Kollegen hineinziehen lassen. »Sie hat eben viel zu tun«, sagte sie und ging zu ihrem Tisch zurück. Sie dachte an Josh und ihr Gespräch mit Peter. Sie wollte nicht, dass sich Josh deswegen Sorgen machte. *Wir haben genug andere Sorgen.* Sie zog ihr Handy heraus und schrieb Josh eine SMS.

Tut mir leid wegen Peter.

Gleich darauf vibrierte ihr Handy. *Mach dir keine Gedanken. Ich bin ja schon ein großer Junge.*

Sie überlegte, wie sie antworten sollte. Vielleicht ein

bisschen kokett? *Oh ja, dass du ein großer Junge bist, habe ich auch schon mitbekommen, und ich wünschte –*

»SMS während der Arbeitszeit?«

Claudia. Riley bedeckte das Display ihres Handys rasch mit der Handfläche. »Meine beste Freundin zu Hause. Ich vermisse sie«, sagte sie und spürte, wie sie rot wurde.

»Kann ich mir vorstellen. Hör mal, ich muss dringend ein paar Dinge für Josh erledigen. Könntest du für mich zu Phil fahren? Er sagte, er hat noch Sachen vom letzten Fotoshooting.« Riley warf einen Blick auf die Uhr. Verdammt. Sie hatte gehofft, etwas Zeit zum Zeichnen zu haben. »Aber ich habe alles inventarisiert und zurückgegeben«, wandte sie ein.

Claudia zuckte mit den Schultern. »Wahrscheinlich sind in dem ganzen Durcheinander doch einige Sachen untergegangen. Es ist ja erst Mittag. Du hast noch den ganzen Nachmittag Zeit für deine Arbeit.« Sie lächelte, doch das Lächeln reichte nicht bis zu ihren Augen. »Danke«, sagte sie und ging davon.

Riley seufzte. Sie hatte an einigen Ideen für Jades Weihnachtskleid gearbeitet, und je mehr sie darüber nachdachte, desto mehr fiel ihr ein. Alles, was sie brauchte, waren ein paar ruhige Augenblicke, um ihre Gedanken zu Papier zu bringen. Sie schob die Zeichnungen in ihre Schublade, nahm ihre Handtasche und verließ das Büro. Hoffentlich bekam sie ein Taxi.

Ihre kokette Stimmung war verflogen. Sie löschte die Nachricht an Josh.

Eine Viertelstunde später stand sie vor einem verblüfften Phil Lancorn.

»Ich habe keine Ahnung, was Claudia meint. Wir haben hier keine Sachen vom Shooting mehr, und ehrlich gesagt, habe ich ihre vorwurfsvolle Art allmählich satt.«

Mist. »Vielleicht habe ich sie falsch verstanden. Tut mir leid. Wahrscheinlich meinte sie nicht dich, sondern jemand anderen. Entschuldige bitte.«

Der kahlköpfige Phil schnaubte frustriert. »Ist schon in Ordnung. Mit so was rechnen wir bei Neulingen wie dir.«

Mit so was rechnen wir? Riley war gewissenhaft und zuverlässig, ein solcher Fehler war wirklich nicht typisch für sie. Sie ahnte, was hinter Claudias guter Laune steckte: Sie wollte sie in einem schlechten Licht dastehen lassen. Diesen Triumph würde sie ihr nicht gönnen.

Wieder im Büro angekommen, ging Riley direkt zum Kleiderschrank. Mia half ihr bei der Suche nach dem gelben Schal, den Claudia am Tag zuvor in der Hand gehabt hatte. Riley hatte sie damit durch den Flur gehen sehen.

»Wofür brauchst du den?«, fragte Mia.

Riley biss sich auf die Lippe. Sie wollte Mia nicht mehr als unbedingt nötig in die ganze Sache hineinziehen. »Ich schaue mir ein paar Outfits für die Messe an und möchte sehen, ob das Gelb zu den helleren Schattierungen der Bliss-Linie passt.«

»Sieht bestimmt super aus«, sagte Mia mit einem breiten Lächeln. Sie schnappte sich den kanariengelben Schal und reichte ihn Riley. »Leg ihn einfach zurück, wenn du fertig bist.«

»Sicher. Kein Problem.«

Mia legte den Kopf schief und betrachtete nachdenklich Rileys Hosenanzug. »Das ist ein tolles Outfit für dich.«

Sie spürte die Aufrichtigkeit in Mias Stimme. Ihre Augen leuchteten, ihr Lächeln wirkte echt und Riley war sich sicher, dass sie ihr vertrauen konnte. »Danke, Mia. Ich habe noch nicht das Geld, um mir lauter Designerklamotten anzuschaffen. Bei uns zu Hause zieht man die besten Cowgirl-Stiefel und einen Jeansrock an, wenn man sich schick machen will«, lachte sie.

»Jep. Kenne ich«, erwiderte Mia.

»Woher kommst du?«

»Aus Virginia. Mein Vater hatte einen Bauernhof.« Sie grinste. »Wahrscheinlich trage ich deshalb so gerne Jeans. Es erinnert mich an zu Hause.«

»Bei deiner Figur kannst du dir Röhrenjeans erlauben. Mit Hochhackigen und dieser Bluse siehst du einfach hinreißend aus.«

»Vielen Dank. Hauptsache, es ist bequem. Und Josh scheint es nicht zu stören, also …«, sagte sie und zuckte mit den Achseln.

Das Einzige, was Josh stört, sind die Annäherungsversuche von Claudia. Riley lächelte leise.

»Mia, kannst du mir sagen, mit welchem Kurierdienst die Firma zusammenarbeitet?«

»Klar, aber wenn du etwas verschicken willst, kann ich das für dich erledigen«, bot Mia an.

»Ja, wirklich? Peter Stafford will meine Mappe sehen. Josh weiß Bescheid. Keine Sorge, ich bewerbe mich nicht um eine andere Stelle oder so was. Bei der Besprechung wegen der Bliss-Linie hatte er mich gefragt und heute früh hat er angerufen.«

»Sicher, mache ich. Wow, das ist aber mal was Neues. Soweit ich weiß, hat er sich noch nie die Entwürfe einer Angestellten zeigen lassen.«

»Tatsächlich? Hm.« Sie hatte keine Ahnung, warum Peter ihre Arbeiten sehen wollte, doch wenn sie ihm die Mappe ganz offiziell über Mia und den Kurierdienst von JBD schicken ließ, verheimlichte sie nichts und verhielt sich professionell. »Vielen Dank. Oh, und irgendwie habe ich das Gefühl, dass Claudia am besten nichts davon erfährt. Sie findet es möglicherweise nicht so passend.«

»Sie würde vor Eifersucht platzen. Wie kommst du mit Cruella zurecht?«

Riley erstarrte. Hatte Mia gehört, wie sie Claudia so nannte? Sie ging in Gedanken kurz ihre Telefonate mit Jade durch, aber sie hatte sie bestimmt nicht vom Büro aus angerufen.

»Entspann dich. Wir nennen sie alle so.«

Riley atmete erleichtert auf. »Oh mein Gott. Ich dachte schon, du kannst Gedanken lesen.«

»Nein, keine Sorge. Macht sie dir das Leben schwer?«

Riley lehnte sich gegen ein Regal. »Nur ein bisschen. Nichts, was ich nicht verkraften kann.«

»Sie hat es auf Josh abgesehen, daher sind ihr alle neuen attraktiven Mitarbeiterinnen ein Dorn im Auge.«

»Wirklich?« *Attraktiv?* Das Kompliment tat ihr gut.

»Hast du nicht bemerkt, wie sie ihn mit Blicken verfolgt, wann immer du mit Josh redest? Sie lässt ihn keinen Moment aus den Augen.«

Riley hasste sich selbst für die Frage, die ihr auf der Zunge brannte. »Meinst du, dass sie jemals … na, du weißt schon?«

»Josh? Mit Claudia? Auf keinen Fall. Er sträubt sich sogar gegen diese Dates mit all den wunderschönen Frauen, die immer wieder für ihn arrangiert werden. Ich verstehe einfach nicht, wie er tickt. Er könnte jede Frau haben, aber man könnte meinen, dass er auf die Richtige wartet. Ich habe keine Ahnung, was er hofft, bei ihr zu finden, aber die arroganten Frauen, denen er ständig vorgestellt wird, mag er jedenfalls nicht. Wenn sie schließlich auftaucht, ist sie hoffentlich so nett und freundlich wie er, denn die falsche Frau könnte diesen wunderbaren Mann vernichten.«

Ich bin nett. »Du hast so recht. Das hoffe ich auch.«

Mia sah sie durchdringend an und Riley beschlich das

ungute Gefühl, dass sie etwas ahnte. *Sie kann unmöglich über uns Bescheid wissen.* Sie dankte Mia für ihre Hilfe und ging zurück zu ihrem Schreibtisch.

Kaum hatte sie sich gesetzt, vibrierte ihr Handy. Überrascht stellte sie fest, dass Max ihr eine SMS geschickt hatte.

Hallo, ich bin's, Max. Jade hat mir deine Nummer gegeben. Wie ich höre, bist du mit Josh zusammen!

Riley holte tief Luft. Sie hatte Max auf der Ranch von Joshs Vater kennengelernt, als sie zum Mittagessen dort war, und hatte sie sofort gemocht. Warum fühlte es sich an, als würde sie ihre Beziehung öffentlich machen, wenn sie bestätigte, was Max bereits wusste? Und warum fühlte es sich so verdammt gut an?

Jep! Erzähl bitte niemandem davon. Kommt ihr morgen Abend zum Essen?

Sie schob das Handy unter ihr Bein und klopfte ungeduldig mit dem Fuß, während sie auf Max' Antwort wartete. Eine Woge der Erregung erfasste sie. Als sie sich am Morgen geliebt hatten, war ihr klar geworden, dass sie ihre Beziehung nicht länger geheimhalten wollte, aber sie hatte nicht den Mut gehabt, es Josh zu sagen. Sie wusste, dass es dann kein Zurück mehr gab. Er konnte es kaum abwarten, die Heimlichtuerei zu beenden, doch seit sie bei der Arbeit war, war sie sich nicht mehr sicher, ob es der richtige Entschluss wäre. *Ich wünschte, ich könnte ein für alle Mal entscheiden.* Sie starrte auf das Telefon, das unter ihrem Bein hervorsah. Es sagen. Es nicht sagen. *Puh! Ich kann mich nicht entscheiden!* Wieder vibrierte ihr Handy.

Würde ich nie tun. Versprochen. Ja. Kann es kaum erwarten, euch zu sehen.

Ja, ich freu mich auch, antwortete sie, steckte dann das Handy in ihre Handtasche und legte beides in die Schublade auf den Stapel Zeichnungen. Sie nahm den Schal und machte sich auf die Suche nach Claudia.

Claudia sah auf, als Riley sich näherte.

»Gefunden!« Riley hielt den Schal hoch. »Phil war so froh, dass du daran gedacht hast.«

Claudia senkte den Blick.

»Ich bringe ihn einfach in den Kleiderschrank.« Grinsend ging Riley davon. *Du bist nicht die Einzige, die dieses Spielchen spielen kann.*

Neunzehn

Als Riley die Tür öffnete, stand Josh mit zwei Weinflaschen und Tüten voller italienischer Delikatessen davor. Riley hatte eine tief ausgeschnittene rote Bluse aus einem durchscheinenden Stoff und ihre Lieblingsjeans an – zum ersten Mal seit ihrer Ankunft in New York. Um den Hals trug sie eine schlichte Goldkette. Sie stellte sich auf die Zehenspitzen und gab Josh einen Kuss.

»Himmel, du siehst hinreißend aus«, sagte Josh, stellte seine Einkäufe ab und legte ihr die Hände auf die Hüften. »In Jeans habe ich dich nicht mehr gesehen, seit wir in Colorado waren.«

»Ein Abend mit Max und Treat erinnert mich an zu Hause. Und du hast mir das Selbstvertrauen wiedergegeben, zu meinen Rundungen zu stehen«, lächelte sie.

»Ich liebe deine Rundungen.« Er ließ seine Hände über ihren Hintern gleiten. »Du siehst fast genauso hinreißend aus wie in deinem Schmuddeloutfit von gestern«, sagte er lachend. »Aber nur fast. Es geht doch nichts über Jogginghosen.« Josh nahm die Tüten und ging in die Küche.

»Vielen Dank. Ich hatte überlegt, die Jogginghose anzuziehen, aber ich wollte deinen Bruder nicht zu sehr in Versuchung führen.« Riley folgte ihm in die Küche.

»Ich kann mir nicht vorstellen, dass irgendjemand ihn von Max weglocken kann.« Josh stellte die Tüten auf dem Küchentisch ab und holte nach und nach die Behälter mit den heißen Speisen hervor. »Ich habe Muscheln, frisches Brot und Pasta mitgebracht. Oh, und Wein natürlich.«

»Das riecht köstlich«, sagte Riley.

Josh entkorkte eine Weinflasche, schenkte ihnen ein und reichte ihr eines der Gläser. Er dachte an ihr erstes Date und wie nervös sie ausgesehen hatte, als sie zusammen in der Küche standen. War das wirklich erst ein paar Tage her? Er hatte das Gefühl, als sei Riley immer schon ein Teil seines Lebens gewesen.

»Sollen wir nicht auf Treat und Max warten?«, fragte sie.

»Ach was. Dies ist ein Toast auf uns. Wir haben uns einen weiteren Tag lang erfolgreich versteckt«, sagte er und küsste sie leicht auf die Lippen.

»Ja, darüber wollte ich mit dir reden.« Sie fuhr mit dem Finger über den Rand ihres Glases.

»Okay. Sollen wir uns ins Wohnzimmer setzen?« Joshs Magen krampfte sich zusammen. Bis jetzt hatte er keinen Plan B für den Fall, dass seine Mitarbeiter von ihrer Beziehung erfuhren. Je mehr er darüber nachdachte, was auf Riley zukam, wenn sie ihr Verhältnis öffentlich machten, desto unruhiger wurde er.

Sie saßen nebeneinander auf der Couch im Wohnzimmer. Riley hielt ihr Glas mit beiden Händen fest, den Blick hatte sie gesenkt. Sie presste die Lippen zusammen, blinzelte ein paarmal und holte tief Luft.

»War heute im Büro etwas, was ich wissen sollte?«, fragte er. Er war sich sicher, dass er es mitbekommen hätte, wenn jemand etwas über ihre Beziehung herausgefunden hätte. Andererseits war Riley nicht der Typ, der sofort angelaufen kam, wenn es Probleme gab.

»Nein, nicht wirklich. Ich habe nur …«

Sie sah ihn mit einer Mischung aus Wärme und Verlangen an. Sie stellte ihr Glas ab und ergriff seine Hand.

»Ich glaube, ich möchte die Leute wissen lassen, dass wir zusammen sind«, sagte sie.

Josh sah sie erstaunt an. »Wow. Das habe ich nicht erwartet«, sagte er. Er war inzwischen überzeugt, dass es besser wäre, alles noch eine Weile geheimzuhalten.

»Ich weiß. Ich bin selbst überrascht, aber heute Morgen unter der Dusche hat irgendetwas klick gemacht und mir war klar, dass du der Mann bist, mit dem ich zusammen sein will. Diese Heimlichtuerei fühlt sich an, als hätten wir etwas Schlimmes zu verbergen.« Sie lächelte ihn an, doch in ihren Augen schimmerte eine leise Sorge.

Josh hatte den Eindruck, als sei sie sich nicht ganz sicher. Sein Magen krampfte sich zusammen und das Herz wurde ihm schwer. Er hatte keine Ahnung, was sie tun sollten. Am liebsten hätte er aller Welt von ihnen erzählt, aber je mehr er darüber nachdachte, desto mehr Sorgen machte er sich um ihre Karriere.

Sein Schweigen dauerte einen Wimpernschlag zu lange und Riley rückte kaum merklich von ihm ab. »Du willst nicht, oder?«

»Doch. Ich bin nur … ich mache mir Sorgen um dich, Ri. Egal, wie wir es drehen und wenden: Du bekommst dein Etikett weg. Mir kann das alles nichts anhaben, dir aber schon. Ich finde den Gedanken schrecklich, dass dein ganzes Leben dadurch auf den Kopf gestellt werden könnte.« Der Schmerz in ihrem Blick brachte ihn schier um, aber er wusste, dass er recht hatte. Irgendwie würden sie einen Weg finden, es den

Angestellten beizubringen, aber vorher mussten sie sich überlegen, wie sie mit den Reaktionen umgehen würden.

»Schon, aber wenn ich zu diesem Risiko bereit bin, solltest du es dann nicht auch sein?« Sie hielt seinen Blick fest. »Du bist es nicht. Ich verstehe. Okay.« Sie lachte leise. »Das habe ich ganz sicher nicht erwartet«, sagte sie und stand auf.

Josh ergriff ihre Hand. »Babe, bitte setz dich wieder.«

»Es ist ein bisschen peinlich, findest du nicht? Zu erfahren, dass dein Freund … Moment mal … Vielleicht hast du gemerkt, dass du gar nicht mein Freund sein willst?« Ihre Augen füllten sich mit Tränen.

»Nein, Riley, nein.« Er stand auf und nahm sie in die Arme. »Ich werde tun, was immer du willst. Ich will dich nur beschützen. Nichts wäre mir lieber, als morgen ins Büro zu gehen und es allen zu erzählen. Verdammt, ich würde sogar eine Pressemitteilung herausgeben, wenn du es willst. Ich bin nur beunruhigt, weil du dir Sorgen um deine Karriere gemacht hast, und das verstehe ich. Und du hast allen Grund zur Sorge. Unsere Branche ist nicht sonderlich aufgeschlossen, sie verzeiht nichts.«

Riley ließ sich wieder auf die Couch fallen. »Es ist so schwierig, Josh. Wenn ich mit dir zusammen bin, dann will ich richtig mit dir zusammen sein – sodass es alle sehen können, meine ich –, und wenn ich bei der Arbeit bin, sehe ich sehr deutlich, wo die Probleme liegen. Aber wir drehen uns im Kreis. Wir können entweder ins kalte Wasser springen oder …«

»Oder?« *Bitte, sag es nicht.*

»Oder weiter Verstecken spielen und die Wohnung deiner Schwester als Liebesnest benutzen.« Sie lächelte.

Erleichtert zog er sie an sich. »Es tut mir leid, Riley. Das alles wäre viel einfacher gewesen, wenn ich vorher gewusst hätte, dass du genauso fühlst wie ich. Dann hätte ich dich gleich am ersten Tag als meine Freundin vorstellen können, und die Leute hätten es so akzeptieren müssen, wie es war.« *Oder sie hätten vermutet, dass du die Stelle deswegen bekommen hast.*

»Es ist alles so frustrierend. Und so verrückt. Wir sind erst seit ein paar Tagen zusammen. Wer riskiert nach ein paar Tagen schon seine gesamte Karriere? Ehrlich, das macht mich wahnsinnig. Weißt du was? Es interessiert mich nicht mehr, was die Leute über mich sagen. Sollen sie sich doch das Maul über mich zerreißen. Lass uns den Sprung ins kalte Wasser wagen.« Sie strahlte ihn hoffnungsvoll an.

»Es ist verrückt und geht alles viel zu schnell und wahrscheinlich ist es überhaupt nicht klug, nach so kurzer Zeit alles auf eine Karte zu setzen, aber ich vertraue meinem Herzen, Riley, und mein Herz sagt mir, dass du die Frau bist, mit der ich zusammensein will. Wenn du bereit bist, bin ich es auch.« Sein Herz machte einen freudigen Satz, doch eine winzige Stimme in seinem Hinterkopf ermahnte ihn, vorsichtig zu sein.

Es klopfte an der Tür: Sie mussten ihre Entscheidung vertagen.

»Wir werden es herausfinden, Liebes. Das verspreche ich dir.« Er drückte sie rasch an sich, bevor er öffnete.

Treat breitete lächelnd die Arme aus. Sein dunkles Haar war dicht und kräftig, das Gesicht mit den markanten Zügen war glatt rasiert und seine dunklen Augen leuchteten vor Freude.

»Josh.« Treat umarmte ihn und klopfte ihm auf den Rücken. »Schön dich zu sehen.« Dann sagte er zu Riley gewandt: »Riley, du siehst wunderschön aus.« Er umarmte sie ebenso herzlich wie seinen Bruder. Schließlich nahm er Max bei der Hand. »Komm her, Süße.«

Max trug Jeans und dazu einen Kaschmirpullover. Ihr

dunkles Haar fiel ihr über die Schultern und bis auf ein wenig Eyeliner war ihr Gesicht ohne jedes Make-up, sodass ihre natürliche Schönheit voll zur Geltung kam. Sie umarmte erst Riley und dann Josh. »Wie schön, euch wiederzusehen.« Sie trat in die Wohnung und sah sich staunend um. »Savannah hat einen großartigen Geschmack. Ich liebe dieses Sofa und den kleinen Tisch dazu.«

Obwohl Treat mehr als genug Geld hatte, war Max sparsam und bodenständig geblieben. Sie hatte sich überhaupt nicht verändert, seit Josh sie im vergangenen Jahr kennengelernt hatte, sondern war immer noch genauso unkompliziert und lebhaft wie eh und je.

»Wie wär's mit einem Glas Wein?«, fragte Riley und ging in die Küche. Max folgte ihr, während Treat und Josh es sich im Wohnzimmer auf der Couch gemütlich machten.

»Es ist wirklich schön, dich zu sehen, Treat. Ihr seht gut aus, Max und du. Läuft alles okay? Was macht der Hausbau?« Treat und Max hatten ein Grundstück gekauft, das an die Ranch ihres Vaters angrenzte.

»Ach, du weißt ja, wie es ist. Vier Schritte vor und drei zurück. Ansonsten ist alles in Ordnung. Dad geht es gut, er ist stark wie ein Ochse«, sagte Treat.

Im vergangenen Jahr hatte ihr Vater Probleme mit dem Herzen gehabt, hatte sich aber schnell wieder erholt. Er ließ sich eben nicht unterkriegen.

»Gut zu hören. Und die Hochzeitspläne?«, fragte Josh.

»Nehmen allmählich Form an«, sagte Treat. »Das war einer der Gründe, warum ich dich sehen wollte. Erinnerst du dich noch an dieses Feature über uns in der Vogue?« Er stützte die Ellbogen auf die Knie.

»Wie könnte ich das vergessen? Dad hat es uns oft genug

unter die Nase gerieben.« Josh senkte die Stimme. »Die Bradens: zwei der begehrtesten Junggesellen in Amerika.« Er lachte.

»Ja, nun, sie wollen eine Geschichte über die Hochzeit bringen«, sagte Treat leise.

»Und dir gefällt die Idee nicht?«, fragte Josh. Er versuchte, Treat seine ganze Aufmerksamkeit zu widmen, doch seine Gedanken schweiften immer wieder zu Riley zurück.

»Mir ist es ziemlich egal, aber Max ist dagegen«, sagte er Treat. »Sie hasst solche Sachen. Also dachte ich … die Medien werden sowieso berichten, egal, ob wir einverstanden sind oder nicht. Aber vielleicht können wir ihnen etwas anderes anbieten.«

Etwas anderes anbieten. Josh starrte in die dunklen Augen seines Bruders und fühlte sich plötzlich in seine Zeit als Teenager zurückversetzt, als sie beide mit Rex die alljährliche Landwirtschaftsmesse besucht hatten. Sie hatten sich hinter dem Viehstall versteckt, sodass Rex Jade ungestört beobachten konnte. Insgeheim war Josh begeistert gewesen, weil er dadurch die Möglichkeit hatte, seinerseits Riley anzuschmachten. Er hatte diesen Nachmittag völlig vergessen und nun zauberte die Erinnerung ein Lächeln auf seine Lippen.

»Hallo? Hörst du mir überhaupt zu?«, fragte Treat und wedelte mit der Hand vor Joshs Augen herum.

»Tut mir leid. Etwas anderes anbieten, ja. Woran genau dachtest du?« *Himmel, ich war damals wirklich verschossen in sie.*

»Wie wäre es, wenn wir sie dazu bringen, sich stattdessen auf den Bruder des Bräutigams zu konzentrieren?«

Josh lehnte sich zurück. »Machst du Witze? Ich versuche, meine Beziehung geheimzuhalten, und du meinst, ich sollte die Medien in mein Wohnzimmer einladen?« Er schüttelte den Kopf.

»Tja, ich dachte mir schon, dass du nicht begeistert sein würdest.«

»Treat, dann könnte ich Riley gleich den Wölfen zum Fraß vorwerfen. Du möchtest Max beschützen und opferst stattdessen Riley?«

»Nein. Ich dachte vielmehr, dass sie dir helfen könnte, Max' Hochzeitskleid zu entwerfen. Auf diese Weise würden die Medien sie als Modedesignerin wahrnehmen. Du hast ja erzählt, welchen Eindruck ihre Entwürfe auf dich gemacht haben. Offensichtlich hat sie also die nötigen Fähigkeiten. Der Artikel könnte sich allein um das Hochzeitskleid drehen. Dann hätte sie sich als Designerin bewiesen, wenn ihr eure Beziehung öffentlich macht und der Sturm losbricht. Selbst wenn dann behauptet wird, dass du ihr den Auftrag verschafft hast, würde ihre Arbeit für sich stehen.«

Josh klopfte Treat anerkennend auf die Schulter. »Du bist einfach brillant.«

»Hast du jemals daran gezweifelt?«

Die Aussicht auf ein gemeinsames Abendessen mit Treat und Max hatte Riley nicht nervös gemacht. Sie waren beide sehr bodenständig und unkompliziert. Trotzdem hatte sie sich gefragt, wie ihre Besucher auf sie und Josh als Paar reagieren würden. Daran hatte auch Max' begeisterte SMS nichts geändert. Aus diesem Grund hatte sich Riley bisher mit allzu intimen Gesten zurückgehalten. Nach anderthalb Flaschen Wein war sie jedoch etwas lockerer, und als Josh mit seinem Stuhl näherrückte und seinen Arm mit einem Augenzwinkern über ihre Stuhllehne legte, legte sie ihm die Hand auf den

Oberschenkel, als sei es das Natürlichste der Welt.

»Wir wussten, dass ihr früher oder später zusammenkommt«, sagte Max.

Riley dachte an das Mittagessen auf der Ranch seines Vaters in Weston. Damals hatte sie sich alle Mühe gegeben, die Schmetterlinge in ihrem Bauch zu ignorieren, die losflatterten, sobald sie Josh sah. Sie hatte angenommen, dass nichts von ihrem Gefühlswirrwarr nach außen gedrungen sei, aber offenbar war es mit ihren Schauspielkünsten nicht weit her.

»Wie konntet ihr das wissen?«, fragte Riley.

Ein vielsagendes Lächeln blitzte zwischen Max und Treat auf. »Für mich waren es einfach die Schwingungen zwischen euch beiden. Ihr passt so gut zusammen.« Max zuckte die Achseln.

»Schwingungen? Was für ein Unfug«, neckte Treat sie. »Schon früher hat Josh sie nicht aus den Augen gelassen, genau wie Rex Jade angeschmachtet hat. Nach eurer ersten Begegnung nach all den Jahren war es nur eine Frage der Zeit, bis sich all die aufgestaute Lust Bahn brechen würde.«

Riley sah Josh an. »Du hast mich nicht aus den Augen gelassen?«, fragte sie. »Das finde ich wunderbar.«

»Das habe ich dir doch erzählt«, sagte Josh. »Bei Treat klingt es allerdings schmutziger, als es war.«

»Okay, willst du die Wahrheit erfahren?«, fragte Treat. Er wartete Rileys Antwort nicht ab, sondern fuhr fort: »Ich wusste Bescheid, als er dich zum Mittagessen auf die Ranch mitgebracht hat. Josh macht keine halben Sachen. Wenn er sich etwas vornimmt, setzt er es auch um. Manchmal macht er vielleicht ein paar Umwege, die andere Leute nicht machen würden, aber er landet immer dort, wo er hinwill. Als er nach New York zog, sagte er, er würde Top-Designer werden, und so kam es dann auch. Zwei Jahre später verkündete er, er wolle mindestens so gut sein wie Vera Wang, und mittlerweile nennt man seinen Namen in einem Atemzug mit ihrem. Und als er Riley einstellte, sagte er: ›Sie ist perfekt für JBD.‹« Treat grinste in die Runde. »Damit war doch wohl alles klar, oder?«

Riley errötete. Natürlich erinnerte sie sich an Joshs Bemerkung, doch damals hatte sie angenommen, dass er seine Firma meinte, nicht sich selbst. Offenbar kannte Treat seinen Bruder wirklich gut.

Josh zog sie an sich. »Sie ist ohne Zweifel perfekt für JB.« Er küsste sie auf die Wange. »Und sie ist auch perfekt für JBD.«

»Okay, nachdem ihr mich nun alle in Verlegenheit gebracht habt, könnten wir vielleicht das Thema wechseln und über Max' Kleid sprechen?« Wie von selbst verfiel Riley in die gedehnte Sprechweise, die typisch für ihre Heimatstadt war und die sie in New York tunlichst vermied. Es fühlte sich verdammt gut an, so zu sprechen, wie sie es gewohnt war, ohne Angst zu haben, dass man sie auslachte.

»Ja, bitte«, sagte Max und meinte dann zu Josh gewandt: »Vielen Dank für das Angebot, mein Kleid zu entwerfen. Das ist wirklich wahnsinnig großzügig.«

Großzügig. Das war einer der Charakterzüge, den Riley so an ihm mochte.

»Mir schwebt etwas sehr Schlichtes vor, ohne all den Glamour und die Theatralik, die Hochzeitskleider meist an sich haben. Du kennst mich ja – schlicht und gradlinig, das liegt mir am ehesten«, sagte Max.

»Einfache, klare Linien. Das kriegen wir hin«, sagte er und drückte Rileys Arm.

»Max, ich hoffe, es macht dir nichts aus, aber nachdem wir uns zu Hause ein wenig unterhalten hatten, habe ich ein paar

Skizzen angefertigt. Ich weiß, dass ich dein Kleid nicht entwerfen werde, aber vielleicht gefallen dir ja einige der Details.« Sie hielt den Atem an und hoffte, dass Max nichts dagegen hatte.

»Du hast Entwürfe für ein Hochzeitskleid gezeichnet?«, fragte Josh erstaunt.

»Nur ein paar«, sagte Riley. »Ich habe mich nicht getraut, sie dir zu zeigen. Irgendwie ist es einfacher, sie Max zu zeigen als meinem Freund, dem Top-Designer. Wenn sie ihr nicht gefallen, bekommst du sie gar nicht erst zu Gesicht«, fügte sie mit einem Augenzwinkern hinzu und ging in ihr Schlafzimmer, um die Zeichnungen zu holen. Als sie wiederkam, räumte Josh gerade den Tisch ab.

»Warum geht ihr Mädels nicht ins Wohnzimmer?«, meinte Treat und stand auf. »Josh und ich schaffen das hier allein.«

»Männer, die aufräumen? Das gefällt mir«, sagte Riley. Dann flüsterte sie Josh ins Ohr: »Tut mir leid, ich wollte die Sache mit dem Brautkleid nicht einfach an mich reißen. Ich muss Max die Zeichnungen nicht zeigen.«

Er gab ihr einen Kuss auf die Stirn. »Von mir aus darfst du mein ganzes Leben an dich reißen.«

Für einen Moment stockte Riley der Atem. Sie drückte seine Hand und folgte Max ins Wohnzimmer.

»Ich hatte überlegt«, sagte sie, während sie die Zeichnungen ausbreitete, »dass es dir vor allem um Schlichtheit und eine klare, ansprechende Präsentation geht. Du trägst bequeme und funktionale Sachen, die gut geschnitten sind. Dein Kleid habe ich nach denselben Kriterien entworfen: Es muss perfekt sitzen, darf aber auch ein wenig dekadent sein, ohne dabei pompös zu wirken. Also, als Erstes kam mir ein langes Kleid mit Spaghettiträgern und ein paar raffinierten Details in den Sinn.«

Max zog die Nase kraus. »Als Hochzeitskleid?«

Riley lächelte. »Wart's ab.« Sie war genauso aufgeregt wie früher bei Macy's, wenn sie Kundinnen beraten und ihnen bei der Suche nach genau der richtigen Farbe für ihren Teint, nach Accessoires für ein feierliches Dinner oder nach dem perfekten Schnitt für ihre Figur geholfen hatte. Sie nahm die Zeichnung, die ihr selbst am besten gefiel, und breitete sie vor Max aus. »Als Hochzeitskleid«, sagte sie und deutete auf die Spaghettiträger.

Max riss die Augen auf. »Oh mein Gott.«

»Gefällt es dir nicht?« Riley hatte ein flaues Gefühl in der Magengrube.

»Nein, ich finde es wundervoll. Welches Material hast du dafür vorgesehen? Sind das handgefertigte Stickereien oder ist der Stoff bedruckt? Oh mein Gott, Treat, Schatz, komm her, bitte«, rief sie.

Treat und Josh kamen aus der Küche gelaufen und wischten sich hastig die Hände an Geschirrtüchern ab.

»Seht euch das an. Wie perfekt ist das denn?« Mit vor Aufregung geröteten Wangen zeigte Max auf die Zeichnung. »Wir heiraten in Wellfleet, wo wir uns verliebt haben. Die Hotelanlage liegt direkt am Wasser«, sagte sie. »Und dieses Kleid ist einfach perfekt. Nicht zu schick, genau das Richtige für eine Hochzeit am Strand. Es ist perfekt, nicht wahr, Treat?«

»Wunderschön«, antwortete Treat.

»Oh Josh! Warum hast du mir nicht gesagt, dass Riley den Nagel auf den Kopf getroffen hat?« Stürmisch nahm sie Riley in die Arme.

Josh strahlte. »Sie trifft immer den Nagel auf den Kopf.«

»Josh, was meinst du? Du bist der Experte«, sagte Riley. Sie hielt den Atem an, als er die Zeichnung in die Hand nahm, die Augen verengte und den Kopf schüttelte. Ihr Magen schnürte sich zusammen. Gefiel es ihm nicht?

»Das hast du entworfen, nachdem du bei meinem Vater auf der Ranch mit Max gesprochen hast?«, fragte er.

»Ja«, antwortete Riley. »Ich habe irgendwie darüber nachgedacht, und das ist das, was mir einfiel.«

»Seidenchiffon?«, fragte Josh sachlich. Seine Augen verdunkelten sich, während er das Bild eingehend betrachtete.

»Einlagig«, antwortete Riley.

»Die geschwungene Form des Halsausschnittes gefällt mir. Dadurch, dass er zwischen den Brüsten spitz zuläuft, wird der Blick auf das Gesicht gelenkt. Und die einfachen dünnen Spaghettiträger wirken feminin und natürlich.« Er fuhr sich mit der Hand durch die Haare und nickte. »Ich wäre nie auf den Gedanken gekommen, sie bei einem Hochzeitskleid zu verwenden.«

Josh schien ihren Entwurf wirklich zu mögen, aber sein Blick war so ernst, dass Riley vor Nervosität fast geplatzt wäre. Ein falscher Atemzug und sie würde in tausend Stücke zerspringen.

»Keine Schleppe. Und hier, wo der Stoff gerafft ist? Ist das Stickerei? Oder sind es Applikationen? Oder stellst du dir einen Druckstoff vor?«, fragte Josh.

»Das ist Seidenstickerei, Plattstich in zarten Pastellfarben: Pfirsichrosa, Blautöne, Gelbschattierungen«, sagte Riley und deutete auf die Zeichnung. »Ein bisschen anders eben.« Sie sprach hastig weiter. »Hier kannst du sehen, wie das Muster auf dem Oberteil verläuft: ein etwa vier Zentimeter breiter Streifen unterhalb der Brust und dann noch einmal ein Streifen in der Taille. Knapp oberhalb der Hüfte kommen dann diese gestickten Bögen.« Riley holte Luft und versuchte, ihre verhedderten Nerven zu beruhigen.

»Ja, hier über der Hüfte ist ein Bogen, dann blitzt ein schmaler Streifen hervor, bis die Stickerei im Bereich der Taille anschließt.« Josh nickte.

Riley ließ ihn nicht aus den Augen. Sie war sich sicher, dass ihm das Kleid zu sehr von den üblichen Formen abwich oder dass es billig aussah.

Josh rieb sich das Kinn, dann sah er Riley stirnrunzelnd an. »Warum kein traditionelles weißes Brautkleid?«

Riley war klar gewesen, dass sie ein großes Risiko einging, als sie sich für ein cremefarbenes Kleid mit Pastellstickerei entschieden hatte. Natürlich hatte sie überlegt, welche Reaktionen es wohl hervorrufen würde. Das Schlimmste, was passieren konnte, war, dass Max oder Josh der Entwurf nicht gefiel. Sie hatte keine Ahnung, was Josh dachte. Sie holte tief Luft und versuchte, ihre Nerven zu besänftigen, bevor sie antwortete.

»Ri?«, sagte Josh.

»Reine Intuition.« Sie sah erst Max, dann Treat an. »Als Max beschrieb, wie sie sich ihre Hochzeit vorstellte, hatte ich nicht den Eindruck, als wollte sie ein traditionelles Brautkleid. Max hat ihren eigenen Stil, und ihre Persönlichkeit schien mir besser für ein Hochzeitskleid geeignet, das diesen Stil akzentuiert. Max, es tut mir leid, wenn ich das falsch interpretiert habe. Wir können das Kleid auch in Weiß machen.«

Max legte die Hand aufs Herz. »Bloß nicht, Riley, es ist perfekt.«

Die Erleichterung malte ein Lächeln auf Rileys Lippen. »Ja wirklich?«, fragte sie.

»Ri, es war nur eine Frage«, erklärte Josh und warf ihr einen warmen Blick zu. »Ich wollte deine Arbeit nicht werten. Ich wollte nur den gedanklichen Prozess dahinter verstehen.«

Er sagte nicht, dass es billig oder scheußlich war! Josh wandte sich wieder der Zeichnung zu, und Riley beobachtete fasziniert, wie der weiche Ausdruck aus seiner Miene verschwand und sein Gesicht wieder ernst und konzentriert wurde. Sie biss sich auf die Unterlippe und wartete.

»Du ziehst das Muster über das Mieder bis hinunter zur Vorderseite des Rocks«, sagte Josh.

»Ja«, sagte Riley nervös. »Wenn man das Kleid als Ganzes betrachtet, hat man den Eindruck von Bewegung, von einer sommerlichen Brise, denke ich. Das ist das, was ich wollte, aber wenn du meinst, dass es zu viel ist, kann ich es ändern.«

»Nein«, sagte Max. »Bitte, ich liebe es. Josh, ich dachte, jetzt kommen mindestens fünfzig Varianten von weißen, bauschigen Brautkleidern. Dieses Kleid ist so … wie ich. Es ist einfach, leicht, luftig und ich liebe die Farben.«

»Was ist mit der Länge?«, fragte Josh.

Treat stand auf. »Ich glaube, es ist egal, wie lang es ist. Du hast hier eine Designerin vor dir stehen, und zwar eine verdammt gute.«

»Ich habe noch mehr Skizzen«, meinte Riley. Sie wühlte in dem Papierstapel. »Ich habe bestimmt zwanzig Zeichnungen angefertigt. Es hat solchen Spaß gemacht.«

»Wann hattest du die Zeit dazu?«, fragte Josh.

Riley biss sich auf die Lippe. »Wann immer ich eine freie Minute habe, in der Mittagspause oder in der U-Bahn.« Sie zuckte mit den Schultern. Aufs Joshs Gesicht breitete sich langsam ein Lächeln aus.

»Verdammt, Riley, du verblüffst mich immer wieder. Ich schätze, hier hast du die Designerin für dein Kleid, Max«, sagte Josh.

Max sprang begeistert kreischend auf. »Wie herrlich! Ich bin ja so froh! Mir war bei der ganzen Sache richtig unbehaglich zumute.«

Riley hatte das Gefühl, als seien ihre Beine festgefroren. Sie sah Josh an, ihr Blicke trafen sich, und er betrachtete sie mit unverhohlener Bewunderung. *Ich habe es geschafft. Ich werde tatsächlich ihr Kleid entwerfen. Ich kann es nicht glauben.* Max umarmte sie noch einmal und holte sie aus ihrer Betäubung.

»Eine Frau sollte sich auf ihre Hochzeit freuen. Vor allem, wenn sie einen Mann wie Treat heiratet«, sagte Riley. Sie schlang ihre Arme um Joshs Hals und küsste ihn. »Vielen, vielen Dank!«

»Ich bin so verdammt stolz auf dich«, sagte Josh.

»Ich weiß, ich habe mich hinterrücks eingeschlichen, aber das war nicht meine Absicht, ehrlich nicht. Ich wollte ihr nur ein paar Details zeigen, die sie vielleicht in die Planung einbringen könnte«, sagte Riley.

»Du kannst dich in mein Leben, in meine Arbeit, in alles einschleichen, was ich habe«, sagte Josh und zog sie an sich.

»Wer bist du und was hast du mit Josh gemacht?«, lachte Treat.

»Was?« Josh sah ihn fragend an.

»Ich kann nur eins sagen: Was immer Riley auch getan haben mag, sie hat dich zu einem glücklicheren Mann gemacht. Riley, warum zum Teufel hast du so lange gewartet?« Treat legte ihr die Hand auf die Schulter.

»Die Bradens sind ziemlich unnahbar«, sagte sie mit einem Lachen. »Um ehrlich zu sein, hätte ich nie gedacht, dass bei meiner verrückten Schwärmerei für Josh irgendetwas herauskommen würde. Zuerst war da diese Familienfehde und als Jades Freundin war ich für Josh tabu. Und ich hatte ja keine

Ahnung, dass er mich mochte. Lieber Himmel, ich war so verschossen in ihn, es ist schon peinlich, das zuzugeben.« Sie spürte, wie ihr das Blut in die Wangen schoss. »Dann ist er weggezogen und war auf einmal der tolle Designer, den alle Welt kannte. Und ich war dieses Kleinstadtmädel, das ihn aus der Ferne anbetete.« Sie ergriff Joshs Hand. »Jetzt trauere ich jeder Sekunde nach, die ich verschwendet habe. Ich wünschte, ich hätte vor Jahren mein Herz in beide Hände genommen und diese imaginäre Linie überschritten, die durch die Fehde und meine Freundschaft mit Jade entstanden war. Wir haben so viele gemeinsame Jahre verpasst.«

»Genau das empfinde ich auch«, stimmte Josh zu.

Treats Blick ging zwischen Josh und Riley hin und her. »Hast du schon eine Wohnung gefunden?«, fragte Treat Riley.

»Ich hatte noch nicht mal die Zeit, auf Wohnungssuche zu gehen, aber am Wochenende wollte ich endlich loslegen«, erklärte Riley.

Josh wollte etwas sagen, aber Treat kam ihm zuvor. »Komm, Josh, wir erledigen den Abwasch und lassen die Damen Wein trinken, damit sie uns später zu Willen sind.« Lachend packte er Josh am Arm und zog ihn in die Küche.

»Ich kann das nachher machen«, sagte Riley.

»Lass sie«, sagte Max. »Der Abwasch ist ihre Sache.«

Kurz darauf kehrten Treat und Josh ins Wohnzimmer zurück. Sie tauschten verstohlene Blicke.

»Riley, Max und ich haben eine Wohnung am Central Park, aber wir sind nie da. Ich meine, wir übernachten heute dort, aber wir kommen nicht oft her. Du kannst gerne dort wohnen — vorausgesetzt, Max ist einverstanden«, sagte Treat.

»Was für eine großartige Idee«, sagte Max.

»Wir fahren morgen wieder ab, dann kannst du nachmittags

einziehen, wenn du willst«, meinte Treat.

»Ich« fühle mich wie ein Schnorrer. Zuerst leihe ich mir die Wohnung eurer Schwester und jetzt eure? Das geht doch nicht. Danke, aber ich werde mir eine Bleibe suchen. Das kann doch nicht so schwer sein«, sagte Riley.

Josh und Treat schüttelten den Kopf.

»Babe, du solltest das Angebot annehmen. Es ist eine tolle Wohnung. Und außerdem sind wir dann Nachbarn«, sagte Josh.

»Das klingt natürlich verlockend, aber ich hätte ein schrecklich schlechtes Gewissen.« Riley überlegte. »Was ist, wenn du in New York zu tun hast?«

»Dann bleibst du bei Josh«, sagte Max. »Es ist die perfekte Lösung.«

»Bei mir? Vielleicht, wenn du nett bittest«, neckte Josh.

»Ich weiß nicht. Du musst mich Miete zahlen lassen. Das ist mir wichtig. Ich bin kein Schmarotzer.« Riley wusste, dass sie sich keine hohe Miete leisten konnte, aber irgendwie würde sie es schaffen, den Betrag zu bezahlen, den Treat für angemessen hielt.

»Warum machen wir es nicht so«, schlug Treat vor. »Dass du Max' Kleid entwirfst, ist ja sicher ein paar Tausender wert, oder?«

»Dafür will ich aber gar nicht bezahlt werden«, wandte Riley ein. »Das macht mir Spaß und ist eine großartige Übung.«

»Wenn du so denkst, steuerst du geradewegs auf die Pleite zu. Es ist nur fair, dich für deine Arbeit zu bezahlen«, sagte Treat streng. »Wie wäre es, wenn du den Preis für das Kleid nach und nach abwohnst, in Tausend-Dollar-Raten pro Monat?«

»Tausend Dollar im Monat für eine Wohnung am Central

Park? Das klingt sehr preiswert«, sagte Riley.

»Sie nimmt die Wohnung«, sagte Josh. »Danke, Treat.«

»Aber –«

Josh fiel ihr ins Wort. »Ri, das ist der Deal des Jahrhunderts und in der Wohnung hast du reichlich Platz zum Zeichnen. Sag einfach Danke und lass uns zum Wein übergehen«, meinte er augenzwinkernd.

»Danke«, sagte Riley völlig platt. *Wie bin ich nur an solch einen wundervollen Mann mit einer derart großzügigen Familie geraten?* Ihre Gedanken wirbelten wild durcheinander: der bevorstehende Umzug, Max' Brautkleid – und der verführerische Blick, mit dem Josh sie betrachtete.

Zwanzig

Am Samstagmorgen stand Josh früh auf. Seit er in New York lebte, war er jeden Morgen gejoggt, doch nun konnte er seinem täglichen Lauf nicht mehr so viel abgewinnen wie früher. Es fiel ihm schwer, Riley allein und nackt in dem Bett zurückzulassen, das sie die Nacht über geteilt hatten. So leise wie möglich schlüpfte er in seine Laufklamotten. Dann schrieb er einen Zettel für Riley und legte ihn auf den Küchentisch.

Er zog seine Laufschuhe an und zog die Wohnungstür hinter sich zu. Einen Augenblick lang zögerte er. Der Gedanke, wieder zu Riley ins Bett schlüpfen und auf seinen Lauf zu verzichten, war verführerisch. Nur dieses eine Mal. Aber wenn er ihn einmal ausfallen ließ, würde er es auch ein zweites und drittes Mal tun.

Er joggte durch den Central Park und beobachtete, wie sich die Sonne allmählich über den kahlen Baumwipfeln zeigte. Der frühe Morgen, bevor die Menschenmassen durch die Straßen hasteten, wenn die Vögel noch in den Bäumen saßen und die Enten noch am Ufer dösten, war die Tageszeit, die er am liebsten mochte.

Als er am Dakota Building ankam, verlangsamte er sein Tempo. Schwer atmend zog er den Schlüssel aus seiner

Sporthose und schloss auf. Nach Savannahs gemütlicher Wohnung kam ihm seine eigene zu groß, zu leer und viel zu kühl vor. Er durchmaß das riesige Wohnzimmer und trat auf den Balkon hinaus, von dem aus er den Park überblicken konnte. Er wusste noch genau, wie stolz er gewesen war, als er die Acht-Zimmer-Wohnung in dem Gebäude, in dem so viele Berühmtheiten gelebt hatten, gekauft hatte. Mittlerweile war ihm klar, dass dieses Gefühl viel darüber aussagte, wer er in jenen Jahren gewesen war. Als er nach New York kam, hatte er seine Wurzeln in Colorado weit hinter sich gelassen und versucht, zu den anderen Top-Designern zu gehören. Damals hatte er sich viel zu viele Gedanken über sein Image gemacht und sich ständig überlegt, was andere Leute wohl von ihm hielten.

Nach seinem letzten Familienbesuch in Weston hatte sich etwas verändert. Zwei seiner Brüder waren verliebt, sein Vater hatte den Tod seiner Mutter noch immer nicht verwunden und als er nach New York zurückgekehrt war, merkte er, dass er mehr wollte. Und dann kam Riley. Seit sie in sein Leben getreten war, fühlte er sich so unendlich reich, reicher als materielle Güter ihn jemals machen konnten. Sie erfüllte sein Bedürfnis, zu lieben und geliebt zu werden. *Liebe.* Es war verrückt, sich Hals über Kopf zu verlieben. Aber wenn er an sie dachte, begann sein Herz zu rasen, so wie jetzt gerade. Sie ging ihm nicht mehr aus dem Sinn und er war sich sicher, dass er sich mehr und mehr in sie verliebte. Treats Vorschlag, Riley solle seine Wohnung mieten, kam genau zum richtigen Zeitpunkt. Josh war kurz davor gewesen, sie zu fragen, ob sie nicht zu ihm in seine Wohnung ziehen wollte. Treat hatte seine eigene Wohnung als Sicherheitsnetz angeboten. Riley konnte dort vorübergehend bleiben, sodass sie Zeit hatten, sich über ihre Beziehung klar zu werden, ohne jeden Druck. Nur nichts überstürzen, hatte Treat gesagt.

Josh brauchte keine Zeit zum Überlegen. Er war sich seiner Gefühle verdammt sicher, aber er wollte Riley nicht unter Druck setzen.

Er schloss die Balkontür und blieb mitten im selten genutzten Wohnzimmer mit seinem Parkettboden und dem von Hand gemeißelten Kaminsims stehen. Mit verschränkten Armen sah er sich um. *Hier könnte sich Riley ihr Studio einrichten.* Er war sich nicht sicher, wie er ihr genügend Freiraum verschaffen sollte, um an Max' Brautkleid zu arbeiten, während sie unter Claudias Ägide ihre Aufgaben als Assistentin erledigte. Wenn sie sich während ihrer Arbeitszeit damit beschäftigte, könnte das Anlass zu allen möglichen Fragen geben. Nun, irgendetwas würde ihm schon einfallen. Jetzt wollte er sich erst einmal von Treat und Max verabschieden, bevor er zu Riley zurücklief.

Auf dem Weg zu seinem Schlafzimmer kam er an den Schiebetüren vorbei, die in das imposant eingerichtete Esszimmer führten. Er konnte sich nicht erinnern, wann er es zum letzten Mal benutzt hatte. Ebenso wenig wusste er, wann er zuletzt in dem Gästezimmer am anderen Ende der Wohnung gewesen war. Vermutlich machte seine Putzfrau dort regelmäßig sauber, aber ganz sicher war er sich nicht.

Er ging durchs Schlafzimmer in das angrenzende Bad, wusch sich das Gesicht und warf einen raschen Blick in den Spiegel. Er fuhr sich mit der Hand durch die Haare und zuckte die Schultern. An seinem verschwitzten T-Shirt ließ sich im Moment nichts ändern. *Treat hat mich schon in einer schlimmeren Verfassung gesehen.* Josh hatte keine Lust, mehr Zeit als unbedingt nötig in der Wohnung zu verbringen, die einmal sein ganzer Stolz gewesen war. Jedenfalls nicht ohne Riley.

Er machte sich auf den Weg in die nächste Etage, wo Treat und Max gerade die Tür hinter sich zuzogen.

»Josh, was machst du in aller Herrgottsfrühe hier?«, fragte Treat.

»Ich wollte mich bedanken.« Er umarmte seinen Bruder und hielt ihn einen Augenblick länger fest als sonst. Treat hatte ihm sein Leben lang mit klugen Ratschlägen geholfen und dafür und für die Liebe, die er ihm gezeigt hatte, war er ihm dankbar. Dann nahm er Max in die Arme, die sich im Vergleich zu Treat wie ein zerbrechlicher kleiner Vogel anfühlte.

»Danke, dass du Riley mein Brautkleid entwerfen lässt, Josh«, sagte Max. »Es wird wunderbar.« Lächelnd griff sie nach Treats Hand.

»Sehen wir uns Weihnachten bei Dad?«, fragte Treat.

»Ja, klar.« Eigentlich hätte er sich gerne noch einen Moment mit Treat unterhalten, aber er verkniff es sich. Wie üblich spürte Treat sein Zögern.

»Was ist?«, fragte Treat. »Du hast diesen Blick wie früher, wenn du Dad um etwas bitten wolltest und dich nicht getraut hast zu fragen.« Er sah seinen jüngeren Bruder eindringlich an. »Und du beißt dir dabei immer noch auf die Lippe, genau wie damals. Was ist los?«

Josh senkte den Blick. War er ein Narr? Hatte er irgendeine Alarmglocke überhört? Er war es nicht gewohnt, sich mit derart aufwühlenden Herzensangelegenheiten auseinanderzusetzen, und brauchte Hilfe.

»Wann wusstet ihr Bescheid?«, fragte er hastig und entschlossen. »Als euch klar war, dass ihr euch liebt, hat euch das eine Heidenangst gemacht? Und euch gleichzeitig das Gefühl gegeben, als würdet ihr auf Wolken schweben? Oder geht es nur mir so?«

Treat grinste breit, als sie in den Aufzug stiegen.

»Ach, wie süß«, sagte Max. »Der kleine Joshy ist verliebt.«

Josh schüttelte den Kopf und schloss die Augen. Als er sie wieder öffnete, sah ihn Treat ernst an.

»Weißt du, was Dad gesagt hat?« Er drückte Max an sich. »»Brauchst gar nicht so zu tun, als würde sich die Schlinge um dein Herz nicht jedes Mal fester zuziehen, wenn du diese Frau siehst.‹« Er zuckte mit den Schultern. »Das ist das Beste, was ich dir anbieten kann, Josh. Du merkst es, wenn du dir sicher bist. Und die Liebe ist anders als alles, was du je erlebt hast. Sie stellt alles infrage, was du bisher getan und geglaubt hast.« Er gab Max einen Kuss auf die Stirn. »Und sie ist mit Abstand das Beste, was einem passieren kann.«

»Eine Schlinge um dein Herz. Das ist es, genau das. Danke, Treat. Ich habe nur das Gefühl, dass alles so wahnsinnig schnell passiert. Gleichzeitig will ich gar nicht, dass es langsamer geht. Ich will nur mit dem Tempo mithalten. Für immer«, sagte Josh.

Die Aufzugtüren öffneten sich und Treat hielt Max und Josh die Eingangstür auf. Sie traten in die kühle Morgenluft.

»Dann steh hier nicht untätig herum, sondern finde heraus, was Sache ist, und schieb die Dinge weiter an. Riley ist eine wunderbare Frau, und die Tatsache, dass sie aus Weston kommt, muss Schicksal sein.« Treat hielt Max die Tür des Wagens auf, der am Straßenrand wartete. Dann umarmte er seinen Bruder noch einmal, bevor er selbst ins Auto stieg. »Hey, du hast doch noch den Schlüssel zu meiner Wohnung, oder?« Er hatte ihn Josh gegeben, als er die Wohnung gekauft hatte.

»Klar.«

»Viel Glück. Ich lieb dich, Bruderherz«, sagte Treat.

»Ich lieb euch beide auch.« Die Worte kamen ihnen so

leicht über die Lippen. Ihr Vater hatte nie mit seiner Liebe hinterm Berg gehalten und so fiel es den Geschwistern leicht, ihre Liebe zueinander offen zu zeigen. Und nun war Josh bereit, diese Liebe mit Riley zu teilen. Er winkte Max und Treat nach und lief dann zu ihr zurück.

Riley packte gerade ihre Sachen zusammen, als Josh zur Tür hereinstürmte. Mit entschiedenen Schritten ging er den Flur entlang. Riley trat aus ihrem Schlafzimmer und Josh nahm sie so fest in die Arme und küsste sie, dass sie kaum noch Luft bekam. Es war kein hungriger, lustvoller Kuss, das spürte sie sofort. Dieser Kuss war süß und zärtlich und enthielt das Versprechen auf etwas so Großes, dass es sie geradezu überwältigte.

Er löste seine Lippen von ihren. Seine Hände hielten ihre Taille umschlungen und ein seliges Grinsen breitete sich auf seinem Gesicht aus. »Ich liebe dich, Riley Banks.«

Sie konnte nicht mehr atmen. Mit offenem Mund starrte sie ihn an, während ihr Herz hämmerte, als wollte es explodieren.

»Daran gibt es gar keinen Zweifel.« Josh sprach schnell und entschlossen. »Ich liebe deinen schrägen Sinn für Humor. Ich liebe es, wenn du schäbige Sachen anhast. Und ich liebe es, wenn du gar keine Sachen anhast. Ich liebe es, wie du dahinschmilzt, wenn ich dich berühre, und am allermeisten liebe ich es, dass du gütig und großzügig bist. Riley, du bist einer der wahrhaftigsten Menschen, der mir jemals begegnet ist, und ich … ich … verdammt, Riley. Ich liebe dich ganz und gar. Du musst mir jetzt nicht sagen, dass du mich liebst. Ich wollte es nur nicht mehr für mich behalten. Du sollst es wissen …

oder … ich wollte es dir einfach sagen.«

Riley konnte vor Aufregung keinen klaren Gedanken fassen. Die Schmetterlinge in ihrem Bauch flatterten wie verrückt und auf den Armen hatte sie eine Gänsehaut. »Josh«, war alles, was sie hervorbrachte. Sie legte ihm die Hände auf die Brust und lehnte den Kopf darauf. Seine Arme hielten sie umfangen und sie hörte sein Herz stark und beständig pochen.

Sie sah zu ihm auf und wusste, dass sie die Aufrichtigkeit und die Hoffnung in seinem Blick nie vergessen würde. Tränen stiegen ihr in die Augen und die Kehle war ihr wie zugeschnürt. Sie schluckte und hoffte, dass ihre Stimme so kräftig sein würde wie die Liebe in ihrem Herzen. »Ich liebe dich auch.«

Einundzwanzig

Dank der Hilfe von Jay, Joshs Chauffeur, war der Umzug ins Dakota Building rasch erledigt, doch als Riley Treats Wohnung betrat, hatte sie das Gefühl, völlig fehl am Platz zu sein. Ein Blick auf den riesigen Eingangsbereich mit seinen hohen Decken, das geräumige Wohnzimmer, das Esszimmer, die Bibliothek und die drei großen Schlafzimmer reichte und sie wusste, dass die tausend Dollar Miete geschenkt waren. Und es war ihr schrecklich peinlich.

Josh führte sie von einem Zimmer ins andere und Riley wagte kaum, etwas anzurühren. Die Möbel waren elegant, geschmackvoll und von exquisiter Qualität. Gab es wirklich Leute, die so wohnten?

Sie verteilte ihre Siebensachen im großen Schlafzimmer mit seinem gigantischen Himmelbett, in das sie nur mithilfe eines Höckerchens gelangen konnte. An den Wänden standen Schränke aus Kirschbaumholz mit feinen handgefertigten Schnitzereien und über einer ausladenden Kommode hing ein Spiegel, der größer war als ihre Schlafzimmerwand in Weston. Er sah aus, als gehörte er eigentlich in den Ausstellungsraum eines Einrichtungshauses für gehobene Ansprüche.

Sie flüchtete sich in die Küche, in der Hoffnung, den teuren

Hölzern und Stoffen zu entkommen, doch auch dort war alles vom Feinsten. Entmutigt setzte sie sich auf einen der Barhocker. Sie hatte sich immer ausgemalt, wie aufregend es sein musste, in einer derart luxuriösen Umgebung zu wohnen, doch nun fühlte sie sich nicht nur fehl am Platze, sondern richtiggehend einsam. Da half es auch nicht, dass Josh nur ein Stück den Flur hinunter in dem lächerlich großen Schlafzimmer war. Sie sprang auf und warf sich in seine Arme, als er kam, um nach ihr zu sehen.

»Alles okay?«, fragte er und rieb ihr über den Rücken.

»Ich war noch nie in einer solchen Wohnung. Sie ist riesig. Warum hat er eine so große Wohnung? Ich meine, selbst für zwei ist hier überreichlich Platz. Ich hatte ihn immer für einen praktischen und bodenständigen Mann gehalten.« Sie schmiegte sich an ihn und wünschte sich insgeheim, sie wären wieder in Savannahs Wohnung.

»Das ist er auch. Seine Persönlichkeit hat nichts mit den Wohnungen zu tun, die er besitzt. Das sind Immobilien, Investitionen. Treat ist genau der Mann, für den du ihn immer gehalten hast. Es ist alles ein bisschen groß geraten, das gebe ich zu. Aber du solltest ihn nicht nach der Größe seiner Wohnung beurteilen.« Er holte tief Luft. »Riley, komm mal mit.« Er nahm sie an die Hand und ging mit ihr zum Aufzug. Eine Etage tiefer standen sie vor seiner Wohnungstür.

»Wohin gehen wir? Sag bloß, er hat zwei von diesen Monsterwohnungen?«, sagte sie.

Josh zog seinen Schlüssel hervor und schloss auf. »Das ist mein Zuhause«, sagte er.

Riley schlug sich die Hand vor den Mund. *Bin ich blöd!* »Oh je, mitten ins Fettnäpfchen«, sagte sie. »Tut mir leid. Ich bin solchen Luxus nicht gewohnt. Und ich nehme keine Geschenke an. Für eintausend Dollar im Monat bekommt er nicht einmal die Fenster geputzt.«

»Entspann dich, Babe. Es ist ja nicht so, als brauchte er dringend Geld«, sagte Josh und schob sie sanft in die Wohnung.

Bisher hatte sich Riley kaum Gedanken darüber gemacht, wie es bei Josh zu Hause wohl aussehen mochte, doch in jedem der geschmackvoll eingerichteten Räume entdeckte sie etwas von ihm. Statt der samtbezogenen Sofas wie bei Treat hatte sich Josh für Leder, Stoff und weiche Decken entschieden. Auf dem Parkettboden lagen dicke, braune Läufer. Die Wohnung wirkte maskulin und passte genau zu Josh. Sie warf einen Blick auf die Regale. Dort standen nicht nur Bücher, sondern auch Kerzen und allerlei Nippes. Riley nahm einen schweren Frosch aus Metall in die Hand, der eine Lupe hielt, und sah Josh fragend an.

Er zuckte mit den Schultern. »Ich fand ihn einfach niedlich.«

Sie stellte den Frosch wieder ins Regal. Daneben stand ein Foto von einem sehr jungen Hugh neben einem roten Auto. »Er sieht glücklich aus.«

»Das war bei seinem ersten Rennen, kurz vor dem Start.« Riley fuhr mit dem Finger über die Buchrücken: eine Mischung aus klassischer Literatur und modernen Romanen. »Liest du gerne?«

Wieder zuckte er die Schultern. »Wenn ich Zeit habe.«

»Kerzen. Für deine heißen Dates?«, fragte sie neckend, doch eigentlich wollte sie die Antwort gar nicht hören.

»Ich war noch nie mit einem Date in meiner Wohnung.«

Riley wirbelte überrascht herum. »Das meinst du nicht ernst«, sagte sie.

»Und ob«, sagte er. »Ich habe dir doch gesagt, dass ich eher zurückhaltend und öffentlichkeitsscheu bin. Mein Zuhause ist mein Rückzugsort. Hierhin kann ich mich flüchten, hier bin ich sicher vor neugierigen Blicken. Eine Frau mitzubringen hätte geheißen, die Welt hereinzulassen. Das wollte ich nicht.«

»Und was war, wenn ihr … du weißt schon?«, fragte Riley zögernd.

»Sie hatten ihre eigenen Wohnungen.« Seine Worte klangen ehrlich und aufrichtig.

»Acht Jahre und keine einzige Frau in deinem Bett? Ach, erzähl mir doch nichts, Josh«, sagte Riley.

»Acht Jahre und keine einzige Frau in *meinem* Bett«, versicherte er ihr.

War er wirklich so diszipliniert? Sie sah ihm in die Augen und war sich sicher, dass er die Wahrheit sagte.

»Dann bin ich also die Erste?«, fragte sie und griff nach seiner Hand.

»Mal sehen«, neckte er. »Die Erste und hoffentlich die Letzte.«

Sie schlang die Arme um ihn. Dann fiel ihr etwas ein. »Josh, du hast mich doch an unserem ersten Abend hierher eingeladen, nach unserer Fahrt mit der U-Bahn, weißt du noch?«

»Oh, an diesen Abend erinnere ich mich sehr gut. Und ich werde ihn hoffentlich nie vergessen«, sagte er lächelnd.

»Aber … wenn du noch nie eine Frau hierher mitgebracht hast …«

Er zuckte die Achseln. »Nicht irgendeine Frau, sondern dich, Riley. Mein Herz wollte immer nur dich.«

Sie gab ihm einen Kuss. Dann betrachtete sie das bunte Sammelsurium an Familienfotos auf dem Kaminsims. Alle seine Geschwister und sein Vater waren da zu sehen und auf einem Bild saßen Max und Jade lächelnd nebeneinander.

»Das ist deine Mom, nicht wahr?«, sagte sie und zeigte auf

ein Foto von Adriana Braden. Seine Mutter hatte hinreißend ausgesehen, mit ihrem kastanienbraunen Haar und den grünen Augen, die sie an Savannah vererbt hatte. Auf dem Foto schien sie aus voller Kehle zu lachen. Sie hatte den Kopf zurückgeworfen und ihre Augen strahlten.

»Sie ist immer bei uns«, sagte er.

Sie ging zum Balkon, auf dem zwei Eisenstühle standen. »Dein Lieblingsplatz«, sagte sie. Unter ihr breitete sich der Central Park aus, eine riesige grüne Oase mitten in einer Welt aus Beton. »Kein Wunder, dass du hier wohnen willst.«

Sie drehte sich um und stellte fest, dass Josh sie liebevoll lächelnd ansah. Ihr wurde es warm ums Herz. »Es ist wundervoll«, sagte sie. »Es fühlt sich an wie du ... nur größer.«

Er grinste anzüglich.

Sie versetzte ihm einen spielerischen Klaps. »War ja klar, dass du sofort an Sex denkst.«

Er hob die Augenbrauen. »Soll ich dir das Schlafzimmer zeigen?«

Sie folgte ihm durch den Flur in ein weiteres geräumiges Wohnzimmer mit einem riesigen Kamin. »Wow, das ist ja unglaublich.« Auf einem Tischchen lag ein Exemplar des *Men's Journal* und auf dem Kaminsims standen noch mehr Familienfotos. Sie gingen durch eine doppelte Schiebetür in Joshs Schlafzimmer, das fast ebenso groß war. Auf beiden Seiten des ausladenden Bettes sah Riley Nachttischchen aus Mahagoniholz, auf denen jeweils eine Lampe stand. Die Leuchte auf der linken Seite hatte einen etwas dunkleren Schirm und einen massiveren Fuß und wirkte maskuliner als die auf der rechten. Der Parkettboden war fast vollständig mit einem dichten weißen Teppich bedeckt. In einer Ecke des Raumes standen zwei Ledersessel, dazwischen ein gepolsterter Hocker.

Auch auf den Sesseln lagen weiche Decken. Auf einer Kommode stand ein großes gerahmtes Familienfoto. Riley fuhr mit dem Finger über das Glas.

»Wie jung ihr damals wart«, sagte sie.

»Das Foto wurde in Wellfleet in Massachusetts gemacht, als meine Mom noch lebte. Früher haben wir dort immer ein kleines Haus gemietet. Treat hat es vor ein paar Jahren gekauft. Das Bild entstand bei ihrem letzten Besuch dort.« Er starrte auf die Aufnahme, als würde er in die Erinnerung eintauchen.

Riley setzte sich auf das Bett und versank fast in der dicken Steppdecke. »Wer hat die Wohnung eingerichtet?«

»Was für eine Frage! Ich natürlich.«

»Alles ist für einen Mann und eine Frau hergerichtet, für ein Paar, das sehr vertraut miteinander ist.«

»Wahrscheinlich habe ich immer gehofft, dass du eines Tages auftauchst«, sagte Josh mit einem verführerischen Lächeln.

Riley fuhr mit der Hand über die Bettdecke. »Wie dick die ist«, sagte sie.

»Und ganz weich.« Er beugte sich über sie und zwang sie so, sich rücklings auf die Decke fallen zu lassen.

»Stimmt«, grinste sie.

»Und? Siehst du mich jetzt auch mit anderen Augen?« Er ließ seine Hand unter ihr Top gleiten und küsste eine sanfte Spur von ihrer Wange über ihren Hals.

»Ich habe dich ein bisschen besser kennengelernt«, sagte sie. Sie hob den Kopf und streckte ihren wunderschönen Hals.

Josh schob ihr T-Shirt hoch und küsste die sanften Wölbungen ihrer Brüste. »Ach, wirklich?«

»Ich wusste immer schon, dass dir deine Familie viel bedeutet. Hier in deiner Wohnung wirkt deine Familie so lebendig, sie ist ein Teil von dir. Und ich bin mir ganz sicher, dass du der Mann bist, für den ich dich immer gehalten habe.« Riley schloss die Augen.

»Und wer ist dieser Mann?«, fragte er und küsste sich langsam über ihren Bauch nach unten.

»Er kommt aus Weston und seine Familie geht ihm über alles. Er hat ein großes Herz, größer als ganz New York«, hauchte sie atemlos.

Josh schob ihren Rock bis zur Taille hoch und streichelte sie durch das winzige Stoffstück zwischen den Beinen. »Mmm, du bist so nass«, sagte er und fuhr mit der Zungenspitze über ihren Bauch. Gierig wölbte sie ihm die Hüften entgegen. Sie hielt die Luft an, als er sich an der Innenseite ihrer Schenkel entlangleckte, während seine Finger sie umspielten.

»Josh«, flüsterte sie.

»Kondom?«, fragte er leise.

Riley schüttelte den Kopf. Sie wollte ihn ganz spüren, ohne lästige Hülle.

»Nein, kein Kondom«, sagte sie. »Dich. Ich will dich.«

Er glitt auf sie und senkte seinen Mund auf ihren, drängte seine Hüften an ihre und fachte die Glut ihres Verlangens mit jedem Zungenschlag weiter an. Sie streckte die Hand nach seinem Hosenknopf aus. Josh stemmte sich hoch, gab ihr einen flüchtigen Kuss, stand auf und knöpfte seine Jeans auf. Er sah fragend auf sie hinunter.

»Ist es das, was du willst?«, sagte er. Bevor sie antworten konnte, fuhr er fort: »Himmel du siehst so gut aus in meinem Bett.«

»Ich will dich, Josh.« Sie setzte sich auf, um ihm den Reißverschluss aufzuziehen, doch er schob sie aufs Bett zurück. Mit aufreizendem Hüftschwung schälte er sich aus seiner Jeans und warf sie beiseite. Sein dunkler, verführerischer Blick hielt ihren gefangen, während er langsam seinen Slip abstreifte und ihn über ihr baumeln ließ. Lachend streckte sie die Hand danach aus, doch er schleuderte ihn fort.

»Lieber Himmel, du bist wirklich süß«, sagte sie.

»Süß war eigentlich nicht das, was ich im Sinn hatte.« Mit einer raschen Bewegung zog er sein T-Shirt aus.

Riley ließ ihre Hände über seine Brust gleiten, als er sich über sie beugte. Sie reckte den Kopf ein wenig und leckte und saugte an seiner Brustwarze. Mit den Händen strich sie über seine muskulösen Seiten und zog seine Hüften auf ihre.

Als ihr Mund von seiner Brust zu seinen Lippen glitt, stöhnte er auf. Riley liebte seine Küsse. Er küsste sie, als würde sein ganzes Herz nur ihr gehören, als würde er jeden Atemzug mit ihr teilen wollen, und als er seinen Mund von ihrem löste und eine sanfte Spur nach unten zu ihrer Hüfte küsste, schloss sie wie verzaubert durch seine zärtlichen Berührungen die Augen.

Mit der Zungenspitze umschmeichelte er die empfindliche Haut an ihrem Bauchnabel, wo sich ihr Rock zusammengeschoben hatte. Mit einem Finger zog er den hauchdünnen Spitzenstoff zwischen ihren Beinen herunter und streichelte ihre vor Erregung geschwollene, feuchte Mitte. Sie wand sich unter seinen Berührungen, während ihre Gedanken in tausend kleine Splitter zu zerspringen schienen. Keuchend drängte sie sich an ihn, als seine Finger in sie eintauchten, wieder hervorglitten, nur um erneut in sie einzudringen. Ihr ganzer Körper stand in Flammen. Josh streifte ihren String herunter, und als sie die Augen öffnete, sah sie seinen gierigen Blick, bevor er in sie stieß. Stöhnend krallte sich Riley in die Bettdecke.

Seine Stöße kamen hart und schnell und füllten sie mit

seiner Hitze.

»Mehr, fester«, bettelte sie. Sie konnte nicht genug von ihm bekommen. Sein nackter Körper ließ sie unter sich erbeben, sie hielt seinen Rücken umklammert und drängte ihn tiefer in ihre glühende Mitte. Sie wollte ihn ganz und für immer.

»Ri«, flüsterte er rau. »Oh Gott, Ri.«

Sie spannte die Oberschenkelmuskeln an, als seine Bewegungen quälend langsam wurden und den erlösenden Moment hinauszögerten. Sie zog seinen Mund zu sich heran und küsste ihn tief. Als er schließlich nach Luft schnappte, nahm sie seine Unterlippe zwischen die Zähne und leckte und saugte und knabberte, bevor sie ihn in einen weiteren Kuss zerrte. Sie wollte jeden Zentimeter von ihm spüren und schmecken, als er sie weiter und weiter auf den Höhepunkt der Lust trieb. Er fing ihre lustvollen Schreie auf und stieß immer schneller und härter in sie, während ihr Innerstes um ihn pulsierte.

»Oh … oh mein Gott.«

Seine Lippen glühten auf ihren Hals, als er sich stöhnend von der Leidenschaft mitreißen ließ und dann keuchend neben ihr auf das Bett sank.

»Gott, ich liebe dich«, flüsterte Josh.

»Ich liebe dich auch. Und deine kleine Stripteaseeinlage war auch nicht schlecht.« Sie zog ihren Rock und das Top aus und legte sich neben ihn. Mit dem Finger fuhr sie die Linie seines Kinns nach, bevor sie ihm einen Kuss gab.

»Wie? Kriege ich keine Stripteaseeinlage zu sehen?«, fragte er.

»Erst mal musst du wieder zu Kräften kommen«, sagte sie keck. »Und? Wie war die erste Frau in deinem Bett?«

»Die erste und letzte?« Er zog sie in seine Arme und küsste sie. »Perfekt.«

Zweiundzwanzig

Riley hatte den ganzen Nachmittag und einen Teil des Abends an Joshs Esszimmertisch gesessen und an ihren Entwürfen für Max' Hochzeitskleid gearbeitet. Sie trug einen knöchellangen Baumwollrock und einen dünnen Pullover, dessen Ärmel sie bis zu den Ellenbogen hochgeschoben hatte. Aus dem Lautsprecher an der Wand ertönte leise Musik. Nun lehnte Josh mit seiner gebügelten Jeans und dem Polohemd im Türrahmen, einen Becher mit dampfendem Kakao in jeder Hand. Riley war schon seit Stunden beschäftigt und Josh hatte versucht, sie allein zu lassen, aber er fühlte sich unwiderstehlich zu ihr hingezogen. In regelmäßigen Abständen musste er sie einfach kurz an der Schulter berühren oder ihr einen Kuss auf die Wange geben. Er fand es wundervoll, dass sie hier war. Plötzlich fühlte sich seine Wohnung nicht mehr so kühl und steril an wie noch am Morgen, sondern wie ein richtiges Zuhause.

Riley legte den Bleistift beiseite und lächelte Josh zu. »Tut mir leid, dass es so lange gedauert hat«, sagte sie.

»Ich könnte mich daran gewöhnen, dass du hier sitzt und arbeitest«, erwiderte er und reichte ihr einen der Becher.

»Mmm, danke.« Sie trank einen Schluck. »Ich kann verstehen, warum du hierher gezogen bist. Die warmen

Sonnenstrahlen waren so herrlich. Ehrlich, an deiner Stelle würde ich gar nicht mehr ins Büro gehen, sondern gleich hier arbeiten.« Mit dem Finger fuhr sie über den geschnitzten Rand des stattlichen Esszimmertisches, auf den Josh eine eigens angefertigte Arbeitsplatte gelegt hatte. »Natürlich sieht dein Esszimmer nicht mehr ganz so elegant aus, wenn hier lauter Notizen und Zeichnungen verstreut liegen.«

Er zog einen Stuhl hervor und setzte sich neben sie. »Ich lade nie Leute zum Essen ein, daher wird dieser Raum kaum genutzt. Wenn ich alleine hier bin, kann es schon mal ein bisschen zu ruhig werden.«

»Ja, das verstehe ich. Ich vermisse es, den ganzen Tag mit Leuten zu tun haben. Ich weiß, dass ich in der Modebranche noch viel lernen muss, und bin froh über die Möglichkeit, aber der Kontakt zu den Kunden fehlt mir.«

»Dann wird die Messe genau das Richtige für dich sein, und das« – er zeigte auf ihre Zeichnungen – »wird dir einen ganz anderen Status verschaffen. Aber meinst du, du wirst als Designerin glücklich sein? In unserem Geschäft herrscht viel Druck, den vor allem die Assistenten zu spüren bekommen. Und die Leute, für die du deine Stücke entwirfst, haben auch wenig mit deinen Kunden in Weston gemeinsam. Manche sind berüchtigt für ihre Arroganz und Pedanterie. Das Leben eines Designers ist nicht so glamourös, wie es manchmal scheint.«

Sie nickte. »Ich weiß. So naiv bin ich nun auch wieder nicht. Josh, ich weiß, dass du gerne entwirfst und gestaltest, aber wie denkst du wirklich über die Modebranche? Ich verspreche dir, dass ich es nicht weitersage.«

Er hatte sich oft gewünscht, mit jemandem über das sprechen zu können, was er über seine Arbeit als Designer dachte. Er sah sie an und wusste, dass er ihr alles sagen konnte.

»Ich wollte mein ganzes Leben lang Dinge gestalten. Schon in der Schule dachte ich oft: ›Zu diesem Kleid hätte sie besser schwarze Absatzschuhe statt flacher brauner Treter angezogen‹ oder etwas Ähnliches. Natürlich habe ich nie etwas gesagt. Wenn ich Rex sah, den draufgängerischen Macho, oder Dane, der sich kopfüber in jedes Wagnis stürzte, oder Hugh, für den kein Auto schnell genug sein konnte, dann habe ich mich oft gefragt, wie ich da hineinpasse.«

»Oh, Josh«, sagte sie leise, »das klingt so traurig.«

»Nein, eigentlich hat es mich angespornt, herauszufinden, wer ich bin. Ich bin loyal und engagiert –«

»Und gut aussehend und stark«, fügte Riley hinzu.

»Kann sein. Auf jeden Fall bin ich ehrlich. Das habe ich mit allen Bradens gemeinsam, aber ich glaube, in manchem bin ich eher meiner Mutter ähnlich. Treat sagt, sie hat immer auf die Aura geachtet, die die Dinge für sie hatten. Er hat mir immer erzählt, wie er morgens aufgewacht ist und sie alle Möbel im Wohnzimmer umgestellt hatte. Wenn er sie fragte, warum, hat sie nur gelächelt und erklärt, die Energie im Raum habe sich verschoben oder das Sofa habe die Sonne daran gehindert, sich frei zu bewegen.« Er musste ebenfalls lächeln. »Jedenfalls ist mir klar geworden, dass ich ein Braden durch und durch bin. Ich habe das Aussehen meines Vaters und die Kreativität meiner Mutter.« Sein Vater, Hal Braden, war so groß wie Treat und mit jeder Faser seines Wesens Rancher, wie Rex.

»Und hast du es je bereut, in die Modebranche eingestiegen zu sein?«

»Nein, niemals. Die Branche hat sich allerdings sehr verändert. Früher war Designermode etwas für reiche Leute. Einkäufer konnten nur auf den Messen einen Blick auf die neuen Linien erhaschen, aber heute ist Mode für jeden verfügbar. Das Internet hat alles umgekrempelt. Wir müssen den Trends immer drei Schritte voraus sein«, erklärte er.

»Ich weiß. Ich habe viel darüber gelesen. In mancher Hinsicht ist es eine gute Entwicklung«, sagte Riley.

»Unbedingt. Gleichzeitig wird es immer schwieriger, sich von anderen Designern abzusetzen. Aber so ist es überall. Seit man Musik und Bücher herunterladen kann, sind die Verkaufszahlen explodiert und die Preise sind in den Keller gerutscht. Das ist nun mal der Lauf der Dinge.«

»Sehnst du dich manchmal nach einem weniger stressigen Leben? Vermisst du Weston?«, fragte Riley.

»Als ich hierher kam, war ich froh, die Kleinstadtatmosphäre hinter mir gelassen zu haben und endlich an einem Ort zu sein, in dem sich nicht alles um Pferde und Vieh drehte. Ich weiß, das klingt arrogant, aber anfangs dachte ich so. Mittlerweile fehlt mir hier etwas, dabei war mir bis vor Kurzem nicht einmal klar, dass ich es überhaupt jemals hatte.« Er senkte den Blick. Noch nie hatte er jemandem seine innersten Gefühle offenbart.

»Und was war das?«, fragte sie.

Die Wärme in ihren Augen gab ihm die Zuversicht und das Vertrauen, das er brauchte, um fortzufahren. »Wahre Liebe. Eine Liebe, die nicht berechnend ist und nichts mit dem Status eines Menschen zu tun hat. Die Liebe, die mein Vater für meine Mutter empfunden hat und die er jedem von uns Geschwistern gezeigt hat. So etwas habe ich nirgendwo sonst gesehen, außer bei Treat und Max und Rex und Jade. Es klingt komisch, aber diese Liebe ist nicht so sehr ein Gefühl, sondern fast etwas, das man mit Händen greifen kann.«

»Aber ...«

»Ich weiß. Meine Mutter war nicht da, wie sollte ich also die

Liebe erfahren, die mein Vater für sie empfindet? Riley, meine Mutter ist tot, aber die Liebe meines Vaters für sie ist allgegenwärtig, bei allem, was er tut und sagt. Er redet mit ihr, auch heute noch, nach so vielen Jahren. Er schwört, dass sie immer noch auf der Ranch ist.« Er sah sie forschend an, aber statt des ungläubigen Staunens, das er erwartet hatte, entdeckte er Verstehen und Wärme. Riley nahm seine Hände und strahlte ihn an.

»Ich bin überzeugt, dass er recht hat. Wirklich. Ich glaube, wenn man jemanden genug liebt, geht er niemals ganz. Seine Seele bleibt.«

»Glaubst du das wirklich?«

»Oh ja. Ganz bestimmt«, antwortete Riley.

Er schüttelte den Kopf. »Ich habe mir erst als Erwachsener Gedanken darüber gemacht. Erst dachte ich, dass mein Vater vielleicht nicht ganz richtig im Kopf ist. Aber die Liebe, die ihn treibt, ist so echt, Riley. Das ist es, was ich am meisten vermisse. Diese Liebe in seinen Augen zu sehen. Seine Liebe für meine Geschwister und mich zu spüren. Hier in der Stadt findet man eine solche Liebe nicht. Zu Hause war ich immer von ihr umgeben, und das vermisse ich. Ich möchte diese Liebe in meinem Zuhause und in meinem Leben haben. In New York ist alles hektisch. Ich möchte nicht wieder nach Hause ziehen, aber ich möchte die Wärme und Tiefe der Liebe, die ich dort erlebe, in meinem Leben haben. Hier in New York.« Er rückte mit seinem Stuhl ein Stückchen näher, sodass ihre Knie zwischen seinen waren. »All das habe ich vermisst, bis wir beide uns wiedergetroffen haben. Als wir bei dem Konzert waren, wusste ich, dass du anders bist als andere. Riley, du hast diese Lücke in meinem Herzen geschlossen, und ich hoffe, dass du eines Tages dasselbe von mir denkst.«

Riley wusste, was in Beziehungen schieflaufen konnte. Sie kannte Paare, die sich auseinandergelebt hatten, und viele ihrer Freundinnen hatten das Gefühl, hinter dem Beruf oder Hobby ihres Freundes zurückstecken zu müssen. Josh und sie waren erst seit ein paar Tagen zusammen, aber sie war genauso verliebt in ihn wie er in sie.

»Ich gehöre nicht zu den Frauen, die jahrelang ihre perfekte Hochzeitsfeier planen oder von dem perfekten Mann träumen. Eigentlich habe ich noch nie ernsthaft über eine feste Beziehung nachgedacht. Vermutlich bin ich immer davon ausgegangen, dass es eben passiert oder auch nicht. Und wenn es der Richtige ist, würde ich es schon merken.« Ihr Herz war voller Liebe für ihn und jedes ihrer Worte drückte diese Liebe aus. »Als wir uns zum ersten Mal geküsst haben, war es nicht wie ein Feuerwerk. Es war ein Erdbeben, Josh. Und jeder Moment, den wir seitdem zusammen verbracht haben, fühlt sich so an, als würde alles auf den Kopf gestellt. Es ist egal, was wir tun, ob wir uns lieben oder arbeiten. Ich denke an dich, wenn du bei mir bist, und ich sehne mich nach dir, wenn du nicht da bist. Ich habe so lange ohne dich an meiner Seite gelebt und kann gar nicht begreifen, wie sich das jemals richtig anfühlen konnte.«

Josh zog sie auf seinen Schoß und küsste sie. Seine Küsse waren einfach himmlisch. Wenn er mit seiner Zunge ihren Mund ertastete und liebkoste, jagte ein Hitzeschauer nach dem anderen durch ihren Körper. Der Wunsch, mit ihm zu schlafen, loderte auf und sie küsste sich an seinem Kinn hinunter zum Hals, wo sie saugte und leckte, bis er stöhnte. Sie legte ihm die Hand auf den Bauch, spürte die Muskeln unter dem dünnen Stoff seines Hemdes, und ihr Verlangen wurde zu unbezähmbarer Gier. Sie nahm sein Gesicht in beide Hände und küsste ihn wieder. Als er sie packte und auf den Tisch hob, wusste sie, dass er von demselben Hunger getrieben war wie sie. Er schob ihren Rock hoch und stellte sich zwischen ihre gespreizten Beine. Seine Jeans rieben rau und steif an ihren Schenkeln, als er sich vorbeugte und sie in einem wilden Kuss nahm. Sie krallte die Finger in seinen Rücken und atmete seinen Atem ein. Sie fühlte seine Härte an ihrer Mitte und hatte nur noch den Wunsch, ihn in sich zu spüren. Sie griff nach seinem Hosenknopf, während er ihren Pullover mitsamt dem BH hochschob. Er senkte den Mund auf ihre Brust, schob ihr die Hände in den Rücken und drängte sie an sich. Sie wand sich unter seiner wilden Berührung und sehnte sich danach, dass er sie endlich mit aller Macht nahm. Da war keine Zärtlichkeit, da waren keine langsamen, liebevollen Berührungen. Da war nur reine animalische Lust. Er riss ihr den String herunter und schleuderte ihn zu Boden, dann zog er hastig seine Jeans herunter und stieß seine Härte mit Wucht in sie, während er ihren Mund in einem wüsten Kuss nahm. Keuchend und stöhnend begegnete sie jedem Stoß seiner Zunge, jedem Aufprall seiner Hüften mit derselben Heftigkeit. Er hielt die Tischkanten umklammert und drang immer tiefer und härter in sie ein. Jeder Nerv stand in Flammen, ihr Innerstes schwoll an und drängte sich um seinen Schaft. Sie krallte die Fingernägel in seine Schenkel und flehte ihn an, noch tiefer in sie zu stoßen. Am Rande der Ekstase kam ihr Atem kurz und schnell. Ihr Innerstes pulsierte um ihn, bis sie die Hitze nicht mehr ertrug und aufschrie. Im gleichen Moment ergoss er sich stöhnend in sie und sank keuchend auf ihr zusammen, während im Raum das letzte Licht des Abends verlosch.

Dreiundzwanzig

Es war die Woche vor Weihnachten. Und die Woche, in der die Modemesse stattfinden sollte. Es gab so viel vorzubereiten und zu erledigen, dass die Tage wie im Fluge vergingen. Riley hatte das Gefühl, auf einer Wolke zu schweben. Ihr Leben mit Josh war so wundervoll, dass die Hektik rund um die Messe sie kaum zu berühren schien. Am Freitag und Samstag sollte sie den Stand bedienen und am Sonntag würden sie und Josh nach Hause fliegen, um dort ihr erstes Weihnachtsfest als Paar zu verbringen.

Sie konnte sich nicht vorstellen, wie ihr Leben noch schöner sein könnte. Der einzige Wermutstropfen war die Tatsache, dass sie ihre Beziehung weiterhin geheim hielten. Mittlerweile nahmen sie es jedoch nicht mehr allzu genau mit ihrem Versteckspiel. Meist brachte Jay erst Riley ins Büro, kehrte dann zum Dakota Building zurück und holte Josh ab, doch an Tagen wie heute, wenn sie spät dran waren, fuhren sie gemeinsam zur Arbeit.

»Und wenn uns jemand zusammen sieht?«, fragte Riley. Am vergangenen Wochenende hatten sie die meiste Zeit im Bett verbracht, und wenn sie nicht im Bett gelegen hatten, hatten sie die anderen Räume in Joshs Wohnung ausprobiert. Sie hatten sich immer und überall geliebt und jede zärtliche Berührung, jeder gierige Kuss nahm der Einrichtung etwas von ihrer Förmlichkeit.

»Nach diesem Wochenende kann mich nichts mehr umhauen«, sagte Josh.

Sie wusste, dass das nicht stimmte. Sie hatten beide hin und her überlegt, ob sie den Mitarbeitern von JBD von ihrer Beziehung erzählen sollten. Es war die schwierigste Entscheidung, die Riley je hatte treffen müssen, und sie war sich immer noch nicht sicher, was der Beste war.

»Josh, ich meine es ernst«, sagte sie.

»Riley, die letzten Tage waren himmlisch. Wir haben uns nach Strich und Faden geliebt, haben im Wohnzimmer Picknicks veranstaltet und deine Sachen in meine Wohnung gebracht. In unsere Wohnung. Lass uns die Frage ›Was ist, wenn?‹ noch einen Moment außen vor halten. Ich möchte dieses Glück einfach eine Weile genießen.« Josh streichelte ihre Wange. »Ich habe das Gefühl, als hätten wir ein fast normales Leben, Babe. Jetzt steht sogar ein Foto von uns beiden in unserer Mets-Verkleidung auf dem Kaminsims und eins ist im Schlafzimmer. Ich finde es wunderbar, wie unser Alltag zusammenwächst. Ich will nicht darüber nachdenken, was es bedeuten könnte, wenn uns jemand gemeinsam ins Büro kommen sieht.«

Eines der Fotos hatten sie am Sonntagabend im Central Park gemacht, als sie in Sweatshirts und mit Mets-Kappen auf dem Kopf unterwegs gewesen waren. Josh hatte die Kamera am ausgestreckten Arm gehalten und beide hatten sie gegrinst wie die sprichwörtlichen Honigkuchenpferde. Sie liebte dieses Bild, aber das im Schlafzimmer gefiel ihr noch viel besser. Darauf lagen sie im Bett, umgeben von flauschigem weißem Bettzeug, hatten die Köpfe zueinander geneigt und sahen glücklich und satt in die Kamera.

Sie blickte aus dem Fenster. Wie schnell die Arbeitswoche vergangen war. Tagsüber hatten sie alle Mühe gehabt, ihre Hormone unter Kontrolle zu halten und sich nicht zu verraten. Sie hatten beide spät bis in den Abend gearbeitet, aber kaum waren sie sich sicher gewesen, dass die anderen Mitarbeiter das Büro verlassen hatten, waren sie auf der Couch in Joshs Büro übereinander hergefallen. So sehr sie diese Zeit genießen wollte, so sehr nagte die Heimlichtuerei an ihr. Gleichzeitig fürchtete sie sich davor, ihre Beziehung öffentlich zu machen.

Sanft drehte Josh ihr Gesicht zu sich. »Ich liebe es, dein Parfüm im Bad neben meinem Aftershave zu sehen. Und ich liebe es, dass wir zwar zwei Waschbecken haben, unsere Zahnbürsten aber nebeneinander hängen. Ich weiß, dass es da ein Problem gibt, und es ist mir nicht egal. Nur will ich das im Moment einfach ausblenden, okay?«

Davon ließ sie sich liebend gerne anstecken.

Als sie im Büro ankamen, schien niemand von ihnen Notiz zu nehmen. Riley war froh darüber … und gleichzeitig enttäuscht. Sie war fast so weit, dass sie alles auf eine Karte setzen und allen erzählen wollte, dass sie ein Paar waren, aber Claudia war in der letzten Zeit umgänglicher gewesen als früher, und außerdem hatte Josh ihr berichtet, dass Claudia Fortschritte als Designerin zu machen schien. Sie entwickelt sich zu einer ernsthaften Konkurrentin, hatte er gesagt. Sie freute sich für Claudia und hatte Verständnis dafür, wenn jemand ehrgeizig war. Allerdings hatte sie das Gefühl, dass Claudia es ziemlich ungeschickt anpackte, doch wenn sie es aus eigener Kraft schaffte, sich einen

Namen zu machen, dann hatte sie den Erfolg verdient, hatte Riley Josh geantwortet. Die einzige Tür, die ihr nicht offenstand, war der Weg zu Josh. Er gehörte Riley, ganz und gar.

»Das alles kommt mir vor wie ein Märchen, Jade.« Es war Freitagnachmittag und Riley hatte sich auf die Damentoilette zurückgezogen, um ihre Freundin anzurufen. »Privat könnten wir nicht glücklicher sein, und mit meiner Arbeit ist er offensichtlich auch zufrieden, sonst hätte er mir letzte Woche nicht den Schlüssel fürs Büro gegeben. Ich bin also nicht mehr darauf angewiesen, dass jemand hinter mir abschließt, wenn ich länger arbeiten will.«

»Hört sich an, als würden wir eines Tages Schwägerinnen sein. Super«, sagte Jade.

»Keine Ahnung, aber …« Riley wollte nicht zu weit in die Zukunft planen und ihre Beziehung dadurch aufs Spiel setzen.

»Mädel, dich hat's wirklich ernsthaft erwischt, aber die Einzelheiten möchte ich lieber nicht hören. Wenn Josh irgendwann mein Schwager ist, könnte es peinlich werden.« Sie lachte. »Und wie macht ihr es im Büro?«

Eigentlich hätte es jeder bei JBD mitbekommen müssen, wie verliebt sie war, doch wenn Josh in der Nähe war, schaffte sie es meist, ihn nicht anzusehen. Kaum kam Claudia dazu, musste sie sich allerdings sehr anstrengen, um nicht die besitzergreifende Freundin herauszukehren.

An dem Abend, an dem Max und Treat zum Essen gekommen waren, hatten sie besprochen, dass sie ihre Beziehung nicht länger verstecken wollten, aber irgendwie erschien ihr die Heimlichtuerei sicherer. Sie war inzwischen so daran gewöhnt, dass sie gar nicht mehr wusste, wie – und ob – sie damit aufhören sollte. Die Widersprüchlichkeit ihrer Gefühle machte ihr sehr zu schaffen.

»Wir überlegen hin und her und kommen zu keiner Lösung. Wie sollten wir unsere Beziehung auch öffentlich machen? Mit einer allgemeinen Bekanntmachung? Einer Rundmail an alle? Was würdest du tun?«

»Ich weiß nicht. Eigentlich geht es ja niemanden etwas an. Warum lebt ihr nicht einfach euer Leben, ohne euch darum zu kümmern, wer was mitbekommt? Im Büro verhaltet ihr euch professionell, ohne krampfhaft etwas zu verbergen. Jedenfalls nicht zum jetzigen Zeitpunkt. Sonst könnte eure Beziehung Schaden nehmen.«

»Jade, ich wünschte, du wärest hier.«

»Nein, tust du nicht. Sonst hättest du nicht all diesen aufregenden Sex. Außerdem kommst du ja bald nach Hause und dann sehen wir uns. Heute früh habe ich deine Mail mit dem Entwurf für Max' Kleid gesehen. Du bist wirklich gut. Falls wir jemals heiraten, möchte ich, dass du mein Brautkleid entwirfst. Oh, und die Zeichnung für mein Kleid finde ich hinreißend. Ich weiß, dass du es bis Weihnachten nicht schaffst, aber vielleicht bis Ostern?«

Riley schloss die Augen. Wie hatte sie Jade nur versprechen können, ihr ein Outfit für Weihnachten zu nähen? Sie hatte überhaupt nicht nachgedacht, das war's. Ihr Gehirn war von Liebe überschwemmt gewesen. »Tut mir leid«, sagte sie.

»Mach dir keine Sorgen. Schließlich habe ich noch andere Kleider. Ich wollte dir nur das Gefühl geben, dass du gebraucht wirst«, sagte sie neckend. »Aber offenbar erledigt Josh das schon.«

»Haha«, sagte Riley. »Ich bin so nervös. Gleich ist die monatliche Mitarbeiterbesprechung und Josh will, dass ich den anderen meine Entwürfe für das Brautkleid zeige. Er meint, dass sie mich dann eher als Designerin sehen. Außerdem würde es Claudia helfen, meine Fähigkeiten zu akzeptieren. Er sagt, als Designerin sei ich besser als sie. Wahrscheinlich baut er schon vor für den Fall, dass er mich eines Tages in der Hierarchie der Designer aufsteigen lässt. Meine Fähigkeiten. Das klingt, als sei ich etwas Besonderes.«

»Das bist du auch, Riley. Josh ist klug. Vertrau ihm.«

»Es geht nur alles so schnell. Ich warte immer auf den Pferdefuß. Kann das Leben wirklich so wundervoll sein?« Riley sah auf ihre Uhr. Sie hätte längst wieder an ihrem Arbeitsplatz sein sollen. Claudia würde sie wahrscheinlich schief ansehen. »Ich muss weitermachen. Ich habe noch so viel zu tun, bevor die Modemesse beginnt.«

»Kein Problem. Ich bin hier, wenn du mich brauchst.«

»Danke, Jade. Wünsch mir Glück.«

»Du hast doch immer Glück, Ri.«

An Glück glaubte Riley eigentlich erst, seit sie Josh wiedergesehen hatte. Sie straffte die Schultern und hoffte, dass bei der Mitarbeiterbesprechung alles nach Plan verlaufen würde.

Vierundzwanzig

Riley saß mit verschränkten Beinen im Konferenzraum und blickte nervös von einem zum anderen. Simone und K.T. steckten flüsternd die Köpfe zusammen. K.T. zeigte auf etwas auf seinem Tablet und Simone lachte schallend. Clay scrollte durch die Nachrichten auf seinem Smartphone, während Chantal mit einem Stift auf ein schwarzes Notizbuch auf dem Tisch trommelte. Sie sah angestrengt aus. Riley fragte sich, wie sie auf die anderen wirkte. Ihr rechter Fuß wippte unkontrolliert und ihre Kiefermuskeln waren derart angespannt, dass ihr die Zähne wehtaten. Sie schloss für einen Moment die Augen und wiederholte ihr Mantra: *Ich bin gut ausgebildet, sachkundig und bereit, hart zu arbeiten. Ich schaffe das.* Dann machte sie die Augen auf und dachte: *Nein, ich bin eine talentierte Designerin. Ich schaffe das.*

Mia kam ins Konferenzzimmer. Sie trug einen langen schwarzen Rock, ein gestärktes Frackhemd und Ketten aus massiven weißen, schwarzen und goldfarbenen Perlen. Gleich hinter ihr betrat Josh den Raum. Er hatte immer noch den schwarzen Versace-Anzug an, den er am Morgen angezogen hatte. Riley wusste, dass er unter der feinen Tuchhose schwarze Boxershorts trug. Bei dem Gedanken daran, wie sie ihn gestreichelt hatte, bevor er die Hose hochziehen konnte, wurde sie rot. *Eis. Denk an Eis.* Doch nun malte sie sich aus, welche interessanten Sachen man mit Eiswürfeln anstellen konnte. *Ich bin besessen von Sex.* Ein Lächeln umspielte ihre Lippen.

Im Vorbeigehen streifte Josh kurz die Rückenlehne ihres Stuhls und sie musste ihre Mappe mit den Entwürfen umklammert halten, um nicht die Hand nach ihm auszustrecken.

Als er am oberen Ende des Tisches Platz genommen hatte, atmete sie erleichtert auf. Es fiel ihr immer schwerer, ihre Gefühle vor den Kollegen zu verbergen, und sie stellte gereizt fest, dass sie dieses Versteckspiel offenbar brauchte oder wollte. Nun, jetzt war nicht der richtige Zeitpunkt, um darüber nachzudenken. Sie musste sich konzentrieren.

Mia las die Tagesordnungspunkte vor und ging dann die Einzelheiten der alljährlichen Silvesterparty durch. Josh hatte ihr schon davon erzählt. Es war eine feierliche Angelegenheit mit Abendkleidung und Ansprachen, in denen er jeden Mitarbeiter für besondere Leistungen im Laufe des Jahres lobte und Prämien verteilte. Für das Team bei JBD war die Party ein wichtiges Ereignis, das ihnen das Gefühl gab, wertgeschätzt zu werden. Riley freute sich darauf und hatte sich im Kleiderschrank schon nach einem Abendkleid umgesehen. Mia hatte ihr ein paar passende Sachen beiseitegelegt. Da die Probestücke für superschlanke Models gedacht waren, war Rileys Kleidergröße nicht allzu oft vertreten. Joshs unersättliche Lust auf sie gab ihr trotzdem das Gefühl, sexy und attraktiv zu sein. Sie war stolz darauf, dass sie sich dem Schlankheitsdiktat der New Yorker Modewelt nicht gebeugt hatte. Natürlich war es ihr wichtig, sich modisch zu kleiden, aber die Mode definierte sie nicht. Sie war immer noch dieselbe Riley Banks, die sie vor ein paar Wochen in Weston gewesen war. In ihrer Freizeit trug sie nach wie vor Jeans und T-Shirts. Sie aß für ihr Leben gern und lachte lauter als die meisten Männer. Als sie sich ansah, wie weit sie es gebracht hatte und was sie noch zuwege bringen konnte, legte sich ihre Nervosität. Als sie mit ihrer Präsentation an der Reihe war, hatte sich ihr Puls beruhigt. Sie straffte selbstbewusst die Schultern.

Riley legte ihre Mappe mit den Entwürfen auf den Tisch. »Heute Nachmittag bin ich zum ersten Mal auf einer Modemesse und dank Claudias Hilfe bin ich bestens vorbereitet.« Aus den Augenwinkeln sah sie, wie Claudia die Nase in die Höhe reckte. Es gefiel ihr nicht, dass sich Claudia derart in ihrem Lob sonnte, aber sie konnte nicht leugnen, dass sie sie tatsächlich mit allen Informationen ausgestattet hatte, die sie brauchte.

»Die Muster liegen bereit und ich habe mir alles eingeprägt, was Josh jemals designt hat. Jede Lagernummer, jede Farbnuance, jeden Nähstich und alle Stoffe. Ich glaube, ich habe mir sogar gemerkt, wie lange es gedauert hat, die einzelnen Stücke anzufertigen. Wir haben einen hervorragenden Standort für unseren Messeauftritt, also kann gar nichts schiefgehen.« Sie sah auf die Uhr. »Der Stand müsste inzwischen fertig aufgebaut sein.«

»Super, Riley. Du wirst sie alle aus den Socken hauen«, sagte Simone.

»Danke, Simone. Hauptsache, wir kommen mit gefüllten Auftragsbüchern wieder.« Riley räusperte sich.

»Außerdem habe ich an einem Entwurf für ein

Hochzeitskleid für eine Freundin gearbeitet«, sagte sie.

»Sie ist nicht nur eine Freundin, sondern auch die Verlobte eines der begehrtesten Junggesellen von Amerika«, fügte Josh hinzu.

Riley zuckte zusammen. »Ja, das stimmt.«

Claudia runzelte die Stirn. »Davon habe ich ja gar nichts gehört. Wer soll denn das sein?«

Riley hatte keine Ahnung, was sie sagen sollte, und sah Josh hilfesuchend an.

»Das ist im Moment nicht von Bedeutung«, sagte Josh. »Riley, mach bitte weiter.«

Riley spürte, dass Claudia sie aus zusammengekniffenen Augen musterte. Ihr Puls raste. Sie räusperte sich noch einmal und versuchte, sich zu sammeln. *Ich schaffe das. Ich schaffe das.*

Mit zitternden Händen nahm sie die Entwürfe und befestigte sie an den Displaytafeln. Ihr Blick huschte über die Zeichnungen, an denen sie so viele Stunden gearbeitet hatte, und suchte ängstlich nach Fehlern und Unstimmigkeiten, doch als sie das elegant geschwungene Dekolleté, die feinen Muster am Oberteil und die schöne Schlichtheit des Rockes sah, kehrte ihr Selbstbewusstsein langsam zurück.

Sie wandte sich den Leuten zu, mit denen sie in den vergangenen Wochen zusammengearbeitet hatte, und betete insgeheim, dass ihnen ihre Ideen gefielen. Sie holte tief Luft und begann zu beschreiben, wie die Entwürfe entstanden waren.

»Die Braut ist ein praktisch denkender Mensch. Für sie muss Kleidung vor allem bequem und unkompliziert sein. Die Hochzeit findet im Sommer am Strand statt. Sie wünscht sich ein Kleid, das nicht mit der sozialen Stellung ihres Verlobten protzt, sondern sie bestenfalls mit Zurückhaltung und Anmut andeutet.« Die anderen nickten zustimmend. Ihre Reaktion machte Riley Mut, der grimmige Ausdruck auf Claudias Gesicht war allerdings besorgniserregend. Riley zwang sich, weiterzusprechen.

»Ich habe mich für die Spaghettiträger entschieden und das Coeur-Dekolleté ein wenig abgewandelt, um den Blick auf ihr Gesicht zu lenken.«

K.T. nickte, Claudia dagegen lehnte sich mit verschränkten Armen zurück und lächelte verächtlich.

Riley wagte einen raschen Blick zu Josh, der ihr kaum merklich zunickte. Mia reckte die Daumen in die Höhe und ermunterte Riley, weiterzumachen.

Sie holte tief Luft, straffte die Schultern und erläuterte, welchen Stoff sie für das Kleid und welche Garne sie für die Stickereien am Oberteil vorgesehen und warum sie sich gegen eine Schärpe entschieden hatte. Die Kollegen stellten viele Fragen, die sie sicher und selbstbewusst beantwortete. Als sie ihre Präsentation beendet hatte, strahlte Josh sie an. Die anderen murmelten untereinander, nur Claudia saß weiterhin unbewegt an ihrem Platz und lächelte boshaft.

Fünfundzwanzig

Du warst super! Ich liebe dich.

Riley saß im Taxi zur Messehalle und starrte auf die SMS. Josh hatte sie unmittelbar nach der Besprechung geschickt, als Claudia ihr eröffnet hatte, dass sie die Messe weitgehend allein würde bestreiten müssen. Sie, Claudia, habe noch »etwas zu erledigen« und wisse nicht, wann sie nachkommen könne.

Sie hatte Josh sofort geschrieben, doch bisher hatte er noch nicht geantwortet. Als das Taxi vor dem Javits-Center hielt, schob Riley das Handy in ihre Handtasche, griff sich ihre Tüten und Taschen und hastete durch die kalte Herbstluft zum Eingang. Mia hatte ihr ein wundervolles Kleid aus einer von Joshs Kollektionen herausgesucht, sodass sie das Gefühl hatte, dass er an ihrer Seite war. Josh hatte am Abend einen Geschäftstermin und sie hatten verabredet, dass sie ungefähr zur selben Zeit nach Hause kommen würden. Sie hatte keine Ahnung, was ihr bevorstand. Die Modemesse so kurz vor den Weihnachtsfeiertagen war ein neues Event im Messekalender, und wenn sie Claudia glauben durfte, würden Erfolg oder Misserfolg darüber entscheiden, ob sie auch in Zukunft stattfand.

Im Innern des imposanten Gebäudes herrschte die übliche

Hektik, mit der man bei einem solchen Ereignis rechnen musste. Sie folgte den Wegweisern zur Ausstellungshalle und blieb wie vom Donner gerührt stehen. Der Stand von JBD hatte einen der besten Plätze ergattert und war wie eine elegante Boutique gestaltet, mit bequemen weißen Sesseln und einem runden Beistelltisch, genau so, wie sie es sich vorgestellt hatte. Im Vergleich zu den eher schmucklosen Arrangements der anderen Aussteller war er geradezu majestätisch. Sie konnte es kaum fassen, dass sie all das entworfen hatte. *Ich habe es geschafft! Das ist mein Werk!* Stolz hob sie den Kopf und macht sich an die Arbeit.

Sie drapierte die Musterstücke, legte Accessoires zurecht und machte alles für den erhofften Ansturm der Kunden fertig. Ihre Füße taten weh, dabei war die Messe noch nicht einmal offiziell eröffnet worden. Mia mochte ja den ganzen Tag auf Hochhackigen herumstöckeln können, aber ihre eigenen Füße waren eher für Cowgirlstiefel geeignet. Die Schuhe, die Mia für sie ausgesucht hatte, waren die reine Qual.

Sie holte ihr Handy hervor. Noch immer keine Nachricht von Josh. Seufzend stellte sie den Klingelton aus und schob ihre Tasche unter die Theke.

»Einen so tollen Stand haben wir noch nie gehabt.«

Riley wirbelte herum. »Mia! Was machst du denn hier?«

»Meinst du wirklich, ich lasse dich alleine schuften? Ich habe gesehen, wie Claudia mit Josh in einem Besprechungszimmer verschwunden ist, also habe ich Chantal gebeten, das Telefon zu übernehmen, und bin losgefahren.«

Claudia in einem Besprechungszimmer mit Josh? Mit solchem Unfug konnte sie sich jetzt nicht befassen.

»Außerdem hat Josh mir eingeschärft, dafür zu sorgen, dass Claudia dir keine Steine in den Weg legt.« Sie zuckte die

Achseln. »Ich liebe Messen. Das wird lustig.«

»Mia, du bist die Rettung. Danke, ehrlich.«

»Simone kommt auch gleich. Sie ist kurz nach mir losgefahren.«

»Simone? Claudia bringt mich um, wenn ihr beide mir helft. Sie hat mir erzählt, dass sie die Messen meist nur mithilfe eines einzigen Assistenten bewältigt.« Aber Riley war froh über die Unterstützung, egal, was Claudia dazu sagen würde. Sie rechneten mit mindestens dreitausend Besuchern. Das würde sie alleine nie schaffen.

»So ein Blödsinn. Diese Frau lügt, sobald sie den Mund aufmacht.« Mia stemmte die Hände in die Hüften. »Sie bringt drei oder vier Leute mit, und wenn sie nicht früher kommen und die halbe Nacht bleiben, beschwert sie sich über sie.«

Riley ließ sich nichts anmerken, aber innerlich jubelte sie. Mia mochte Claudia also auch nicht.

»Wir werden einen großartigen Job machen und Josh wird stolz auf uns sein. Das ist das Wichtigste. Claudia ist ehrgeizig, aber ich glaube nicht, dass sie wirklich bösartig ist. Sie ist einfach darauf fixiert, Designerin zu werden, und nach allem, was Jo–« Sie unterbrach sich gerade noch rechtzeitig. »Nach allem, was ich gesehen habe, macht sie große Fortschritte.«

In diesem Moment kam Simone mit einem riesigen Blumenstrauß. »Seht mal, was ich mitgebracht habe«, flötete sie.

»Wunderbar, Simone! Dass ich die Blumen vergessen habe! Auf den Fotos von früheren Messeständen waren immer auch Blumensträuße zu sehen. Tut mir leid«, stöhnte Riley.

»Das sind doch nur Kleinigkeiten. Der Stand ist toll geworden. Simone, sag nicht, dass du etwas zu essen mitgebracht hast«, meinte Mia. »Fettflecken auf den Musterstücken sind das Letzte, was wir jetzt brauchen können.«

»Nein, du Dummerchen, obwohl ich eine Tafel Schokolade jetzt gut gebrauchen könnte.« Sie stellte die Blumen auf die Theke und zwinkerte Riley zu. »Hey, wie wär's mit einem Mädelsabend, wenn wir hier fertig sind? Wir hatten noch gar keine Gelegenheit, uns mit Riley zu unterhalten. Was meint ihr?«

»Ja, gerne«, sagte Mia.

»Prima«, sagte Riley mit einem gezwungenen Lächeln. Nach der Messe? Sie hatte nichts dagegen, Zeit mit den beiden zu verbringen, aber sie hatte auch Sehnsucht nach Josh. Sie beobachtete sie, wie sie Seite an Seite arbeiteten und über Insiderwitze lachten. Warum sollte sie nicht mit ihnen zusammen ausgehen? Josh würde da sein, egal, wann sie nach Hause kam. Er liebte sie. Er würde immer da sein. Sie sollte die Möglichkeit nutzen und Simone und Mia besser kennenlernen. Wenn sie die Einladung jetzt ausschlug, würde es vielleicht keine zweite Chance geben.

Kaum hatte die Modemesse ihre Pforten geöffnet, wurde der Stand von JBD von Kunden überrannt. Riley beantwortete Fragen, machte Vorschläge zu Outfits und Accessoires und war selbst überrascht, wie gut sie über JBD Bescheid wusste. Sie war Mia und Simone unendlich dankbar. Ohne sie hätte sie es nicht geschafft.

»In einer halben Stunde haben wir es geschafft«, sagte Simone. »Ich bin völlig erledigt. Meine Füße bringen mich um und ich brauche einen Drink. Wohin sollen wir gehen, Ladys?«

»Kann ich eben meiner Freundin in Colorado Bescheid sagen, dass ich mich morgen bei ihr melde? Ich hatte versprochen, sie anzurufen, wenn wir hier fertig sind.«

Mia und Simone zuckten die Achseln. »Klar, warum nicht?«

»Super. Bin gleich wieder da.« Riley hastete mit ihrem

Handy in die Eingangshalle. Sie hatte nur eine SMS, und die war von Jade.

Viel Glück bei der Messe!

Riley antwortete: *Alles prima. Ruf dich morgen an.*

Sie wollte Joshs Handynummer wählen, doch dann fiel ihr ein, dass er in einer Besprechung war, also schickte sie ihm stattdessen eine SMS. *Messe war ein Riesenerfolg. Würde gerne noch mit Mia und Simone weggehen, bin gegen Mitternacht zurück. Ich liebe dich.*

Die Musik dröhnte durch das Dämmerlicht im Club. Riley, Mia und Simone saßen in einer Nische, nippten an ihren Drinks und ließen den Stress des Tages von sich abfallen. Simone hatte ihnen eine Runde Seven & Seven bestellt, ein Cocktail, den Riley eigentlich nicht mochte, aber ausnahmsweise würde sie mit dem Strom schwimmen.

Die Bar hatte nichts mit dem gemeinsam, was sie aus Weston kannte. Hier sahen alle aus, als hätten sie Geld. Die Frauen waren perfekt gestylt und teuer gekleidet. Sie trugen Schuhe mit Killerabsätzen und bewegten sich mit sorgfältig einstudierter Anmut. Die Männer wirkten ebenso herausgeputzt, manche mit einem künstlerischen Touch, andere in Anzügen, die wahrscheinlich mehr kosteten als eine Monatsration Pferdefutter. Riley war glücklich, solange sie Josh in der Nähe wusste, aber sie fragte sich, wie sich Jade in New York fühlen würde.

»Die Messe war der Wahnsinn. JB wird ausflippen«, sagte Simone und trank ihr Glas mit einem Schluck halb leer. »Und das ist ja das Wichtigste.« Wenn sie lächelte, rutschte ihr die schwarze Brille herunter, sodass sie sie immer wieder mit dem Zeigefinger hochschieben musste.

JB? Riley wurde plötzlich klar, dass sie nun womöglich Dinge über Josh erfuhr, von denen sie lieber nichts wissen wollte. Was war, wenn die beiden ihr gestanden, dass sie in Josh verknallt waren? Und dann herausfanden, dass sie mit ihm zusammen war? *Bloß nicht.* Oder sie erzählten ihr, was sie an ihm nicht mochten. Oh je, wahrscheinlich war dieser Mädelsabend doch keine gute Idee gewesen.

»Und, Riley, wie sieht's bei dir so aus?«, fragte Mia.

»Aussehen?«, fragte Riley verblüfft.

»Erzähl uns was über dich. Bisher wissen wir nur, dass du eine Wahnsinnsdesignerin bist, als Designassistentin arbeitest und aus derselben Stadt kommst wie Josh«, sagte Mia.

Riley runzelte die Stirn. »Ihr wisst, wo ich herkomme?«

»Klar. Wir wissen, wo du bisher gearbeitet hast und welche Preise du gewonnen hast. Wir wissen sogar, dass du Cruella ebenso wenig leiden kannst wie wir«, sagte Mia.

Wisst ihr auch, dass ich mit Josh schlafe? »Ach, Claudia ist schon okay. Sie versucht eben, voranzukommen.« *Und setzt dabei auf die falschen Strategien.*

»Apropos – habt ihr schon das Neueste von ihr und JB gehört?«, fragte Simone.

Mia riss die Augen auf. »Oh nein, sag nicht, dass er ihren Verführungskünsten nachgegeben hat.«

Riley biss die Zähne zusammen.

»Nein, aber ich habe gehört, dass sie es versucht hat … wieder einmal. Wella, die Putzfrau, hat Chantal erzählt, dass sie gesehen hat, wie Claudia eines Abends aus seinem Büro gestürmt kam. Und sie sah stinksauer aus«, sagte Simone.

»Wenn ihr mich fragt, sollte man sie feuern«, sagte Mia.

»Ja, das ist sexuelle Belästigung. Außerdem kriegt JB doch wohl etwas Besseres ab als sie«, sagte Simone.

Riley musste sich zusammenreißen, um ihnen nicht von ihrer Beziehung zu Josh zu erzählen. Sie leerte ihr Cocktailglas in einem Zug. Offensichtlich mochten Mia und Simone ihn, sonst wäre es ihnen egal gewesen, mit wem er zusammen war. Wäre sie in ihren Augen gut genug für ihn? Oder würden sie sie so sehen wie Claudia – als ehrgeizige Designerin, der jedes Mittel recht war, um Karriere zu machen?

»Nach allem, was ich gehört habe, hat er eine Freundin.« Mia sah Riley an, während sie ihren Cocktail trank.

Riley erstarrte. *Weiß sie Bescheid?* »Tatsächlich?«, brachte sie schließlich hervor. Die Kellnerin brachte eine weitere Runde Drinks und Riley trank einen großen Schluck, um den Anflug von Kopfschmerzen loszuwerden, den sie im Nacken spürte.

»Ja, hab ich auch gehört«, sagte Simone. »Irgendwo hat er eine Frau versteckt. Um seinetwillen hoffe ich, dass sie nicht zickig und boshaft ist. Der Typ ist stinkreich und gut aussehen tut er auch.«

Riley verschluckte sich und stellte prustend ihr Glas ab. »Tut mir leid«, keuchte sie. »Ist mir in den falschen Hals geraten.«

»Trink noch was hinterher, das hilft«, sagte Simone. »Und ich dachte immer, Mia hätte ein Auge auf JB geworfen.« Sie grinste und gab ihr einen Klaps auf den Arm, bevor sie die nächste Runde Drinks bestellte.

»Also wirklich.« Mia verdrehte die Augen. »Ich bin eine gute Assistentin und das weiß er zu schätzen, aber das ist auch alles. Für mich ist er eher wie ein großer Bruder. Versteht mich nicht falsch. Ich würde nicht Nein sagen, wenn er mich anbaggert, aber selbst die Initiative ergreifen? Nie im Leben! Du kennst ja meinen Geschmack, was Männer angeht, Simone. Aber er lässt sich ja nicht einmal mit diesen hinreißenden, hohlköpfigen Models ein, die ihm ständig die Tür einrennen. Nein, ich glaube, Mr. B. ist ganz schön wählerisch. Wie ist es mit dir Riley? Hast du einen Freund?«

Oh je. Ja, habe ich. Mistmistmist. Sie trank ihr Glas leer und sagte: »Habt ihr Hunger? Soll ich uns was zu essen besorgen?«

»Guter Versuch, aber so schnell wirst du uns nicht los. Komm schon, spuck's aus«, sagte Simone.

»Lass das arme Mädchen doch. Sie ist neu hier, sie hat ihre Moral und ihre Werte und …«, sagte Mia.

»He, für wen hältst du mich? Für ein braves Landei?«, sagte Riley. Die Kellnerin brachte die nächsten Drinks. Riley nahm ein Glas und trank einen Schluck.

»Nein, so meinte ich das nicht«, sagte Mia und legte ihr die Hand auf den Arm. »Ehrlich, Schätzchen, ich hab nur Spaß gemacht.«

»Okay, ja, ich habe einen Freund und er ist wirklich nett. Ich meine, wir sind noch nicht so lange zusammen, aber er ist …« Sie schüttelte den Kopf. Wie sollte sie Josh beschreiben? *Fürsorglich, liebevoll, sinnlich, hinreißend, schlau, witzig, ein wunderbarer Liebhaber.* »Er ist wirklich sehr nett«, wiederholte sie schließlich einfach.

»Hat Mr. Wirklich-sehr-nett auch einen Namen?«, fragte Simone. Sie trank ihr Glas leer und signalisierte der Kellnerin, dass sie Nachschub wollte.

Mia packte sie am Arm. »Trink nicht so viel. Ich komme überhaupt nicht nach mit den Drinks.«

»Musst du auch nicht. Ich trinke deine auch noch«, sagte Simone augenzwinkernd.

Riley war heilfroh, dass Mia das Thema gewechselt hatte,

bevor sie sich einen Fantasienamen für Josh ausdenken musste. »Hat euch das Kleid gefallen, das ich entworfen habe? Oder fandet ihr es eher doof?«

»Du machst wohl Witze«, sagte Mia streng.

»Nein, ich möchte es wirklich wissen.« *Hauptsache, wir reden nicht mehr von Josh.*

»Es ist das originelleste Brautkleid, das ich je gesehen habe«, meinte Mia.

»Mit solch einem Brautkleid würde ich glatt heiraten«, sagte Simone.

Riley atmete erleichtert auf. »Oh, Gott sei Dank. Bei der Besprechung dachte ich, ihr wolltet einfach nur nett sein.«

»Wir waren nicht einfach nur nett«, witzelte Simone. »Vor allem Cruella nicht. Hast du ihren Gesichtsausdruck gesehen? Ich dachte, sie stürzt sich auf dich und reißt dich in Fetzen. Ehrlich. Was hat sie nur gegen dich? Mal ist sie richtig freundlich zu dir und dann wieder faucht sie dich an. Warum bloß?«

Vielleicht, weil ich mit Josh schlafe? Riley zuckte die Achseln. »Keine Ahnung. Ich mache einfach das, was sie mir sagt.« Allmählich kam es ihr vor, als sei alles in einen Alkoholnebel getaucht. Sie sah sich um und entdeckte eine Tanzfläche, die ihr noch gar nicht aufgefallen war. Sie schloss die Augen und wiegte sich im Rhythmus der Musik. Wenn Josh doch nur bei ihr sein könnte.

»Okay, es ist so weit«, sagte Simone.

Riley riss die Augen auf. »Was denn?«

Simone und Mia zwängten sich aus der Nische und zogen Riley mit.

»Tanzen. Das entspannt. Komm schon, Landei.« Bevor sie Protest einlegen konnte, stand sie zwischen Mia und Simone auf der Tanzfläche.

Nach und nach kamen immer mehr Tänzer, bis man kaum noch einen Fuß vor den anderen setzen konnte. Trotzdem genoss es Riley, zur Musik zu summen und zu tanzen, ohne sich einen Deut darum zu scheren, wer sie sah.

Plötzlich zupfte Mia sie am Arm. »Komm«, sagte sie und zog sie zurück zu ihrer Nische. »Hol deine Sachen.«

»Warum? Was ist los?«

Mia wies auf ihr Handydisplay. Riley verengte die Augen zu Schlitzen und versuchte zu entziffern, was da stand, doch ihr Hirn war zu vernebelt. »Was steht da?«

Simone zog ihr Handy hervor und fluchte. »Mist, ich auch. Was ist da wohl los?«

Riley suchte nach ihrem Handy, las die Nachricht und schüttelte verwirrt den Kopf. Als Mia ihr über die Schulter sah, schob sie das Handy rasch wieder in ihre Tasche.

»Wir müssen ins Büro. Hat Josh dir auch eine 9-1-1 geschickt?«, fragte Mia.

Wieder schüttelte Riley den Kopf und fragte sich, wie Mia nach all den Drinks so wach aussehen konnte.

»Kommst du alleine nach Hause?«, fragte Simone, während sie in ihren Mantel schlüpfte.

»Klar«, sagte Riley. »Warum fahrt ihr ins Büro?«

»Keine Ahnung. Aber wenn Josh eine SMS mit der Notfallnummer 9-1-1 schickt, müssen wir. Also, bis morgen früh bei der Messe? Bestimmt hat Claudia irgendeine Ausrede parat, warum sie nicht kommt.« Mia warf ein paar Geldscheine auf den Tisch, hängte sich die Tasche über die Schulter und hakte sich bei Simone unter. »Hey, Landei, war nett mit dir. Wir erzählen dir morgen, was los war.«

Simone drückte Riley zwei Zwanziger in die Hand und gab

ihr einen Kuss auf die Wange. »Du bist so süß, wenn du betrunken bist. Komm gut nach Hause.«

»Danke, war schön mit euch.« Riley sah ihnen nach, dann holte sie ihr Handy hervor und las noch einmal Joshs Nachricht.

Wir müssen reden. Komme später nach Haus als geplant. J.

Sechsundzwanzig

Leise schloss Riley die Tür zu Joshs Wohnung auf. Es war fast ein Uhr in der Nacht. Auf der Taxifahrt vom Club zum Dakota Building hatte sich der Alkoholnebel in ihrem Kopf ein wenig gelichtet und sie hatte hin und her überlegt, was wohl passiert war. Hatte jemand Wind von ihrer Beziehung bekommen? Vielleicht wäre das noch nicht einmal das Schlechteste. Es wäre viel einfacher, Mia und Simone gegenüber die Karten auf den Tisch zu legen, statt sie anzulügen. *Aber hätte er mir nicht Bescheid gesagt, wenn es jemand herausgefunden hätte?*

Sie stellte ihre Tasche auf dem Tisch im Flur ab, warf einen Blick in Wohnzimmer und Esszimmer und ging weiter zur Küche. Kein Josh. Sie schlich quer über den Flur ins Schlafzimmer. Das Bett war leer. Sie streifte ihre Schuhe ab und ließ sich auf die Matratze sinken.

Was zum Teufel war los? Sie strich die Bettdecke glatt und dachte lächelnd daran, wie sie sich geliebt hatten. *Ja, vielleicht wäre es das Beste, wenn unsere Beziehung offengelegt wird.* Sie hasste es, sich zu verstecken und zu lügen. Auch wenn sie in ihrer Freizeit nicht mehr so vorsichtig waren wie am Anfang, kam sie sich vor wie ein Verbrecher. Im Laufe der Zeit hatte sie Joshs Foto oft genug auf dem Cover der einschlägigen

Illustrierten gesehen, und sie wusste noch genau, wie ihr Herz jedes Mal einen Schlag aussetzte und die Leidenschaft neu anfachte, die sie so mühsam zu unterdrücken versucht hatte. Immer, wenn sie einen dieser Artikel sah, hatte sie sich die Zeitschrift gekauft und jedes Wort verschlungen, wenn sie abends allein war. Dann hatte sie diese Gefühle zurück in einem Verschlag tief in ihrem Herzen eingesperrt, wo sie ihr nicht in die Quere kamen und ihre Gedanken nicht umwölkten. Vielleicht war er heute gar nicht mehr ein solcher Publikumsmagnet wie früher. Vielleicht reagierte er zu empfindlich. Warum sollte es die Medien interessieren, dass er mit ihr zusammen war? Ihre Gedanken waren wie eine Katze, die sich in den Schwanz biss. Dabei kannte sie die Antwort nur zu gut. Es waren nicht die Medien, die ihm Sorgen machten. Wenn irgendein Paparazzo zufällig ein Foto von ihnen beiden schießen sollte, wäre es bestenfalls ein Lückenfüller, irgendwo auf den letzten Seiten. Was ihm Sorgen machte, war die Gefahr, dass Claudia von diesem Bild Wind bekam.

Sie streifte ihr Kleid ab, hing es auf einen Bügel und ging ins Bad. Am nächsten Morgen musste sie um halb acht am Messestand sein. Es war also höchste Zeit, dass sie ins Bett kam. Das flaue Gefühl in der Magengegend schob sie auf den Alkohol.

Es war kurz vor zwei, als sie sich schließlich hinlegte. Dass sich Josh nicht wieder gemeldet und Mia und Simone eine SMS mit 9-1-1 geschickt hatte, ließ ihre Gedanken weiter kreisen. *Wir müssen reden.*

Siebenundzwanzig

Josh hatte das Gefühl, als laste ein riesiges Gewicht auf seiner Brust. Schweiß stand ihm auf der Stirn. Was war bloß mit ihm los? Er wusste, dass es kein Herzinfarkt war. Es war sein Herz, das gerade in tausend Stücke zersprang. Er saß an seinem Schreibtisch und hatte den Kopf in den Händen verborgen. Es war ein einziger Albtraum. Claudia hatte Riley beschuldigt, ihr die Idee für Max' Kleid gestohlen zu haben. Riley? Eine Diebin? Egal, wie er es drehte und wendete: Wenn er nicht beweisen konnte, dass Claudia log, stand ihr Wort gegen Rileys.

Auf keinen Fall wollte er Riley sofort mit Claudias absurden Vorwürfen konfrontieren. Er wollte hier und jetzt beweisen, dass Claudia die Unwahrheit sagte, und dann zu ihr nach Hause fahren, ohne dass dieser Unfug wie ein Damoklesschwert über ihnen hing. Er würde dieser Sache auf den Grund gehen, und wenn es die ganze Nacht dauerte.

Er wusste, dass eine SMS mit 9-1-1 Anlass zu allen möglichen Fragen geben würde, aber er war so erschöpft und wütend, dass es ihm egal war. Er hoffte, dass einer der Mitarbeiter bestätigen konnte, dass Riley im Büro an Max' Kleid gearbeitet hatte. Vielleicht hatte sie jemandem ihre Zeichnungen gezeigt? Hauptsache, es gelang ihm nachzuweisen, dass Riley das Design nicht gestohlen hatte. Warum sollte sie? Sie war mit ihm zusammen. Sie war talentiert. Sie hatte alles, was sie sich wünschen konnte. Warum sollte sie das aufs Spiel setzen? *Warum sollte sie unsere Liebe aufs Spiel setzen?*

Von Clay und K.T. hatte er nichts Nützliches erfahren. Als sie ins Büro kamen, sahen sie aus, als hätte er sie aus dem Schlaf gerissen. Sie wirkten besorgt. Keiner von beiden hatte Riley bei etwas anderem als Arbeit für JBD gesehen. Clay sagte allerdings, er habe mehrmals beobachtet, dass Claudia die Mittagspause mit Zeichnen verbrachte. Josh entließ sie mit der strengen Auflage, kein Wort über ihre Unterredung nach außen dringen zu lassen.

Mia und Simone stürmten durch die Eingangstür und in sein Büro. Nachdem er Claudia weggeschickt hatte, war ihm eingefallen, dass er erst mit Riley hätte sprechen sollen, bevor er die Mitarbeiter befragte, doch dafür war es nun zu spät.

»Hier sind wir, Boss. Was ist los?«

Er sah Mia müde an. »Setzt euch.« Er stand auf und ging im Büro auf und ab.

»Was ist denn?«, fragte Simone und warf Mia einen sorgenvollen Blick zu.

»Im Zusammenhang mit Rileys Entwurf des Brautkleides sind Vorwürfe laut geworden«, sagte er. »Wisst ihr etwas darüber?«

Enttäuscht sah er die Überraschung in ihren Mienen. Hatte denn niemand gesehen, wie Claudia Rileys Sachen durchwühlte? Oder wie Riley über ihren Zeichnungen saß?

»Was meinst du mit ›Vorwürfen‹?«, fragte Simone.

»Sie wird beschuldigt, die Idee gestohlen zu haben«, brachte Josh mit zusammengepressten Zähnen hervor.

»Wir haben den Abend mit Riley verbracht und sie wirkt nicht wie jemand, der Ideen klaut«, sagte Simone.

»Dahinter steckt Cruella, nicht wahr?« Mia sprang auf. Als Josh schwieg, fuhr sie fort: »Verdammt, Josh. Diese Frau würde alles tun, um voranzukommen. Wie kannst du ihr glauben?«

»Meinst du, das wüsste ich nicht?« Seufzend ließ er sich auf der Schreibtischkante nieder. »Sie hat Beweise, Mia. Ich hatte gehofft, dass Riley einer von euch ihre Entwürfe gezeigt hätte oder dass ihr sie beim Zeichnen beobachtet habt. Ich habe Entwürfe in ihrer Wohnung gesehen, aber das waren fertige Zeichnungen. Ich habe nicht mitbekommen, wie sie daran gearbeitet hat.«

Mia schüttelte den Kopf. »Nein, ich habe nichts gesehen. Aber ich denke nicht, dass sie hier für alle sichtbar an etwas arbeiten würde, was nicht mit JBD zu tun hat.«

»Stimmt«, sagte Josh. Ein Fünkchen Hoffnung glomm in ihm auf.

»Allerdings haben wir Claudia bei der Arbeit an neuen Designs gesehen. Weißt du noch, Mia? Sie hat uns diesen Hosenanzug gezeigt, mit dem breiten Gürtel und den ausgestellten Hosenbeinen.«

Mist. Verdammter Mist.

»Ich kann es einfach nicht glauben.« Mia verschränkte trotzig die Arme. »Welche Beweise hat sie?«

Josh wusste, dass es unklug war, Einzelheiten weiterzugeben, doch seine Nerven waren zum Zerreißen gespannt. Er suchte verzweifelt nach einer Möglichkeit, Rileys Unschuld zu beweisen. Ein winziger Hinweis, das war alles, was er brauchte.

»Sie hat Zeichnungen. Eingescannt, datiert und archiviert«,

antwortete er.

»Mist.« Mia runzelte die Stirn. »Was wirst du jetzt tun?«

»Was kann ich schon tun? Es ist eine ernste Anschuldigung. Ich muss mit Riley reden und hören, was sie dazu zu sagen hat.« Josh spürte, wie sich sein Magen zusammenkrampfte.

»Sie wird kündigen. Verdammt, allein der Vorwurf, etwas so Schändliches verbrochen zu haben, würde mich furchtbar ärgern«, sagte Simone. »Du solltest es dir gut überlegen, bevor du sie damit konfrontierst. Nach allem, was ich heute gesehen habe, könnte Riley sogar dem Papst ein Doppelbett verkaufen. Sie hat mehr Sozialkompetenz in ihrem kleinen Finger als Claudia in ihrem ganzen Körper. Sie hätte keine Schwierigkeiten, einen neuen Job zu finden, vor allem, wenn das Kleid wirklich ihre eigene Idee war.«

Wem sagst du das?

Josh fuhr sich mit der Hand durchs Haar. Er überlegte, zögerte den Moment hinaus, nach Hause zu fahren. Er hatte nicht den Hauch eines Beweises, der Rileys Anspruch auf die Entwürfe stützen könnte.

»Das alles bleibt unter uns, verstanden?«

Josh hatte das Gefühl, als würde ihm eine eiserne Klaue das Herz aus der Brust reißen. Er trat in die kalte Nachtluft. Statt ein Taxi zu rufen oder sich von Jay abholen zu lassen, ging er zu Fuß. Seine Gedanken drehten sich im Kreis. *Habe ich mich in Riley getäuscht? Gab es Alarmsignale, die ich übersehen habe, weil ich sie nicht wahrhaben wollte?* Er kam an Savannahs Wohnung vorbei und wünschte sich die Nächte zurück, in denen sie sich in den Armen gelegen hatten, ohne dass diese schrecklichen

Verdächtigungen alles überschatteten.

Als er am Dakota Building ankam, war er vollkommen erschöpft. Seine Muskeln schmerzten und seine Gefühle waren in Aufruhr. Er musste versuchen, ein wenig zu schlafen und seine Gedanken zu sortieren. In der dunklen Wohnung zog er sich leise die Schuhe aus. Er spürte, wie Rileys Wärme ihn einhüllte, und tastete sich vorsichtig zum Schlafzimmer. Sein Magen schnürte sich zusammen, als er sie friedlich schlafend in seinem Bett sah. Ihr wunderschönes Haar lag wie ein Heiligenschein ausgebreitet auf dem Kissen. Er schluckte. Sie konnte unmöglich etwas so Schlimmes getan haben. Es musste einfach ein Irrtum sein.

Achtundzwanzig

Riley wachte auf, als der Wecker um sechs Uhr klingelte. Sie tastete, fand den Platz neben sich leer und fuhr hoch. Nur mit Joshs T-Shirt und einem Slip bekleidet lief sie in den Flur.

»Josh?«, rief sie. Sie fand ihn schlafend auf dem Wohnzimmersofa. Als sie sich neben ihn setzte, regte er sich, und als sie ihm einen Kuss auf die Stirn gab, öffnete er langsam die Augen.

»Hey«, flüsterte sie. »Ich habe dich letzte Nacht vermisst. Warum hast du hier auf dem Sofa geschlafen?«

Er rieb sich mit der Hand über das Gesicht. »Hi. Ich wollte dich nicht stören.« Er setzte sich auf.

»Du störst mich doch nicht. Ich möchte lieber neben dir liegen. Warum bist du nicht wenigstens ins Gästezimmer gegangen?«, fragte sie.

»Es schien mir zu weit weg.«

Sie küsste ihn auf die Wange und spürte, wie er erstarrte. »Was ist los?« Sie sah ihn fragend an, doch er hielt den Blick gesenkt. Irgendetwas stimmte nicht.

Josh räusperte sich. »Ich mache uns einen Kaffee.« Er stand auf und ging in die Küche.

Riley folgte ihm. »Warum hast du gestern Abend nicht auf meine SMS geantwortet? War etwas mit Claudia? Ich weiß, dass du Mia und Simone geschrieben hast. Ich war mit ihnen zusammen, als sie deine Nachricht bekamen.«

Josh antwortete nicht. Er stützte sich mit beiden Händen auf die Arbeitsplatte und starrte vor sich hin.

»Du verpasst deine Laufrunde«, sagte sie. *Mist. Es muss wirklich etwas Schlimmes sein.*

»Ich weiß«, flüsterte er.

Sie streckte die Hand nach ihm aus und zuckte zurück, als er sich abwandte. Es war nur eine kleine Bewegung, aber deutlich genug. »Josh? Habe ich irgendetwas falsch gemacht?«

Als er sie ansah, waren seine Augen voller Liebe. Erleichtert trat sie einen Schritt auf ihn zu. Er sah zu Boden und wieder hielt sie erschrocken inne.

»Josh?« Ihre Gedanken rasten. *Mein Gott, was habe ich bloß angerichtet?*

»Komm, wir setzen uns.«

Wie im Traum zog sie einen Stuhl hervor. Er saß ihr gegenüber, aber es kam ihr vor, als sei er meilenweit von ihr entfernt. Übelkeit stieg in ihr auf, während sie darauf wartete, dass er etwas sagte.

»Woher hast du die Idee für Max' Kleid?«, fragte er.

Sie schüttelte den Kopf. Hatte sie richtig gehört? »Woher ich die Idee hatte? Willst du wissen, was mich inspiriert?«

Seufzend fuhr er sich mit der Hand durchs Haar. Er wich ihrem Blick aus, während Riley ihn mit wachsender Verwirrung anstarrte.

»Riley, Claudia hat gesagt, die Idee stamme von ihr.«

Riley hatte das Gefühl, als hätte ihr jemand einen Schlag in die Magengrube versetzt. Als sie aufsprang, fiel ihr Stuhl polternd um. »Was? Dieses Miststück. Du weißt, dass es nicht stimmt.« Sie verschränkte die Arme vor der Brust, um das

Zittern zu unterdrücken, das ihren ganzen Körper beben ließ. Sie biss sich auf die Unterlippe. *Nicht weinen. Nicht weinen.*

»Babe«, sagte er.

Das winzige, liebevolle Wörtchen erinnerte sie daran, wie sehr sie ihn liebte. »Josh, du weißt, dass das nicht stimmt. Du warst doch dabei, als ich Max die Zeichnungen gezeigt habe. Du hast gesehen, wie ich daran gearbeitet habe.« *Nicht weinen.*

»Ich habe die Skizze gesehen, als du sie Max gezeigt hast, aber ich habe nicht gesehen, wie du sie angefertigt hast.« Er sah sie mit einer Mischung aus ungläubigem Staunen und Empathie an – oder vielleicht war es Mitleid? Sie wusste es nicht.

»Sieh mich nicht so an. Ich habe nichts gestohlen. Ich kann es beweisen«, sagte sie heftig und wischte sich eine Träne von der Wange. *Beweisen? Ich muss dir etwas beweisen?* »Ich fasse es nicht. Du glaubst Claudia eher als mir? Ich bin's, Josh. Hast du das vergessen?« Nun ließen sich die Tränen der Wut nicht mehr aufhalten. »Ich bin es, Josh, die Frau, die du liebst, wie du gesagt hast. Glaubst du wirklich, ich würde so etwas tun?«

Er senkte den Blick. »Ich will Claudia nicht glauben, aber sie hat mir eingescannte Bilder aller Zeichnungen gezeigt, mit einem Datum *vor* dem Tag, an dem du sie Max gezeigt hast. Ich habe ihr an den Kopf geworfen, dass sie lügt, dass sie sie gestohlen hat. Und dann musste ich mitansehen, wie sie auf ihrem Computer eine eingescannte Skizze nach der anderen aufrief, die sie angeblich gezeichnet hat. Für mich waren diese Entwürfe völlig neu, bis auf Max' Kleid und ein Kleid, an dem ich sie hatte arbeiten sehen. Ich habe sie dabei gesehen, Riley. Verdammt, warum habe ich nicht gesehen, wie du das verdammte Brautkleid gezeichnet hast? Du musst mir glauben. Ich wollte ihr nicht glauben, obwohl an ihren Beweisen nicht zu rütteln ist. Also habe ich die anderen Mitarbeiter befragt –«

»Du hast mit den anderen gesprochen?« *Oh mein Gott.* »Du hast mich gedemütigt, ohne irgendeinen Beweis.«

»Riley, niemand hat gesehen, dass du etwas anderes als Sachen für JBD gezeichnet hast.«

Diesmal war das Mitleid in seinem Blick nicht zu übersehen. Sie stürmte aus dem Zimmer, um nicht vor seinen Augen schluchzend zusammenzubrechen.

»Es ist nicht zu fassen«, fauchte sie.

Im Schlafzimmer warf sie ihre Sachen mit zitternden Händen auf das Bett. Sie hörte, wie Josh hereinkam, spürte seine Hände auf ihren Armen. Einen Augenblick lang hielt sie inne, dann entwand sie sich seinem Griff.

»Du bist nicht der Mann, für den ich dich gehalten habe«, sagte sie eher traurig als wütend. Sie warf sich ihre Sachen über den Arm, griff sich so viele Schuhe, wie sie tragen konnte, und ging zur Wohnungstür.

»Riley, warte. Lass uns darüber reden.«

Sie schnappte sich ihre Handtasche und drehte sich zu ihm um. Er stand mit hängenden Schultern vor ihr, sein Haar war zerzaust und unter seinen schönen, dunklen Augen waren tiefe Ringe. Sie liebte ihn so sehr, dass sein Verdacht sie bis ins Mark traf. Sie konnte nicht in dieser Wohnung bleiben. Sie konnte nicht bei ihm bleiben. So sehr sie ihn liebte, so wusste sie doch, dass sie gehen musste. Sie hielt ihre Kleider wie einen Schutzschild gegen den Schmerz an sich gepresst. Dann nahm sie allen Mut zusammen. Als sie sprach, erkannte sie ihre eigene Stimme kaum wieder.

»Der Mann, den ich liebe, wäre gar nicht erst auf diese Farce eingegangen. Ich wohne bei Treat, bis ich nach Hause fahre. Den Rest meiner Sachen hole ich später. Tut mir leid, aber für die Messe musst du dir jemand anderes suchen. Mia und

Simone sind sehr gut, sie schaffen das.« Sie griff nach der Türklinke, als Josh ihre Schultern berührte.

Er lehnte die Stirn an ihren Hinterkopf. »Bitte, tu es nicht.«

Sie kniff die Augen zu, um die Tränen zurückzuhalten. Ihr Herz flehte: *Dreh dich um! Nimm ihn in die Arme!* Ihr Kopf fauchte: *Jemand, der dich liebt, tut dir das nicht an.*

»Zu spät«, sagte sie.

Neunundzwanzig

Mist. Mist, Mist, Mist. Verdammter Mist. Wütend stapfte Josh im Flur auf und ab, durchs Wohnzimmer und schließlich ins Schlafzimmer, wo er an der Kommode lehnte und sich selbst im Spiegel anstarrte. Die Haare standen ihm zu Berge, seine Augen waren blutunterlaufen. Er wollte auf irgendetwas einschlagen. Er wollte schreien. Er wollte die Zeit zurückdrehen und sehen, wie Riley das Kleid entwarf. Mit zusammengebissenen Zähnen stürmte er weiter, bis er seine Wut schließlich herausbrüllen musste: »Verdammter Mist!«

Das Blut in seinen Adern pochte, sein Gesicht schien zu glühen. Wie zum Teufel sollte er dieses Durcheinander auflösen? Er riss die Wohnungstür auf. Er würde sich bei Riley entschuldigen. Er würde sie in die Arme nehmen und in Ruhe mit ihr reden. Und dann? Was war, wenn er sich in ihr getäuscht hatte? Wenn sie die Ideen doch gestohlen hatte? *Ich kann mich nicht derart geirrt haben. Sie ist ein guter Mensch. Aber wenn …*

Er schloss die Tür. Zum Glück war heute Samstag. Er hatte Zeit, nachzudenken. Zeit, zu planen. Zeit, zu trauern.

Riley ließ ihre Kleider auf den Boden in der Diele fallen und sank schluchzend auf die Couch im Wohnzimmer. Wie hatte das passieren können? Gestern schwebte sie noch wie auf Wolken und nun war nicht nur ihre Karriere am Ende, sondern auch ihre Beziehung zu Josh. Aus und vorbei. Sie weinte, bis sie keine Tränen mehr hatte. Dann stand sie auf und ging ruhelos im Raum auf und ab. Am liebsten hätte sie sich irgendwo verkrochen. Schließlich rollte sie sich auf dem Wohnzimmerboden zusammen.

Das Misstrauen, mit dem Josh ihr begegnete, schmerzte mehr als alles andere. Er hätte zuerst mit ihr sprechen müssen. Jetzt wussten alle von den Vorwürfen gegen sie. Sie hatte nichts Unrechtes getan, aber offenbar war Josh nicht davon überzeugt.

Sie wählte Jades Nummer. Als Jade sich meldete, brachte Riley vor lauter Schluchzen kein Wort heraus. Es tat so entsetzlich weh.

»Ri, was ist los, Schätzchen? Wie kann ich dir helfen?«, fragte Jade.

»Ich … ich will nach Hause.« Das war es, was sie jetzt brauchte. Sie musste zurück in die Sicherheit ihres Lebens in Weston. Dort würde sie niemand mit solchen Anschuldigungen konfrontieren.

»Oh, Liebes, natürlich kannst du jederzeit nach Hause kommen. Ri, sag mir, was los ist. Ist etwas passiert? Hat Josh irgendwas gemacht?«

Riley schob Schmerz und Demütigung beiseite und erzählte ihrer besten Freundin in allen Einzelheiten, was ihr den Mut genommen hatte, weiterzumachen.

»Nein, Riley, ich kann mir nicht vorstellen, dass Josh diese Anschuldigungen glaubt«, sagte Jade. Ihre Stimme war wie eine Umarmung – eine Umarmung, gegen die sich Riley einerseits wehrte, weil sie den Gedanken an Joshs Zweifel an ihr nicht loslassen konnte, und die sie andererseits dringender brauchte denn je.

Dem sengenden Schmerz konnte sie nicht ausweichen. Sie musste Josh gegenübertreten oder aufgeben. Wie sollte sie jemanden lieben, der ihr nicht vertraute? Aber sie liebte ihn, daran war nicht zu rütteln.

»Nun, offenbar glaubt er Claudia«, sagte sie zu Jade. »Was soll ich machen? Mit ihm reden? Aber was kann ich ihm sagen? Natürlich hat niemand gesehen, wie ich an Max' Kleid gearbeitet habe. Ich musste alles Private vor Claudia verstecken, sonst hätte sie mir die Hölle heiß gemacht. Also gibt es keine Zeugen.«

»Atme erst einmal tief durch, Riley. Sprich morgen mit ihm, wenn du dich ein bisschen beruhigt hast. Bestimmt habt ihr die ganze Sache bald geklärt.«

»Ich weiß nicht, ob es da überhaupt etwas zu klären gibt. Wahrscheinlich ist diese mörderische Branche einfach nicht das Richtige für mich.« *Und eine Beziehung zu Josh auch nicht.*

»Ich kann dir keine Lösung anbieten, aber ich würde heute keine Entscheidung treffen«, sagte Jade.

»Ich habe Josh gesagt, er soll sich jemand anderen für die Messe suchen«, gestand sie.

»Ein glatter Sieg für Cruella.«

Sie wusste, dass Jade sie genauso provozierte, wie sie es in der gleichen Situation auch getan hätte. Es tat nur so weh.

»Dann gib auf und komm nach Hause«, sagte Jade.

Riley wischte sich die Tränen aus den Augen. Jade hatte recht. Wenn sie aufgab, hatte Claudia gewonnen. Egal, was aus ihrer Beziehung zu Josh wurde: Sie durfte nicht zulassen, dass Claudia ihrer Karriere ein Ende setzte. »Manchmal hasse ich dich«, sagte Riley.

»Damit kann ich leben. Und jetzt duschst du, dann klingelst du bei Josh und sagst ihm, dass du den Tag auf der Messe übernimmst. Und dann gehst du hoch erhobenen Hauptes zur Messe und vergisst diesen ganzen Mist. Ihr werdet der Sache auf den Grund gehen, da bin ich mir sicher. Und wenn nicht, dann kommst du nach Hause und wir köpfen ein paar Flaschen.«

Jades Munterkeit klang etwas bemüht und Riley hörte die Sorge in ihrer Stimme. Sie seufzte. »Und was ist mit Josh?«

»Das ist nicht so einfach. Du hast das Gefühl, dass er dir nicht traut. Das verstehe ich, aber du darfst nicht vergessen, dass er auch Geschäftsmann ist. Seine Firma und sein Ruf könnten auf dem Spiel stehen. Riley, du musst mit ihm reden. Vielleicht ist er genauso durcheinander wie du.«

Riley atmete tief durch. »Okay, ich versuche es.«

Riley stand vor Joshs Wohnungstür. Gegen ihre rotgeränderten Augen konnte sie ebenso wenig machen wie gegen das Gefühl, ihr Herz wäre in tausend Stücke gesprungen. Sie hatte ein figurbetontes dunkelblaues Kleid von JBD an, das Mia ihr herausgesucht hatte. Zu wissen, dass sie gut aussah, gab ihr einen Hauch von Selbstbewusstsein wieder. Sie hatte hin und her überlegt, was sie sagen sollte, doch als sie klopfte und Josh die Tür öffnete, war ihr Kopf wie leer gefegt.

»Riley«, sagte er heiser. Er klang erschöpft, sein Hemd war zerknittert, das Haar zerzaust und seine Augen waren genauso rot wie ihre. »Bitte, komm rein.«

Seine gebrochene Stimme ließ ihr die Tränen in die Augen steigen. »Mist«, sagte sie.

Er schlang die Arme um sie und drückte sie an sich. Tränenüberströmt lehnte Riley sich an ihn.

»Es tut mir so leid«, flüsterte er. »Ich hätte erst mit dir reden sollen. Verdammt, ich hätte Claudia längst feuern sollen, aber sie ist Peters Nichte und er hat so viel für mich getan. Ich hatte immer das Gefühl, ihm etwas schuldig zu sein, aber damit ist es jetzt vorbei.«

Riley konnte gar nicht mehr aufhören zu weinen. Sie wollte sich an ihn schmiegen und seine Wärme in sich aufsaugen, während sie ihn gleichzeitig von sich wegschieben wollte. *Wie konntest du mir das antun, wenn du mich liebst? Warum tut die Liebe so weh?*

Josh schloss die Tür hinter ihr, ohne sie loszulassen. »Kannst du mir verzeihen?«, fragte er.

Der Blick aus seinen dunklen Augen ließ sie jeden ihrer Vorwürfe vergessen.

»Du musst mir nicht verzeihen«, fuhr Josh fort. »Du sollst nur wissen, dass wir der Sache zusammen auf den Grund gehen. Du hast recht, Riley. Ich kann mir nicht vorstellen, dass du so etwas tun würdest. Ich konnte gestern Abend nicht klar denken.«

»Das Ganze ist doch völlig absurd«, brachte sie schließlich hervor. Sie sah ihn fest an und straffte die Schultern. Sie musste es ihm sagen. »Es tut mir weh, dass du ihre Anschuldigungen auch nur einen Moment ernstnehmen konntest. Und ich finde es demütigend, dass nun alle bei JBD von diesen Vorwürfen wissen.«

»Das verstehe ich«, sagte er. Mit dem Finger fuhr er sanft über ihr Kinn. »Riley, bitte glaube mir, dass ich das in dem Versuch getan habe, deinen Namen reinzuwaschen. Ich hatte gehofft, dass jemand mitbekommen hätte, wie du an den

Entwürfen gearbeitet hast.«

»Als würde ich während der Arbeitszeit an etwas arbeiten, was nichts mit JBD zu tun hat.« Sie wandte sich ab. »Hör zu, ich weiß nicht, wie es weitergeht, mit dir, mit mir, mit meiner Karriere. Aber ich werde meine Verpflichtungen erfüllen und am Messestand sein.«

Er schluckte. »Was willst du mir damit sagen?«

»Ich weiß es nicht«, sagte sie aufrichtig.

»Willst du nicht mehr mit mir zusammen sein?«, fragte Josh.

Der Schmerz in seiner Stimme war wie ein Echo der Qualen, die sie empfand. »Wie zusammen sind wir denn überhaupt? Wir haben eine heimliche Affäre.« Die Worte überraschten sie ebenso wie ihn. »Ich liebe dich, aber ich bin verletzt. Sehr verletzt.« Sie öffnete die Tür.

»Riley, warte«, sagte Josh.

Riley schloss die Augen. Sie konnte keinen vernünftigen Gedanken fassen und war hin und her gerissen, ob sie ihm zuhören sollte oder nicht.

»Claudia wird heute nicht auf der Messe sein. Ich weiß, dass sie mit dir zusammen für die Messe eingeteilt war, aber ich habe ihr gesagt, dass sie sich fernhalten soll. Vorerst solltet ihr beide nicht aufeinandertreffen. Sie hat mir versprochen, nichts davon nach außen dringen zu lassen. Wenigstens wird es also die Öffentlichkeit nicht erfahren.«

Sie hielt den Blick auf die Tür gerichtet, als sie fragte: »Sollte ich besser nicht zur Messe gehen?«

»Nein, du kannst hingehen. Sie ist diejenige, der ich nicht traue.«

Sie sah ihn an. Er traute ihr mehr als Claudia. Es war nicht viel, aber es würde reichen, um den Tag hinter sich zu bringen.

Dreißig

Josh hatte seinen morgendlichen Lauf noch nie so dringend gebraucht wie heute. Er lief durch den Park und die Straßen entlang, als sei der Leibhaftige hinter ihm her, bis er schließlich vor dem Gebäude ankam, in dem JBD untergebracht war. Wenn es sein musste, würde er jeden Raum einzeln zerlegen. Verdammt. Wenn Riley während der Arbeitszeit an Max' Kleid gearbeitet hatte, und sei es heimlich, dann würde es irgendwo einen Beweis dafür geben.

Er stürmte ins Designstudio.

Lächelnd blickte Claudia von einem der Zeichentische auf. »Hi, Josh. Ich dachte, ich wäre heute alleine hier.«

Sein schweißüberströmter Körper glühte. »Was machst du hier?«, fragte er barsch.

»Zeichnen«, antwortete sie so beiläufig, als sei alles in bester Ordnung.

»Zeichnen. Aha.«

»Ja, ich wollte einen Entwurf in meiner Mappe noch ein bisschen überarbeiten. Willst du mal sehen?« Ihre grünen Augen blitzten und Josh spürte, wie eine wütende Woge ihn zu überschwemmen drohte.

»Nein.« Mit geballten Fäusten stapfte er an ihr vorbei zu

Rileys Tisch.

Nacheinander zog er die Schubladen auf, durchwühlte sie und knallte sie wieder zu.

»Was machst du da?«, fragte Claudia.

Ohne sie zu beachten, setzte er seine Suche fort. Er blätterte jeden Ordner durch. Wenn irgendwo ein Beweis zu finden war, würde er ihn finden. Er spürte Claudias Blick im Rücken und fühlte sich dadurch noch mehr angespornt, den Vorwurf gegen Riley zu entkräften.

Zehn Minuten später hatte er keinen Hinweis auf Rileys Zeichnungen gefunden. Er schaltete ihren Computer ein.

»Du brauchst ihr Passwort«, sagte Claudia.

Er funkelte sie wütend an.

»Es ist *WestonGirl4Life*. Die Vier als Zahl, ein Wort, mit großen Anfangsbuchstaben.«

Joshs Augen verengten sich zu Schlitzen. »Woher weißt du das?«

»Du hast mir die Passwörter aller Designcomputer vor zwei Jahren anvertraut, als du irgendetwas gesucht hast. Erinnerst du dich nicht?«

Sie hatte recht. Josh setzte sich auf Rileys Stuhl und meinte, ihren Duft zu spüren. Für einen Augenblick verflog seine Wut. Während der Computer hochfuhr, dachte er an ihr Gespräch am Vormittag. Er war so erleichtert gewesen, als sie vor der Tür stand, dass er fast in Tränen ausgebrochen wäre. Am liebsten hätte er ihr gesagt, dass sie die Messe sausen lassen und bei ihm bleiben sollte. Sie könnten sich lieben, alles vergessen und das ganze Durcheinander später aufklären. Er hatte das Gefühl, als hätte man sie ihm aus den Armen gerissen, dabei wusste er ganz genau, dass sie weggeschoben worden war. Und er war derjenige gewesen, der sie geschoben hatte.

»Und? Funktioniert es?«, fragte Claudia.

Ihre Stimme riss ihn aus seinen Gedanken. Ohne zu antworten, gab er Rileys Passwort ein und rief ihren Startbildschirm auf. Er ging alle Ordner durch und klickte sich dann durch die E-Mails mit ihrer JBD-Adresse. Obwohl er sich dabei voyeuristisch vorkam, machte er alle Anhänge auf, fand aber nichts, was Rileys Unschuld hätte beweisen können. Auch unter den eingescannten Dokumenten war nichts, was ihm weitergeholfen hätte. Riley schien die typische Angestellte zu sein, die gewissenhaft ihren Job erledigte. *Verdammt.*

Sie ist keine typische Angestellte. Sie ist unglaublich talentiert. Sie ist aufrichtig. Sie ist mehr Weston als New York. Er warf einen Blick auf Claudia, die über den Zeichentisch gebeugt saß. *Sie ist nicht ehrlich. Sie ist mehr Alcatraz als alles andere. Etwas stimmt hier nicht.*

Riley konzentrierte sich auf die Kunden, die ihren Stand stürmten, und versuchte, das distanzierte Verhalten von Mia und Simone zu ignorieren. Als sie einer Kundin gerade ein Outfit zeigte, ging plötzlich ein Blitzlicht los. Sie blickte auf und weitere Blitze folgten.

Sie freute sich, dass sich die Medien für den Messeauftritt von JBD interessierten, und lächelte dem Fotografen freundlich zu.

Mia drängte sich zwischen Riley und die Kamera.

»Riley, warum gehst du mit unserer Kundin nicht dort in die Sitzecke, wo ihr ungestört seid?«, fragte Mia.

Riley widmete ihre Aufmerksamkeit wieder der Kundin, während Mia eine hitzige Debatte mit dem Fotografen führte.

Kaum war er verschwunden, flüsterte Mia Simone etwas ins Ohr und lief mit ihrem Handy Richtung Damentoilette.

Als es Abend wurde und die Messe schließlich zu Ende war, stellte Riley überrascht fest, dass sie überhaupt nicht mehr an Claudia gedacht hatte. Dagegen kreisten ihre Gedanken unablässig um Josh. Vielleicht überstanden sie diese Krise. Vielleicht löste sich die ganze Geschichte schon bald in Luft auf, ohne großes Aufsehen zu erregen. Sie fühlte sich ein bisschen besser als am Vormittag. Wie schön wäre es, wenn Jade jetzt da wäre. Dann könnten sie auf einen Drink in eine Bar gehen und gemeinsam versuchen, das Chaos in ihrem Kopf zu sortieren.

Sie packte die Broschüren zusammen und sortierte die Aufträge, während Mia und Simone die Kleider und Accessoires einpackten.

Der Gedanke, den Abend allein in Treats leerer Wohnung zu verbringen, behagte ihr überhaupt nicht. Sie wollte nicht allein sein. Sie wollte in Joshs Armen liegen und hören, dass alles ein Irrtum war. Ihr war jedoch klar, dass das nicht passieren würde. Sie hatte keine große Hoffnung, dass Mia und Simone Lust auf einen Drink hatten, aber sie beschloss, sie trotzdem zu fragen. Die beiden hatten kein Wort über Claudias Anschuldigungen verloren, die wie eine dunkle Wolke über ihnen schwebten.

»Hey, sollen wir noch auf einen Drink irgendwo hingehen?«, fragte sie.

Mia und Simone tauschten einen raschen Blick.

»Ich bin schon verabredet«, sagte Simone und wandte sich ab.

Mia packte sie am Arm und funkelte sie an.

Simone verdrehte die Augen. »Okay«, murmelte sie.

»Klar«, sagte Mia.

Plötzlich fragte sich Riley, ob sie vielleicht glaubten, dass sie Claudias Entwürfe tatsächlich gestohlen hatte. Und ob sie womöglich nur mitgingen, um ihr deshalb das Leben schwer zu machen. Eine Kollegin nicht zu mögen, war eine Sache. Sie des Diebstahls zu bezichtigen, war schon ein Zacken schärfer.

»Muss auch nicht sein«, sagte sie und hoffte, die beiden würden einen Rückzieher machen.

»Doch, es muss sein«, sagte Mia.

Einunddreißig

Sie suchten sich eine Nische in einer ruhigeren, abseits gelegenen Bar. Mia und Simone schoben sich nebeneinander auf eine Bank, während Riley ihnen gegenüber saß. Sie kaute nervös auf den Lippen. *Was habe ich mir bloß dabei gedacht?*

»Willst du darüber reden?«, fragte Mia.

Nein, ich will mich irgendwo verkriechen. »Eigentlich nicht«, sagte sie seufzend.

»Hast du es getan?«, fragte Simone.

»Simone!«, rief Mia empört.

»Nein, habe ich nicht«, fauchte Riley und musste gegen die Tränen ankämpfen, die ihr plötzlich in die Augen stiegen.

»Ich weiß, dass du es nicht getan hast«, sagte Mia.

»Vorhin hast du noch ganz anders geredet«, sagte Simone.

»Du bist heute wirklich gemein«, sagte Mia. »Ich habe nur gesagt, dass ich nicht weiß, was ich denken soll. Ich weiß es immer noch nicht, aber ich glaube Riley eher als Claudia.«

»Das geht uns wohl allen so«, pflichtete Simone ihr bei. »Riley, du musst doch irgendwelche Beweise haben, erste Skizzen oder so. Irgendetwas, das Claudia den Wind aus den Segeln nimmt.«

Verblüfft sah Riley sie an. Sie hatte noch gar nicht darüber nachgedacht, wie sie nachweisen könnte, dass die Idee für Max’ Kleid tatsächlich von ihr stammte.

»Die Zeichnungen habe ich. Sie liegen in meiner Schreibtischschublade. Ein paar habe ich einer Freundin geschickt«, sagte Riley.

»Na also.« Mia stieß Simone in die Seite. »Morgen holst du die Zeichnungen und rufst Josh an. Er will erst am Sonntagabend in die Weihnachtsferien aufbrechen. Am Vormittag müsstest du ihn eigentlich erwischen. Dann könnt ihr die ganze Sache bereinigen und zu den Akten legen.«

Weihnachten. Verdammt. Das hatte sie ganz vergessen. Sie hatte sich so darauf gefreut, die Ferien mit Josh zu verbringen – und jetzt? Sie hatte keine Ahnung, wie es weitergehen würde. »So mache ich es. Hoffentlich ist dieser entsetzliche Spuk dann vorbei. Es ist mir wirklich furchtbar peinlich. Heute früh war ich kurz davor zu kündigen.«

»Hat Josh dich angerufen?«, fragte Mia.

Riley sah Josh vor sich, wie er auf dem Sofa gelegen und geschlafen hatte. Er hatte so friedlich ausgesehen. Das war vorher … bevor sie wusste, welche Zweifel er hegte. Bevor er ihr das Herz brach.

»Ja«, log sie.

»Hast du ihm gesagt, dass es nicht wahr ist?«, fragte Simone.

»Ja, aber …«

»Aber er hatte schon mit allen geredet und erfahren, dass dich niemand beim Skizzieren beobachtet hat«, ergänzte Mia.

»Genau«, sagte Riley. Zum Glück brachte die Kellnerin gerade ihre Drinks. Sie trank einen großen Schluck und schloss die Augen, als ihr die brennende Flüssigkeit durch die Kehle rann. »Ich kann es immer noch nicht fassen, dass das alles kein schlechter Traum ist. Ich verstehe es, wenn ihr mir nicht glaubt, ihr kennt mich ja kaum. Aber ich schwöre, dass ich diese Entwürfe nicht gestohlen habe. Das Brautkleid habe ich mir ganz allein ausgedacht.«

»Wann hast du denn an den Entwürfen gearbeitet?«, fragte Mia. Sie klang eher interessiert als vorwurfsvoll.

Riley zuckte die Achseln. »Wann immer ich einen Moment Zeit hatte. Ich habe mir das nicht aufgeschrieben. Ich wünschte, ich hätte schon zu Hause angefangen zu zeichnen, aber damals hatte ich nur eine vage Idee im Kopf. Skizziert habe ich erst nach meiner Ankunft in New York. Es wäre mir doch im Traum nicht eingefallen, dass ich mich gegen solche Anschuldigungen wehren müsste.«

Mia und Simone tauschten einen Blick.

»In der Modebranche musst du dich immer absichern«, sagte Simone. »Hast du deinem Freund schon davon erzählt? In dieser Stadt bleibt nichts lange geheim. Ich würde mich nicht wundern, wenn Claudia die ganze Sache schon genüsslich breitgetreten hat. Ich kann sie förmlich hören.« Mit dramatischer Geste warf sie den Kopf zurück. »»Oh weh, oh weh. Man hat mir meine Arbeit gestohlen. Zu Hilfe!««

Mia stieß sie an. »Nun hör schon auf.«

»Ihr glaubt doch nicht im Ernst, dass sie diese Lügen nach außen tragen würde, oder?« Es war schlimm genug, dass alle Mitarbeiter Bescheid wussten. Bei dem Gedanken, dass die Öffentlichkeit davon erfuhr, wurde Riley schlecht. Sie stürzte ihren Drink herunter.

»Ich halte es nicht mehr aus. Ihr macht mich ganz verrückt«, sagte sie und legte ein paar Scheine auf den Tisch. In diesem Moment vibrierte ihr Handy.

»Hör zu, wir stehen zu dir, auch ohne Beweise«, sagte Mia freundlich.

»Weil wir Cruella verachten«, fügte Simone hinzu.

Mia verdrehte die Augen.

»Was ist? Wir verachten sie doch wirklich«, sagte Simone.

»Ja, aber das ist nicht der Grund, weshalb wir zu Riley halten. Wir halten zu ihr, weil wir ihr glauben«, meinte Mia.

»Ja, klar. Aber ich dachte, das wüsste sie längst«, erwiderte Simone.

Riley bekam von all dem nichts mit. Sie las die SMS von Josh.

Können wir reden?

Zweiunddreißig

Josh und Riley saßen nebeneinander auf dem Sofa in seinem Wohnzimmer, doch sie hätten ebenso gut meilenweit voneinander getrennt sein können. Riley spielte nervös mit dem Saum der Decke, die über der Rückenlehne hing. Sie hatte Josh kaum angeschaut, seit sie angekommen war, und es brachte ihn schier um.

»Ich bin heute ins Büro gegangen. Ich wollte sehen, was ich selbst finden würde«, sagte er.

»Alle meine ursprünglichen Zeichnungen sind in meinem Schreibtisch. Ich weiß, dass sie mich beschuldigt, Max' Kleid gestohlen zu haben, aber die Entwürfe liegen bei den anderen Ideen, mit denen ich mich in den letzten Wochen beschäftigt habe. Außerdem habe ich vergessen, dir zu sagen, dass ich das Design von Max' Kleid und ein anderes Kleid, das ich geplant hatte, vor ein paar Tagen an Jade geschickt habe«, sagte Riley.

»Ich bin alle deine Schubladen gegangen. Da waren keine Zeichnungen.«

Riley sah ihn ungläubig an.

»Keine Zeichnungen? Das kann nicht sein. Ich bewahre sie alle in der unteren rechten Schublade auf. Vor ein paar Tagen waren sie noch da.«

Josh ergriff ihre Hand. »Vielleicht hat Claudia sie genommen.«

»So muss es sein. Josh, das ist schrecklich. Wie soll ich mich verteidigen, wenn ich meine Zeichnungen nicht habe?« Sie stand auf und ging auf und ab.

»Was ist mit den Skizzen, die ich an dem Abend in deiner Wohnung gesehen habe, als wir Peter zum Essen getroffen haben?«, fragte Josh.

»Die habe ich an dem Wochenende gezeichnet, als ich nach New York kam, bevor ich überhaupt bei JBD angefangen habe. Sie hatten nichts mit Max' Kleid zu tun.«

»Fällt dir sonst noch etwas ein, das beweisen könnte, dass du Max' Kleid gezeichnet hast? Ich wünschte, du hättest mir die Zeichnungen gleich am Anfang gezeigt. Warum hat dich sonst niemand gesehen?« Der anklagende Ton seiner Worte überraschte ihn, und er fügte schnell hinzu: »Tut mir leid. Ich meine das nicht so, wie es herauskam.«

Riley starrte ihn mit zusammengepressten Lippen an. Seine Entschuldigung prallte an ihrem ausdruckslosen Blick ab.

»Riley, Claudia erhebt schwere Vorwürfe. Ich habe die Sache in den letzten vierundzwanzig Stunden von allen Seiten beleuchtet. Verdammt, als ich sie heute früh im Büro sah, war ich fast so weit, sie zu feuern.«

»Sie war im Büro?«, fragte Riley.

»Als ich kam, saß sie am Zeichentisch.«

»Klar«, sagte Riley kopfschüttelnd. »Sie ist mir einen Schritt voraus, Josh. Wie kann ich jemals meine Unschuld beweisen, wenn sie meine Zeichnungen gestohlen hat? Ich kann es nicht fassen, dass es dazu gekommen ist. Ich muss meine Unschuld beweisen? Das würde in Weston niemals passieren.«

Er hielt ihren Blick fest. Er wünschte, er könnte ihr sagen, dass sie überhaupt nichts beweisen musste, aber er wusste, dass das nicht stimmte. Sie hatten ein ernstes Problem, und sie mussten eine Lösung finden.

»Du hast recht, Riley. In Weston würde das nicht passieren. Aber wir sind in New York. Dort, wo du sein wolltest, und bei deinen Fähigkeiten ist es genau der Ort, wo du sein solltest. Wir werden eine Konfrontation im Büro arrangieren und sehen, was dabei herauskommt«, sagte er.

»Was soll dabei herauskommen?« Sie ließ sich auf die Couch fallen und schüttelte den Kopf.

Er hob ihr Kinn an. »Babe, das ist eine schlimme Sache, aber wir können nicht zulassen, dass sie uns ruiniert.«

Eine Träne lief ihr über die Wange. Er wischte sie mit dem Daumen weg.

»Wie kann sie uns nicht ruinieren? Wie kann sie mich nicht ruinieren? Alle denken, ich sei eine Diebin. Wir können unsere Beziehung niemals öffentlich machen – das würde die Dinge nur noch verschlimmern. Und wenn wir damit warten, werden die Leute schlecht von dir denken, weil du mit mir zusammen bist. Sie hat mein Leben im Alleingang ruiniert«, sagte Riley. Bevor er antworten konnte, fügte sie hinzu: »Und du hast mich verletzt. Du vertraust mir nicht, Josh.« Tränen liefen ihr über die Wangen. »Wie kann ich mit dir zusammen sein, wenn ich weiß, dass du mir nicht vertraust?«

»Riley, Babe, ich will das gerne für den Rest meines Lebens wiedergutmachen. Ich habe einen Fehler gemacht, einen großen Fehler, aber mein Fehler war nicht, dass ich dir nicht vertraut habe.« Josh liebte Riley. Er vertraute ihr und er glaubte von ganzem Herzen, dass sie die Wahrheit sagte. Trotzdem ermahnte ihn eine kleine Stimme, vorsichtig zu sein. *Dein Ruf steht auf dem Spiel.* Er hasste das ungute Gefühl, das diese

Stimme in ihm erzeugte, und er tat alles, um sie zu unterdrücken, aber sie wollte einfach nicht verstummen. Er bemühte sich, den Tumult zu ignorieren, den sie in seinem Herzen auslöste, doch als er versuchte, Riley zu überzeugen, musste er sich fragen, ob er nicht auch sich selbst zu überzeugen versuchte.

»Du musst mir glauben, Riley. Mein Fehler war, dass ich nicht mit dir gesprochen habe, bevor ich die Mitarbeiter eingeweiht habe. Ich habe versucht, deinen Namen reinzuwaschen. Nachdem ich mit den anderen gesprochen hatte, habe ich meinen Fehler erkannt, aber da war es zu spät.« Es gab keine Worte für den Kummer, der sich wie Nadeln in sein Herz grub. Er griff nach ihrer Hand und sie wandte sich ab. »Bitte, sag nicht, dass ich dich für immer verloren habe, weil ich versucht habe, deine Unschuld zu beweisen.«

Mist. Er musste ihr die Wahrheit sagen. Er spürte, wie sie ihm entglitt, und konnte es nicht ertragen. »Riley, bitte. Ich habe nur reagiert. Ich habe impulsiv gehandelt und dachte, ich würde dich beschützen. Ich habe Mist gebaut. Bitte vergib mir, Riley.«

Sie sah ihn an. Die Tränen liefen ihr über die Wangen und er wollte sie in seine Arme nehmen und sie festhalten, bis der ganze Schmerz dahinschmolz, doch er wagte es nicht.

»Ich schwöre, Riley, ich werde dich nie wieder verletzen. Niemals. Bitte, Riley.« Er würde die ganze Nacht betteln, wenn es das war, was sie wollte. »Ich habe es vermasselt, und ich bereue es mehr, als du dir jemals vorstellen kannst.«

»Es wäre ein Leichtes für dich, einfach zu gehen. Bald würden alle vergessen, was passiert ist, und dein Leben könnte wieder in seine normalen Bahnen zurückkehren. Du könntest dieses ganze Durcheinander hinter dir lassen«, sagte Riley.

»Glaubst du, es würde mir leichtfallen, von dir wegzugehen? Dieses Chaos hinter mir zu lassen, würde bedeuten, dich zu verlieren, und das wäre das Schlimmste, was mir passieren könnte. Ich würde lieber alles aufgeben, als ohne dich weiterzumachen.« *Himmel, es stimmt. Ich würde es wirklich tun.*

Sein Eingeständnis machte ihn derart fassungslos, dass er sich nicht rühren konnte. Sie starrten sich an, jeder in seinem Schmerz gefangen. Er würde nicht aufgeben. In ihm ballte sich eine ungewohnte Wut zusammen, eine sengende, unkontrollierbare Wut. Auf keinen Fall würde er zulassen, dass Claudia das zerstörte, was sie miteinander hatten. Ebenso wenig würde er zulassen, dass sie Riley die Karriere verbaute, die sie verdiente. *Claudia.* Beim bloßen Gedanken an sie durchzuckte ihn ein hasserfüllter Blitz. Sein Puls raste. Josh wandte den Blick von Riley ab und versuchte, sich zu beruhigen. Bisher hatte er nie die Kontrolle verloren, und er verstand nicht, was mit ihm passierte. Aber eins wusste er ganz sicher. Es musste einen Weg geben, um zu beweisen, dass Claudia log.

Sein Handy klingelte.

»Geh ruhig dran«, sagte Riley.

»Das hat Zeit.«

Es klingelte erneut.

»Es ist in Ordnung. Bitte«, sagte sie.

Widerstrebend stand er auf und nahm sein Handy vom Kaminsims. Es war Mia.

»Ja?«

»Eben hat mich mein Kontakt bei *Page Six* angerufen. Er bittet um ein Statement«, sagte Mia.

»Was meinst du? Ein Statement? Wozu?« Josh schaute Riley an und hoffte, dass es nicht um die Entwürfe ging.

»Vermutlich hat Claudia den Medien etwas über die

Entwürfe gesteckt. Sie bringen eine Geschichte darüber«, antwortete Mia.

»Verdammter Mist.«

Riley sah ihn ängstlich an.

Er nahm ihre Hand und hielt sie fest. *Ich werde sie nie wieder loslassen. Niemals.* »Weißt du Genaueres?«, fragte er Mia. Das war das Schlimmste, was passieren konnte. Wie sollte er hinter Riley stehen? Er hatte keinerlei Beweise für ihre Unschuld.

»Nein. Nur, dass sie diese Geschichte bringen«, sagte Mia.

»Okay, hier ist mein Statement. Hast du einen Stift?« Josh schäumte. Er zog Riley an sich und hoffte, dass er das Richtige tat. »Wir glauben, dass die Anschuldigungen von Claudia Raven völlig unbegründet sind. Eine interne Untersuchung ist im Gange.«

Er legte auf, ohne Mias Antwort abzuwarten, und schlang die Arme um Riley.

»Was ist los?«, fragte sie.

»Die Hölle ist los.«

Dreiunddreißig

Als Erstes hatte Josh bei Claudia angerufen und sie beurlaubt, während er die Angelegenheit untersuchen ließ. Sie war wütend, aber es war ihm egal. Dann hatte er mit Kelly Treejen, seiner PR-Managerin, und seinem Anwalt gesprochen, der ihm riet, einen Privatdetektiv einzuschalten. Schließlich ging er ins Schlafzimmer, in dem Riley schlief, und legte sich neben sie. Nach Mias Anruf hatten sie lange geredet und er hatte sie endlich überzeugen können, dass er sie nur hatte schützen wollen. Er wusste nicht, was er getan hätte, wenn sie ihn weiterhin abgewiesen hätte. Der Gedanke, sie zu verlieren, war zu schrecklich, er wollte nicht darüber nachdenken. Sie regte sich schlaftrunken und er schlang den Arm um sie.

»Alles okay?«, fragte er.

Sie drehte sich zu ihm und sah ihn an. Gott, sie war wunderschön, selbst wenn die Welt um sie herum zusammenbrach. Er strich ihr die Haare aus den Augen und küsste sie.

»Wir müssen reden«, sagte er.

Sofort spannte sich ihr Körper in seinen Armen an. »Mach dir keine Sorgen. Es ist nichts Schlimmes.«

Sie setzte sich auf und verschränkte die Arme. »Okay.«

»Ich habe Claudia beurlaubt.« Er sah sie forschend an, doch

sie hatte offensichtlich keine Ahnung, was er sagen wollte. »Das heißt, dass ich dich ebenfalls beurlauben muss, bis die ganze Sache aufgeklärt ist.« Er hatte erwartet, dass sie wütend wurde, genau wie Claudia. Stattdessen nickte sie.

»Okay, verstehe.«

»Ehrlich?«

»Klar. Wenn du uns nicht gleich behandelst, sieht es so aus, als würden wir etwas aushecken«, sagte sie.

»Und noch etwas. Riley, ich muss einen Privatdetektiv engagieren. Wenn du keine Möglichkeit hast zu beweisen, dass es dein Design ist, muss jemand anderes einen Weg finden.«

Sie runzelte die Stirn. »Wie kann ein Privatdetektiv das beweisen?«

»Ich weiß es nicht, aber wir müssen es versuchen, sonst hört dieser Albtraum nie auf.« Er holte tief Luft. »Das heißt, unsere Beziehung ist nicht länger geheim.«

»Aber dann wird alles nur noch schlimmer«, wandte sie ein.

»Kann sein, aber wenn wir deinen Namen von dem Verdacht befreien wollen, müssen wir alles aufdecken. Auch unsere Beziehung.« Es war der denkbar schlechteste Moment, ihre Beziehung öffentlich zu machen, während sie sich gleichzeitig mit Claudias tückischen Machenschaften herumschlagen mussten, doch Josh war erleichtert, dass er diesen Entschluss gefasst hatte. In seinem Herzen wusste er, dass Riley unschuldig war, und er war es leid, seine Liebe zu ihr zu leugnen.

»Was passiert jetzt?«, fragte sie.

»*Page Six* bringt einen Artikel über die Anschuldigungen. Keine Ahnung, was drinsteht, aber du hast mein Statement gehört. So kurz vor Weihnachten nimmt vielleicht kaum jemand Notiz davon, und mit etwas Glück decken wir bis zum neuen Jahr auf, was dahintersteckt. Ich möchte, dass du nach Hause fliegst, damit du nicht ins Kreuzfeuer gerätst.«

»Kommst du nicht mit?« Sie rutschte näher an ihn heran. »Du solltest das alles nicht allein stemmen müssen. Wäre es nicht besser, wenn du ebenfalls abreist?«

»Nein. Ich muss hier sein, um die Fäden in der Hand zu halten. Ich komme Weihnachten nach Hause, aber ich möchte, dass du morgen früh schon fliegst. Du musst diesen ganzen Unfug nicht mitansehen. Ich kümmere mich darum und dann komme ich nach.« *Zumindest hoffe ich es.* Josh erkannte, wie angreifbar er war. Ohne den Beweis, dass Riley das Design nicht gestohlen hatte, würde er den Verdacht vielleicht nie entkräften können. Und dann hätte JBD nicht nur den Ruf eines skandalträchtigen Designstudios, sondern er würde als der Designer dastehen, den man hinters Licht geführt hatte.

Ein Blick in Rileys Augen sagte ihm, dass nichts davon wichtig war. Er glaubte, dass sie die Wahrheit sagte, und er bedauerte nur, dass er an jenem ersten Abend nicht hinter ihr gestanden hatte. Er hätte sich zu ihr ins Bett legen und ihr sagen sollen, was passiert war – und er hätte ihr jedes Wort, jede Beteuerung glauben sollen. Er wusste, wie Schweigen und Zögern wirken konnten, und er bereute, dass er diese Signale ausgesandt hatte.

Er stand auf und zog sich aus. Er musste Rileys Körper an seinem spüren, bevor sie aufbrach. Er schlüpfte unter die Bettdecke, half ihr, T-Shirt und Slip auszuziehen, und drückte sie an sich. Ihre Brust schmiegte sich an seine, ihr Herz schlug in perfektem Rhythmus an seinem. Gott, sie fühlte sich so gut an.

Sie sah zu ihm auf, und er senkte seinen Mund auf ihren und nahm sie in einem tiefen, leidenschaftlichen Kuss. Er wollte sie so lange küssen, bis all der Schmerz aus ihrem Herzen verschwunden war, dieser Schmerz, der sie beide so tief getroffen hatte. Seine Hände glitten hastig über ihre Brüste, dann fuhr sein Mund über ihre zarte Haut und saugte an ihren Nippeln, bis betörende Laute aus ihrer Kehle drangen. Sie legte ihm die Hände auf die Hüften und schob ihn auf sich. Er glitt in sie hinein, und mit einem verzweifelten Stoß nach dem anderen eroberte er ihre Liebe zurück. Er stöhnte laut auf, vergrub seinen Mund an ihrem Hals, schmeckte das Salz ihres Schweißes, während sie ihm ihre Hüften entgegendrängte. Er musste sie schmecken, musste sie noch tiefer, noch länger küssen. Sie erwiderte seinen Eifer und fachte seine Leidenschaft noch mehr an. Er nahm ihr Gesicht zwischen die Hände und flüsterte: »Ich liebe dich, Riley. Gott, ich liebe dich.«

Er zog sich zurück, wollte das Ende ihres Liebesspiels hinauszögern und glitt an ihren Körper hinunter, schmeckte jeden Zentimeter ihrer schönen, vollen Rundungen. Seine Zunge umkreiste ihre Brustwarzen, während er ihre Arme auf die Matratze drückte.

»Ich halte es nicht aus.« Sie wand sich unter ihm.

Er ließ ihren Nippel aus seinem Mund gleiten und saugte an ihrer Unterlippe, bevor er mit der Zunge darüberfuhr.

»Oh doch, das kannst du«, sagte er. »Wenn ich nur einen einzigen Tag ohne dich leben muss, sollst du wenigstens etwas haben, woran du dich erinnerst.« Er leckte an der Unterseite ihres Arms entlang, tastete an ihrem Oberkörper entlang bis zu ihrer Taille. Er hob ihre samtige Mitte an seinen Mund und glitt sanft mit der Zunge darüber.

»Josh«, hauchte sie atemlos.

Er leckte und liebkoste sie, bis sie ihre Finger in seine Haare krallte und sich ihre Schenkel gegen seine pressten. Mit einem

Finger tauchte er in sie, ließ seine Zunge über ihre süße Nässe gleiten und spürte die Spannung, die in ihr aufstieg.

»Bitte«, bettelte sie. »Bitte liebe mich.«

»Keine Sorge, das werde ich, Babe.« Ihr Körper wand sich und bebte in seinen Händen und er fühlte, wie die Anspannung der letzten Stunden von ihr wich, während sie ihre Hüften an ihn drängte. Er streichelte sie weiter, als die Woge der Ekstase sie keuchend zurückließ. Er war noch nicht fertig. Sanft senkte er den Mund erneut auf ihre empfindlichen Falten.

Mit jedem heftigen Atemzug entfuhr ihr ein lautes Stöhnen, das ihn nur noch mehr anspornte.

»Ich kann nicht …«, sagte sie.

»Doch, du kannst, Babe. Tu es für mich«, drängte er. Dann fand er mit dem Finger genau die richtige Stelle und reizte sie, bis sie seinen Namen rief. Als ihre Hüften sich aufbäumten, stieß er jeden Zentimeter seiner Härte in sie hinein.

»Oh Gott«, rief sie.

»Genau so, Babe«, sagte er. Er legte ihr eine Hand auf die Brust und spürte ihr rasendes Herz unter seiner Handfläche. »Komm für mich, Babe«, sagte er. »Für uns.«

Sie packte seinen Hintern und drängte ihn tiefer in ihre glühende Mitte.

»Schneller. Bitte«, drängte sie, als er seine Bewegungen verlangsamte.

Er ignorierte ihr Flehen, bewegte sich mit quälender Langsamkeit, zog sich fast ganz aus ihr zurück, und als ihr Körper ihn festhielt und sie verzweifelt versuchte, ihn wieder in sich zu vergraben, half er ihren Bemühungen nach, drängte in sie und füllte sie aus, bis er es nicht länger ertragen konnte.

Sie lag mit geschlossenen Augen da. Ihre Lippen waren leicht geöffnet.

»Sieh mich an, Riley«, sagte er. »Ich liebe dich.«

Sie öffnete die Augen und er stieß tiefer und fester in sie. Ein Stöhnen entfuhr seinen Lungen, als sie beide gleichzeitig den Höhepunkt erreichten. Ihr Körper erbebte unter ihm, bis die letzten Nachwehen verebbt waren und sie Hand in Hand nebeneinander lagen.

Vierunddreißig

»Es ist nicht fair, dich in diesen Schlamassel hineinzuziehen«, beharrte Riley. Es war fünf Uhr am Sonntagmorgen. Sie und Josh hatten geduscht und machten sich nun für die Fahrt zum Flughafen fertig.

»Ich stecke eh schon bis zum Hals drin und es gibt niemanden, mit dem ich lieber drinstecken würde«, sagte Josh.

Riley konnte es immer noch nicht fassen, dass ihr Leben in so kurzer Zeit so auf den Kopf gestellt worden war. Gestern wollte sie nur noch wegrennen und alles hinter sich lassen. Und jetzt wäre sie am liebsten in New York geblieben, um die Sache Seite an Seite mit Josh durchzustehen. Es war wirklich nicht fair. Josh hatte Jahre gebraucht, um sich den Status und den Ruf zu erarbeiten, den er in der Modebranche genoss. Und sie wollte nicht für seinen Ruin verantwortlich sein.

»Aber du brauchst doch unsere Beziehung nicht öffentlich zu machen, um der Sache auf den Grund zu gehen. Du brauchst auch keinen Privatdetektiv zu engagieren. Uns fällt schon irgendetwas ein. Gibt es keinen Handschriftenexperten oder jemanden, der anhand der Zeichnungen, die ich Max gegeben habe, bestätigen könnte, dass sie aus meiner Feder stammen?«

»Das wäre kein Beweis, dass das Kleid ursprünglich deine Idee war«, sagte Josh. »Sieh mal, irgendwann mussten wir sowieso mit dieser Heimlichtuerei aufhören. Nun passiert es eben ein bisschen früher als erwartet.«

»Und hängt zu allem Überfluss mit einem Skandal zusammen«, erinnerte sie ihn.

Er zog sie an sich. »Kann sein, aber wenn dieser ganze Albtraum mir eines klar gemacht hat, dann das: Ich liebe dich, Riley, ohne jeden Zweifel. Und wenn man jemanden liebt, trägt man auch seinen Schmerz mit.« Er gab ihr einen Kuss auf die Nasenspitze. »Nun komm. Wir müssen los.«

»Warte. Ich will dich wirklich nicht allein lassen. Kann ich nicht einfach bei dir bleiben und wir stehen es gemeinsam durch?«, fragte sie.

»Du hast keine Ahnung, was auf dich zukommt. Sobald die Öffentlichkeit Wind von der Sache bekommt, werden wir beide Tag und Nacht verfolgt. Ein Albtraum, glaub mir. Wenn die Schakale von den Medien einen Skandal wittern, stürzen sie sich erbarmungslos auf ihr Opfer. Morgen um diese Zeit werde ich das Haus nicht verlassen können, ohne dass Kameras auf mich gerichtet sind.«

»Josh, warum bleibst du dann hier? Komm mit mir. Lass uns beide abhauen.« Sie berührte seine Wange. »Bitte?«

»Ich kann nicht davonlaufen. Ich muss eine Pressekonferenz abhalten, und ich möchte mich mit dem Detektiv treffen und ihn im Büro jeden Quadratzentimeter untersuchen lassen. Irgendwo finden wir Beweise. Ich werde auch die Aufnahmen der Sicherheitskameras durchgehen. Wo es ein Verbrechen gibt, gibt es auch Spuren.« Er nahm ihre Taschen und ging zur Tür.

Auf dem Weg zur Haustür klingelte Joshs Handy. Er nahm ab, als Riley die Tür aufzog und auf den Bürgersteig trat.

»Hallo, Mia.«

Josh sah auf, als die Blitzlichter aufflammten. Riley war von einer Meute von Reportern umringt.

Riley ahnte, dass sie aussah wie ein Reh im Scheinwerferlicht. Sie sah, wie Joshs Lippen das Wort ›Mistkerle‹ formten. Er schob sein Handy in die Tasche und bahnte sich einen Weg durch die Menge. Seine Augen blitzten vor Zorn, als er die wartenden Reporter musterte. Sie hatte ihn noch nie so wütend gesehen, als würde er jeden umbringen, der sie berührte.

»Josh!«, schrie sie.

Er legte die Arme um sie, schirmte sie vor der Presse ab und hielt ihre Taschen schützend vor sie, während sie sich durch die Meute zum Auto drängten, das gerade am Bordstein hielt. Jay sprang aus dem Wagen und warf sich laut brüllend mit ausgestreckten Armen zwischen die Fotografen und Josh und Riley.

Josh Gesicht war gerötet, als würde ihn eine Welle der Wut vorwärtstreiben. Er schob Riley auf den Rücksitz, setzte sich neben sie und verriegelte die Tür.

Riley schlug das Herz bis zum Hals. Sie hatte noch nie einen solchen Ansturm von Reportern erlebt, die ihr Mikrofone ins Gesicht hielten und ihr eine Frage nach der anderen zubrüllten. Sie starrte durch die getönten Scheiben auf die Fotografen, die versuchten, neben dem Wagen herzulaufen.

»Alles in Ordnung?« Josh hatte noch immer die Fäuste geballt, als wollte er jeden Moment zuschlagen.

Sie nickte. »Was war das denn?«

»In der *Page Six* ist ein Artikel, sagte Mia. Diese Medienmeute ist genau das, was ich vorhin meinte.« Josh warf einen Blick zurück. Sie hatten sich in den Verkehr eingefädelt, ohne dass die Fotografen ihnen folgten. Er atmete tief ein und starrte hinaus auf die Häuserzeilen, die am Fenster vorbeihuschten.

»Alles okay bei dir? Das war schrecklich«, sagte Riley. Sie lehnte sich an ihn. »Ich habe dein Leben zum Albtraum gemacht. Ich denke, ich sollte einfach nach Hause fahren, und du solltest dein Leben weiterleben wie früher. Du brauchst dieses Chaos nicht.« In ihr krampfte sich alles zusammen.

»Auf keinen Fall«, presste er zwischen zusammengebissenen Zähnen hervor. »Ich will verdammt sein, wenn ich zulasse, dass Claudia oder diese Mistkerle von Reportern unsere Beziehung zerstören.«

Seine Augen verengten sich, dann schloss er sie für einen Atemzug, und als er sie wieder öffnete, entspannte sich sein Kiefer. Er holte noch einmal tief Luft. Riley wusste, dass er versuchte, seine Wut abzuschütteln. Als er ihr Gesicht in beide Hände nahm, wie er es am Abend zuvor gemacht hatte, umfing sie sein ernster, liebevoller Blick. Seine Handflächen fühlten sich warm und sicher an.

»Ich verlasse dich nicht. Fotografen hin oder her, Skandal hin oder her, Riley Banks. Ich liebe dich.«

Sie lehnte sich an ihn. »Danke.« Schuldgefühle schnürten ihr das Herz zusammen. »Es tut mir leid, dass ich das alles verursacht habe.«

Er küsste sie auf die Stirn. »Das hat nichts mit dir zu tun, Riley, sondern mit Claudia. Es ist ihr verdammtes Problem.«

Sein Handy klingelte. Er hielt sie mit einem Arm umfangen, während er auf die Freisprechtaste drückte. »Treat«, sagte er.

Durch den Lautsprecher erklang Treats besorgte Stimme. »Was zum Teufel ist bei euch los?«

»Ein bisschen Theater«, sagte Josh.

»Und Riley soll angeblich das Design für Max' Kleid gestohlen haben?«, fragte Treat.

»Ich habe es nicht getan«, rief Riley unwillkürlich aus.

»Es ist Claudias neueste List. Wir kümmern uns«, sagte Josh.

»Ihr kümmert euch? Davon ist herzlich wenig zu sehen. Hast du die Schlagzeilen gelesen? *Die schmutzige Wäsche der Designwelt.* Das kann nicht gut für deine Karriere sein und für Rileys auch nicht. Das hatte ich nicht gemeint, als ich sagte, dass man die Medien auf ihre Fähigkeiten als Designerin aufmerksam machen sollte.«

»Treat, bitte«, sagte Josh. »Das alles ist stressig genug. Keine Witze, okay?«

»Tut mir leid. Was kann ich tun? Soll ich eine Erklärung abgeben? Und sagen, dass sie uns die Entwürfe schon vor zwei Monaten gezeigt hat? Ich nehme an, sie hat nichts mit diesem Schlamassel zu tun«, sagte Treat.

»Habe ich auch nicht, aber ich will nicht, dass du meinetwegen lügst.« Treats Angebot war nett gemeint und großzügig, aber sie wollte ihre Unschuld auf ehrliche Weise beweisen.

»Wir kümmern uns darum«, sagte Josh. »Ich schicke sie nach Hause, dort kommen die Medien nicht an sie heran. Und ich engagiere einen Privatdetektiv.«

»Klingt gut«, sagte Treat. »Lass mich wissen, wenn ich etwas tun kann. Ich kann in ein paar Stunden in New York sein. Übrigens, Riley, woher haben sie dieses Bild von dir? Du siehst wirklich aus wie ein Kind, das man mit der Hand im Bonbonglas ertappt hat.«

»Bild? Was für ein Bild?«, fragte Riley.

»Auf dem Titelblatt von *Page Six*«, sagte Treat.

»Mist. Wir müssen Schluss machen, Treat. Danke, dass du angerufen hast.« Josh holte sein iPad hervor und lud die Website der *New York Post* hoch. Über dem Artikel war ein Bild von Riley, die erschrocken in die Kamera starrte. Daneben prangte ein Foto von Claudia, die eine Zeichnung von Max's Kleid hochhielt.

»Oh mein Gott. Das haben sie gestern auf der Messe gemacht. Ich sehe wirklich aus, als hätte ich ein schlechtes Gewissen.« Das war viel schlimmer, als sie sich vorgestellt hatte. Wie konnte sie sich jemals wieder in New York blicken lassen? Und wie wirkte sich das auf Josh und seinen Ruf aus? Dann rückte eine weitere Sorge in den Vordergrund. »Josh, sie haben uns erwischt, als wir aus deiner Wohnung kamen.«

»Nein, sie haben uns beide beim Verlassen des Hauses erwischt«, korrigierte er sie.

»Aber du trägst meine Taschen und rennst zu mir, um mich vor den Kameras zu schützen. Das können wir nicht vertuschen. Diese Bilder werden in einer Stunde auf allen Webseiten zu sehen sein, wenn sie es nicht schon sind.«

»Ich versuche nicht, es zu vertuschen. Ich habe dir gesagt: Ich verlasse dich nicht, Skandal hin oder her.« Josh googelte seinen Namen. Riley las die ersten drei Einträge.

Die neue Freundin von Designer Josh Braden. Ist sie eine Diebin?

Der Braden-Skandal: Ist die Frau an seiner Seite eine Betrügerin?

UPDATE: Modedesigner Josh Braden und die Designdiebin – ein Paar?

»Was machen wir jetzt?« Riley brachte die Worte nur mit Mühe hervor. Sie war nach New York gekommen, um Karriere als Designerin zu machen, und nun standen sie beide vor einem

Scherbenhaufen.

Joshs Telefon klingelte erneut. Er drückte auf die Freisprechtaste. »Ich habe es schon gesehen«, sagte er zu seiner Schwester.

»Du schläfst mit Riley und ich bin die Letzte, die davon erfährt?«, sagte Savannah. »Hast du den Lautsprecher an? Ich hasse das.«

»Ja, und Riley sitzt neben mir«, sagte er.

Riley wünschte, sie könnte sich verkriechen. »Hi, Savannah«, sagte sie kleinlaut.

»Hey, Ri.«

»Tut mir leid, dass wir dir nicht gesagt haben, dass wir zusammen sind. Wir haben versucht, es geheimzuhalten«, erklärte Riley.

»Vielleicht hättet ihr daran denken sollen, bevor ihr die Tür zum Dakota aufgemacht habt. Und was ist das für ein Schwachsinn, dass du Cruellas Design gestohlen hast?«, fragte sie.

»Nennst du sie auch so?«, fragte Riley.

»Das tun doch alle«, antwortete Josh. »Sie hat sie nicht gestohlen. Das ist einer von Claudias Tricks. Wir müssen nur einen Weg finden, es zu beweisen.«

»Ich habe dir schon vor Jahren gesagt, dass du sie feuern sollst. Ich habe sie nie gemocht«, sagte Savannah.

Wenn er nur auf sie gehört hätte.

»Hätte, hätte, Fahrradkette, ich weiß. Mit meiner Loyalität Peter gegenüber ist es vorbei, okay? Besser spät als gar nicht. Hör zu, Savannah, ich will einen Privatdetektiv engagieren. Weißt du jemanden, der gut ist?«

»Klar, ich kenne den besten in ganz New York. Ruf Reggie Steele an. Ich schicke dir seine Nummer. Und, Josh, geht es dir einigermaßen in all dem Chaos?«, fragte sie.

»Mir geht es gut, aber ich schicke Riley nach Hause. Wo bist du?«, fragte er.

»Ich bin unterwegs nach Colorado. Riley, wir sehen uns, wenn du zu Hause bist, okay?«, schlug Savannah vor.

»Danke, Savannah. Das wäre toll. Und es tut mir leid, wenn ich deine Familie in Verlegenheit gebracht habe«, sagte Riley.

»Unsinn«, flüsterte Josh ihr ins Ohr.

»Du kannst einen Braden nicht in Verlegenheit bringen.« Savannah lachte. »Uns haut so schnell nichts um.«

Fünfunddreißig

Josh schickte Riley eine SMS, als Jay vom Flughafen wegfuhr. *Mach dir keine Sorgen. Wir stehen das durch. Ich liebe dich. J.*

Er sprach mit seinem Anwalt, der ihm bestätigte, dass Reggie einer der Besten sei. Also rief Josh den Privatdetektiv an und saß eine Stunde später in seinem Büro.

Reggie Steeles Stimme war tief und rau. Josh schätzte ihn auf Ende dreißig. Er hatte dunkles Haar, eine kräftige Statur, schieferblaue Augen und eine sympathische Art.

»Savannah hat mich angerufen, nachdem ich mit Ihnen gesprochen hatte. Schlimm, was Sie da durchmachen. Die Medien können eine Pest sein – aber vermutlich wissen Sie das längst«, sagte Reggie. »Wenn die Behauptung falsch ist, sollte es ein Leichtes sein, diesem Unfug ein Ende zu setzen.«

»Das hoffe ich sehr. Ich kann nämlich keine Beweise finden, die Claudias Behauptungen widerlegen, aber mein Bauchgefühl sagt mir, dass sie unbedingt auf die Titelseite wollte, und sei es durch Lügen.« Der bloße Gedanke an Claudias selbstgefällige Miene ließ eine Woge aus Wut in ihm aufsteigen.

»Gehe ich recht in der Annahme, dass Sie und die Beschuldigte ein Paar sind?« Reggie lehnte sich in seinem Stuhl zurück und legte die Fingerspitzen aneinander.

»Wir sind zusammen, ja. Wir haben versucht, es aus unserem Berufsleben herauszuhalten.« Josh wünschte sich nun, dass sie ihre Beziehung von Anfang an offensichtlich gemacht hätten, dann hätten sie jetzt ein Problem weniger. Sein Telefon vibrierte. Mia. Er klickte sie weg.

»Gibt es noch etwas, das ich wissen sollte, das für die Ermittlungen von Bedeutung sein könnte?«, fragte Reggie.

»Nur, dass Claudia sich schon mehrmals an mich herangemacht hat. Vor ein paar Wochen habe ich ihr eindeutig gesagt, dass ich nicht interessiert bin. Ich weiß allerdings nicht, ob das für Sie wichtig ist.« *Verdammt.* Zumindest hatte er daran gedacht, diese Vorfälle in ihrer Personalakte zu dokumentieren. Hinzu kamen die Beschwerden, die er nie in aller Form festgehalten hatte. Aus Loyalität Peter gegenüber hatte er niemandem von ihrem aufdringlichen Verhalten erzählt. Jetzt wünschte er, er hätte sie gleich beim ersten Mal gefeuert und Peter einfach mit der Wahrheit konfrontiert.

»Sie würden sich wundern, was eine solche Untersuchung alles an die Oberfläche spült. Sie könnten Dinge über andere Mitarbeiter erfahren, die Sie gar nicht wissen möchten. Und auch wenn ich es nur ungern sage, aber vielleicht müssen Sie feststellen, dass Sie sich in Ihrer Freundin getäuscht haben«, sagte Reggie.

»Ich schätze Ihre Offenheit, aber ich bezweifle, dass das passieren wird. Claudia hat Riley in den letzten Wochen kaum aus den Augen gelassen, und wenn sie nicht bei der Arbeit war, war sie bei mir. Sie hatte keine Zeit, etwas zu stehlen. Wenn überhaupt, könnten wir mehr über Claudia herausfinden, als mir lieb ist.«

»Meinetwegen. Erzählen Sie mir etwas über Claudias Gewohnheiten. Arbeitet sie lange, kommt sie früh? Arbeitet sie an den Wochenenden oder in der Mittagspause? Welchen Zugang hatte sie zu Rileys Computerdateien? Dasselbe muss ich natürlich auch über Riley wissen.«

Endlich hatte Josh das Gefühl, dass sie Fortschritte machten. Er hatte jeden Morgen und jeden Abend mit Riley verbracht. Im Büro war sie nie allein gewesen. »Riley hat keinen Zugriff auf Dateien. Sie fängt früher an als mancher andere, aber es ist immer jemand da, wenn sie kommt und wenn sie geht. Wenn nötig, arbeitet sie an den Wochenenden von zu Hause aus. Claudia ist seit fünf Jahren bei JBD. Sie ist meist als Erste da und an den Wochenenden ist sie oft allein im Büro. Als leitende Designassistentin hat sie Zugriff auf alle Passwörter im gesamten Designbereich. Sie konnte also alle Dateien auf Rileys Computer einsehen.« Es klang alles so einfach. Riley hatte keinen Zugang, Claudia dagegen schon. Warum war es so schwer, Beweise für etwas zu finden, was so offensichtlich erschien?

»Sind Sie die Aufnahmen der Sicherheitskameras durchgegangen?«, fragte Reggie.

Josh schüttelte den Kopf. »Noch nicht, aber …«

»Macht nichts. Dafür bin ich ja da. Haben Sie für jeden Bereich separate Aufnahmen?«

Gott sei Dank, ja. Er erinnerte sich an die Dinge, die er und Riley in seinem Büro gemacht hatten, und errötete. »Ja. Sie können sich alle Bänder für das Designstudio ansehen.«

Reggie nickte. »Hier geht es um die Rivalität zwischen zwei Frauen, nicht wahr?«, fragte er und sah Josh nachdenklich an. »Sie denken nicht, dass andere Mitarbeiter beteiligt sind? Vielleicht jemand, der sich davon eine Beförderung erhofft?«

Josh schüttelte den Kopf. »Claudia ist nicht sonderlich beliebt. Sie würde niemanden finden, der sich auf so etwas einlässt.«

»Und Riley?«, fragte Reggie.

Josh wollte empört auffahren, doch zum Glück fiel ihm gerade noch rechtzeitig ein, dass Reggie nur seinen Job machte – einen Job, für den er ihn engagierte.

»Nicht, dass ich wüsste«, sagte er.

»Eigentlich wollte ich mich vor den Feiertagen noch ein bisschen entspannen, aber wahrscheinlich ist jetzt die beste Zeit, um auf Erkundungstour zu gehen, während Ihre Angestellten nicht im Büro sind. Was meinen Sie?«

»Je früher, desto besser«, antwortete Josh. »Die Medien folgen mir auf Schritt und Tritt. Ich bin direkt vom Flughafen hierher gekommen, also dürften sie Sie nicht mit mir in Verbindung bringen. Mir wäre es lieber, wenn nicht durchsickert, dass Sie für mich arbeiten.«

»Diskretion ist für mich selbstverständlich. Ich werde Sie über alles Wichtige auf dem Laufenden halten, und bis dahin brauche ich Zugriff auf die Aufnahmen der Überwachungskameras, die Schreibtische der betreffenden Mitarbeiter, ihre Personalakten und natürlich auf ihre Computer.«

»Was meinen Sie, wie lange Sie brauchen?«

Reggie zuckte mit den Schultern. »Das kann ich erst abschätzen, wenn ich anfange. Wir könnten Glück haben und sofort etwas finden. Es kann aber auch Wochen dauern.«

»Ich begleite Sie ins Büro«, sagte Josh.

»Wollen Sie nicht wissen, was Sie das Ganze kosten wird?«, fragte Reggie.

»Savannah sagt, Sie sind der Beste. Ich vertraue dem Urteil meiner Schwester. Die Kosten sind mir egal, Hauptsache, dieser Mist wird so schnell wie möglich aufgeklärt. Allerdings sollten

Sie darauf achten, dass Sie nicht wie ein Privatdetektiv aussehen«, sagte Josh lächelnd.

Reggie beäugte seine Jeans und das T-Shirt und grinste. »Okay, dann ziehe ich den Anzug von Armani an.«

»War nur Spaß«, sagte Josh. »Ich fahre jetzt ins Büro.«

Reggie schob Josh eine Mappe hin. »Diese Formulare müssten Sie mir noch ausfüllen. Und dann folge ich Ihnen unauffällig«, sagte er.

Vom Auto aus rief Josh Claudia an.

»Ja, Mr. B?«, sagte sie.

Der Klang ihrer allzu munteren Stimme machte ihn noch gereizter, als er sowieso schon war. »Ich schicke Jay vorbei. Er wird deinen Büroschlüssel abholen.«

»Was? Warum?«, fragte Claudia barsch.

»Weil du beurlaubt bist. Mitarbeiter, die beurlaubt sind, haben keinen Zugang zum Büro. Jay wird in einer Stunde da sein. Und dann brauche ich noch dein Passwort.«

Sie seufzte. »Okay. Es ist *winnertakesitall*, ein Wort, alles klein.«

Dann rief er Riley an. Als sich ihre Mailbox einschaltete, hinterließ er eine Nachricht. »Hey, Babe, ich wollte nur hören, ob du sicher gelandet bist. Ruf mich an, wenn du Zeit hast. Ich habe mich mit dem Privatdetektiv getroffen und ich denke, wir sind bei ihm in guten Händen.«

Sein Telefon klingelte und er staunte nicht schlecht, als der Name seines jüngsten Bruders auf dem Display erschien.

»Hey, Hugh, wie geht's?«, fragte Josh.

Hugh verbrachte seine Tage damit, Autorennen zu fahren, während er nachts vor allem damit zu tun hatte, Frauen in sein Bett zu locken.

»Prima. Ich fahre gerade an der Westküste entlang. Wie ich

höre, hast du eine neue Mitarbeiterin«, ulkte Hugh.

»Hugh.«

»Tut mir leid. Ich habe den Quatsch auf *Yahoo! News* gesehen. Was ist los? Du schläfst mit einer alten Schulfreundin und sie entpuppt sich als Betrügerin, die Designs stiehlt? Erzähl mal. Ich kenne Riley nicht gut, aber sie erschien mir immer wie eine typische Frau aus Weston. Also nicht gerade hinterhältig.« Hugh war normalerweise der Letzte, der zu Hilfe kam, wenn ein Familienmitglied in einer Krise steckte, doch diesmal war er schneller als seine Brüder Rex und Dane.

»Ist sie auch nicht«, sagte Josh gleichmütig. »Ich kümmere mich darum. Es ist ein ziemliches Durcheinander, aber wir werden der Sache auf den Grund gehen.«

»Brauchst du Hilfe? Soll ich jemanden plattfahren?« Hugh lachte.

Ja, gute Idee. Josh musste lächeln. Hugh sah aus wie Patrick Dempsey, nur größer und mit mehr Muskeln. Er hatte immer ein breites Grinsen auf den Lippen und seine Augen funkelten vor Lachen. Josh war nur ein Jahr älter als Hugh, aber Hugh lebte sein Leben, als sei es eine einzige große Party, sodass er sich immer viel älter und vernünftiger vorkam.

»Nein, ich denke, ich kriege das hin, aber danke für das Angebot.«

»Wann bist du in Weston?«, fragte Hugh.

»Mittwoch. Und du?«

»Morgen. Wir sehen uns dann, und wenn du etwas brauchst, weißt du ja, wo du mich findest«, sagte Hugh.

»Danke, Hugh. Ich liebe dich, Mann.«

Sechsunddreißig

Kaum hatte Riley das Flughafengebäude verlassen und atmete die frische Luft ein, fühlte sie sich besser. Sie ließ ihre Taschen auf den Bürgersteig fallen, breitete die Arme aus und sah zum Himmel auf. Dann schloss sie die Augen und holte tief Luft.

»Bist du zu den New Agern übergelaufen?«

Beim Klang von Jades Stimme schrie Riley begeistert auf und warf sich ihr in die Arme. »Ich bin so froh, dich zu sehen! Danke, dass du mich abholst.«

»Wer würde es denn sonst tun?«, witzelte Jade.

»Halt die Klappe.« Sie umarmte die Freundin noch einmal und griff sich ihre Taschen. »Es ist so wunderbar, wieder zu Hause zu sein. Ich habe gar nicht gemerkt, wie sehr ich die Wiesen und die Berge vermisst habe. Wie herrlich, etwas anderes zu riechen als Parfüm, Elektroheizungen, U-Bahn-Dampf und Müll.« Sie lachte.

»Na, komm. Hast du Hunger?« Jade trug Jeans, Cowgirlstiefel und ein dunkles T-Shirt unter einem Flanellhemd, und Riley sehnte sich danach, in ein ähnlich bequemes Outfit zu schlüpfen.

Riley zupfte sanft an Jades hüftlangem schwarzem Haar. »Ich dachte, du würdest dir die Haare schneiden. Wie ich sehe, hast du dich für die Fick-mich-Länge entschieden, sodass Sexy Rexy hineingreifen und daran ziehen kann«, neckte sie sie.

»Gott, ja. Was sollte ich denn sonst machen? Du hast meinen Mann doch gesehen.«

»Oh ja, habe ich«, sagte sie und dachte nicht an Rex, sondern an Josh. Sie vermisste ihn schon. Ihre Gedanken kreisten ständig um ihre Situation, und egal wie sie es drehte und wendete, kam sie nicht um die Erkenntnis herum, dass ihr eine gehörige Portion Egoismus innewohnte. Sie liebte ihn so sehr, dass ihr Herz schmerzte, wenn sie nicht bei ihm war, aber bedeutete das, dass sie das Recht hatte, ihn mit durch den Dreck zu ziehen? Sie warf ihre Taschen in Jades Wagen und versuchte, ihre Zeit mit Jade zu genießen.

Im Radio lief Hunter Hayes und beide summten mit.

»Ist das *Fingers* okay?«, fragte Jade.

Das *Fingers* war eine Kombination aus Bar und Grill in Allure, einer Stadt in der Nähe von Weston und auf dem Weg nach Hause.

»Klar, perfekt«, sagte Riley.

Schweigend fuhren sie weiter. Riley lehnte den Kopf auf die Kopfstütze und schlief sofort ein.

Als Jade auf dem Parkplatz des *Fingers* hielt, wachte Riley mit einem Ruck auf. »Tut mir leid. Ich habe in letzter Zeit nicht viel geschlafen.«

Jade grinste anzüglich.

»Nicht deswegen.« Riley legte Jade den Arm um die Schultern. Gemeinsam betraten sie das Restaurant. »Ich habe dich vermisst«, sagte sie.

»Ich habe dich auch vermisst«, sagte Jade.

Sie suchten sich eine Nische und bestellten, dann faltete Jade die Hände und sah Riley durchdringend an.

»Was ist?«, fragte Riley.

»Nichts«, sagte Jade.

»Lügnerin.«

»Okay, ich warte darauf, dass du endlich loslegst. Vorhin habe ich im Netz all die Bilder von dir und Josh gesehen und die ganze schreckliche Geschichte gelesen. Du musst doch völlig fertig sein.« Sie nahm Rileys Hand. »Willst du nicht drüber reden?«

Riley blinzelte gegen den Ansturm von Emotionen an, der ihr inzwischen allzu vertraut war. »Es ist alles so … falsch. Ich meine, in einem Moment sind Josh und ich so glücklich und im nächsten Moment wirft man mir vor, die Idee für Max's Hochzeitskleid gestohlen zu haben, und ich kann diesen Vorwurf nicht entkräften. Es ist solch ein Blödsinn. Diese Frau ist böse, richtig böse.« Riley schürzte die Lippen. »Sie ist … Gott, du weißt, dass ich Leute nicht leicht hasse, aber sie ist wirklich schrecklich. Sie hat sich auch an Josh herangemacht.«

Jade riss die Augen auf. »Oh nein.«

»Oh doch. Und jetzt sind auch noch alle meine anderen ursprünglichen Designs verschwunden. Es gibt keine Aufzeichnungen über meine Zeichnung, und natürlich hat mich niemand bei der Arbeit beobachtet. Das habe ich nun davon, dass ich versucht habe, alles geheimzuhalten, was nicht mit JBD zu tun hat.«

Die Kellnerin brachte das Essen. Riley schob ihren Salat weg. Sie konnte nicht essen, wenn ihr jemand eine Pistole an die Schläfe hielt.

»Was ist mit den E-Mails, die du mir geschickt hast?«, fragte

Jade. »Das beweist doch sicher etwas.«

»Josh sagt, das würde nicht beweisen, dass es ursprünglich meine Entwürfe waren. Ich weiß nicht … Ich denke die ganze Zeit darüber nach. Ich bin mir nicht sicher, ob ich nach New York zurückkehren sollte. Sieh dir an, womit Josh jetzt konfrontiert wird, und das alles wegen mir. Er war ein angesehener, erfolgreicher Designer, auf dem Höhepunkt seiner Karriere, und dann bin ich aufgetaucht, und plötzlich wird er als ein Mann gesehen, der mit dem Feind schläft.« Heiße Tränen strömten ihr über die Wangen. Riley wandte sich ab.

Jade drückte ihre Hand. »Riley, Schatz, du bist nicht der Feind.«

»Ich weiß«, rief Riley. »Verdammte Tränen.« Sie wischte sich mit einer Serviette über die Augen. »Am liebsten würde ich mich verkriechen. Ich will nie wieder zurück.«

»Du musst nichts tun, was du nicht tun willst«, sagte Jade.

Riley schwieg. Sie brauchte Jades Unterstützung. Sie musste wissen, dass sie nach Hause kommen und hierbleiben konnte, wenn sie es wollte.

»Cruella kann deine Zeichnungen haben. Verdammt, sie kann sogar deinen Mann haben. Ehrlich, Ri, wozu brauchst du Josh Braden überhaupt?« Jade biss in ihr Baguette, doch sie ließ Riley keinen Moment aus den Augen.

»Ich weiß, worauf du hinauswillst. Ich bin nicht dumm, Jade.«

»Bist du sicher? Weil ich viele Frauen kenne, die wer weiß was geben würden, um so geliebt zu werden, wie Josh dich liebt«, sagte Jade.

»Woher willst du das wissen?«

»Rex hat mir erzählt, was Treat ihm gesagt hat. Josh hat sich noch nie so mit einer Frau eingelassen, geschweige denn ist er praktisch mit ihr zusammengezogen. Und Max meint, dass Josh dich so angesehen hat, wie Rex mich ansieht – und du weißt, wie Rexy mich ansieht.« Sie zuckte mit den Schultern. »Was man in einer Kleinstadt halt so redet.«

»Das sagen sie?« Riley wusste, wie sehr Josh sie liebte. Es zeigte sich in allem, was er tat: Wenn er ihr sagte, sie solle ihn ansehen, während sie sich liebten, als er ihr gestand, noch nie eine Frau in seine Wohnung mitgenommen zu haben, wenn er alles daransetzte, um sich heimlich mit ihr zu treffen. Verdammt, wer sonst würde seine Karriere aufs Spiel setzen, um ihr zu helfen? Dann kam die Erinnerung an den schrecklichen Morgen, als sie ihn schlafend auf der Couch fand, und mit ihr kam die Erinnerung an den Schmerz, den die Anschuldigungen ihr bereitet hatten.

Riley wünschte, sie könnte sich tatsächlich irgendwo verstecken. Es wäre so viel einfacher, als dieses Gewirr aus widersprüchlichen Gefühlen zu sortieren.

»Ich möchte dich etwas fragen«, sagte Riley. »Wenn du ohne eigene Schuld in eine schwierige Lage gerätst, aber befürchtest, dass es Rex schaden könnte, wenn er für dich eintritt, würdest du ihn dann daran hindern? Oder würdest du versuchen, die Situation selbst zu lösen, damit er sich aus der ganzen Sache heraushalten kann?«

»Einen solchen Fall hatten wir doch schon«, antwortete Jade. »Wir haben beide gegen die Wünsche unserer Eltern gehandelt, auf die Gefahr hin, sie zu verlieren. Das war sehr schmerzhaft für uns alle. Nicht im Stil der *Yahoo! News*, aber emotional war es genauso schlimm.«

»Ja, wahrscheinlich.« Riley seufzte.

Rileys Handy vibrierte, sie ignorierte es. Im Flugzeug hatte sie eine SMS von Josh gesehen, aber sie war zu durcheinander gewesen, um ihm zu antworten.

»Ich habe so große Angst, ihn zu verletzen«, gestand sie Jade, während ihr Handy unaufhörlich vibrierte.

»Riley.«

»Was?«

Jade wies mit dem Kopf auf Rileys Handtasche. »Ich weiß, was du denkst. Du kannst ihn nicht einfach ignorieren. Beziehungen funktionieren so nicht, und du bist nicht so eine Frau. Du kommunizierst.«

Riley seufzte. »Ich bin einfach nicht bereit, mit ihm zu reden. Mir geht einfach der Gedanke nicht aus dem Kopf, dass ich ihm Schaden zugefügt habe. Und als er mir erzählte, was los war, hat er mich so mitleidig angesehen. Es war schrecklich. Ich hatte das Gefühl, dass er mich zwar liebt, sich in diesem Moment aber nicht sicher war, ob er mir wirklich glauben sollte. Ich tat ihm leid.«

»Sag es ihm. Das ist es, was du mir empfehlen würdest. Nimm das verdammte Telefon und sag es ihm. Er setzt Himmel und Hölle in Bewegung, um deinen Ruf zu retten. Es ist das Mindeste, was du tun kannst.«

Riley kramte in ihrer Handtasche. »Manchmal hasse ich dich, wenn du recht hast.«

»Ich weiß. Zum Glück verbindet uns eine Hassliebe, die jedes Problem mit Männern übersteht«, grinste Jade.

Sie las Joshs Nachricht. Sie liebte ihn, das konnte sie nicht leugnen. Sie antwortete: *Bin sicher gelandet. Danke, dass du zu mir stehst. Ich liebe dich. Ri.*

Dann scrollte sie zu einer SMS von Mia.

Halt die Ohren steif. Bin hier, wenn du mich brauchst. M.

»Mia hat mir geschrieben.« Sie lächelte und schrieb zurück. *Danke. Bist du nicht sauer, weil ich es dir nicht gesagt habe? Es tut mir leid.*

»Und?«, fragte Jade.

Rileys Handy vibrierte. *Vielleicht ein bisschen verletzt, verstehe es aber. Mach dir keine Sorgen. Alles okay.*

»Sie unterstützt mich.« Sie atmete erleichtert auf. *Vielen Dank!*

Sie hörte Joshs Nachricht auf ihrer Mailbox ab und steckte dann ihr Handy weg.

»Fühlst du dich nicht besser?«, fragte Jade.

Riley stieß einen Seufzer aus. »Doch, und ich bin froh, dass Mia mir geschrieben hat. Es wäre schön, wenn wir Freundinnen werden könnten. Es ist so komisch ohne Freundinnen.«

»Hey, und was ist mit mir?«, fragte Jade mit gespielter Empörung.

»Du wirst immer meine beste Freundin sein. Aber du bist hier und manchmal könnte ich in New York auch jemanden gebrauchen. Danke, Jade. Jetzt geht es mir viel besser. Josh sagt, dass er den Privatdetektiv getroffen hat. Er glaubt, dass wir bei ihm in guten Händen sind. Es hilft mir zu wissen, wie sehr er mich liebt.«

»Riley, dieses Chaos wird vorübergehen. Alles wird gut.«

»Und was ist, wenn nicht? Was ist, wenn wir meine Unschuld nicht beweisen können? Kann Claudia mich verklagen? Wegen meiner eigenen Designs? Und alle Welt weiß Bescheid. Was muss Max denken? Oh mein Gott, die arme Max. Ich muss sie anrufen.«

»Bei ihr ist alles okay. Ich habe vorhin mit ihr gesprochen. Treat hat ihr gesagt, dass nichts davon wahr ist.«

»Erstaunlich, wie die Bradens füreinander da sind«, sagte Riley. »Heute früh haben sowohl Treat als auch Savannah bei Josh angerufen, dabei war es noch nicht einmal sieben Uhr.«

»Und weißt du was? Sie meinen dieses ganze Gerede von Familie und Loyalität tatsächlich ernst. Rex ist das beste Beispiel. Er ist sogar meiner Familie gegenüber loyal, trotz der Fehde.«

»Ich denke, ihr Vater hat bei seinen Kindern alles richtig gemacht.« Riley erinnerte sich, dass Josh das Gefühl gehabt hatte, ganz anders als seine Brüder zu sein. Mittlerweile glaubte sie nicht mehr, dass er so anders war. Er hatte nicht gezögert, für sie in die Bresche zu springen, sobald der anfängliche Schock abgeklungen war. Sie schickte ihm eine weitere SMS.

Das alles tut mir so leid. Kann es kaum erwarten, dich am Mittwoch zu sehen. Vermisse dich jetzt schon.

Siebenunddreißig

Josh ging durch das Designstudio von JBD und erinnerte sich daran, wie Rex ihn gefragt hatte, ob er sich Rileys Mappe ansehen würde. Er hätte sich nie träumen lassen, dass Riley so talentiert war. Die Skizzen überzeugten ihn sofort. Allerdings hätte er sich auch nicht träumen lassen, dass er sich so in die Frau verlieben würde, die er jahrelang aus der Ferne angehimmelt hatte. Als er nach New York ging, hatte er angenommen, dass er sie nie wiedersehen würde. Jetzt stand er an ihrem Schreibtisch und spürte, wie eine Woge der Traurigkeit sein Herz überspülte. Nach diesem Albtraum würde sie vielleicht ganz anders über New York und JBD denken – und über ihn.

Sein Handy klingelte.

»Hi, Dad.« Er klang munterer, als ihm zumute war.

»Hallo, mein Sohn.« Die tiefe Stimme seines Vaters rührte die Emotionen auf, die er den ganzen Morgen zurückgehalten hatte, und ließ seine Fassade brüchig werden. »Wie ich höre, kommst du am Mittwoch nach Hause.«

Hal Braden hatte zu jedem seiner Kinder eine besondere Beziehung und behandelte sie alle unterschiedlich. Er drängte sie nicht, zu Besuch zu kommen. Überhaupt übte er keinerlei

Druck auf sie aus, aber er war derjenige, an den sich seine Kinder wandten, wenn wichtige Entscheidungen anstanden. In diesem Moment konnte Josh sich niemanden vorstellen, mit dem er lieber gesprochen hätte.

»Ja. Am Mittwoch.« Er zögerte, all seinen Kummer vor seinem Vater auszubreiten, obwohl der kleine Junge in ihm schrie: *Dad, sag mir, was ich tun soll.* Hal Braden glaubte nicht an Computer und verstand nicht wirklich, welche Bedeutung die Presse hatte. Josh hoffte, seine Brüder und Savannah würden ihren Vater nicht mit seinen Problemen behelligen, obwohl er sicher war, dass in Weston bereits eifrig getratscht wurde. Er würde abwarten. Vielleicht brachte sein Vater von selbst die Sprache darauf.

»Gut. Hast du in letzter Zeit mit Dane gesprochen?«, fragte Hal.

»Nein, ist schon eine Weile her. Warum?«

»Ich dachte nur, du solltest ihn vielleicht mal anrufen. Ich habe das Gefühl, dass er ein wenig Zeit mit seiner Familie braucht. Er kommt zu Weihnachten nach Hause, aber wahrscheinlich würde ihm ein Anruf guttun, wenn du einen Augenblick erübrigen kannst.« Josh hörte die Sorge in der langsamen Stimme seines Vaters.

Stirnrunzelnd setzte er sich auf Rileys Stuhl. »Dad, stimmt etwas nicht?«

Sein Vater seufzte. »Nein, alles in Ordnung. Ich habe nur so ein Gefühl seinetwegen. Genau wie deinetwegen.«

Josh und seine Geschwister waren es gewohnt, von den Gefühlen ihres Vaters zu hören oder vielmehr von Sorgen, die ihm angeblich von ihrer toten Mutter übermittelt wurden. Josh war sich nicht sicher, ob es diesmal wieder so war, aber er würde Dane anrufen und sich vergewissern, dass es ihm gut ging.

»Und was für ein Gefühl hast du meinetwegen?«, fragte Josh, obwohl er genau wusste, was sein Vater meinte. Er lehnte sich zurück und streckte die Beine aus.

»Wie ich höre, ist Riley wieder zu Hause«, sagte sein Vater. »Und ein kleiner Vogel erzählt mir, dass sie in der großen Stadt verdammte Schwierigkeiten bekommen hat.«

»Ich kümmere mich darum.«

»Ich bin sicher, dass du das tust. Außerdem habe ich gehört, dass ihr zusammen seid, Riley und du. Stimmt das?«

Josh hatte es seinem Vater persönlich sagen wollen und gehofft, seinen Blick und seinen Gesichtsausdruck lesen zu können, wenn er es ihm sagte, aber er würde ihn niemals anlügen. »Jawohl. Das stimmt.«

»Nun, dann sorg dafür, dass dieser Unfug im Keim erstickt wird. Lass nicht zu, dass die Leute aus dieser Angeberstadt unseren guten Namen beschmutzen, hörst du?«

Wenn das nur so einfach wäre. »Dad?«

»Ja?«

»Ich stehe hinter Riley und mein Bauch sagt mir, dass ich das Richtige tue, aber was ist, wenn …?« Er brachte die Worte nicht über die Lippen. Wenn er sie laut aussprach, war es, als würde er Riley hintergehen.

»Was ist, wenn sie nicht die Frau ist, für die du sie hältst?« Sein Vater räusperte sich. »Mein Sohn, es gibt keine einfache Antwort auf diese Frage und ich kann dir nicht sagen, was du tun oder lassen sollst, aber ich kann dir sagen, was deine Mutter in dieser Situation gesagt hätte.«

»Ja, bitte.« Josh hörte die Dringlichkeit in seiner eigenen Stimme.

»Deine Mutter ist immer ihrem Herzen gefolgt, aber sie war verdammt noch mal die klügste Frau, die ich je kannte. Und ein

Dickschädel war sie auch. Sobald ihr Herz eine Entscheidung getroffen hatte, dachte sie ein bisschen darüber nach, und wenn sich ein breites Grinsen auf ihrem Gesicht ausbreitete, hatte sie ihre Antwort. Dann hat sie mir in die Augen gesehen und gesagt: »Kann sein, das ich völlig falsch liege, aber mein Herz kann nicht ohne dieses oder jenes leben.« Das ist die Frage, die du dir stellen musst. Kann dein Herz ohne sie leben? Sobald du das herausgefunden hast, hast du deine Antwort.«

Josh schüttelte den Kopf. »Aber Mom hat bei ihren Entscheidungen nicht ihre Karriere riskiert.« Er hatte die Fäuste geballt und musste sich zwingen, sich zu entspannen.

»Komm mir nicht so, Josh Braden.« Der strenge Tonfall seines Vaters überraschte ihn. Ohne eine Antwort abzuwarten, fuhr er fort: »Das Leben deiner Mutter war genauso wichtig wie deines. Ihre Karriere war ihre Familie, diese Ranch, ich, du und alle deine Geschwister. Sieben Menschen vertrauten darauf, dass sie die richtigen Entscheidungen traf.«

»Tut mir leid, Dad. Ich bin nur durcheinander. Ich habe hart gearbeitet, um das zu erreichen, was ich erreicht habe.«

»Ja, das hast du, und deine Mutter hat hart gearbeitet, um unsere Familie zu dem zu machen, was sie heute ist. Glaubst du, das war einfach? Meinst du, sie hätte nicht gewusst, dass ein falscher Schritt die Bradens zu einer Lachnummer hätte machen können? Verdammt, in dieser kleinen Stadt braucht es nicht viel, um eine Ranch in den Ruin zu treiben. Josh, ich bin dir nicht böse, aber vielleicht solltest du die ganze Sache mal von einer anderen Warte betrachten. Leute sind wichtig. Die Familie ist wichtig. Ruhm, schnelle Autos, teure Wohnungen – all das bedeutet nichts ohne ein volles Herz.«

Nach dem Gespräch mit seinem Vater warf Josh einen letzten Blick auf Rileys Schreibtisch und ging dann in den Sicherheitsraum, um nach Reggie zu sehen.

»Wie läuft's?«, fragte Josh.

Reggie stoppte die Aufzeichnung, die er sich gerade ansah, lehnte sich zurück und verschränkte grinsend die Hände hinter dem Kopf.

»Nun, nach den Videos, die ich mir bereits angesehen habe, würde ich sagen, dass Sie mit Ihrer Vermutung recht haben. Wahrscheinlich haben wir bald etwas in der Hand.«

»Wirklich? Was haben Sie gefunden?« Josh sah ihn hoffnungsvoll an.

»Nicht viel. Nur Kleinigkeiten. Körpersprache. Wie Claudia die anderen mit Argusaugen beobachtet.« Er zuckte mit den Schultern. »Vielleicht ist sie einfach nur neugierig, aber ich habe das Gefühl, dass mehr dahintersteckt. Sie hat Riley wirklich im Visier. Sehen Sie mal.« Er spulte das Video zurück und drückte auf Play.

Josh sah, wie Claudia Riley mit Blicken folgte und sie von oben bis unten musterte. Sie hatte die Augen zusammengekniffen und ein höhnisches Lächeln spielte um ihre schmalen Lippen.

Reggie hielt das Video an und lehnte sich zurück. »Möglicherweise ist da nichts dran, aber diesen Blick von Frauen kenne ich, und glauben Sie mir: Er bedeutet nichts Gutes.«

»Sie haben wirklich Ahnung von Menschen, nicht wahr?«, fragte Josh. »Was würden Sie zu Riley sagen?«

»Bei allem Respekt, Josh, bis wir eine definitive Antwort haben, denke ich, sollte ich mich mit Urteilen zurückhalten.«

Was gab es da zu urteilen? Die Wut, die Josh in den letzten

Tagen immer wieder überrascht hatte, brandete erneut in ihm auf. Er verschränkte die Arme, um sich unter Kontrolle zu halten. Unterstellte er Riley, dass sie etwas Übles im Schilde führte? Hatte er etwas gesehen, was Josh nicht gesehen hatte?

»Regen Sie sich nicht auf«, sagte Reggie. »Sie ist im Moment Ihre bessere Hälfte. Ich will nichts sagen, bis ich sicher bin.«

Im Moment? »Okay, verstehe ich«, sagte Josh.

»Ich würde gerne den ganzen Abend durcharbeiten, wenn es Ihnen nichts ausmacht, da bald die Feiertage kommen. Ich habe die Passwörter, um die Dateien der Mitarbeiter einzusehen. Wenn Sie etwas vorhaben, kann ich alleine weiterarbeiten. Gibt es einen Wachmann, der abschließen kann?«

Josh rieb sich das Gesicht mit der Hand. »Ich bleibe hier.«

»Wie Sie wollen. Oh, und Ihre Schwester hat gesagt, Sie sollten nicht im Traum daran denken, am Mittwoch nicht nach Hause zu fahren.« Reggie wandte sich wieder dem Computer zu.

»Oh, ich fahre ganz sicher nach Hause, es sei denn, dieser ganze Mist nimmt eine unerwartete Wendung.«

Achtunddreißig

Dane nahm ab, als Josh gerade auflegen wollte.

»Josh! Wie geht es meinem kleinen Bruder?« Fünf Jahre lagen zwischen ihnen, und obwohl Josh mittlerweile genauso groß war wie sein Bruder, ließ Dane keine Gelegenheit aus, ihn als den »Kleinen« zu bezeichnen.

»Geht so. Und dir? Wo bist du?«, fragte Josh.

»Auf dem Weg nach Hause. Ich fahre gerade zum Flughafen.«

»Dad hat gesagt, ich sollte mich bei dir melden. Gibt es irgendwas, was ich wissen muss?« Josh fuhr den Computer hoch und öffnete seine E-Mails.

»Ach, der gute alte Dad.« Dane lachte. »Wie kriegt er das nur immer hin? Aber bei mir passiert nichts Weltbewegendes.«

Josh nahm die Leere in Danes Antwort wahr. »Sicher? Was höre ich da in deiner Stimme?«

»Ach was, Josh. Es ist nichts, ehrlich.« Dane atmete laut aus. »Nichts im Vergleich zu dem, was du gerade durchmachst, Gott sei Dank.« Er lachte wieder.

»Na prima. Weide dich ruhig an meinem Schmerz. Wie schön, dass ich einen so mitfühlenden Bruder habe.«

»Tja, jetzt merke ich erst, wie viel Glück ich habe. Vogelfrei und ungebunden.«

Wieder meinte Josh, etwas in seiner Stimme zu hören. Fühlte er sich einsam? »Bist du sicher, dass es nichts gibt, worüber du reden willst?«

»Im Moment nicht, aber es ist gut zu wissen, dass du da bist. Danke. Kann ich dir irgendwie helfen?«, fragte Dane. »Riley tut mir leid. Es ist schwierig genug, von Weston nach New York zu ziehen. Eine ganz neue Welt. Und jetzt wird das arme Ding den Wölfen zum Fraß vorgeworfen. Du glaubst nicht, dass sie es getan hat, oder?«

Josh hasste die Stimme, die ihm zuflüsterte: *Eigentlich nicht, aber kann ich mir wirklich sicher sein?* »Du kennst Riley. Meinst du, sie würde jemals so etwas tun? Ihre Karriere aufs Spiel setzen, bevor sie richtig begonnen hat?« Irgendwie klangen diese Worte falsch.

»Oder ihre Beziehung zum Chef?«, warf Dane ein.

»Das kommt noch dazu.«

»Tja, aber man kennt niemanden ganz genau.« Dane sagte etwas zu jemandem im Hintergrund. »Ich muss los. Mein Flug geht gleich. Wir sehen uns zu Hause. Ich lieb dich, Bruder.«

Vermutlich hatte ihr Vater mit seinem »Gefühl« diesmal danebengelegen. Josh verabschiedete sich von seinem Bruder und wandte sich seinen E-Mails zu. Eine war von Peter Stafford.

Josh,

ich bin mit meiner Familie in der Schweiz und habe nicht immer Zugang zum Internet. Bei unserem Termin am 4. Januar wollte ich eine neue Idee mit dir durchsprechen. Ich habe mir die Mappe von Riley Banks angesehen und du hast recht. Ihr Talent ist nicht zu übersehen. Mir ist sehr daran gelegen, dass sie an unserem Treffen teilnimmt. Da sind ein paar Punkte, zu denen ich gerne ihre Meinung hören würde. Ich denke, du hattest mal wieder den richtigen Riecher.

Gruß
Peter

Josh schloss das E-Mail-Programm und stand auf. Er wünschte, Reggie hätte keine neuen Zweifel an Rileys Unschuld genährt. Die Worte seines Vaters gingen ihm durch den Kopf. *Kann dein Herz ohne sie leben? All das bedeutet nichts ohne ein volles Herz.* Verdammt. Da waren ein paar Punkte, zu denen Peter gerne ihre Meinung hören würde? Josh musste dringend ihre Unschuld beweisen.

»Jemand zu Hause?« Mia segelte in sein Büro. In der einen Hand hielt sie Kaffeebecher in einem Pappträger und in der anderen eine Papiertüte.

Josh nahm ihr den Kaffee ab. »Du solltest nach Hause fahren und die Feiertage bei deiner Familie verbringen«, sagte er, obwohl er sich freute, sie zu sehen. Seine Nerven waren gespannt wie ein Flitzebogen und jede Ablenkung war willkommen.

»Du aber auch«, sagte sie. »Ich wusste, dass du hier bist, also habe ich dir etwas zu essen mitgebracht.«

»Das wäre doch nicht nötig gewesen.«

»Nein, da hast du recht, aber das ist es nun mal, was die beste Assistentin der Welt macht. Sie plant voraus, löst Probleme, bevor sie auftreten, und …« Sie sah ihn an. »Ach, egal. Ich bin nicht hergekommen, um zu beweisen, wie wundervoll ich bin. Ich bin hergekommen, um mich zu vergewissern, dass mit dir alles okay ist. Du hast nicht auf meine Sprachnachrichten oder SMS geantwortet.«

»Es war ein höllischer Tag«, gab Josh zu.

»Kann ich mir vorstellen. Wie geht es Riley?«

»Ich habe nicht mit ihr –« Ihm fiel ein, dass ihre Beziehung mittlerweile alles andere als geheim war. »Ich habe nicht mehr mit ihr gesprochen, seit sie in Colorado gelandet ist«, sagte er. »Aber sie hat eine SMS geschickt, und es scheint alles in Ordnung zu sein. Sie ist natürlich ziemlich durcheinander.«

Mia nickte und Josh hatte ein schlechtes Gewissen. Mia war immer eine loyale und engagierte Mitarbeiterin gewesen und er schätzte ihre Freundschaft. Er hätte ihr sagen sollen, dass er mit Riley zusammen war. Sie hätte es bestimmt nicht weitererzählt.

»Tut mir leid, dass ich dir nichts von mir und Riley gesagt habe, Mia. Sie wollte nicht, dass sich alle das Maul über sie zerreißen.«

Mia trank lächelnd ihren Kaffee. »Ja, du hättest es mir sagen sollen, dann hätte ich sie beschützen können. Schließlich ist es die Aufgabe der weltbesten Assistentin, Probleme zu lösen, bevor sie auftreten.«

»Du hättest sie beschützt?« Er trank einen Schluck Kaffee. »Natürlich hättest du das getan. Tut mir leid. Ich habe nicht richtig nachgedacht. Aber Claudia hättest du nicht aufhalten können.«

»Nein, aber ich hätte sie im Auge behalten und vielleicht auf frischer Tat ertappt. Dann wäre die ganze Geschichte nicht derart eskaliert.« Sie schwieg einen Moment. Dann fragte sie: »Sie ist es also? Sie ist diejenige, auf die du all die Jahre gehofft hast?«

Die Direktheit ihrer Frage überraschte ihn. Verblüfft

antwortete er: »Dass ich gewartet habe, kann man eigentlich nicht sagen.«

»Ach nein? Von den letzten achtzehn Dates hast du genau zwei nach dem gemeinsamen Abend noch einmal angerufen, und von diesen beiden Frauen hast du eine noch mal wiedergesehen – und zwar, um sie zu einer öffentlichen Veranstaltung mitzunehmen, nach der jeder von euch gleich nach Hause gegangen ist. Danach musste ich die Sache beenden. Du hast mir gesagt, ich solle ihr ein Outfit schicken und ihr am Telefon danken, aber keine Karte dazulegen. Also, gewartet hast du schon, auch wenn du es nicht wusstest.«

»Hast du Buch geführt über meine Dates?«, fragte Josh, dabei wusste er genau, dass Mia nichts entging. Es war Mia, die ihn noch vor sechs Uhr morgens angerufen hatte, um ihn vor den Medien zu warnen, und es war Mia, die ihm ungefragt Abendessen brachte. »Okay, du gewinnst, Mia. Vielleicht habe ich gehofft, dass Riley auftaucht. Aber es hat mich trotzdem umgehauen.«

Sie lehnte sich zurück und verschränkte die Arme. »Ich habe über diese ganze Sache nachgedacht. Claudia ist wirklich schlau. Wenn sie alle Originalzeichnungen von Riley gestohlen hat, dann hat Riley keine Chance. Wie soll sie belegen, dass das Kleid ihre Idee war? Dann fiel mir etwas ein. Wenn Claudia das wirklich getan hat, dann musste sie es hier tun, stimmt's?« Sie sah Josh mit großen Augen an. »Du weißt, worauf ich hinaus will, nicht wahr? Die Sicherheitskameras. Selbst wenn wir Claudia nicht auf frischer Tat ertappt haben, gibt es Aufzeichnungen. Das könnte Rileys Rettung sein, meinst du nicht auch?«

»Ich bin dir einen Schritt voraus. Komm mit.« Er führte sie in den Sicherheitsraum, wo Reggie mit unbewegter Miene auf einen leeren Bildschirm starrte. »Reggie, das ist meine Assistentin, Mia. Sie weiß Bescheid.«

Reggie wirbelte herum und sprang auf. »Ich glaube, Sie haben es mit einem schlauen Dieb zu tun.« Er warf Mia einen anerkennenden Blick zu und streckte ihr die Hand entgegen. »Freut mich, Sie kennenzulernen«, sagte er.

Mia schüttelte ihm die Hand und die Funken, die zwischen den beiden aufstoben, waren fast sichtbar. Josh räusperte sich.

»Ein schlauer Dieb?«, fragte er.

»Schlau, jawohl.« Reggie richtete seine Aufmerksamkeit wieder auf Josh, auch wenn sein Blick immer wieder zu Mia huschte. »Die Zeiten der Überwachungskameras wurden manipuliert. In den vergangenen vier Wochen liefen die Kameras bis halb elf am Vormittag. Danach waren sie ausgeschaltet, bis nach neun Uhr abends. An den Wochenenden waren sie komplett aus. Wer das getan hat, hat Zugriff auf die Kamerasteuerung.«

Josh sah Mia fragend an.

»Also muss es jemand mit einem Hauptschlüssel sein, der Haustürschlüssel allein reicht nicht. Die Putzkolonne, ich, du.« Sie nickte Josh zu. »Außerdem Claudia, und ich denke, dass Clay auch einen hat. Ich glaube, das sind alle. Aber wir prüfen die Videos täglich, um sicherzugehen, dass die Kameras funktionieren. Ich überprüfe sie persönlich jeden Morgen um acht.« Sie schloss die Augen und seufzte. »Natürlich waren sie morgens um acht noch an. Sie schalteten sich erst später am Vormittag aus.«

Josh schluckte. Er hatte Riley ebenfalls einen Hauptschlüssel gegeben und Mia wusste nichts davon.

»Na, das ist doch der Beweis, oder? Es muss Claudia sein«, sagte Mia.

»Das sind bestenfalls Indizien. Dahinter könnte etwas ganz anderes stecken, was mit dem Diebstahl der Entwürfe nichts zu tun hat.« Reggie verschränkte seine kräftigen Arme vor der Brust. »So etwas habe ich schon oft genug erlebt. Wir decken ein sekundäres Problem auf, während wir das primäre Problem untersuchen. Ich werde mir die Dateien auf den Computern vornehmen. Mal sehen, was wir sonst noch finden.«

Josh stellte gereizt fest, dass Reggie es offenbar immer noch für möglich hielt, dass Riley etwas mit der ganzen Sache zu tun hatte. So sehr er sie auch liebte: Er durfte nichts vertuschen. Widerstrebend sagte er: »Ich habe Riley auch einen Schlüssel gegeben. Einen Hauptschlüssel. Einen anderen hatte ich nicht mehr.« Er zuckte mit den Schultern.

Mia hob eine Augenbraue.

»Es war der Schlüssel aus dem Safe«, sagte Josh.

»Warum hast du mir das nicht gesagt?«, fragte Mia.

»Ich habe es vergessen, und sie hat ihn gar nicht benutzt.« Josh sah die Enttäuschung in ihren Augen und wusste, dass er sie verdient hatte.

Mia sah ihn zweifelnd an.

»Ich bin mit ihr zusammen, Mia, morgens und abends. Sie ist nie alleine hier.«

»An den Daten der elektronischen Schlüssel können wir sehen, wann bestimmte Mitarbeiter das Gebäude betreten haben. Sie haben eine Liste der Angestellten und ihrer Schlüsselcodes, stimmt's?«

Mia nickte.

»Ist diese Tür immer verschlossen?«, fragte Reggie.

»Ja«, antwortete Mia.

»Die Daten der Schlüssel sind nicht so einfach zu manipulieren wie die Kameras. Ich denke, wir wissen bald

Näheres. Josh, Sie müssten mir die Unterlagen fertig machen, die ich Ihnen gegeben habe, damit wir alles in Ihrem Namen anfordern können.«

»Kein Problem. Ich erledige das sofort«, antwortete Josh mechanisch. Der Gedanke, dass Riley einen Hauptschlüssel hatte, ging ihm nicht aus dem Kopf.

»Wir müssen die Möglichkeit in Betracht ziehen, dass noch mehr Mitarbeiter mit der Manipulation der Kameras zu tun haben. Ich werde Sie wissen lassen, wenn ich Genaueres weiß«, sagte Reggie.

»Ich zeige Ihnen die Schreibtische«, bot Mia an. Sie drehte sich auf dem Absatz um und ging voraus.

Josh rührte sich nicht vom Fleck. Konnte es Riley gewesen sein? Er sank auf den Stuhl, auf dem Reggie eben noch gesessen hatte, und bedeckte sein Gesicht mit den Händen. Er musste telefonieren. Leute befragen, denen er vertraute. Clay, die Putzfrau Wella ... und Riley.

Neununddreißig

Der Abendwind wehte über die Veranda von Rileys Elternhaus. Riley sah zu, wie die Sonne hinter den Bäumen versank, und kuschelte sich in ihren dicken Pullover. Hinter ihr knarrte die Haustür und ihre Mutter trat auf die Veranda. Das wellige dunkelbraune Haar, in das sich jetzt viele weiße Strähnen mischten, reichte ihr bis auf die Schultern. Über ihrem Pullover trug sie eine Steppjacke und sie hatte eine Flasche Wein und zwei Gläser dabei. Sie setzte sich neben Riley in den Schaukelstuhl.

»Wie geht es meinem Mädchen?«, fragte ihre Mutter.

Riley hatte immer eine enge Beziehung zu ihrer Mutter Arlene gehabt. Sie war liebevoll und freundlich, selbst wenn ihre Tochter einen Tadel verdient gehabt hätte. Riley war es nie schwergefallen, sie um Rat zu bitten.

»Mir geht es gut, Mom. Es ist schön, wieder zu Hause zu sein.« Riley hatte den ganzen Nachmittag an Josh gedacht. Was ging wohl in New York gerade vor sich? Waren ihm die Medien auf den Fersen? Hatte er Beweise für Claudias Schuld gefunden? Zweifelte er an ihr, Riley? An ihrer Beziehung? Sie konnte sich immer noch nicht mit dem Gedanken abfinden, dass Joshs Ruf durch diese unsinnigen Anschuldigungen gegen sie Schaden nehmen konnte.

»Wir haben dich vermisst, aber wir wussten ja, dass deine Zeit eines Tages kommen würde. Du bist zu talentiert, um ein Dasein als Verkäuferin bei Macy's zu fristen«, sagte ihre Mutter.

»Vielen Dank.«

»Gefällt dir die Arbeit so, wie du es dir erhofft hast?«

Es passte ihr ganz gut, dass ihre Mutter einen Bogen um Claudia und ihre Vorwürfe machte. Sie war noch nicht bereit, darüber zu reden. »Im Moment arbeite ich nur als Assistentin, aber es macht Spaß. Ich mag meine Arbeit und ich mag New York. Oder zumindest habe ich es gemocht.« Die Veranda knarrte unter der rhythmischen Bewegung ihres Schaukelstuhls.

»Das ist gut«, sagte ihre Mutter. »Du hattest nie Probleme, dich an neue Situationen zu gewöhnen. Weißt du noch, wie wir zu Tante Betty gefahren sind? Oder wie du im Sommercamp warst? Die ungewohnte Umgebung hat dich nie gestört.«

»Ja, daran erinnere ich mich.« Riley lächelte. Ihre Tante hatte immer dafür gesorgt, das sie einen Vorrat an ihren Lieblingskeksen parat hatte.

»Es gibt nicht viel, mit dem du nicht umgehen kannst, Riley.«

Ihre Mutter schaute sie an. Riley wusste, was sie ihr damit sagen wollte.

»Ich bin mir nicht so sicher«, sagte Riley nachdenklich. »Mom, woher wusstest du, dass Dad der war, den du dir immer erträumt hattest?«

»Da war ich mir nie sicher«, räumte ihre Mutter ein. »Damals nicht und heute auch nicht.«

Oh nein. Bitte nicht noch mehr schlechte Nachrichten. Sie wagte nicht, ihre Mutter anzusehen.

»Ich liebe deinen Vater. Er ist ein bemerkenswerter,

fürsorglicher Mann, der alles für dich oder mich tun würde. Aber, Schatz, wir wissen heute nie, was wir morgen wollen oder warum wir es wollen.«

Riley hob den Blick.

»Wie kannst du mit dreißig wissen, was du mit vierzig willst? Die Liebe ist stark, aber das Verlangen ist es auch, und das eine ohne das andere kann für jede Beziehung das Ende bedeuten.« Ihre Mutter zog ihre Jacke fester um sich. »Als ich deinen Vater geheiratet habe, wusste ich nicht, ob ich in zwei Jahren noch mit ihm zusammen sein wollte, ganz zu schweigen von dreißig Jahren. Und mir war klar, dass er es ebenso wenig wissen konnte, so sehr er mir auch ewige Liebe schwor.« Sie blickte auf die Berge hinaus. »Ich habe einfach den Sprung gewagt und das Beste gehofft. Ich wusste, dass ich ihn liebte, und ich wusste, dass ich ihn begehrte. Mit dem Rest« – sie zuckte mit den Schultern – »würde ich mich auseinandersetzen, wenn es so weit war.«

»Und?«, fragte Riley.

»Verlangen und Liebe kommen und gehen in einer Beziehung. Ich werde dir ein kleines Geheimnis verraten, das meine Mutter mir anvertraut hat.«

Gespannt beugte Riley sich vor.

»Sie sagte: ›Ich bin mir nicht so sicher, dass Gott wusste, was er tat, als er uns den Wunsch eingab, zusammenzuleben. Männer und Frauen ticken einfach anders. Wir denken anders. Wir haben unterschiedliche Bedürfnisse, und das allein kann ein Paar ziemlich schnell auseinanderbringen‹.«

Ihre Mutter blickte lächelnd in den Sternenhimmel. »Also war ich vorgewarnt, als ich geheiratet habe. Ich wusste, dass wir auch schwierige Zeiten erleben würden, in denen mir irgendetwas an deinem Vater nicht gefiel oder in denen ich mir wünschte, dass er etwas tun würde, was aber gar nicht seiner Art entsprach. Ich denke, meine Mutter hat unsere Ehe gerettet, denn als diese Zeiten kamen, war ich vorbereitet. Ich habe sie als das gesehen, was sie waren: winzige Unebenheiten auf einem sehr langen Weg. Ich gab nicht auf und ich ging nicht weg. Und wenn das Verlangen erloschen schien, haben wir beide daran gearbeitet, es wieder anzufachen.«

Wie konnte ich mich so sehr irren? »Und das heißt?«, fragte Riley.

»Das heißt, dass du nie wirklich weißt, was die Zukunft bringt. Du musst dich an dem orientieren, was dein Herz dir sagt, wenn du glaubst, dass du deine ewige Liebe gefunden hast. Du wirst wissen, wann es Zeit ist, den Sprung zu wagen.«

Riley atmete tief aus. »Den Sprung wagen.«

Ihre Mutter schenkte ihnen beiden ein Glas Wein ein. »Ein Schluck Wein hilft dir vielleicht, klarer zu sehen.«

»Ja, könnte sein.« Riley nippte an dem Wein und dachte über das nach, was ihre Mutter gerade gesagt hatte.

»Riley, Beziehungen sind nicht immer heiß und erotisch, und manchmal ist es die tiefere, bedeutsamere Liebe, die dich weitermachen lässt. Wenn dich der, den du am meisten liebst, nach einem anstrengenden Tag in den Arm nimmt oder du seine Stimme hörst, kann das viel stärker sein als die Leidenschaft einer neuen Liebe.«

Riley spürte, wie sie rot wurde. »Ich wollte nicht …«

»Nein, aber du hast dich gefragt, was passiert, wenn die Leidenschaft nachlässt. Dann sind deine Kraft und dein Mut gefragt, um dich und deinen Partner wieder dorthin zu bringen, wo ihr am glücklichsten seid.«

Riley nickte.

»Du und Josh. Willst du darüber reden?«, fragte ihre

Mutter.

»Ich weiß es nicht, Mom. Ich vermisse ihn jetzt schon. Es ist verrückt, das weiß ich. Ich habe ihn heute Morgen erst gesehen, aber jedes Mal, wenn ich an ihn denke, sehe ich sein Gesicht vor mir. Und dann bekomme ich eine Gänsehaut. Aber das ist es nicht allein«, fuhr Riley fort. »Er ist so anders, als ich dachte. Als wir noch zur Schule gingen, war ich verrückt nach ihm, aber er war ein Braden. Ein gut aussehender, selbstbewusster Typ, der vollkommen unerreichbar war für mich.«

»Mach dir nichts vor, Riley«, sagte ihre Mutter. »Josh war wegen dieser albernen Fehde zwischen den Bradens und den Johnsons unerreichbar. Wenn es diesen Unsinn nicht gegeben hätte, hätte keine Macht der Welt euch trennen können.«

Riley sah ihre Mutter verblüfft an. Dann hatte sie also gewusst, dass sie in Josh verknallt gewesen war – und Josh in sie. Bevor sie antworten konnte, fuhr ihre Mutter fort:

»Du hättest jeden Mann haben können, den du wolltest – und daran hat sich nichts geändert. Du bist klug und hübsch und sympathisch.«

Riley lachte leise. »Danke, Mom. Du wusstest, dass ich in Josh verknallt war?«

»Schatz, das wusste jeder.«

Oh Gott! »Wirklich? Danke, Mom. Du hättest mir ruhig Bescheid sagen können, dass ich so leicht zu durchschauen war.«

»Es hätte keinen Unterschied gemacht. Du konntest nicht anders, so wie Jade nicht anders konnte, als Rex zu lieben.«

»Okay, wahrscheinlich hast du recht«, sagte Riley. »Aber das meinte ich gar nicht. Ich meinte nur ... Ach, ich weiß nicht. Ich dachte immer, er wäre ... irgendwie arroganter oder so, vor allem jetzt, wo er auf dem Höhepunkt seiner Karriere ist – jedenfalls war er das, bevor ich in sein Leben getreten bin.« Ihr

Lächeln erlosch.

»Oh, Schatz, eigentlich weißt du doch, dass keiner der Bradens so ist. Sie sind eine sehr nette Familie. Sehr offen und sehr fleißig. Hal hat jedem seiner Kinder einen guten Start ins Leben verschafft.«

»Mittlerweile weiß ich das. Es hat mich einfach überrascht, und jetzt mache ich mir Sorgen, dass ich seine Familie blamiert habe.« Da war es heraus. Sie hatte es laut ausgesprochen, und plötzlich hatte sie das Gefühl, als sei ihr eine schwere Last von den Schultern genommen.

»Oh, Schatz, meinst du nicht, dass du ein bisschen übertreibst?«

»Wir sind auf *Yahoo! News*, Mom.«

»*Yahoo! News?*«

»Stimmt, du kennst dich mit Computern nicht aus. Das solltest du wirklich ändern, weißt du. Yahoo ist ein riesiges Internetportal, das Millionen von Menschen nutzen und das auch Nachrichten verbreitet. Unzählige Leute können jetzt meine Visage bewundern und dazu den Artikel lesen, in dem ich als Designdiebin hingestellt werde, obwohl ich kein einziges Design gestohlen habe.«

Schweigend trank ihre Mutter von ihrem Wein und sah hinaus auf das Feld vor dem Haus.

»Jetzt verstehe ich, warum dir das Herz so schwer ist«, sagte sie schließlich. »Riley, du hast die Designs nicht gestohlen. Also kannst du auch niemanden blamiert haben. Wer immer dich auch beschuldigt: Derjenige sollte sich schämen.«

Deutlicher hätte der Unterschied zwischen Weston und New York nicht sein können. Wenn hier in Weston jemand derartige Anschuldigungen gegen sie vorgebracht hätte, wäre Riley ihm entgegengetreten und alle hätten ihr den Rücken gestärkt. Weil sie wussten, wer sie war und wie sie war.

»So einfach ist es leider nicht«, erklärte Riley. »Ich weiß nicht, ob sie mich vor Gericht zerren kann, obwohl es meine Entwürfe sind. Und ich weiß nicht, welche Auswirkungen das auf Joshs oder meine Karriere oder auf unsere Beziehung hat. Oh, Mom, es ist solch ein Durcheinander.«

Ihre Mutter nickte. »Ich bin sicher nicht besonders weltgewandt, aber ich weiß, dass solche Dinge mit der Zeit von selbst verschwinden. Wenn du mittendrin steckst, fühlt es sich an wie ein endloser Albtraum, aber glaub mir: Die Zeit heilt wirklich alle Wunden.«

»Sie heilt vielleicht Wunden, Mom, aber sie kann keine Karriere retten. Und was ist, wenn Josh eines Tages aufwacht und bedauert, dass er zu mir gestanden hat? Auch wenn er jetzt sagt, dass er mich liebt? Ob in einem Jahr, in einem halben Jahr oder in zehn Jahren, irgendwann wird das Ganze wieder hochgekocht, bei einer Modenschau oder einem anderen Event mit Medienpräsenz.«

»Was ist, wenn es so kommt?«, fragte ihre Mutter.

»Ich weiß es nicht«, rief Riley. »Deshalb frage ich dich ja. Es wäre schrecklich, glaube ich.«

»Ja, Riley, das wäre es. Aber stell dir vor, diese ganze Geschichte wäre nicht passiert. Du bleibst mit Josh zusammen, vielleicht heiratet ihr und in ein paar Jahren wacht Josh auf und sagt, dass er dich nicht mehr liebt. Wäre das besser?«

Riley trank ihr Glas in einem Zug leer. »Willst du mir Angst machen?«

»Verstehst du nicht, Riley? Das Hier und Jetzt ist das Einzige, dessen du dir sicher sein kannst. Das Greifbare, die Zeit, die man festhalten und die man genießen kann, Kuss für Kuss. Es gibt keine absolute Gewissheit. Was morgen passiert, können wir nur erraten. Du musst das Jetzt ergreifen und das Beste daraus machen. Genieße es. Joshs Familie ist das beste Beispiel. Meinst du, sie hätten gewusst, dass sie Adriana so jung verlieren?«

»Nein, aber…«

»Meinst du nicht, dass sie Hal immer und immer wieder gesagt hat, dass sie ihn liebt und ihn nie verlässt? Man muss Vertrauen haben und den Sprung wagen.«

Ihre Mutter schenkte Wein nach und fuhr fort: »So wie ich es sehe, solltest du dir weniger Gedanken wegen der Blamage machen, die du anderen möglicherweise bereitest, und mehr darüber nachdenken, wie du die Rechte an diesen Designs zurückbekommst, an denen du sicher lange gearbeitet hast.«

»Josh kümmert sich darum«, sagte Riley.

»Seit wann lässt du andere Leute deine Schlachten schlagen?«

»Das klingt ein bisschen hart, meinst du nicht, Mom?«

»Nein, ich bin nur realistisch, Riley. Du bist immer für dich selbst eingetreten. Du hattest es schon mit mächtigeren Gegnern zu tun als mit dieser Frau in New York. Erinnerst du dich, als du in die vierte Klasse gingst und Alex Harper aus der sechsten es sich in den Kopf gesetzt hatte, Jade Tag für Tag zu hänseln?«

»Ja, aber damals waren wir Kinder«, sagte Riley.

»Das hat dich nicht davon abgehalten, zu ihm hinzugehen und ihm eins auf die Nase zu geben.« Ihre Mutter schüttelte den Kopf. »Ich erinnere mich noch, wie seine Mutter mich am Telefon angeschrien hat, und ich war so verdammt stolz auf dich. Ich war nicht begeistert, dass du das Problem mit den Fäusten geregelt hast, aber ich war stolz, dass du eine Situation in den Griff bekommen hast, mit der die Lehrer und die

Direktorin nicht klarkamen. Ich glaube an dich, Riley. Bestimmt übersiehst du etwas. Irgendeinen Beweis für das, was du geschaffen hast.«

»Falls es diesen Beweis gibt, weiß ich jedenfalls nicht, wo er ist.«

Ihre Mutter runzelte die Stirn. »Dann denkst du nicht angestrengt genug nach. Oder vielleicht hast du dich mit der Rolle des Opfers arrangiert und siehst nicht, wie du da herauskommen sollst.«

Vierzig

Mit hängenden Schultern und Rändern unter den Augen stand Josh in der Lobby des Dakota Building und wartete auf den Aufzug.

»Ich wusste gleich, dass du sie nicht nur wegen ihres Talents eingestellt hast.«

Beim Klang von Claudias Stimme fuhr Josh herum. »Was zum Teufel machst du hier?« Er drückte hektisch auf den Fahrstuhlknopf, als könnte er ihn dadurch überreden, schneller zu kommen.

Mit ihrer eng anliegenden Jeans, hohen Absätzen und einer teuren Kunstpelzjacke sah Claudia eher aus, als hätte sie sich für ein Date herausgeputzt und nicht für eine Konfrontation mit ihrem Chef.

»Na, hast du Angst, sie könnte uns zusammen sehen? Soweit ich weiß, ist deine Freundin längst weg. Sie hat sich nach Hause geflüchtet, um sich dort zu verstecken.« Sie betrachtete eingehend ihre roten Fingernägel, stemmte dann die Hand in die Hüfte und sah Josh an. »Aber das weißt du ja schon. Schließlich hast du sie zum Flughafen gebracht.«

Jeder Nerv in seinem Körper schien in Flammen zu stehen. Josh ballte die Fäuste, um sie nicht anzuschreien, sie solle sich zur Hölle scheren. Die Türen des Aufzugs glitten auf und Josh trat ein. Claudia stellte sich neben ihn und gleich darauf ging ein Blitzlichtgewitter los, als ein Fotograf ein Bild nach dem anderen von Claudia und Josh schoss.

»Was zum Teufel soll das?« Er hielt sich die Hände vors Gesicht. »Verschwinde, Claudia. Du bist verrückt.«

Mit lässigem Hüftschwung trat sie zurück in die Lobby zu dem Fotografen. »Du hättest mein Angebot annehmen sollen, als du die Möglichkeit dazu hattest.«

Die Aufzugtür schloss sich. Josh fluchte. Als der Fahrstuhl schließlich auf seiner Etage ankam, glühte er nur so vor Wut. Er trat in seine Wohnung und knallte die Tür donnernd zu. Fluchend ging er im Flur auf und ab. Sein Handy klingelte, aber er war viel zu wütend, um mit jemandem zu sprechen. *Gott sei Dank ist Riley nicht hier. Claudia auf den Fersen zu haben ist das Letzte, was sie jetzt braucht.* Er stampfte ins Schlafzimmer, zerrte sich das Hemd vom Leib und warf es in die Ecke. Dann sah er das Foto von sich und Riley auf der Kommode. Stöhnend nahm er den Rahmen in die Hand, nur um ihn gleich wieder wegzustellen. Im Moment fühlte er nichts außer einem gleißenden Hass auf Claudia.

Er stellte sich unter die Dusche und ließ das heiße Wasser auf Rücken und Schultern prasseln. Er wusste, dass er eine Entscheidung treffen musste. Was war, wenn er keine Beweise fand und Rileys Name auf ewig mit dem Verdacht verknüpft blieb, den Entwurf gestohlen zu haben? Wie sollte es dann weitergehen? Bisher hatte Claudia keine rechtlichen Schritte gegen Riley eingeleitet, was Josh nur in dem Glauben bestärkte, dass dies alles ein abgekartetes Spiel von Claudia war, bei dem Riley keinerlei Schuld traf.

Josh trat aus der Dusche und trocknete sich ab. Wieder

klingelte sein Handy, doch er war immer noch zu aufgewühlt zum Telefonieren. Während er alles darangesetzt hatte, einen Beweis für Rileys Unschuld zu finden, hatte er übersehen, dass sie einem viel größeren Problem gegenüberstanden. *Was ist, wenn diese Vorwürfe nie entkräftet werden?*

Einundvierzig

Es war fast Mitternacht, als Riley schließlich ihre Taschen auspackte. Sie klappte den Kofferdeckel auf. Auf ihren Sachen lag ein Briefumschlag. *Josh.* Sie setzte sich auf ihr Bett und sog Joshs Duft ein, der von dem feinen Leinenpapier ausging. Sie zog ein Blatt Briefpapier hervor und las die handgeschriebene Notiz.

Hey Babe,

das ist alles ganz schön blöd, was? Es tut mir leid. Dass ich nicht zuerst mit dir gesprochen habe, bevor ich die Mitarbeiter befragt habe. Dass wir uns mit diesem Durcheinander herumschlagen müssen. Ich glaube an dich, und ich werde alles tun, um die Sache schnell aufzuklären, damit ich bald zu dir kommen kann. Inzwischen bist du bei deinen Eltern und ich bin zurück in meiner Wohnung und wünschte, du wärst hier. Niemals zuvor habe ich den Gedanken, allein zu schlafen, so sehr gehasst.

Wir schaffen das. Ich liebe dich.
J.

Riley lehnte sich zurück und drückte den Zettel an die

Brust. *Aber wirst du mich auch morgen noch lieben?*

Am nächsten Morgen erwachte Riley von Stimmengewirr im Erdgeschoss. Sie sprang schnell unter die Dusche, um wacher zu werden. Sie hatte nicht gut geschlafen. Die ganze Nacht hatte sie darauf gewartet, dass Josh anrief, und hatte hin und her überlegt, ob sie ihn anrufen sollte. Was war, wenn er zweifelte, an ihrer Unschuld und an ihrer Beziehung? Sie hatte sich davor gefürchtet, dass seine Stimme vielleicht anders, distanzierter klang als sonst. Jetzt hatte sie ein schlechtes Gewissen. Er stand allein da, während sie sich in die Geborgenheit ihres Elternhauses zurückgezogen hatte und von Familie und Freunden umgeben war. Sie schaute in den Spiegel und seufzte. Der Stress der letzten beiden Tage war ihr anzusehen.

Auf ihrem Handy war eine Nachricht von Josh, die um vier Uhr morgens eingetroffen war. *Wollte dir nur sagen, dass ich dich liebe. Ich kann es kaum erwarten, dich zu sehen.* Sie fand es wunderbar, dass er mitten in der Nacht an sie gedacht hatte, und fragte sich dann, warum er mit seiner Nachricht so lange gewartet hatte.

Sie schrieb zurück: *Liebe dich auch. Rufst du mich später an?*

Riley zog Jeans und ein warmes Sweatshirt an, als wollte sie sich so weit wie möglich von der Designermode fernhalten. Heute brauchte sie Trost. Diese Woche. Vielleicht für immer.

Als sie die Treppe hinunterging, hörte sie Jades Stimme, dann Max' und dann Savannahs. *Was ist da los?* Sie schlich sich zur angelehnten Küchentür und lauschte.

»Was sie braucht, ist ein Mädelstag. Ein bisschen Ablenkung täte ihr gut«, sagte Jade.

»Und einen Mädelsabend«, fügte Savannah hinzu. »Ich kann es einfach nicht fassen. Dieses Foto! Vielleicht haben wir Glück und sie sieht es gar nicht.«

Was macht Savannah hier? Welches Foto? Riley verspürte ein flaues Gefühl in der Magengrube.

»Ich kann das immer noch nicht glauben«, sagte Max. »Mein Brautkleid im Mittelpunkt eines Skandals! Wie geht Josh damit um? Treat konnte ihn gestern Abend nicht erreichen.«

»Er geht nicht ans Telefon«, antwortete Savannah. »Aber ich habe mit dem Privatdetektiv gesprochen, den er engagiert hat, und sie scheinen alle Hebel in Bewegung zu setzen, um der Sache auf den Grund zu gehen. Aber dieses Foto … Arme Riley.«

Riley schlich sich wieder nach oben in ihr Zimmer und schloss die Tür. Sie öffnete ihren Computer und gab Joshs Namen als Suchbegriff ins Browserfenster ein. Als sie die Titelseite der *New York Post* sah, erstarrte sie. Ein Foto von Josh und Claudia im Aufzug des Dakota Building. Sie kniff die Augen zusammen, betrachtete Joshs Gesicht genau und vergrößerte es, konnte aber nichts entdecken, das auf eine Fotomontage hindeutete. Der Artikel unter dem Bild war nicht sehr aufschlussreich. Darin stand nur, die beiden seien in der Eingangshalle seines Wohnhauses »zusammen gesehen worden«.

Sie ging ihre SMS durch und hörte ihre Voicemails ab. Keine Nachricht von Josh. War das der Grund, warum er gestern Abend nicht angerufen hatte? Sie legte sich auf ihr Bett und fragte sich, was zum Teufel vor sich ging. Ihr Puls raste. *Verdammte Claudia.* Sie erinnerte sich an das, was ihre Mutter gesagt hatte. *Du hattest es schon mit mächtigeren Gegnern zu tun als mit dieser Frau in New York.* Sie setzte sich auf und wählte die Nummer der Auskunft.

»Claudia Raven, Manhattan, bitte.«

Die vierte Nummer war die richtige. Riley holte tief Luft und umklammerte zitternd das Telefon. Claudia nahm beim ersten Läuten ab.

»Hallo?«

Ihr beiläufiger Tonfall brachte Riley kurzfristig aus dem Konzept. »Claudia?«

Claudia antwortete nicht. Stille breitete sich aus und gerade, als Riley ansetzen wollte, sagte Claudia: »Riley Banks. Was in aller Welt willst du? Oh, gestern Abend habe ich übrigens deinen Freund gesehen.«

Das höhnische Grinsen in ihrer Stimme war nicht zu überhören. Riley stand auf und bemühte sich, das Zittern ihres Körpers unter Kontrolle zu bekommen und ihre Gedanken zu sammeln. Als das nicht funktionierte, schloss sie die Augen und platzte einfach mit dem heraus, was sie zu sagen hatte.

»Du hast meine Zeichnungen gestohlen. Du zerrst mich durch Gott weiß was für einen Dreck und hast offensichtlich alles darangesetzt, um dieses Bild von dir und Josh zu bekommen.« Erst, als ihre Zimmertür aufflog und Jade, Max und Savannah hereinstürzten, wurde Riley bewusst, dass sie Claudia anschrie. Ihre Mutter tauchte im Türrahmen auf und gab ihr den Mut, weiterzureden.

»Nun, ich will dir eins sagen, Claudia Raven. Ich bin vielleicht keine New Yorkerin, die mit allen Wasser gewaschen ist, aber ich bin eine Frau aus Weston, und Frauen aus Weston sind stolz, ehrlich und stark. Wenn du meinst, mit deiner Taktik könntest du einen Keil zwischen Josh und mich treiben, hast du dich getäuscht. Von mir aus könntest du auf diesen Bildern splitterfasernackt sein. Ich kenne Josh. Jemanden wie dich würde er nie anrühren, selbst wenn sein Leben davon abhinge.« Rileys Blick traf den ihrer Mutter, die ihr zunickte.

Claudia schnappte hörbar nach Luft und heizte Rileys Wut dadurch noch weiter an.

»Es ist mir egal, ob wir Beweise finden oder nicht«, sagte Riley. »Ich kenne die Wahrheit und du kennst sie auch. Du bist diejenige, die mit der Schuld leben muss. Du weißt, wie tief du gesunken bist und wie viele Menschen du verletzt hast.« Riley legte auf.

»Mädel, du warst super.« Jade schlang die Arme um Riley.

»Wow, gut gemacht!«, lachte Savannah und umarmte Jade und Riley.

»Ich kann nicht glauben, dass du das getan hast«, fügte Max hinzu.

Rileys Mutter stand mit feuchten Augen in der Tür. »Ich bin stolz auf dich, Riley.«

Tränenüberströmt und mit zitternden Beinen ließ sich Riley von ihren Freundinnen umarmen. Hoffentlich hatte sie nicht gerade den schlimmsten Fehler ihres Lebens gemacht.

Zweiundvierzig

Josh starrte auf das Foto auf der Titelseite der *New York Post*, während er sein Handy ans Ohr drückte. Kelly, seine PR-Managerin, redete seit zehn Minuten auf ihn ein, weil er sie am Abend zuvor nicht angerufen hatte, als Claudia im Dakota Building aufgetaucht war.

»Ich hätte ihnen zuvorkommen können, Josh. Das weißt du. Wenigstens hätte ich eine andere Darstellung in Umlauf bringen können. Jetzt sieht es so aus, als würdest du dich hastig um Schadensbegrenzung bemühen«, sagte Kelly.

»Ja, ich weiß. Ich habe nicht nachgedacht.«

»Hast du es Riley erzählt? Ist sie vorgewarnt?«

»Nein«, sagte er zerknirscht. »Ich war zu sauer, und als ich mich einigermaßen beruhigt hatte, dachte ich nicht mehr an die Zeitungen.« Seine Gedanken hatten allein um die Frage gekreist, was er tun würde, wenn Rileys Unschuld nicht bewiesen werden konnte. Was das für seine Karriere bedeuten würde, blieb abzuwarten. Aber wie sollte er damit umgehen, wenn dieser Albtraum nicht aufhörte und Riley immer wieder als Designdiebin hingestellt wurde? Er war selbst überrascht, welche Wut in ihm brannte, seit Claudia ihn im Dakota Building abgefangen hatte. Dieses gottverdammte Bild von ihm und Claudia zu sehen, brachte ihn an den Rand seiner Beherrschung.

»Man muss immer – immer! – an die Zeitungen denken. Gerade in einer solchen Situation. Verdammt, Josh. Ich werde tun, was ich kann, aber du solltest dich besser mit Riley in Verbindung setzen. Du bist ihr eine Erklärung schuldig. Ehrlich, Josh, man könnte meinen, du hättest dich Hals über Kopf verliebt und könntest nicht mehr klar denken.«

Man könnte meinen, du hättest dich Hals über Kopf verliebt und könntest nicht mehr klar denken. Wenn Kelly schon diesen Eindruck hatte, was dachten dann alle anderen? Seine Gedanken kehrten zu Riley zurück. Sie kehrten immer wieder zu Riley zurück. Er sah den vertrauensvollen Blick in ihren Augen vor sich, ihr Lächeln, als er ihr sagte, dass er sie liebte. Er liebte sie. *Verdammt, ich liebe sie wirklich.* Aber er liebte auch seinen Beruf, und den konnte er vergessen, wenn er die Wut, die in seinen geballten Fäusten schlummerte, nicht unter Kontrolle bekam.

Als sein Handy klingelte, nahm er den Anruf an, ohne auf das Display zu sehen. Der Widerstreit zwischen seinem Herzen und seinem Verstand hielt all seine Aufmerksamkeit gefangen.

»Hallo?«, sagte er.

»Was zum Teufel machst du?«, fauchte Treat.

»Nichts«, antwortete Josh barsch.

»Max ist gerade bei Riley. Savannah ist auch da. Sie versuchen, dieses Durcheinander zu sortieren, damit du deine Freundin nicht verlierst.«

Josh schwieg. *Meine Freundin.*

»Hör zu, kleiner Bruder. Ich weiß nicht, was los ist, aber wenn du deine Beziehung zu Riley retten willst, solltest du besser nicht mit Claudia rumhängen.«

»Verdammt, Treat. Glaubst du wirklich, das würde ich tun? Sie tauchte völlig unerwartet hier auf, der Fotograf hat seine Bilder geschossen und dann sind sie beide wieder verschwunden. Dass ich davon nicht begeistert bin, kannst du dir wohl vorstellen.«

»Hast du Riley gesagt, wie das Foto zustande gekommen ist?«, fragte Treat.

Josh schloss die Augen. »Nein«, sagte er.

»Legst du es eigentlich darauf an, dass eure Beziehung den Bach runtergeht?« Treat schnaubte frustriert. Dann fragte er in sanfterem Ton: »Josh, was ist los mit dir?«

Josh wusste nicht, was er sagen sollte.

»Mach deine Wohnungstür auf«, sagte Treat.

Als Josh die Tür öffnete, steckte Treat gerade sein Handy weg und breitete dann die Arme aus. In seiner Umarmung spürte Josh, wie seine eiserne Entschlossenheit, die ihn bis jetzt hatte durchhalten lassen, dahinzuschmelzen begann.

»Was machst du hier?«, fragte Josh.

»Ich dachte, du brauchst vielleicht Unterstützung.« Treat steuerte auf die Küche zu. »Ich habe einen Bärenhunger. Hast du Eier da?«

Typisch Treat. Seit Josh denken konnte, war Treat zur Stelle gewesen, wenn er oder seine Geschwister in Schwierigkeiten waren, hatte sie bekocht und sich überlegt, wie man das Problem lösen konnte. Im Moment brauchte Josh alle Hilfe, die er kriegen konnte.

»Im Kühlschrank«, antwortete Josh.

Während sich Treat am Herd zu schaffen machte, erzählte Josh ihm, wie Claudia ihn in der Eingangshalle mehr oder weniger überfallen hatte, und welches Dilemma ihn gerade am meisten beschäftigte.

»Also, mal sehen, ob ich das richtig verstanden habe«, sagte Treat und gab Josh einen Teller mit Rührei und Vollkorntoast. »Du bist zwei Tage mit Riley zusammen und würdest am liebsten aller Welt von deinen Gefühlen für sie erzählen. Dann passiert dieser Mist, und jetzt fragst du dich, ob du zu ihr stehen kannst, wenn ihre Unschuld möglicherweise nie bewiesen wird, weil du Angst hast, dass du jemanden umbringst, wenn in einem Jahr oder in zehn Jahren das Thema wieder hochgekocht wird und ihr Name in den Dreck gezogen wird. Obwohl du weißt, dass sie unschuldig ist.«

Josh spießte mit seiner Gabel ein Stück Rührei auf und nickte. »Ich bin ein Mistkerl.«

Treat schüttelte den Kopf. »Stimmt. Riley sitzt da und muss dieses Foto von dir und Claudia verdauen, und du hast sie nicht angerufen?«

»Ich wollte später …«

»Aber erst musstest du deine eigenen Probleme wälzen.« Ein Blick aus Treats dunklen Augen reichte, um Josh auf seinem Stuhl festzunageln. »Wundere dich nicht, wenn du sie schon verloren hast. Ich hätte gedacht, dass du klüger bist, Josh.«

Josh warf seine Gabel auf den Tisch. »Ach, verdammt. Ich weiß nicht, was ich bin. Ich liebe sie. Ich verehre sie, Treat. Ich will mit Leib und Seele mit ihr zusammen sein. Aber was ist, wenn jemand etwas über sie sagt und ich die Beherrschung verliere? Dann haben wir wieder genau dieselbe Patsche und Riley, die keine Schuld trifft, sitzt mittendrin. Und was ist, wenn das bedeutet, dass ich alles verliere, was ich mir aufgebaut habe? Ich bin nicht wie du. Ich kann nicht alles einfach aufgeben. Ich liebe meine Arbeit. Ich liebe meine Firma und weiß genau, was für ein egozentrischer Mistkerl ich bin.«

»Bist du«, nickte Treat.

»Ehrlich.«

»Warum denkst du, es geht nur alles oder nichts? Du weißt doch, wie solche Dinge laufen. Es ist ein Rückschlag, Josh. Warum hältst du dich nicht ein, zwei Jahre ein bisschen bedeckt, bis Gras über die Sache gewachsen ist? Du bist diese Leiter einmal hochgeklettert, also wirst du es auch ein zweites Mal schaffen. Und was deine Sorge angeht, du könntest die Beherrschung verlieren: Du bist ein Braden. Du wirst nicht handgreiflich, jedenfalls nicht sofort. Vielleicht denkst du, dass es passieren könnte, aber dein Verstand wird immer die Oberhand behalten.«

Josh fuhr sich mit der Hand durchs Haar. »Ich will sicher sein, dass ich niemanden umbringe und …« Es war ihm peinlich, aber er musste einfach loswerden, was ihm in den letzten vierundzwanzig Stunden durch den Kopf gegangen war. »Ich möchte sein wie du. Ich möchte bereit sein, alles für die Frau aufzugeben, die ich liebe. Ich weiß, erst dann wäre ich ein echter Mann, aber …«

»Blödsinn«, sagte Treat und funkelte ihn an. »Ein echter Mann zu sein hat nichts damit zu tun, dass du etwas aufgibst. Ich habe meine Firma aufgebaut, um mir und meiner Familie etwas zu beweisen. Das war's. Mehr steckte nicht dahinter, kein Herzblut, keine Liebe. Ich liebe es zu verhandeln, aber das hätte ich in jeder anderen Branche auch tun können. Ich hätte Hotelanlagen, Segelboote oder Spielgeräte verkaufen können, das war mir vollkommen egal. Bei dir ist das anders. Du hast dir einen Namen mit etwas gemacht, das du wirklich liebst. Keine andere Tätigkeit würde dich so ausfüllen wie das Modedesign. Das stand schon in deinem sechsten Lebensjahr fest.« Treat schüttelte den Kopf.

»Worauf willst du hinaus?«, fragte Josh.

Treat seufzte. »Was einen echten Mann ausmacht, ist nicht das, was er aufzugeben bereit ist, Josh. Es ist die Würde, mit der er sein Leben lebt. Die Ehrlichkeit, die Aufrichtigkeit und die moralischen Standards, die er lebt. Und …« Treat wandte den Blick ab.

»Und?«

Treat sah Josh an, und als er sprach, klang seine Stimme weich. »Und der Wert, den er den Menschen beimisst, die er liebt, und die Anstrengungen, die er unternimmt, um sie zu beschützen. Das sind die Eigenschaften, die einen Mann ausmachen. Was ich getan habe, war nicht männlich. Was ich getan habe, war eher feige.« Treat lachte. »Ich hätte wer weiß was getan, um bei Max zu sein. Mir war nichts anderes wichtig. Es war ein Zeichen von Schwäche, anderen Leuten meine Pflichten aufzubürden, um an ihrer Seite zu sein. Ich habe den einfachen Weg gewählt, aber ich bin glücklich damit. Ich hätte darum kämpfen können, dass sie sich meinem Lebensstil anpasst, und wahrscheinlich hätte sie das getan. Nein, das hätte sie ganz sicher getan. Aber eins kann ich dir sagen: Auf Dad's Ranch zu arbeiten und meine Geschäfte aus der Ferne zu führen, war genau die richtige Entscheidung. Ich war nie glücklicher als jetzt.«

»Es war kein Zeichen von Schwäche. Es war ritterlich«, sagte Josh.

»Wohl kaum«, sagte Treat. »Okay, vielleicht haben einige Leute es so gesehen. Aber, Josh, wir alle haben unsere eigenen Wege zum Glück. Deiner beinhaltet nicht, dass du deinen Beruf aufgibst. Du musst nur herausfinden, ob du damit leben kannst, dass die Welt um dich herum in Riley nicht die Frau sieht, die du kennst.«

»Darüber habe ich lange nachgedacht«, sagte Josh.

»Und was ist dabei herausgekommen?«, fragte Treat.

»Ich kann mir ein Leben ohne sie nicht vorstellen. In meinem Beruf habe ich mich immer bemüht, das Richtige zu tun, die richtigen Frauen kennenzulernen, mich angemessen zu kleiden, an den richtigen Veranstaltungen teilzunehmen. Und wenn ich mit Riley zusammen bin, fühle ich mich zum ersten Mal in meinem Leben frei. Aber das ist noch nicht alles.« Josh holte tief Luft und hoffte, sein Bruder würde ihn nicht verachten. »Es ist so, als würde jemand anderes meine Emotionen steuern. Die Wut ...« Josh wandte den Blick ab.

»Red weiter«, drängte Treat.

»Treat, wenn jemand in meiner Gegenwart etwas Abfälliges über Riley sagen würde, dann weiß ich nicht, was ich tun würde. Als diese Mistkerle von der Presse über sie hergefallen sind, kam etwas in mir hoch, das ich noch nie erlebt hatte. Ehrlich, ich dachte, mein Blut lodert. Ich musste mich zusammennehmen, um sie nicht in Fetzen zu reißen. So bin ich nicht. Ich war kurz davor, auf diese Reporter loszugehen. Ich musste mir selbst sagen: ›Das bist du nicht.‹ Du kennst mich. Ich bin kein Kämpfer, war ich nie.« Josh sah, wie sich ein Lächeln auf Treats Gesicht ausbreitete.

»Aber du bist auch ein verliebter Mann, kleiner Bruder, und das warst du auch noch nie. Es überrascht dich, nicht wahr?«

»Und wie!«, sagte Josh.

»Dieser Beschützerinstinkt, der bisher deinen Familienmitgliedern vorbehalten war, schaltet sich plötzlich auch bei jemand anderem ein, und zwar noch viel stärker und mächtiger. Und das macht dir Angst. Das ist normal«, sagte Treat.

»Das macht mir eine Höllenangst.« Josh seufzte und spürte, wie sich die Anspannung in seinen Schultern allmählich löste.

Treat verstand ihn. Er war nicht kurz davor, den Verstand zu verlieren.

»Dein rationaler Verstand wird immer die Kontrolle behalten«, versicherte ihm Treat.

»Ich denke unaufhörlich darüber nach. Ich erkenne mich selbst nicht wieder und das finde ich ziemlich besorgniserregend, aber es macht mir nicht halb so viel Angst wie der Gedanke, Riley zu verlieren. Ich weiß, dass ich Mist gebaut habe. Ich hätte Claudia schon vor Ewigkeiten feuern sollen, bevor Riley überhaupt bei uns anfing. Claudia ist schon lange ein Problem, aber sie hat ihren Job gut gemacht und außerdem ist sie Peter Staffords Nichte, also war ich hin und hergerissen. Ich hätte nie gedacht …«

Treat lehnte sich zurück und verschränkte die Beine. »Du bist ein guter Kerl, Josh. Du siehst das Beste in einem Menschen und willst einfach nicht glauben, dass jemand so gemein sein kann. So warst du immer schon. Wenn Hugh früher irgendeinen Unfug gemacht hat, hast du die Schuld auf dich genommen, damit er keine Schwierigkeiten kriegte. Dad hat sich nur umgedreht und gegrinst.«

»Warum hat er mich dann bestraft, wenn er wusste, dass ich nichts angestellt hatte?« Josh erinnerte sich an einige Gelegenheiten, bei denen er die Strafe auf sich genommen hatte, die eigentlich Hugh verdient hatte, weil er wieder einmal egoistisch gewesen war. Josh hatte nie wahrhaben wollen, dass sein kleiner Bruder selbstsüchtig und egozentrisch sein konnte. Mittlerweile akzeptierte er, dass der jüngste Braden genau das war. Hughs Anruf ließ ihn allerdings zweifeln, ob diese Einschätzung noch stimmte.

»Weil Dad dir eine Lektion erteilen wollte. Wenn du dich bereit erklärst, die Schuld auf dich zu nehmen, musst du auch die Folgen tragen. Ich habe daraus gelernt, dass man sich entscheiden muss, welche Schlachten man schlagen will. Josh, dir ist klar, dass dein Leben nie wieder so sein wird wie früher, wenn du mit Riley zusammenbleibst, oder?«

»Du hast mich überzeugt. Niemand kann mir weismachen, dass Riley irgendetwas gestohlen hat. Und jetzt verstehe ich auch, was es mit dieser Wut auf sich hat, die in mir rumort. Ich vertraue auf deine Erfahrung, Treat, dass ich niemanden zusammenschlagen werde«, sagte Josh.

»Was meinst du damit?«, fragte Treat.

»Ich habe mich entschieden, diese Schlacht zu schlagen.« Josh stand auf.

»Und was ist, wenn du dich irrst und sie das Design gestohlen hat? Du kannst nicht mit einer Frau zusammen sein, der du nicht vertraust«, sagte Treat.

»Vielleicht bin ich wirklich ein Mistkerl, denn jetzt würde ich dir am liebste eine reinhauen«, sagte Josh.

Treat schüttelte den Kopf. »Im Ernst, Josh.«

»Es ist Riley. Ich irre mich nicht. Sie hat die Zeichnung nicht gestohlen, und selbst wenn wir es nicht beweisen können, bin ich bereit, die Folgen zu tragen.«

Dreiundvierzig

Riley, Jade, Max und Savannah saßen in einem Café im Village von Allure, einem wunderschönen kleinen Viertel voller Läden und Cafés. Sie waren den ganzen Vormittag durch die Geschäfte geschlendert und hatten über alles Mögliche geredet: über Claudia, über Max' Hochzeit und das Haus, das Jade und Rex sich bauten. Riley gab sich alle Mühe, sich an dem Geplauder zu beteiligen, aber mit jeder Stunde wurden die Risse in ihrem Herzen tiefer. Seit der SMS, die Josh ihr um vier Uhr in der Frühe geschickt hatte, hatte sie nichts mehr von ihm gehört. Und das unselige Foto ging ihr nicht aus dem Kopf.

»Was hat mein Bruder zu Claudias letzter Gemeinheit zu sagen?«, fragte Savannah. Sie trug Jeans, ein langärmeliges weißes Hemd und einen Wildlederblazer und sah richtig schick aus.

Riley holte tief Luft. Wie sollte sie die Frage beantworten, ohne weinerlich zu klingen? »Nicht viel«, sagte sie knapp.

»Hoffentlich geht es ihm gut. Mensch, vielleicht braucht er Hilfe.« Savannah holte ihr Handy hervor.

»Treat ist bei ihm«, sagte Max.

»Was?«, fragten Savannah und Riley wie aus einem Munde.

»Er hat mitten in der Nacht ein Flugzeug gechartert. Er hat

sich Sorgen um Josh gemacht. Anscheinend hatte er mehrmals versucht, ihn anzurufen, aber er meinte auch, Josh würde sich oft in sich zurückziehen und die Welt aussperren, wenn es Schwierigkeiten gibt.« Max nippte an ihrem Eistee und fuhr dann fort: »Er ist jetzt bei ihm. Er hat mir vor einer halben Stunde eine SMS geschickt.«

Treat hat dir eine SMS geschickt? Und warum hat Josh mir nicht geschrieben?

»Und? Was hat er gesagt? Geht es Josh gut?«, fragte Savannah.

Riley war erleichtert, dass Savannah die Frage stellte, die sie selbst nicht stellen konnte.

»Es geht ihm nicht gerade blendend, aber sie treffen sich heute mit dem Privatdetektiv, um eine Lösung zu finden«, erklärte Max. »Treat klang ziemlich entschlossen, so als wollten sie diesen Unsinn wirklich zu Ende bringen.« Sie legte Riley die Hand auf den Arm. »Treat sagt, Josh mache sich Sorgen um Riley, könne aber nicht anrufen. Und dass sie viel zu tun hätten, um alles zu regeln.«

»Er kann nicht anrufen? Was soll das heißen?«, fragte Riley.

»Wahrscheinlich platzt er fast vor Wut, aber ich könnte mir auch vorstellen, dass er einfach schrecklich durcheinander ist. Wenn ein Mann zum ersten Mal richtig verliebt ist, weiß er nicht mehr, wo oben und unten ist. Stell dir vor, du wärst frisch verliebt und müsstest dich mit einem Monster wie Claudia herumschlagen.«

»Das ist genau der Albtraum, in dem ich gerade lebe, hast du das schon vergessen?«, sagte Riley.

Jade berührte ihren Arm. »Oh ja, ich kenne diesen verwirrten Zustand«, sagte sie. »Weißt du noch, Ri, als Rex total von der Rolle war? Er war so süß und so leidenschaftlich.«

Riley war klar, dass Jade versuchte, sie abzulenken, weil Josh nicht angerufen hatte.

»Also bitte.« Savannah hielt sich die Ohren zu.

»Nein, ich meine natürlich, er war liebevoll und sein Beschützerinstinkt lief auf Hochtouren.« Sie zwinkerte Riley zu. »Und leidenschaftlich war er auch.«

Savannah boxte sie auf den Arm. »Hör bloß auf! Er ist mein Bruder, okay? Das ist ja ekelhaft.«

Jade lachte.

»Nun, Josh ist da anders. Er ist liebevoll, aber ich kann mir nicht vorstellen, dass sein Beschützerinstinkt mit ihm durchgeht. Er ist sehr beherrscht und ich glaube nicht, dass er jemals richtig wütend wird«, sagte Riley.

»Nicht mal auf Claudia?«, fragte Max.

»Hm«, überlegte Riley. »Sauer, ja, aber so wütend, dass er fast explodiert? Glaube ich nicht.«

»Du solltest meinen kleinen Bruder nicht unterschätzen, Riley. Ich wette, diese Situation bringt Seiten an ihm zum Vorschein, von denen er gar nicht wusste, dass er sie hat.«

Riley konnte es kaum noch ertragen. Warum hatte er sie nicht angerufen? Warum hatte er sie nicht vor dem Foto gewarnt?

»Savannah, Treat hat gesagt, dass Josh sich in sich zurückzieht. Was meint er damit?«, fragte sie schließlich.

»Im Gegensatz zu meinen anderen Brüdern ist Josh eher passiv. Wenn etwas schiefgeht, neigt er dazu, sich abzukapseln, bis er weiß, wie er mit der Situation umgehen soll.« Savannah sah sie eindringlich an. »Riley, macht er das mit dir? Dich ausschließen?«

»Nein«, antwortete Riley unwillkürlich.

»Oh nein, Liebes. Hast du nicht mit ihm geredet, seit du

dieses Bild gesehen hast? Oh Gott, wir haben dich die ganze Zeit davon abgehalten, ihn anzurufen. Was sind wir nur für Idioten!« Sie sah in die Runde. »Ruf ihn an, Riley. Dann fühlst du dich viel besser.«

Die anderen starrten sie an. Sie wollte nicht mit Josh telefonieren, wenn alle mithörten. Was war, wenn er sie nicht angerufen hatte, weil er an ihrer Beziehung zweifelte? Was war, wenn er ihr nicht von Claudia erzählte, weil er jetzt auf ihrer Seite war?

»Ruf ihn an«, sagte Savannah.

Riley drückte die Kurzwahltaste und hielt das Telefon ans Ohr. *Nimm nicht ab. Nimm bitte nicht ab.*

»Riley«, flüsterte er hastig. »Alles okay?«

Als sie seine Stimme hörte, wäre sie am liebsten durchs Telefon gekrochen und auf seinen Schoß geklettert. »Josh? Ja. Und bei dir?«

»Ja, alles gut. Ich habe gerade zu tun. Tut mir leid wegen der *New York Post* und dass ich nicht angerufen habe. Ich kann alles erklären.«

»Was in der *Post* steht, ist mir egal.« *Es ist mir gar nicht egal. Kannst du mir das bitte alles erklären?* »Warum flüsterst du?«

»Ich bin mitten in einem Meeting. Ich liebe dich. Ich rufe dich später an. Versprochen. Okay, Babe?«

Nach diesem kurzen Gespräch war Riley noch verwirrter als vorher. »Er sagt, dass es ihm gut geht und dass er das mit der *New York Post* erklären kann«, sagte sie.

»Natürlich kann er das. Eins weiß ich ganz sicher: Keiner meiner Brüder würde jemals eine Frau hintergehen. Bei dem geringsten Anzeichen von Betrügerei hätte mein Vater ihnen den Hintern versohlt«, sagte Savannah.

»Nein, Josh ist sicher nicht der Typ für Seitensprünge. Aber ich muss zugeben, dass es mir besser geht, weil er sagt, dass er alles erklären kann«, gab Riley zu.

»Was hast du jetzt vor, Ri?«, fragte Jade. »Was willst du machen, falls es nicht gelingt, deine Unschuld zu beweisen?«

»Ich weiß es nicht. Und ich weiß nicht, ob es Josh gegenüber fair ist, bei ihm zu bleiben. Ich meine, er ist ein großartiger Typ, aber eine Frau, die im Verdacht steht, Entwürfe gestohlen zu haben, ist ihm doch nur ein Klotz am Bein.« Riley spürte Savannahs finsteren Blick.

»Willst du damit sagen, dass du mit ihm Schluss machen würdest … um ihn davor zu schützen, dass du immer wieder mit dieser Geschichte in Verbindung gebracht wirst?« Savannah schob ihren Stuhl zurück und verschränkte die Arme.

»Ich glaube, das wollte sie damit nicht sagen«, warf Jade ein.

»Ich bin so durcheinander, Savannah. Was würdest du tun?« Riley brauchte Antworten, und da sie selbst keine hatte, hoffte sie, dass jemand anderes sie ihr geben würde.

»Ein Mann, der für mich durch dick und dünn geht, trifft seine eigene Entscheidung.« Savannah presste die Zähne zusammen. »Wenn du vorhast, Josh zu verletzen …«

»Nein, das ist nicht meine Absicht«, sagte Riley. *Na prima. Jetzt hasst seine Schwester mich.* »Ich wollte doch nur sagen, dass …« *Nicht weinen. Bitte nicht weinen.* »Ich weiß einfach nicht, was ich tun soll.« Ihre Stimme brach und heiße Tränen liefen ihr über die Wangen. »Ich liebe ihn, Savannah. Ich will nie, niemals ohne ihn sein, aber was ist, wenn es ihm schadet, mit mir zusammen zu sein? Er liebt seinen Beruf. Ich könnte seinen Ruf ruinieren.«

Jade war sofort an ihrer Seite und schlang die Arme um sie. »Schsch. Alles wird gut. Wir kriegen das hin«, sagte Jade.

»Etwas Ähnliches habe ich mit Treat auch durchgemacht«,

meinte Max. »Du weißt es vielleicht nicht, Savannah, aber ich wollte nicht, dass Treat seinen Beruf für mich aufgibt. Ich wusste, wie sehr er das Reisen, die Verhandlungen und den hektischen Lebensstil liebte, aber am Ende erkannte ich, dass ich nur mein eigenes Handeln steuern konnte, nicht aber seins. Sie sind Männer, keine Jungen, Riley. Sie treffen ihre eigenen Entscheidungen, und nach meinen Erfahrungen mit Treat kann ich ehrlich sagen, dass er seine Entscheidung nie bereut hat.«

Riley wischte sich die Augen. »Also meinst du, ich sollte mir keine Sorgen machen, dass er es sich anders überlegt?«

»Auf keinen Fall«, sagte Max. »Wenn Josh sagt, er liebt dich, wird er zu dir stehen. Wie kannst du oder jemand anderes infrage stellen, was sein Herz ihm sagt? Es sind seine Gefühle, Riley, nicht deine oder die eines anderen. Sie gehören ganz allein ihm.«

Riley sah Savannah an, die sie belauerte wie ein Löwe auf der Pirsch – ein falsches Wort über ihren Bruder und sie würde sich auf sie stürzen.

»Savannah, bitte sag mir eins. Wenn Josh sich entschließt, bei mir zu bleiben, würde er es nicht in einem Monat, einem Jahr oder sogar in zehn Jahren bereuen?« Mit angehaltenem Atem wartete Riley auf Savannahs Antwort.

Savannah schwieg eine Weile, dann legte sie ihre Hand auf Rileys und sagte schließlich: »Ich bin nicht Josh, aber das ist, was ich im tiefsten Innern meines Herzens glaube: Wenn Josh etwas verspricht, dann wird er dieses Versprechen nicht brechen, es sei denn, du zwingst ihn dazu.« Sie nahm Riley in die Arme und flüsterte ihr ins Ohr: »Wenn du ihm wehtust, bringe ich dich um, also entscheide dich, bevor er ankommt.«

Riley riss erschrocken die Augen auf. Ihr Herz raste.

»War nur ein Scherz«, flötete Savannah. Etwas in ihrer Stimme sagte Riley jedoch, dass es ihr voller Ernst war.

Vierundvierzig

»Bist du dir ganz sicher?«, fragte Treat.

Josh schob das Päckchen, das er gerade gekauft hatte, in die Tasche und stieg mit Treat in das wartende Auto.

»Absolut.« Josh hatte nicht den geringsten Zweifel, dass es die richtige Entscheidung war. »Du hast gesagt, es ist normal, wenn ich jeden zusammenschlagen will, der Riley wehtut. Das muss ich dir glauben, schließlich hast du damit mehr Erfahrung als ich. Aber wenn ich im Gefängnis lande, holst du mich raus, okay?«

»Ich stelle die Kaution. Und dann halten unsere anderen Brüder und ich dich fest, während Rex den Kerl noch einmal verprügelt.«

Josh lachte. »Dann landet er im Gefängnis.«

»Familienehre. Manchmal ist es ein Teufelskreis«, erwiderte Treat.

»Lass es uns hinter uns bringen. Ich will zurück zu Riley. Ich habe genug Zeit mit diesem Unfug vergeudet.«

»Hast du Savannah erwischt?«, fragte Treat.

»Ja, sie weiß genau, was zu tun ist. Übrigens hat Savannah Riley wohl gesagt, dass sie sie umbringt, wenn sie mir wehtut. Hat sie das bei Max auch gemacht?«

»Savannahs Beschützerinstinkt ist ziemlich ausgeprägt. Bestimmt hat sie nicht nur Max gewarnt, sondern auch Jade. Und die Zukünftigen von Dane und Hugh, wer auch immer sie sein mögen, können sich ebenfalls auf etwas gefasst machen.«

Josh schlug das Herz bis zum Hals, als er mit Treat die Kanzlei seines Anwalts verließ. Er hatte endlich beschlossen, Klage gegen Claudia wegen sexueller Belästigung einzureichen. Zum Glück hatte sein Anwalt den ganzen Vorgang beschleunigen können. Josh hätte sich längst schon dazu durchringen sollen, aber daran ließ sich nun nichts mehr ändern. Er konnte nur für die Zukunft sorgen und war nun erleichtert, die Sache auf den Weg gebracht zu haben. Was das für seine Geschäftsbeziehung mit Peter bedeuten würde, blieb abzuwarten, aber damit würde er sich später befassen. Jetzt musste er sich auf den nächsten Schritt konzentrieren. Als er die schmale Treppe hinaufstieg, krampfte sich alles in ihm zusammen. Er warf Treat über die Schulter hinweg einen Blick zu und fühlte sich gestärkt durch die Entschlossenheit seines Bruders. Er brauchte einen Zeugen. Er brauchte seinen Bruder.

Josh straffte die Schultern, zupfte sein perfekt gebügeltes, weißes Hemd zurecht und klopfte an die Tür der Wohnung Nr. 213. Er war noch nie in diesem Apartmenthaus in Greenwich Village gewesen und hoffte inständig, dass es das erste und letzte Mal in seinem Leben war. Er hob die Hand, um erneut zu klopfen, als die Tür aufging.

Claudia stand in einem roten Seidenkimono vor ihm. Er zuckte zusammen, als er sein eigenes Design erkannte. Mit der Fingerspitze fuhr sie langsam am offenen Ausschnitt des kurzen

Morgenmantels entlang.

»Bist du endlich zur Vernunft gekommen?« Claudia kräuselte spöttisch die Lippen. »Ich entspanne mich gerade ein bisschen. Komm doch herein.« Sie trat zur Seite, um Josh vorbeizulassen.

Hinter Josh tauchte Treat auf. Er überragte Josh um gute sieben Zentimeter, sodass er Claudia trotz der Stufen direkt in die Augen sehen konnte.

»Oh, du hast Treat mitgebracht.« Sie grinste. »Lange nicht gesehen. Ich wusste gar nicht, dass du auf Dreier stehst.«

Josh ballte die Linke zu Faust, umklammerte den Umschlag mit der Rechten und verkniff sich mühsam den Fluch, der ihm auf der Zunge lag. Stattdessen sprach er das aus, was er sich schon so lange zurechtgelegt und nicht zu sagen gewagt hatte.

»Claudia, du hast dich einmal zu oft an mich herangemacht. Du warst anderen JBD-Mitarbeitern gegenüber unfreundlich, du warst intrigant und hast die Atmosphäre im Büro vergiftet. Ab sofort bist du nicht mehr bei JBD angestellt. Einzelheiten zu deiner Kündigung findest du in diesem Schreiben.« Er hielt ihr den Umschlag hin, den sie ihm mit einer wütenden Geste aus der Hand riss.

»Du kannst mich nicht feuern. Mein Anwalt wird dich mit dem größten Vergnügen in Stücke reißen. Ich werde gegen dich und Riley Banks Anzeige erstatten«, fauchte sie.

Treat hielt einen weiteren Umschlag hoch und sagte mit ruhiger, gemessener Stimme: »Das wirst du nicht tun. Joshs Ermittler hat nämlich Beweise dafür gefunden, dass du die Entwürfe gestohlen hast. Die Überwachungskameras auszuschalten war ganz schön clever, aber dir war wohl nicht klar, dass das nur die Überwachungskameras der Firma waren, oder?«

Claudia starrte ihn mit offenem Mund an.

»Weißt du, meine Liebe«, fuhr Treat fort, »im Gebäude gibt es zusätzlich vorinstallierte Kameras, und was Joshs Privatdetektiv gefunden hat, dürfte dich für ein paar Jahre aus dem Verkehr ziehen. Vielleicht solltest du das hier lesen, bevor du deinen Anwalt anrufst.«

Mit zitternden Händen nahm sie den Umschlag entgegen.

»Damit ist die Klageschrift zugestellt«, sagte Treat mit einem breiten Grinsen. Er drehte sich um, packte Josh am Arm und zog ihn die Treppe hinunter.

Mit roboterhaften Bewegungen stieg Josh neben seinem Bruder die Stufen hinunter. Kaum waren sie unten angekommen, entwand er sich seinem Griff. »Was zum Teufel sollte das? Nichts davon ist wahr.«

Treat öffnete die Tür des wartenden Autos, schob Josh auf die Rückbank und setzte sich neben ihn. »Bist du sicher, dass du nicht kurz bei Reggie vorbeischauen willst, bevor wir abheben? Er könnte die Antworten haben, die du brauchst.«

»Auf keinen Fall. Ich will nur noch nach Hause.« *Und in Rileys Arme.* »Reggie wird anrufen, wenn er etwas herausfindet. Mia hat ihm einen Schlüssel gegeben und sorgt dafür, dass er alles hat, was er braucht.«

Treat beugte sich vor. »Jay, zum Flughafen Teterboro, bitte.« Zu Josh gewandt sagte er: »Ich habe ein Flugzeug gechartert, um den Paparazzi aus dem Weg zu gehen. Hör mal, wir wissen nicht, ob es stimmt, was ich Claudia an den Kopf geworfen habe, aber Reggie könnte dir mehr dazu sagen. Ich glaube allerdings nicht, dass es noch von Bedeutung ist. Sie ist gefeuert worden. Sie hat die Klageschrift wegen der sexuellen Belästigung bekommen, und wenn du dir sicher bist, dass Riley unschuldig ist, dann wird Claudia kaum so dumm sein, sie vor Gericht zu zerren.«

»Was für ein verdammtes Chaos«, sagte Josh. »Und was für eine Erleichterung.« Er legte den Kopf zurück und rieb sich mit den Händen über das Gesicht. »Ich wusste immer, dass es sich gut anfühlen würde, sie los zu sein, aber dass es sich so gut anfühlt, hätte ich mir nicht träumen lassen«, grinste er.

»Noch bist du sie nicht los. Die Klage wegen sexueller Belästigung wird sie wahrscheinlich davon abhalten, irgendetwas davon öffentlich zu machen, und die Bänder der Überwachungskameras in deinem Büro werden den Vorwurf der Belästigung bestätigen. Aber was ihre Anschuldigungen gegen Riley angeht, so wird sie nicht so schnell aufgeben, und sei es nur, um das Gesicht zu wahren. Es ist noch nicht vorbei.« Treat packte Josh an den Schultern. »Auch wenn du dir so sicher bist, besteht immer noch die Chance, dass Riley schuldig ist. Du hast keinen Beweis.«

Josh kam nicht gegen das Lächeln auf seinen Lippen an. Dass Claudia nie wieder bei JBD arbeiten würde, fühlte sich an, als habe man ihm eine riesige Last von den Schultern genommen.

Josh nickte. »Ich habe alle Beweise, die ich brauche«, sagte er und legte die Hand aufs Herz. Jetzt wusste er, dass sein Vater recht hatte. Ohne ein volles Herz bedeutete sein Leben nichts. Und sein Herz gehörte Riley.

Josh und Treat zogen gleichzeitig ihre Handys aus der Tasche.

»Wen rufst du an?«, fragte Treat.

»Ich schickte Savannah eine SMS. Sie muss mir noch einen Gefallen tun.« Gleich darauf tippte er eine weitere Nachricht ein.

»Und wem noch?«, fragte Treat und las die Antwort, die er gerade von Max bekommen hatte.

»Riley.«

»Warum? Ich dachte, du wolltest es ihr noch nicht sagen.«

Josh lächelte. »Weil ich sie vermisse.«

»Riley.«

»Warum? Ich dachte, du wolltest es ihr noch nicht sagen.«

Josh lächelte. »Weil ich sie vermisse.«

Fünfundvierzig

Eigentlich hatte Riley keine Lust, mit ihren Eltern essen zu gehen, und dann auch noch ins Christos, das teuerste Restaurant im Umkreis von sechzig Meilen. In ihrem rosa Spitzen-BH und dem passenden String stand sie stirnrunzelnd vor ihrem Kleiderschrank. Sie war frisch geduscht, hatte sich die Haare geföhnt und war fertig geschminkt. Seit dem seltsamen Gespräch im Flüsterton hatte sie nichts mehr von Josh gehört und ihr Magen war derart verknotet, dass sie sowieso keinen Bissen herunterbringen würde. Bei der Vorstellung, nett plaudernd am Tisch sitzen zu müssen, brach ihr der Schweiß aus. Am liebsten würde sie sich jetzt mit einer großen Flasche Wein und einer dicken Decke aufs Sofa kuscheln, einen schmalzigen Film gucken und Sorgen und Schmerz vergessen.

»Wir fahren in einer Viertelstunde, Schätzchen«, sagte ihr Vater hinter der geschlossenen Tür.

»Okay«, rief sie. Wenn Josh doch nur anrufen würde. Was machte er denn bloß? Zum x-ten Mal nahm sie ihr Handy und sah nach, ob sie neue Nachrichten hatte.

»Gott sei Dank«, seufzte sie erleichtert und scrollte zu Joshs SMS.

Mein Herz + dein Herz = Glück. J.

»Das ist das Kitschigste, was ich je gelesen habe«, sagte sie laut. *Ich liebe ihn. Ich vertraue ihm. Ich vermisse ihn. Gott, wie sehr ich ihn vermisse.* Sie schob alle Zweifel, die sie in den letzten Tagen gequält hatten, beiseite und schrieb zurück: *Du bist ein romantischer Idiot. Ich liebe dich. Danke, dass du zu mir stehst. Bitte komm bald.*

Plötzlich erschien ihr alles ringsum heller und freundlicher. Riley erkannte, dass ihre Mutter und Max recht hatten. Sie hatte die Wahl: Sie konnte für den Rest ihres Lebens grübeln, was als Nächstes passieren würde. Oder sie konnte vertrauen. Und lieben. Riley entschied sich für die Liebe.

Mit leichtem Herzen wandte sie sich wieder ihrem Kleiderschrank zu. Sie hatte jedes Outfit hundertmal getragen. Sie musterte sich in dem großen Spiegel, der neben ihrem Schrank hing, drehte sich zur einen, dann zur anderen Seite. Riley hielt nicht viel von Waagen. Es war ihr egal, wie viel sie wog, solange sie sich mit ihrem Aussehen wohlfühlte und gesund war. Als sie die Hände über ihre Hüfte gleiten ließ, hätte sie schwören können, dass sich etwas verändert hatte, obwohl sie nicht sagen konnte, was.

Zögernd griff sie ganz hinten in den Schrank, wo die Wintermäntel hingen, und holte ein rotes Seidenkleid hervor, das sie während ihres Studiums genäht hatte. Sie hatte keine Ahnung, ob es noch passte, aber es war eines ihrer Lieblingsstücke. Sie fuhr mit den Fingern über den Stoff und dachte an das, was sie ihren Kundinnen bei Macy's immer gesagt hatte. *Wenn man sich gut fühlen will, muss man sich gut anziehen. Wenn Sie in Trainingshose und Sweatshirt herumlaufen, fühlen Sie sich faul und träge, aber sobald Sie das richtige Outfit anziehen, bekommen Sie neuen Schwung und neue Energie.* Riley streifte das Kleid mit dem Wasserfallkragen über, legte den passenden Gürtel um und zupfte die schmal geschnittenen Ärmel zurecht. Dann stellte sie sich vor den Spiegel und kniff die Augen zu. Hoffentlich war es wenigstens passabel.

Als es an ihrer Zimmertür klopfte, riss sie die Augen auf. Beim Anblick ihres Spiegelbildes schnappte sie unwillkürlich nach Luft. Sie sah atemberaubend aus. Das raffinierte Dekolleté und das warme Rot des Stoffes waren hübsch, aber es war das, was sie in ihrem Innern spürte, das Strahlen ihres Herzens, die stürmische Liebe, die sie für Josh empfand und von Sekunde zu Sekunde mehr akzeptierte, die ihrem Aussehen etwas ganz Besonderes verliehen.

»Wow«, sagte sie leise.

»Schätzchen?«

»Ja, ich komme, Mom.« Sie schlüpfte in ihre Abendschuhe und machte die Tür auf.

»Donnerwetter!« Ihre Mutter musterte sie von oben bis unten.

»Ein bisschen übertrieben?«, fragte Riley kleinlaut.

»Lieber Himmel, nein. Du siehst wundervoll aus, Riley, als wärst du geradewegs aus einem Modemagazin gestiegen.« Ihre Mutter reichte ihr ein Päckchen. »Wir müssen gleich los, aber das ist gerade für dich abgegeben worden.« Über die Schulter gewandt rief sie: »Schatz, komm her und sieh dir dein kleines Mädchen an.«

Ihr Vater kam die Treppe hoch und spähte ihrer Mutter über die Schulter. Er stieß einen anerkennenden Pfiff aus. »Schätzchen, du bist wunderschön.« Er grinste. »Schönheit und Grips, das ist eine gefährliche Kombination. Kein Wunder, dass dir diese Frau so schreckliche Dinge anlastet. Sie ist eifersüchtig, keine Frage.«

Riley spürte, wie sie rot wurde. »Daddy.«

Er schlang die Arme um Riley. »Ich liebe dich, Schätzchen.«

»Ich bin in einer Sekunde unten, okay?« Riley sah ihren Eltern nach, wie sie die Treppe hinunterstiegen, dann ging sie in ihr Zimmer zurück und öffnete das Paket. Ihr stockte der Atem, als sie eine Schachtel mit ihren Lieblingskeksen und einen Zettel – nicht in Joshs Handschrift – mit der Aufschrift *Nervennahrung* herauszog. Weiter unten im Karton fand sie eine CD von Hunter Hayes mit ihrem Lieblingslied »Wanted«. Sie presste sie an ihr Herz und schloss die Augen. *Josh.* Zum Schluss holte sie noch ein Foto hervor. Es zeigte einen Strauß pfirsichfarbener Rosen. Auf der Rückseite klebte eine Notiz.

Josh hat mich gebeten, einen Strauß für dich zu besorgen, aber es waren nirgendwo welche zu haben. Es tut mir so leid, und ich weiß, dass er mich umbringt, aber das ist alles, was ich auf die Schnelle finden konnte. Liebe Grüße, Savannah.

Savannah? Riley fuhr ihren Laptop hoch und sah nach, welche Bedeutung pfirsichfarbene Rosen hatten. Innerhalb von Sekunden hatte sie die Antwort.

Pfirsichfarbene Rosen – der Vertrag wird abgeschlossen; lass uns zusammenkommen; Dankbarkeit.

Ihr Herz war so voll und sie wusste, dass sie die richtige Entscheidung getroffen hatte. Wenn sie den Sprung wagte, würde Josh da sein, um sie aufzufangen.

Sechsundvierzig

Josh stürmte ins Haus seines Vaters und lief geradewegs Hugh in die Arme. Hugh packte ihn an der Schulter. »Josh, ist es wahr?« An Kinn und Wangen sprossen ihm Bartstoppeln und sein graues Hemd war eine willkommene Abwechslung von dem T-Shirt und der Rennfahrerjacke, die er sonst immer trug.

Josh strahlte. »Und ob! Ich muss duschen. Wo ist Dad?«

Treat umarmte Hugh. »Schön, dich zu sehen.«

»Und was ist mit mir?«, rief Dane aus dem Nebenzimmer. Er kam in die Diele und drückte Josh an sich. »Lass dich umarmen. Ich freue mich für dich, Bruderherz.«

»Danke, aber noch ist nicht alles unter Dach und Fach.«

Als er die schwere Hand seines Vaters auf seiner Schulter spürte, stiegen Josh fast die Tränen in die Augen. »Dad«, flüsterte er und wandte sich zu dem Mann um, der immer für ihn da gewesen war. Hal Braden war ein gutes Stück größer als sein Sohn und seine Umarmung war so kraftvoll und tröstlich wie eh und je. Josh fürchtete den Tag, an dem die Kraft seines Vaters nachlassen würde. Sein ehemals dunkles Haar war inzwischen grau und nicht mehr ganz so dicht wie früher.

»Wie ich höre, ist dies ein wichtiger Abend für dich«, sagte sein Vater.

»Ich hoffe es jedenfalls«, sagte Josh. Er sah sich in dem Haus um, in dem er seine Kindheit und Jugend verbracht, wo er viel für sein Leben gelernt und wo er seine Mutter verloren hatte. Obwohl ihm die Erinnerung fast die Kehle zuschnürte, brachte er ein Lächeln zustande. »Redest du immer noch mit Mom?«, fragte er.

Sein Vater spannte gleichzeitig Kiefer und Arme an, eine Angewohnheit, die er mit Rex gemeinsam hatten. »Junge, ich werde nie aufhören, mit deiner Mutter zu sprechen«, sagte er ernst.

»Gut, Dad. Gut. Wo ist Rex?«, fragte Josh.

»Wir treffen ihn und Jade im Restaurant. Savannah und Max sind schon da.« Hal sah auf die Uhr. »Wir haben ungefähr zehn Minuten, bevor wir losmüssen. Bist du bereit?«

»Ich muss nur schnell duschen und mich rasieren«, sagte Josh und ging den Flur entlang zu seinem alten Kinderzimmer.

In Joshs Magen rumorte es, als er vor dem Restaurant aus Treats SUV stieg.

Treat legte ihm den Arm um die Schulter. »Zweifel?«

»Nein, nur schrecklich nervös«, gab Josh zu. Die Zweifel hatte er längst hinter sich gelassen. Riley war die Frau, mit der er sein Leben verbringen wollte, und er war bereit, es ihr zu sagen. Ihm war klar, dass sie vielleicht nicht nach New York zurückkehren wollte, aber sein Herz trieb ihn zu ihr und er würde sich nicht abwenden – egal, was in seinem Magen vor sich ging.

»Das ist gut. Wenn du nicht nervös wärst, würde ich mir Sorgen machen«, meinte Treat.

»Was ist, wenn sie Nein sagt?«, fragte Josh.

Treat zuckte mit den Schultern. »Dann versuchst du es immer wieder, bis sie Ja sagt.«

Josh reichte ihm das Päckchen, das sie am Morgen gekauft hatten. »Weiß Rex, was er tun soll? Und Savannah?«

»Klar, mach dir keine Sorgen«, sagte Treat.

»Sie wird nicht Nein sagen, Josh«, sagte Hugh. »Du bist der Traum einer jeden Frau. Du bist wohlhabend, gut aussehend und erfolgreich.«

»Das alles ist ihr egal«, gab Josh zurück.

»Und das, was wirklich zählt, ist so offensichtlich, dass man es gar nicht erwähnen muss. Du bist ein guter Mann.« Hugh klopfte ihm auf die Schulter und trat zur Seite, um Hugh Platz zu machen.

Josh traute seinen Ohren kaum. Was war denn in Hugh gefahren? *Mein kleiner Bruder wird erwachsen.* »Das bedeutet mir sehr viel, Hugh. Vielen Dank.«

»Du bist verrückt, weißt du das? Bist du sicher, dass du dich wirklich binden willst? Und dich selbst aus dem Verkehr ziehen?« Dane grinste.

»Verschwinde«, sagte Treat.

»Oh Gott, jetzt ist alles klar. Du warst mit unserem liebeskranken Bruder zusammen. Dann wundert mich nichts mehr«, ulkte Dane. »Nein, ehrlich, Josh, ich freue mich für dich. Wenn du mich brauchst: Ich bin hier.«

»Danke, Dane.« Josh sah von einem Bruder zum anderen. Es versetzte ihm einen schmerzhaften Stich, dass Rex und Savannah nicht da waren. Natürlich wusste er, dass sie im Restaurant warteten, aber er hätte sich auch einen privaten Augenblick mit den beiden gewünscht. Ob es ihnen ähnlich ging? Treat, Dane und Hugh standen vor ihm. Er spürte ihre

Zuneigung und Loyalität und wusste, dass er sich immer auf sie verlassen konnte.

»Jungs?«, sagte ihr Vater. »Ich würde gerne mit Josh allein sprechen, okay?«

»Klar«, sagte Treat.

Als Danes Handy vibrierte, fiel Josh ein, dass er seins besser nicht mitnahm. Er zog es aus der Tasche und reichte es Treat.

»Kannst du das für mich aufbewahren? Ich will nicht, dass es vibriert, und bin zu nervös, um an den Knöpfen herumzufummeln.«

»Kein Problem.« Treat sah auf das Display. »Ein verpasster Anruf von Reggie. Vielleicht hat er die Antworten auf deine Fragen.«

»Ich habe mich entschieden. Ich tue das, was ich für richtig halte, egal, was Reggie ausgräbt«, sagte Josh. Er sah Treat und den anderen nach, wie sie auf das Restaurant zusteuerten.

Hal trug eine dunkle Hose, ein cremefarbenes Hemd und eine dunkle Krawatte. Mit seiner wettergegerbten Haut, seiner imposanten Größe und seinen dunklen, seelenvollen Augen sah er wie ein alternder Filmstar aus.

»Mein Sohn, ich wünschte, deine Mutter wäre noch bei uns und könnte diesen Abend miterleben. Sie ist stolz auf dich.«

Dass sein Vater in der Gegenwartsform von seiner Mutter sprach, entging Josh natürlich nicht. »Danke, Dad. Ich wünschte auch, sie wäre hier. Und ich hoffe, dass sie stolz auf mich wäre.« Da war er wieder, dieser Kloß in seiner Kehle.

»Sie ist hier bei dir.« Er legte Josh die Hand auf die Schulter. »Mein Sohn, ich glaube, mit Riley Banks hast du eine gute Wahl getroffen. Sie ist ein nettes Mädchen und kommt aus einer angesehenen Familie. Und mit diesem Unfug, mit dem du da in New York zu tun hast, wirst du auch zurechtkommen. Du bist ein intelligenter Mann und deine Entscheidungen haben Hand und Fuß.«

»Danke, Dad«, sagte Josh. Sein Vater sah ihn prüfend an. »Gibt es sonst noch etwas, das du sagen wolltest?«

»Ja, allerdings. Komm mit.«

Josh folgte seinem Vater bis zum Waldrand am anderen Ende des Parkplatzes.

»Dad, wir haben nicht viel Zeit. Ich möchte ins Restaurant, bevor Riley merkt, dass Treat und die anderen da sind.«

»Rex hält sie in der Lobby zurück. Entspann dich. Nimm dir etwas Zeit für deinen lieben alten Dad. Hör zu, mein Sohn. Schau dort hin und sag mir, was du siehst.« Er zeigte auf den Wald.

Josh konnte kaum einen klaren Gedanken fassen. Seine Nerven waren zum Zerreißen gespannt und sein Puls raste, seit er aus dem Flugzeug gestiegen war.

»Ich weiß nicht. Bäume, Erde, Steine.«

»Okay, das ist schon nicht schlecht. Was noch?«, drängte sein Vater.

Josh starrte in den Wald und versuchte, wie sein Vater zu denken. Wie ein Rancher. Nein, das funktionierte nicht. Er verlagerte seinen Fokus, ähnlich wie er es bei seinen Entwürfen tat. Wenn ihn eine Idee nicht inspirierte, nahm er sie auseinander und begann von vorne, aber aus einer anderen Perspektive. Er ließ den Blick von den Baumwipfeln über die kahlen Äste und die Baumstämme bis hinunter zum Boden schweifen. Die Erde war mit Laub bedeckt. Dazwischen lagen große Steine und herabgefallene Zweige. Nichts kam ihm in den Sinn, also setzte er noch einmal an. Er blickte auf den Boden. Die Erde. Die Grundlage. Blitzartig war ihm alles klar.

»Ich sehe ein solides Fundament, aus dem Leben wächst«,

sagte Josh.

»Schon besser. Mein Junge, das Fundament ist alles, was diese Bäume haben. Es nährt sie, es nimmt ihre Wurzeln und Dornen auf, es nimmt die Blätter auf, wenn sie herabfallen und seine Schönheit verdeckt. Die Felsen, die in dieses Fundament eingebettet sind, haben ihm anfangs wahrscheinlich Schmerzen bereitet, haben sich in die Tiefe gebohrt oder sind schnell und unerbittlich eingesunken. Auf jeden Fall musste sich dieses Fundament bewegen und verschieben, um sie aufzunehmen. Es musste nachgeben. Und wie du an diesem riesigen Felsblock zu deiner Rechten sehen kannst, musste es manchmal sehr viel nachgeben.«

Er schaute Josh direkt in die Augen und legte sich die Hand aufs Herz. »Das Herz des Fundaments muss offen und sicher genug sein, um diese Veränderung zuzulassen und aufzunehmen, auch wenn es wehtut. Und auch, wenn das Fundament dann nicht mehr ganz so attraktiv erscheint.«

Etwas schnürte Josh die Kehle zu.

»Junge, ich bin stolz auf dich. Um das auszuhalten, was du ausgehalten hast, und das zu bewältigen, was vor dir liegt, muss man stark sein. Es wäre viel einfacher gewesen, sich zurückzuziehen. Es gibt unzählige Frauen auf der Welt. Du warst immer einfühlsam, liebevoll und stark. Dass du deine Liebe zu Riley über alles gestellt hast, ist der Beweis, dass sie die Richtige für dich ist.« Er nahm Josh in die Arme und flüsterte ihm ins Ohr: »Deine verdammte Mutter hat mich dazu gebracht, dir die Geschichte mit dem Wald und dem Fundament aufzutischen. Wenn es nach mir gegangen wäre, hätte ich es dir geradeheraus gesagt, aber sie meint, bei einem Designer müsse man das anders machen.«

»Dad«, brachte Josh mühsam hervor. Gott, er liebte ihn.

»Und Treat hat mir erzählt, dass du das Gefühl hast, als
könntest du jemanden in Stücke reißen. Das ist eine gute Sache,
mein Sohn. Familie kennt keine Grenzen.«

Siebenundvierzig

In dem schwach erleuchteten Restaurant roch es nach warmem Olivenöl und Gewürzen. Im Kamin direkt gegenüber von dem Tisch, an dem Riley mit ihren Eltern saß, loderte ein gemütliches Feuer. Im Hintergrund spielte leise klassische Musik. Zum ersten Mal seit Tagen fühlte sich Riley im Frieden mit sich und der Welt. Sie trank einen Schluck Wein und hörte interessiert zu, was ihre Eltern über Nachbarn und Freunde erzählten.

Plötzlich tauchte der Kellner neben Riley auf und legte ihr eine einzelne rote, in rosafarbenes Papier gewickelte Rose auf den Teller.

»Danke.« Sie sah ihn an. »Machen Sie das bei allen Frauen?«

»Nein, Ma'am«, sagte er und ging ohne eine weitere Erklärung davon.

Riley lachte. »Was war das denn?«, fragte sie flüsternd.

Ihre Eltern zuckten mit den Schultern.

Sie schnupperte an der Rose und wickelte sie aus dem Papier. Darin befand sich eine handgeschriebene Notiz und sie erkannte Joshs Handschrift.

Hallo, meine Schöne. Dreh dich um. J.

Riley stockte der Atem. Sie drehte sich um und sah Josh in

einem dunklen Anzug und mit einem Strauß weißer und roter Rosen in der Hand.

»Josh?«, stieß sie hervor.

Sie sprang auf, als Josh näher kam, und sah Joshs Geschwister und seinen Vater, die mit verschränkten Händen dastanden.

Er küsste sie leicht auf die Lippen.

»Was machst du hier? Was ist los?« Sie warf ihrer Mutter einen Blick zu, deren Augen verdächtig schimmerten.

»Tut mir leid, dass es so lange gedauert hat«, sagte Josh und reichte ihr den Strauß Rosen. »Rot und weiß. Einigkeit.«

»Oh, Josh, sie sind wunderschön, aber das wäre doch nicht nötig gewesen.« *Du bist hier. Du bist tatsächlich hier.* Ihr Herz pochte, als würde es gleich zerspringen.

»Nein, aber ich wollte sie dir mitbringen, Ri.« Er streckte die Hand aus und Savannah reichte ihm einen Strauß gelber Rosen von einem Nachbartisch.

Rileys Augen brannten vor Tränen.

»Gelbe Rosen, das Versprechen eines neuen Anfangs. Babe, ich möchte mein Leben mit dir teilen. Wir werden den ganzen Unfug durchstehen und dann lassen wir ihn hinter uns.« Er gab ihr die Blumen.

Riley rührte sich nicht. Eine Träne lief über ihre Wange. Sie spürte, wie ihr die Knie weich wurden, und hielt sich an der Stuhllehne fest. »Das möchte ich auch.«

Ihre Mutter stand plötzlich neben ihr, nahm Josh den Blumenstrauß ab und legte ihn hinter Riley auf den Tisch.

Josh kniete vor ihr. Die Tränen, gegen die Riley angekämpft hatte, rannen ihr über das Gesicht.

»Josh?« Riley sank zitternd auf ihren Stuhl.

»Riley June Banks, ich liebe dich mehr, als ich jemals

jemanden in meinem Leben geliebt habe.«

Oh mein Gott. Sie konnte den Blick nicht von ihm abwenden. Er war wirklich da und er würde zu ihr stehen. Er würde sie auffangen. Er sah sie an, als gäbe es niemanden auf der Welt außer ihr, als wollte er sie in die Arme nehmen und sie für immer festhalten – und, oh Gott, sie wünschte es sich so sehr, aber …

»Aber was ist mit der Arbeit? Mit den Anschuldigungen?« Die Worte platzten heraus, bevor sie sie aufhalten konnte.

»Ich will dir keine Stelle anbieten«, erklärte er.

Du feuerst mich? Du kniest vor mir und wirfst mich hinaus? Ich dachte …

»Ich möchte, dass du meine Frau wirst, meine Gefährtin, meine Partnerin in allem, was mein Leben ausmacht. Und dazu gehört auch meine Firma. Du sollst nicht für mich arbeiten. Du sollst mit mir arbeiten. Als meine Partnerin.«

Riley konnte kaum noch atmen. Einen Moment lang fürchtete sie, sie würde ohnmächtig werden. Träumte sie? Oder war das wirklich wahr? Sie umklammerte die Armlehnen ihres Stuhls und starrte ihn an. Die Hoffnung in seinen Augen spiegelte die Hoffnung in ihrem wild pochenden Herzen wider. »Du musst das nicht tun«, sagte sie schließlich.

»Wenn du meinen Antrag annimmst, ist es abgemacht. Ich will mich nie wieder verstecken. Wir sind Partner in der Liebe und im Leben. Für immer. Das ist es, was ich will, und das ist es, was ich dir anbiete. Seite an Seite, du und ich, für alle sichtbar.«

Riley beugte sich vor und fiel förmlich von ihrem Stuhl. Josh fing sie in seinen Armen auf.

»Ist das ein Ja oder versuchst du, wegzulaufen?«, fragte Josh lächelnd.

»Ja«, sagte sie durch ihre Tränen hindurch. »Ja. Oh, Josh. Ja!«

Sie standen auf und Josh küsste sie, als hätte er sein ganzes Leben lang auf sie gewartet. Riley zitterte noch heftiger als vorher.

Rex trat vor und reichte Josh eine Schmuckschatulle von Tiffany.

»Hier, kleiner Bruder«, sagte er.

Rileys Hand flog zum Mund. »Josh«, flüsterte sie mit weit aufgerissenen Augen.

Er öffnete die Schatulle und schob ihr den Ring an den Finger. »Ich war mir nicht sicher, was dir gefallen würde. Wir können uns Ringe entwerfen lassen. Es ist ein gelber Diamant mit Kissenschliff, umgeben von weißen Diamanten, wie man sieht.«

Riley hatte in ihrem ganzen Leben noch nie etwas so Schönes gesehen.

»Ich liebe ihn, Josh, und ich liebe dich.« Riley schlang ihm die Arme um den Hals und küsste ihn. Als sie sich voneinander lösten, standen seine Brüder neben ihnen und umarmten sie.

Riley blickte auf, sah das tränenüberströmte Gesicht ihrer Mutter und entdeckte Jade, deren Wangen ebenfalls nass von Tränen waren.

Jade fiel Riley begeistert kreischend um den Hals. »Jetzt hast du dich als Erste verlobt!«

Riley war immer noch wie erstarrt. »Wusstest du Bescheid?«, fragte sie Jade.

»Natürlich wusste ich Bescheid und es ist mir verdammt schwergefallen, nichts zu verraten.«

Hal Braden streckte Riley die Arme entgegen. »Sieht aus, als müssten wir gleich zwei Hochzeiten planen.«

Planen? Im Moment schaffte sie es gerade, bis zu ihrem nächsten Atemzug vorauszudenken. Sie ließ sich in seine Arme sinken. »Danke, Mr. Braden. Ich verspreche, dass ich ihn glücklich machen werde.«

»Oh, Schätzchen, du kannst niemanden glücklich machen. So geht das nicht mit dem Glück. Wenn du Teil seines Lebens bist, nährst du sein Glück und er nährt deins. Es ist uns eine Ehre, dich in unserer Familie willkommen zu heißen.«

Riley sah zu Josh hinüber, der mit seinen Brüdern am anderen Ende des Raumes stand. Treat hatte ihm den Arm um die Schulter gelegt und Hugh und Dane sagten etwas, worauf Josh in schallendes Gelächter ausbrach. Er wandte ihr den Rücken zu, doch er musste ihrem Blick gespürt haben. Er drehte sich um und lächelte sie an.

Riley konnte ihren Blick nicht von ihm wenden, als er quer durch den Raum auf sie zukam. Sie mochte es kaum glauben, dass dieser mutige Mann bald ihr Ehemann sein würde. Ihr Ehemann! Sie blinzelte Tränen der Freude weg, als er näher kam. Seine dunklen Augen glitten über ihren Körper, verweilten auf ihren Brüsten, schweiften über ihre Hüften und wanderten schließlich zu ihrem Mund, als er vor ihr stand.

Er legte ihr die Hände um die Taille und zog sie an sich. Sein heißer Atem streifte ihr Ohr, als er flüsterte: »Noch eine Nacht halte ich nicht aus, ohne dich zu berühren.«

Riley lief ein Schauer über den Rücken. Verstohlen sah sie sich um und vergewisserte sich, dass niemand in Hörweite war. Josh ließ seine Hände auf ihre Hüften gleiten.

»Mm, du trägst Gucci Première, genau wie in unserer ersten gemeinsamen Nacht«, sagte er.

»Du hast es nicht vergessen«, flüsterte sie.

Er drückte seine Hüften an ihre und umarmte sie. »Das

werde ich nie vergessen. Ich möchte dich halten und an mir fühlen.«

Riley spürte, wie seine Begierde anschwoll. »Josh«, flüsterte sie. »Küss mich.«

Er nahm ihr Gesicht zwischen seine warmen Handflächen, wie er es schon so oft getan hatte, und wie immer begann ihr Herz zu singen. Er küsste sie, zuerst zögerlich, vermutlich, weil ihre Familien in der Nähe waren. Ihre Zungen berührten sich leicht und er ließ den Kuss fordernder werden, bis sie beide zu sehr in diesen Kuss vertieft waren, um dem Verlangen Einhalt zu gebieten. Ihre Zungen stießen heftig aneinander, Riley drängte sich an ihn, während seine Hände über ihre Beine glitten. *Mist. Restaurant.* Riley riss die Augen auf.

Sie löste sich von ihm. »Josh«, hauchte sie.

Er blickte sich um und sie sah, dass er ebenfalls in der Realität angekommen war. »Komm mit.« Hand in Hand hasteten sie an den Familienmitgliedern vorbei, die in Gruppen zusammenstanden, sich unterhielten und ihre Flucht gar nicht bemerkten.

Josh zog sie in den vorderen Bereich des Restaurants. Riley kicherte.

»Wohin gehen wir?«, fragte sie.

»Psst.« Josh sah sich um, als sie sich dem Eingang näherten.

»Nein. Bestimmt sieht uns jemand«, protestierte sie.

Ohne ein Wort senkte Josh seinen Mund auf ihren und küsste sie wieder, bis sie kaum noch atmen konnte und die Beine unter ihr nachzugeben drohten. Er führte sie durch einen Flur an den Toiletten vorbei und blieb vor einer geschlossenen Tür stehen. »Garderobe« stand darauf. Rasch öffnete er die Tür und gleich darauf waren sie in den dunklen Raum geschlüpft.

»Josh.« Sie tastete in der Dunkelheit nach ihm.

Er führte ihre Hände auf seine Hüfte und nahm ihr Gesicht in beide Hände. *Himmel, ich liebe das.* Er war so groß, so muskulös. Sie konnte nicht aufhören, ihn zu berühren.

»Du verdienst mehr als einen Quickie in der Garderobe, aber ich muss dich lieben, Riley. Jetzt. Nicht später, nicht morgen, nicht wenn wir nach New York zurückkehren. Jetzt.«

Sie stellte sich auf die Zehenspitzen und begegnete seinen Lippen in einem tiefen, drängenden Kuss. Im letzten Moment erinnerte sie sich daran, weiterzuatmen. Sie stahl Luft aus seinen Lungen, wollte sich nicht von ihm lösen. Seine Hände packten ihren Hintern, ihre Taille, ihre Brüste. *Bitte, bitte, küss mich. Ich will, dass dieser Kuss ewig dauert.* Sie knöpfte seine Hose auf, ließ sie zu Boden gleiten, zerrte ihm den Slip herunter und umfasste stöhnend seinen Schaft. Seine Lippen lösten sich von ihren. Gierig sog sie die Luft ein und küsste sich dann Stück für Stück an seinen Körper nach unten.

»Mmm«, stöhnte er.

»Psst«, machte sie. Sie fuhr mit der Zunge über die Spitze seiner Erektion und entlockte ihm ein weiteres liebestrunkenes Stöhnen.

»Riley«, flüsterte er und vergrub seine Finger in ihren Haaren, als sie ihn in ihren Mund nahm und seinen Schaft mit ihren Händen bearbeitete. Seine Hüften wölbten sich in sie.

Riley war sich bewusst, dass sie nicht zu lange wegbleiben konnten. Sie befürchtete, dass sich jemand auf die Suche nach ihnen machen würde, aber sie konnte sich nicht von ihm losreißen. Sie war süchtig und Josh war ihre Droge. Josh trat ein paar Schritte zurück, ohne ihre Haare loszulassen, bis er die Wand im Rücken spürte. Bebend vor Verlangen tastete sich Riley mit der Zunge hinauf zu seiner Hüfte. Sie waren so sehr im Einklang miteinander, dass er jeden ihrer Gedanken erriet.

Er zog ihr Kleid hoch und riss ihren Tanga herunter. Mit einer einzigen fließenden Bewegung hob er sie in die Luft. Sie schlang die Beine um ihn und er versenkte seine Härte in ihrer glühenden Mitte, setzte jeden empfindsamen Nerv unter Strom. Mit seinen kräftigen Armen gab er den Rhythmus vor. Sie stemmte die Handflächen gegen die Wand, war gefangen in der Dringlichkeit ihrer Liebe und begegnete seinen Stößen im perfekten Gleichklang.

Das berauschende Vergnügen, in das er sie hineintrieb, ließ sie aufstöhnen.

»Ich liebe es, wenn du diese Geräusche machst«, flüsterte er.

»Kann nichts dafür«, keuchte sie.

»Umso besser.« Er bewegte sie in seinen Armen und traf eine Stelle, die sie mit einem Mal zum Höhepunkt jagte und sie pochend und bebend an ihn schleuderte. Sie biss die Zähne zusammen und krallte sich an die Wand hinter ihm, als er ihre Schenkel fester packte, sein Gesicht an ihrer heißen Brust vergrub und stöhnend kurz nach ihr den Gipfel der Lust erreichte. Das Geräusch ihrer erhitzten Atemzüge erfüllte den kleinen, dunklen Raum. Bevor er sie auf die Füße stellte, küsste Josh sie erneut.

»Immer, wenn ich an dich denke«, sagte er, »sehne ich mich danach, in den Qualen der Leidenschaft zu versinken und zu spüren, wie deine Beine mich gefangen halten«, sagte er.

»Ich hoffe, das wird immer so sein«, flüsterte Riley.

Achtundvierzig

Später am Abend, als Joshs Vater und Rileys Eltern zu Bett gegangen waren, hatten sich die jungen Leute im Wohnzimmer der Bradens versammelt. Riley und Josh saßen eng aneinandergeschmiegt an einem Ende der Couch, während Jade am anderen Ende mit dem Kopf in Rex' Schoß lag. Die Füße hatte sie auf Rileys Schoß ausgestreckt. Hugh und Dane hatten die Ledersessel für sich reklamiert und Savannah hockte mit dem Rücken an Hughs Sessel gelehnt auf dem Boden. Treat und Max teilten sich einen großen Sessel am Feuer. Danes Handy vibrierte und Josh überlegte kurz, ob er seine Nachrichten checken sollte, entschied sich aber dagegen und genoss es stattdessen, Riley im Arm zu halten und ihre Nähe zu spüren.

Im Laufe des Abends hatte Riley immer wieder erst ihren Ring und dann Josh mit ungläubigem Staunen in ihren schönen Augen angesehen. Er zog sie fester an sich und flüsterte: »Ich liebe dich.«

»Ich liebe dich auch, aber du musstest das nicht alles tun«, sagte sie und schaute unter dem Rand ihrer Ponyfransen zu ihm auf.

»Ich weiß. Ich wollte es tun.«

»Ich wünschte, dieser Abend würde nie zu Ende gehen«,

363

sagte sie.

»Ich auch«, sagte Josh.

Danes Handy vibrierte erneut. Er zog es heraus, las die SMS, lächelte und tippte eine Antwort.

»Hast du Reggies Nachricht abgehört?«, fragte Treat.

Und wenn Reggie Neuigkeiten über Riley hatte, die Josh gar nicht hören wollte? Er schob den Gedanken beiseite.

»Habe ich vergessen«, sagte Josh.

»Bitte, hör sie dir an. Je eher wir all das hinter uns bringen, desto besser«, sagte Riley. »Ich kann immer noch nicht glauben, dass du Claudia gefeuert hast.« Sie kitzelte Jade an den Füßen.

»Lass das«, sagte Jade lachend.

Danes Telefon summte erneut.

»Das hätte ich schon vor Ewigkeiten machen sollen«, sagte Josh.

Rex gab Jade einen Kuss. »Wenn du ihr die Füße auf dem Schoß legst, hast du kein Mitspracherecht bei den Foltermethoden, die sie sich ausdenkt.«

»Oh, wirklich?« Jade stieß Rex in die Rippen.

Er beugte sich vor, zog sie mit einer schwungvollen Bewegung auf seinen Schoß und begann, sie auszukitzeln. Jade kreischte.

Danes Handy vibrierte noch einmal.

»Mein Gott, Dane, mit wem schreibst du dir bloß?«, fragte Savannah.

»Bitte, hör die Nachricht ab«, drängte Riley Josh wieder.

»Lacy«, antwortete Dane.

»Ri, das kann doch warten.« *Ich möchte dieses Glück eine Weile genießen.*

»Bitte?«, bettelte sie.

»Okay.« Er zog sein Handy hervor und wählte Voicemail,

während er mit halbem Ohr dem Gespräch der anderen lauschte. Schließlich meldete sich die elektronische Ansage.

»Lacy Snow? Wirklich? Das geht aber schon eine ganze Weile, oder?«, sagte Treat zu Dane.

»Ja, stimmt«, sagte Dane. »Wäre es okay, wenn sie zu eurer Hochzeit kommt?«

»Lacy? Oh, Dane, ich wollte sie sowieso einladen. Natürlich kann sie kommen«, sagte Max.

Nachdem er Nachrichten von Reggie und Peter abgehört hatte, ging Josh hinaus und rief Peter zurück. Als er zehn Minuten später wieder hereinkam, strahlte er Riley an. »Du, meine Liebe, bist einfach brillant«, sagte er. »Wenn ich das jemals vergessen sollte, erinnere mich bitte daran.«

»Wieso? Was habe ich getan?«, fragte sie.

»Reggie sagt, dass in der Mappe, die du an Peter Stafford geschickt hast, die Zeichnungen enthalten sind, die Claudia als ihre eigenen ausgibt. Und – jetzt kommt's – er sagt, dass auf Claudias Zeichnung von Max' Hochzeitskleid ein späteres Datum steht als auf dem Paket, das du an Peter geschickt hast. Peter ist gerade in der Schweiz. Von ihm habe ich auch eine Nachricht bekommen, aber stell dir vor, was Reggie sonst noch gefunden hat. Er hat sich die Aufnahmen der Gebäudekameras angesehen, von denen Claudia offenbar gar nicht wusste, dass sie existieren. Und dabei fand er Filmmaterial, das Claudia zeigt, wie sie nicht nur deinen Schreibtisch und deinen Papierkorb durchgeht, sondern auch deine Personalakte. Das bedeutet, dass sie dein Portfolio gesehen hat, bevor du überhaupt bei JBD angefangen hast. Sie war vorbereitet. Vermutlich hat sie die Qualität deiner Zeichnungen erkannt und fühlte sich bedroht oder übergangen oder was auch immer.« Josh boxte mit der Faust auf die Luft. »Wusste ich doch, dass mein Mädchen so etwas niemals tun würde.«

Riley stand auf. »Diese Zeichnungen hatte ich ganz vergessen. Ich hatte ein paar Skizzen von diesem Kleid dazugelegt, aber sie waren ziemlich unausgereift. Außerdem war das Kleid für mich noch gar nicht Max's Hochzeitskleid. Ich hatte es vor ein paar Wochen nach dem Mittagessen bei deinem Vater gezeichnet und in die Mappe gelegt, weil Peter wissen wollte, womit ich mich beschäftige. Heißt das …?«

Er zog sie an sich. »Das heißt, dass Claudia ein hinterhältiges Biest ist.«

»Du sagst es, Josh«, meinte Treat.

»Als ich Peter zurückrief, entschuldigte er sich dafür, dass er überhaupt nichts mitbekommen hat, seit er in der Schweiz ist. Wenn er früher von Claudias Anschuldigungen gehört hätte, hätte er mich auf die Zeichnungen in deiner Mappe aufmerksam gemacht. Und was noch wichtiger ist: Er ist nicht sauer, weil ich Claudia gefeuert habe. Als ich ihm erklärte, welche Spielchen sie getrieben hat, meinte er, ich hätte längst schon zu ihm kommen sollen.«

»Das sind wunderbare Neuigkeiten«, sagte Riley.

»Und es wird noch besser«, sagte Josh. »Anscheinend hat Peter Interesse an einer neuen Linie. Er stellt sich eine Art Partnerschaft vor, und nachdem er Rileys Mappe gesehen hat, will er, dass sie in den Prozess einbezogen wird.«

Alle klatschten und jubelten, bis auf Dane, der mit seinem Handy beschäftigt war.

»He, Junge.« Treat tippte Dane auf die Schulter.

»Ja, was ist? Entschuldigung.« Dane stand auf. »Riley ist also sauber?«

Savannah riss ihm das Telefon aus der Hand und rannte damit durch den Raum, während sie seine Nachrichten las.

»Oh!« Sie lachte. »Meine Güte, da werde ich ja ganz rot.«

Dane rannte hinter ihr her. »Gib mir das Handy, Savannah.« Seine Stimme dröhnte durch den Raum.

»Wer hätte das gedacht, dass du so auf Lacy stehst? Diese Snow-Schwestern scheinen ja etwas ganz Besonderes zu sein. Blake hat es auch ganz schön erwischt.« Endlich gelang es Dane, ihr das Handy wieder abzunehmen.

»Wie lange bist du schon mit ihr zusammen?«, fragte Savannah Dane.

»Wir sind nicht direkt zusammen«, antwortete Dane ausweichend.

»Erzähl mir nicht, dass du derart anzügliche SMS an eine Frau schreibst, mit der du noch nicht einmal ein Date hattest«, sagte Savannah kopfschüttelnd.

»Das ist doch nicht anzüglich, was ich ihr schreibe. Wir haben halt Schwierigkeiten, unsere Termine zu koordinieren. Aber sie kommt zur Hochzeit von Treat und Max«, erklärte Dane.

»Termine koordinieren? Weißt du überhaupt, wie man mit einem Kalender umgeht? Meinst du im Ernst, dass sie die nächsten drei Monate auf dich wartet?« Savannah kam aus dem Kopfschütteln nicht mehr heraus.

»Ich würde auf Dane warten«, sagte Jade lachend.

Rex zog sie an sich. »Oh nein, das würdest du nicht tun.«

»Wir sind ständig in Kontakt«, protestierte Dane. »Du weißt doch, wie verrückt mein Zeitplan aussieht.«

»So ein Schwachsinn. Entweder du widmest ihr die Aufmerksamkeit, die sie verdient, oder du lässt sie laufen«, sagte Treat.

»Und seit wann bist du der Experte in diesen Dingen? Lacy hat Verständnis für meinen Terminplan«, sagte Dane.

»Dann muss ich mal mit ihr reden«, sagte Treat. »Keine Frau verdient es, so behandelt zu werden. Wie lange geht das jetzt schon? Seit einem Jahr? Wenn du keine Beziehung mit ihr willst, solltest du die ganze Sache bleiben lassen. Frauen sind anders. Du vergnügst dich vielleicht mit anderen Frauen, aber ich möchte wetten, dass Lacy Snow sich nicht mit anderen Männern trifft. Ich habe sie kennengelernt, Dane. Sie ist nicht so.«

Dane atmete tief aus. »Sieh mal, ich will sie doch nicht verletzen. Ich mag sie wirklich sehr. Vielleicht zu sehr.«

»Du hattest noch nicht einmal ein Date mit ihr«, erinnerte Savannah ihn.

»Stimmt«, sagte Dane.

»Okay, Leute, hört zu. Das sollte eigentlich ein glücklicher Abend für uns sein«, sagte Josh. »Können wir nicht einfach den Champagner aufmachen und es Dane überlassen, wie er sein Liebesleben organisiert? Ich kann es kaum erwarten, Lacy kennenzulernen, und wenn es bei der Hochzeit von Treat und Max ist, dann ist das eben so. Lasst uns den Abend genießen, ja?«

»Du hast recht. Entschuldigung«, sagte Savannah. »Dane, wenn es um Beziehungen geht, bist du bei mir an der richtigen Adresse. Sag Bescheid, wenn ich dir helfen kann.«

Dane verdrehte die Augen. »Alles klar. Und wie lange soll dieses Hin und Her mit dir und Connor Dean noch gehen?«

Savannah wandte den Blick ab.

»Entschuldigung, Mann«, sagte Dane zu Josh.

»Kein Problem.« Josh ging in die Küche. »Ich hole den Champagner.«

Dane folgte ihm. »Tut mir wirklich leid. Glückwunsch, Josh. Ich freue mich für dich.« Er lehnte sich an den

Kühlschrank und sah zu, wie Josh den Champagner entkorkte. »Darf ich dich etwas fragen?«

»Na klar.«

»Jahrelang wussten wir nicht, ob du mit jemandem zusammen bist, geschweige denn, mit wem du zusammen bist, und dann heiratest du plötzlich. Wie passt das zusammen?«, fragte Dane.

Josh wirbelte herum und war sofort bereit, seine Beziehung zu Riley zu verteidigen.

»Versteh mich nicht falsch. Ich meine das nicht wertend oder so. Aber woher wusstest du, dass es das ist, was du willst?«, sagte Dane.

Josh schenkte ihnen Champagner ein. »Eines Tages merkst du, dass nichts in deinem Leben einen Sinn ergibt, außer dem Glück, das du empfindest, wenn du mit diesem anderen Menschen zusammen bist. Und du hast das Gefühl, als würde dieses bedeutsame Leben um deinen Kopf herumschweben und nur darauf warten, dass du es ergreifst. Besser kann ich es nicht erklären. Es gibt keine geheimen Zeichen oder Hinweise oder solchen Unfug. Es ist einfach …« Er zuckte mit den Schultern. »Wenn dieser Tag kommt, Dane, gehen dir alle möglichen verrückten Sachen durch den Kopf. Aber, Mann …« Er sah Riley in die Küche kommen, sah ihre langen Beine unter ihrem kurzen roten Kleid, sah ihr Lächeln, das die geräumige Küche heller erscheinen ließ, und ihren Blick, der ihm das Gefühl gab, der wichtigste Mensch in ihrer Welt zu sein.

Er zog sie an sich und küsste sie auf die Stirn. Dann sagte er zu Dane: »Wenn es passiert, wirst du deinem Schicksal danken.«

Neunundvierzig

Nachdem sie Weihnachten mit ihren Familien verbracht hatten, waren Josh und Riley nach New York zurückgekehrt, um sich auf die alljährliche Silvesterparty bei JBD vorzubereiten und die unselige Geschichte mit Claudia endgültig zu begraben. Ihr Anwalt hatte sich mit Joshs Anwalt in Verbindung gesetzt, und Josh hatte zugestimmt, die Anklage wegen sexueller Belästigung fallen zu lassen. Im Gegenzug sollte Claudia öffentlich erklären, dass ihre Anschuldigungen gegen Riley falsch waren. Darüber hinaus hatte er gefordert, dass sie sich persönlich bei Riley entschuldigte, was sie widerstrebend getan hatte. Jetzt stand Riley im Schlafzimmer am Bett, sah zu, wie Josh seine Manschettenknöpfe anlegte, und hatte ein flaues Gefühl im Magen: Heute Abend würde Josh den Mitarbeitern von JBD ihre Verlobung bekannt geben. Seit ihrer Rückkehr aus Weston hatte Riley sich nur mit Mia getroffen. Sie hatte keine Ahnung, wie die anderen reagieren würden. Zum Glück freute sich Mia aufrichtig für sie.

»Nervös?«, fragte Josh, während er den Smoking anzog.

»Sehr«, gab sie zu.

»Nicht nötig.« Er legte ihr sanft die Hand auf die Wange und Riley schmiegte sich in die vertraute Geste.

»Ich bin die ganze Zeit bei dir. Claudia war wirklich eine unrühmliche Ausnahme bei JBD, so gemein ist sonst niemand. Und wenn jemand sagt, du hättest dich nach oben geschlafen, lächelst du nur und gehst hoch erhobenen Hauptes davon«, sagte Josh.

»Du hast gut reden«, sagte Riley. Sie strich ihr langes schwarzes Kleid glatt.

»Babe, bringe ich dich in Verlegenheit?«, fragte Josh.

Riley ließ den Blick langsam über jeden Zentimeter seines Körpers wandern, verharrte kurz an seinen Armen, der Brust und zwischen den Beinen, weidete sich an seinem frisch rasierten Gesicht, trat einen Schritt näher und legte ihm die Hände auf die Wangen. Bei jeder Bewegung funkelte ihr Verlobungsring im Licht. Sie fuhr ihm mit den Fingerspitzen durch die Haare und genoss es, ihn zu berühren.

»Niemals«, sagte sie und zog ihn dann in einen tiefen Kuss. Als sie sich an ihn lehnte, spürte sie seinen harten Schaft an ihrem Körper.

»Oh nein, wir lassen die Neujahrsparty nicht ausfallen«, sagte er lächelnd. »Du kannst all deine Verführungskünste aufbieten, aber wir gehen hin. Wir ziehen das durch, Ri.«

»Hm, du kennst mich wirklich zu gut.« Sie streifte ihre Schuhe über, legte die Diamantohrringe an, die Josh ihr zu Weihnachten geschenkt hatte, und sagte mit gespieltem Ärger in der Stimme: »Sollen wir?«

Josh legte von hinten die Arme um sie und knabberte an ihrem Ohrläppchen. »Wenn wir uns beeilen, hätten wir vielleicht noch Zeit … wenn du willst.«

Riley wand sich lachend aus seiner Umarmung. »Nichts da, jetzt musst du warten bis nach der Party.«

Mia kam ihnen an der Tür entgegen. Sie trug ein figurbetontes, dunkelblaues Abendkleid mit tiefem Ausschnitt und langen, eng anliegenden Ärmeln. »Ich wollte euch nur vorwarnen. Alle reden über euch.« Sie umarmte Riley. »Du siehst wunderschön aus. Ich wusste doch gleich, dass es genau das richtige Kleid für dich ist. Und Josh, wow! Hast du dich aber schick gemacht!«, neckte sie ihn.

»Danke, Mia«, sagte Josh.

»Ich bin furchtbar nervös. Sagen sie lauter schreckliche Dinge über mich?« Riley war so aufgeregt, dass ihr fast übel wurde. Sie umklammerte Joshs Hand, als wollte sie sie nie wieder loslassen.

»Das würde ich ihnen nicht raten«, sagte Josh und spannte unwillkürlich die Muskeln an.

»Nein, nein«, sagte Mia beschwichtigend. »Sie wissen nur, dass ihr zwei zusammen seid, mehr nicht. Also sind sie noch in diesem Hast-du-schon-gehört-Stadium und bringen sich gegenseitig auf den neusten Stand, falls sie über die Feiertage etwas verpasst haben.«

Riley atmete tief durch. »Okay, ich denke, wir müssen es hinter uns bringen.«

Josh legte den Arm um sie. »Ich bin bei dir. Außerdem kommt Savannah, du hast also noch mehr Unterstützung.«

»Savannah kommt auch?«, fragte Riley erstaunt.

»Ja. Sie tut immer so bärbeißig, aber sie liebt dich«, sagte Josh.

Sie betraten den Ballsaal, in dem sich festliche Musik und lebhaftes Stimmengewirr mischten.

Alle Blicke waren auf Josh und Riley gerichtet. Riley war die

Kehle wie zugeschnürt und sie bekam weiche Knie. Sie spürte, wie jemand hinter sie trat, und hörte eine vertraute Stimme.

»Du siehst hinreißend aus«, flüsterte Savannah ihr ins Ohr.

»Ich bin so froh, dass du hier bist«, sagte Riley und erinnerte sich plötzlich an Savannahs halb scherzhafte, halb ernst gemeinte Drohung. »Savannah, ich werde Josh nicht wehtun«, sagte sie.

»Ich weiß. Aber wenn du es jemals versuchen solltest, wirst du daran denken, was ich dir gesagt habe«, grinste Savannah.

Josh und Riley gingen Hand in Hand durch den Raum und begrüßten die Gäste. Als sie zu Simone und K.T. kamen, die zusammenstanden und Champagner tranken, bedachte Simone Riley mit einem eisigen Blick.

»Simone, K.T., ich hoffe, ihr amüsiert euch gut«, sagte Josh.

»Oh ja, Mr. B.«, sagte K.T. »Riley, du siehst umwerfend aus. Heute mal nicht in Juicy Couture? Nein, wie ich sehe, bist du ganz auf JBD eingestellt.«

Riley runzelte die Stirn. *Macht er sich über mich lustig?* Sie rang sich ein Lächeln ab. »Danke, K.T., du siehst auch gut aus«, sagte sie. »Ich liebe dein Kleid, Simone.«

»Danke«, sagte Simone knapp.

Ihre Antwort war wie ein Frosthauch. *Jetzt kommt's.* »Ich weiß, ich hätte es dir und Mia sagen sollen, aber ich wusste nicht, wie. Es tut mir leid«, sagte Riley.

Simone schaute schweigend in ihr Glas und zuckte mit den Schultern.

»Simone«, sagte Josh.

»Es ist okay«, sagte Riley. »Ich wäre auch wütend. Simone, ich bin keine hinterhältige, verschlagene Frau. Ich liebe Josh und das schon seit Jahren. Ich weiß, du und ich, wir haben uns angefreundet und ich hätte dir vertrauen und es dir sagen sollen, aber ich hatte solche Angst. Ich wollte nicht als die Frau gesehen werden, die sich nach oben schläft, und es war …« Tränen stiegen ihr in die Augen und sie wandte den Blick ab.

»Babe, du musst nichts erklären«, sagte Josh. Er sah Simone streng an.

»Doch«, flüsterte Riley. »Ist schon okay.«

Savannah schob sich zwischen Riley und Simone. Mit einer schwungvollen Kopfbewegung warf sie ihr langes Haar über die Schulter. »Simone? Hallo, ich bin Savannah, Joshs Schwester. Ich glaube, wir kennen uns noch nicht.«

»Hi.« Simone betrachtete Savannah misstrauisch.

»Ich würde dir raten, Riley nicht so schief anzusehen«, sagte Savannah. »Josh und Riley ist es nicht leichtgefallen, ihre Beziehung geheim zu halten, aber sie hatten keine Alternative. Weil sie die Reaktion befürchten mussten, die du gerade zeigst.«

Josh trat zwischen die beiden Frauen. »Savannah, das reicht.«

»Nein, Josh, es reicht noch lange nicht. Dieser Blick, mit dem sie Riley angesehen hat, ist genau der Grund, warum Riley Angst davor hatte, dass Leute von eurer Beziehung erfahren«, sagte Savannah. »Riley wird bald meine Schwägerin sein, und wenn du denkst, ich lehne mich zurück und lasse zu, dass jemand ihr wehtut, dann bist du schief gewickelt.«

»Es tut mir leid«, sagte Simone. »Ich bin nicht sauer, weil ihr beide ein Paar seid. Ich bin nur verletzt, weil ich dachte, Riley und ich wären so was wie Freundinnen. Und Freundinnen erzählen sich solche Sachen.« Trotzig verschränkte sie die schlanken Arme vor der Brust.

Prima. Jetzt habe ich auch noch eine Freundin verloren.

»Simone, Schätzchen«, sagte K.T. »Beruhige dich.«

»Nein, das werde ich nicht tun«, sagte Simone laut. »Also,

Riley, alle denken, du hättest dich nach oben geschlafen. Na und?«

»Das reicht, Simone«, sagte Josh barsch.

Die Gespräche im Raum waren verstummt und alle starrten wie gebannt auf die Szene, die sich vor ihren Augen abspielte.

»Na und?«, wiederholte Simone. »Du bist glücklich. Mr B. ist glücklich. Wen interessiert es, was die Leute denken? Was mich interessiert, sind Freundschaften.« Simone sah von Riley zu Josh. Dabei peitschten die schnurgerade geschnittenen Enden ihrer Haare gegen ihre Wange.

»Ich sagte, das reicht, Simone«, fuhr Josh sie an und trat einen Schritt vor.

»Simone!« Mia hastete zu ihr. »Was zum Teufel machst du?«

»Ich unterhalte mich mit Riley«, blaffte Simone. Ihre schwarze Brille rutschte herunter. Sie schob sie mit dem Zeigefinger hoch und hob das Kinn.

»Gott, manchmal wünschte ich, du hättest einen Schalter, den man einfach umlegen kann, damit du die Klappe hältst.« Mia zerrte sie ein Stück weg und sagte zu Josh und Riley gewandt: »Es tut mir leid. Wenn ihre Gefühle verletzt sind, übertreibt sie manchmal.«

»Ist schon in Ordnung. Simone, reiß dich zusammen«, sagte Josh.

Riley ließ Joshs Hand los und ging zu Simone. »Mit Freundschaften kenne ich mich aus. Du glaubst mir vielleicht nicht, aber du könntest Jade fragen, meine beste Freundin ... wenn sie hier wäre ... was sie nicht ist.« *Lieber Himmel, was rede ich denn da?* »Ich wollte dich nicht verletzen. Ich habe kein besonders dickes Fell. Was meine Kollegen denken, ist mir wichtig, und am liebsten hätte ich dir und Mia alles erzählt, aber ich hatte solche Angst. Und ich möchte euch allen sagen …« Sie wandte sich um und sah ihre Kollegen an.

»Riley.« Josh streckte die Hand nach ihr aus.

Riley drehte sich weg und hob die Stimme. »Es tut mir leid, okay?«, sagte sie. »Ich habe mich in Josh verliebt und wir haben es geheim gehalten, aber damit wollten wir niemanden verletzen, und ich habe nicht mit ihm geschlafen, weil er mein Chef ist.« Sie sah Josh an. »Ich kenne Josh schon, seit ich denken kann. Jahrelang habe ich meine Gefühle für ihn weggeschoben, weil ich dachte, er sei zu gut für mich. Und wisst ihr was? Das war Schwachsinn. Josh ist der freundlichste und großzügigste Mensch, den ich kenne, und ich bin stolz darauf, mit ihm zusammen zu sein. Ich werde mich nicht mehr verstecken oder mich schlecht fühlen, weil irgendjemand glaubt, ich hätte etwas Falsches getan.« Sie sah Simone an. »Und ich werde meinen Freunden nicht absichtlich wehtun. Es tut mir leid, Simone.«

»Okay. Tja, es geht doch nichts über einen großen Auftritt«, sagte Josh.

Gedämpftes Gelächter war zu hören.

Josh wandte sich an seine Mitarbeiter. »Wisst ihr, eigentlich ist alles ganz einfach. Wir lieben uns. Wir werden heiraten und aus JBD wird bald JRBD. Wie in jedem Jahr habe ich auch diesmal eine kleine Rede vorbereitet, in der ich die besonderen Fähigkeiten eines jeden von euch hervorhebe. Aber ich glaube, das ist jetzt nicht so wichtig.« Er trat zu Riley und nahm ihre Hand.

»Egal, ob wir JBD oder JRBD heißen: Wir alle sind und bleiben die gleiche Familie, die wir immer waren. Nur haben wir jetzt ein Familienmitglied mehr, und zwar ein ganz besonderes. Ihr werdet wissen, dass ich kein Freund von Ultimaten bin, aber heute Abend stelle ich eins, also hört bitte gut zu. Riley wird meine Frau sein, und das bedeutet, dass sie mir wichtiger ist als alles andere. Wenn ihr euch nicht vorstellen könnt, mit Riley und mir als gleichberechtigte Partner zusammenzuarbeiten, oder wenn ihr das Gefühl habt, dass ihr sie verachtet, oder meint, ihr müsstet über sie oder uns beide tratschen, dann solltet ihr gehen, und zwar für immer, denn ich werde keine abschätzigen Blicke, keine gehässigen Kommentare oder irgendwelche Anspielungen dulden.«

»Entschuldige, dass ich dich schief angesehen habe«, sagte Simone zu Riley.

»Entschuldige, dass ich dir nicht von mir und Josh erzählt habe.« Riley umarmte Simone.

Leises Raunen wurde hörbar. Savannah und Mia traten zu Josh.

»Das hättest du schon vor Ewigkeiten tun sollen«, sagte Savannah.

»Ich habe eben nicht viel Erfahrung mit Beziehungen«, sagte Josh.

»Mr B., sieh nur.« Mia wies mit dem Kopf auf Riley, die jetzt von den anderen Mitarbeitern umringt war. »Ich denke, alles wird gut.«

Josh atmete erleichtert auf. Gleichzeitig wurde ihm klar, dass sein Beschützerinstinkt wohl nie nachlassen würde.

Riley fing seinen Blick auf und kam zu ihm.

»Danke, dass du für mich eingetreten bist. Ich hoffe, ich habe dich nicht zu sehr in Verlegenheit gebracht«, sagte sie.

Er zog sie an sich. »Nichts, was du tust, könnte mich jemals in Verlegenheit bringen. Ich muss mich einfach daran gewöhnen, dass der Unglaubliche Hulk von Zeit zu Zeit seinen mächtigen Kopf hebt und meinen Körper in Beschlag nimmt.«

Riley drängte ihre Hüften an seine. »Mm. Unglaublicher

Hulk? Mächtiger Kopf? Klingt interessant.«

»Na, habt ihr kein Zuhause?«, rief Savannah mit gespielter Empörung.

»Oh doch, haben wir.« Josh küsste Riley. »Mia, kannst du den Rest erledigen?«

»Klar«, sagte Mia.

»Du musst doch noch deine Rede halten«, erinnerte Riley ihn, als er sie zur Tür zog.

»Ich denke, das habe ich schon. Komm, vielleicht finden wir irgendwo essbare Unterwäsche für Sie und Ihn.«

Lust auf mehr von den Bradens?

Lesen Sie hier einen Auszug aus dem nächsten Band und verlieben Sie sich mit Dane Braden und Lacy Snow in: *Wogen der Liebe*

Eins

Lacy Snow saß zwischen ihren Halbschwestern, Kaylie Crew und Danica Carter. Kennengelernt hatte sie die beiden erst vor eineinhalb Jahren. Inzwischen waren sie ihre besten Freundinnen, ihre Verbündeten und außerdem die Frauen, die sie am meisten bewunderte. Dass es die beiden gab, hatte sie ihr Leben lang gewusst. Doch als Tochter der Dauergeliebten ihres Vaters hatte sie schlecht einfach an Kaylies und Danicas Tür klopfen und sich vorstellen können.

Kaylie nahm mit einem schwesterlichen Lächeln Lacys

Hand. Sie hatten beide dieselben strahlend blauen Augen und dasselbe hellblonde Haar. Kaylies fiel in sanften Wellen, während Lacy genau wie Danica wilde Korkenzieherlöckchen hatte. Danica wiederum hatte die dunkle Haarfarbe und den olivfarbenen Teint ihres Vaters geerbt.

»Ist das nicht absolut umwerfend?«, flüsterte Kaylie.

»Das Gebäude ist dem Chequesset Inn nachempfunden, das in den Dreißigern bei einem Wintersturm zerstört wurde«, raunte Lacy.

Das Wellfleet Inn, das sie bewunderte, war der auserwählte Ort für die Hochzeit ihrer Freunde Max und Treat. Die zwei hatten sich in Wellfleet in Massachusetts ineinander verliebt. Deshalb feierten sie hier, in einem zweigeschossigen Hotel mit einem herrlichen Blick auf die Bucht. Treat besaß Luxusresorts auf der ganzen Welt. So hatte es niemanden gewundert, als er das Hotel gekauft und seinem Unternehmen damit ein weiteres Schmuckstück hinzugefügt hatte.

»Großer Gott«, flüsterte Kaylie. »Du bist ein wandelndes Lexikon.« Sie warf einen Blick zum Altar. »Aufgeregt?«

Nervös, formte Lacy mit den Lippen. Heute würde sie endlich Treats jüngeren Bruder Dane Braden wiedersehen. Nach fünfzehn langen Monaten voller E-Mails, sehnsüchtiger Telefonate, prickelnder Video-Chats und zahlloser unerfüllter Fantasien. Während der ganzen Zeit hatte Lacy fast alle Wochenenden durchgearbeitet und jede Menge Überstunden geschoben, um in ihrer Firma voranzukommen. Und nachts hatte sie von Dane geträumt. Sie griff nach Danicas Hand. Danica war in eine Unterhaltung mit ihrem Mann Blake vertieft, nahm Lacys Hand aber ganz selbstverständlich in ihre. Kennengelernt hatte Lacy ihre beiden Halbschwestern kurz vor deren Doppelhochzeit in Treat Bradens Luxusresort in Nassau.

Jetzt schaute dieser unerhört gut aussehende, hoch gewachsene, dunkelhaarige Mann vorn am Altar ihrer Freundin Max tief in die Augen. Max' dunkles Haar floss über die Spaghettiträger ihres Hochzeitskleides im Strandlook. Riley Banks, die Verlobte von Treats Bruder Josh, hatte es für sie entworfen. Attraktive Menschen sahen bei einer Hochzeit immer geradezu glamourös aus, und Treat und Max waren ein besonders schönes Paar.

Die Zeremonie begann. Als Treat Max' Hand nahm und ihr ewige Liebe schwor, hätte Lacy eigentlich ganz hingerissen sein müssen. Doch ihr Blick wanderte immer wieder nach rechts zu Treats Trauzeugen, seinen vier jüngeren Brüdern. Jeder einzelne von ihnen hätte seinen Lebensunterhalt mit Modeln verdienen können. Aufmerksam hörten sie zu, wie Treat gelobte, seine Frau für immer zu lieben, zu ehren und zu achten. Nur Danes Blick schweifte alle paar Sekunden hungrig zu Lacy. Versengende Blitze durchzuckten sie. *Verdammt, er ist so sexy.* Lacy konnte kaum blinzeln, geschweige denn wegschauen. Verflixt, sie konnte nicht mal mehr richtig atmen.

»Vorsicht«, flüsterte Kaylie. »Sonst besabberst du dein hübsches Kleid.«

Lacy spürte, wie sie rot wurde. Abwenden konnte sie sich trotzdem nicht. Alle Braden-Brüder hatten volles dunkles Haar. Treat und Josh trugen ihres kurz, Rex' Haar fiel im Cowboylook bis über seinen Kragen. Danes lag irgendwo dazwischen, so als hätte er seinen letzten Friseurtermin verpasst. Ein bisschen sah es aus, als wäre er gerade mit den Händen hindurchgefahren. *Stopp.* Lacy kniff die Augen zusammen. Während Danes Mundwinkel sich zu einem Lächeln hoben, biss sie sich auf die Unterlippe. *Es sieht aus, als käme er gerade aus dem Bett. Oder als wäre er auf dem Weg dorthin.*

Als er ihr zuzwinkerte, seufzte Lacy leise auf.

»Benimm dich«, frotzelte Kaylie.

»Oh mein Gott.« Lacy schlug die Augen nieder. »Er ist so …«

»Sexy? Umwerfend? Heiß?« Kaylie zog eine Braue hoch.

»Pssst.« Danica schüttelte missbilligend den Kopf. Lacy und Kaylie steckten die blonden Schöpfe zusammen und kicherten leise. Auch ohne Danicas Gesicht zu sehen, wusste Lacy, dass ihre älteste Schwester die Augen verdrehte und die Lippen zusammenkniff.

»Hiermit erkläre ich euch zu Mann und Frau.«

Die Worte lösten in Lacys Bauch ein wildes Flattern aus. Einen Augenblick später schritten Treat und Max Hand in Hand durch den Mittelgang. Die Hochzeitsgäste erhoben sich. Max' Augen leuchteten. Treat ging stolz und aufrecht und strahlte mit seiner frischgebackenen Ehefrau um die Wette. Glücklich ruhte sein Blick auf ihr. Kaylie schlang die Arme um den Hals ihres Mannes Chaz und küsste ihn. Danica lächelte ihren Blake liebevoll an. Als er die Hand an ihr Kinn legte und sie küsste, wandte Lacy sich ab und dachte an Dane.

Als Treat und Max auf ihrer Höhe waren, warfen Lacy und ihre Schwestern Rosenblütenblätter.

»Herzlichen Glückwunsch!«, rief Lacy. Dabei hatte sie nur Augen für Dane. Seine Brust war noch breiter als in ihrer Erinnerung und sein Blick wirkte in natura noch viel verwegener als bei ihren Video-Chats.

»Du bist eine wunderschöne Braut!«, sagte Danica zu Max.

Jetzt kamen die Brüder des Bräutigams. Kaylie drückte Lacys Hand so fest, dass Lacy zusammenzuckte.

»Da ist er«, raunte sie.

»Hör auf«, zischte Lacy leise. »Ich bin total nervös.«

Dane kam auf sie zu. Er lächelte sie an. Seine perfekten,

perlweißen Zähne blitzten, sein Blick bohrte sich in ihren. Lacys
Beine verwandelten sich in Pudding. Sie musste sich an der
Lehne des Stuhls vor ihr festhalten. Der ältere Mann, der dort
gesessen hatte, streckte die Hand nach Dane aus.

»Hey, mein Freund. Ich habe dich ewig nicht gesehen.
Schön, dass du da bist«, sagte der Unbekannte.

Dane umarmte den hoch gewachsenen, schmalen Mann,
ohne dabei die Augen von Lacy zu lassen. »Ich freue mich auch,
Smitty. Nachher beim Empfang können wir uns unterhalten.«
Dane kam Lacy noch einen Schritt näher. Er umarmte seinen
Cousin. »Blake. Endlich sehen wir uns mal wieder.« Auch
Danica drückte er an seine Brust und küsste sie auf die Wange.
»Du siehst umwerfend aus, so wie immer.« Jetzt wandte er sich
Kaylie zu.

Blake und Danica verließen die Stuhlreihe und folgten den
anderen Gästen zum Empfang. Lacys Herz vollführte einen
Trommelwirbel. Sie hatte vergessen, wie groß Dane war, wenn
er leibhaftig vor einem stand, und als er jetzt Kaylie umarmte,
stellte sie fest, dass sie auch vergessen hatte, wie groß seine
Hände waren. Große Hände, großer … *Schluss jetzt!*

»Wir müssen vor dem Empfang noch kurz die Babysitterin
anrufen. Bis gleich.« Kaylie zog Chaz hinter sich her und ließ
Lacy mit Dane allein.

Zum letzten Mal hatten sie einander vor vierhundertsie-
benundfünfzig Tagen gegenübergestanden. *Vor einer Ewigkeit.*
Dane nahm Lacys Hände, zog sie zu sich und küsste sie sanft
auf beide Wangen. Dabei sog er den süßen Duft ein, an den er
sich so gut erinnerte: eine Kombination aus Citrus und etwas

Blumigem mit einer kaum merklichen Moschusnote. Für jeden anderen wäre das Chanel Coco Noir gewesen. Für Dane war es der Duft, den er seit der ersten Begegnung mit Lacy nicht vergessen konnte, seit ihrem einzigen gemeinsamen Nachmittag kurz vor der Doppelhochzeit ihrer Schwestern in Nassau. Von diesem Duft hatte er geträumt. Er hatte ihn auf den langen Nachmittagen draußen auf See begleitet, wo er viele Meilen von der Küste entfernt mit seinem Team Haie markierte und mit Sendern versah.

»Lacy.«

Ihre zarten Finger zitterten in seinen Händen. Ein scheues Lächeln spielte um ihre Lippen und brachte Danes Puls zum Jagen.

»Hi«, sagte sie leise.

Die blonden Korkenzieherlocken fielen ihr über die sonnengebräunten, schlanken Schultern. Ihr königsblaues Halterkleid reichte bis zur Mitte ihrer Oberschenkel und zeigte ihre trainierten, schlanken Beine. Ihre Narbe lugte ein wenig darunter hervor. Dass diese Narbe der Schlüssel zu Lacys Ängsten sein musste, wusste Dane. Er drückte eine ihrer schmalen Hände an die Lippen und küsste sie. So viele Mails, so viele Anrufe und Video-Chats. Natürlich war das nicht genug gewesen. Aber als Gründer der Brave-Foundation, einer Stiftung zum Schutz der Ozeane, vor allem aber von Haien, war er ständig unterwegs und konnte sich nur selten ein Wochenende freischaufeln. Gleichzeitig hatte Lacy fast rund um die Uhr gearbeitet, um die erhoffte Stelle zu bekommen, und hätte sicher nicht einfach eine Pause einlegen können, wenn er zufällig mal ein bisschen Zeit gehabt hätte. Danes Stiftung setzte auf Forschung, Information und Aufklärung, damit Haie in den Weltmeeren eine Zukunft hatten. Seine Begeisterung für diese

Arbeit war seit dem College noch größer geworden. Die Stiftung war sein Leben. Im Augenblick wohnte er auf einem Boot an der Küste Floridas. Dort war auch der Hauptsitz der Brave-Foundation. Einige wenige Mitarbeiter unterstützten ihn bei der Verwaltung und der Logistik. Für seine Einsätze auf See fand er stets genügend ehrenamtliche Helfer. Wenn er nicht gerade übers Meer schipperte, war er für die Stiftung unterwegs, ging zu Veranstaltungen und trieb Sponsoren auf. Sein Terminkalender platzte aus allen Nähten und Lacy war ebenfalls ungeheuer beschäftigt. Ein früheres Wiedersehen war einfach nicht möglich gewesen.

»Willst du uns einander vorstellen oder einfach nur weiter den Durchgang blockieren?« Danes Bruder Rex quetschte sich zwischen sie.

Dane landete wieder in der Gegenwart. Rex war eineinhalb Jahre jünger als er und hatte jahrelang die Ranch der Familie am Laufen gehalten. Der vielen harten Arbeit verdankte er seine kraftstrotzende Cowboystatur. Dane fixierte ihn mit einem herausfordernden Grinsen.

»Ist Jade denn nicht hier?«, fragte er.

Vor einem Jahr hatte Rex sich in Jade Johnson verliebt. Diese Liebe hatte eine uralte Familienfehde neu aufflammen lassen und ihr schließlich ein längst überfälliges Ende gesetzt. Nie zuvor hatte Dane seinen Bruder so glücklich gesehen. Rex und Jade hatten das Grundstück zwischen den Ranches der beiden Familien gekauft und sich dort ein Haus gebaut.

Einen Moment lang schaute Dane forschend in Rex' dunkle Augen. Mit knapp unter eins neunzig waren sie beide gleich groß, aber Rex hatte zudem Arme wie Baumstämme und die breite Brust unter seinem Smoking zog die Blicke aller Frauen auf sich. Die stets präsenten dunklen Stoppeln und sein etwas längeres Haar ließen Rex ein wenig ungezähmt wirken. Dieser Look machte auch ganz starke Frauen schwach. Eigentlich wusste Dane, dass er Rex wegen Lacy keine stumme Warnung senden musste. Rex war sonnenklar, dass er die Finger von Lacy zu lassen hatte, und außerdem hatte er nur Augen für Jade.

»Mach mal Platz.« Rex schob Dane zur Seite und streckte Lacy die Hand hin. »Ich bin Rex, Danes Bruder. Du musst Lacy sein.«

Lacy errötete. »Ja. Hi.« Ihr überraschter Blick flog zu Dane. »Er hat von mir gesprochen?«

Rex lachte. »Oh, kann sein, dass er dich ein-, zweimal erwähnt hat.« Er grinste Dane spitzbübisch an. »Freut mich, dich kennenzulernen, Lacy. Kein Wunder, dass Dane während der Trauung so abgelenkt war. Nun ja …« Rex seufzte dramatisch auf. »Viel Spaß noch, Kinder. Und jetzt entschuldigt mich bitte. Ich muss zu meiner Freundin.«

»Idiot«, raunte Dane, während Rex ihn gutmütig in die Seite knuffte. Der Raum leerte sich schnell. Die Gäste strebten hinaus zu den Tischen.

»Es ist schön, dass du da bist«, sagte Dane.

»Ich freue mich unheimlich, hier zu sein.« Lacy lächelte. »Dein Bruder ist nett.«

»Ja, das ist er.« Plötzlich hatte Dane ein Bild von Lacy in Nassau im Kopf. Dort hatte sie einen knappen Bikini getragen. Er schluckte und schob die Erinnerung weg, damit sie nicht dieselbe Wirkung auf ihn hatte wie in den Nächten vor dem Wiedersehen mit dieser betörenden Frau.

»Reservierst du den ersten Tanz für mich?« Seine Vorfreude auf diesen Tag war riesig gewesen, aber dass er so nervös war, überraschte ihn fast ebenso sehr wie sein überwältigender Wunsch, Lacy auf der Stelle zu küssen. Er stand so dicht bei ihr, dass er nur den Kopf senken und die Lippen auf ihre legen musste. Dann könnte er die Hände in ihrem Haar vergraben und sie an sich ziehen.

»Sehr gern«, antwortete sie. Er hatte fast vergessen, dass er ihr eine Frage gestellt hatte.

»Dane.«

Die Stimme seines Vaters holte ihn von seiner Wolke.

Hal Braden trat zu ihnen. Er war ein paar Zentimeter größer als Dane und genauso braun gebrannt wie er. Feine Falten zogen sich um Hals Augen und Lippen, zwischen seine Brauen hatte sich ein tiefes V gegraben. »Tut mir leid, wenn ich störe.« Er streckte Lacy die Hand hin. »Hal Braden, Danes Vater.«

Lacy schüttelte ihm die Hand. »Ich bin Lacy.«

»Dad, das ist Lacy Snow.« Dane sah, wie der ernste Blick seines Vaters wärmer wurde.

»Lacy Snow? Mit Blakes Frau Danica verwandt?«

»Ja. Ich bin ihre Halb… ihre jüngste Schwester.« Wieder spürte Lacy, wie sich ihre Wangen röteten.

Dane hätte am liebsten den Arm um sie gelegt und sie schützend an sich gezogen. Er hörte die Nervosität in ihrer Stimme.

Hal nickte. »Als Danicas Schwester gehörst du automatisch zum Kreis unserer Freunde. Ich freue mich, dich kennenzulernen. Die fangen da draußen schon mit den Fotos an. Lasst uns bitte nicht warten.«

»Wir sind gleich da, Dad.« Danes Herz füllte sich mit Stolz auf seinen Vater. Sie hatten schon immer ein gutes Verhältnis gehabt. Aber jetzt, mit sechsunddreißig Jahren, fing Dane an, seinen Vater noch einmal mit anderen Augen zu sehen. Als Dane neun gewesen war, war seine Mutter gestorben. Sein

Vater hatte ihn, seine vier Brüder und seine Schwester allein aufgezogen, und bis zum heutigen Tag war die tiefe Liebe zu seiner Frau jedes Mal spürbar, wenn er von ihr sprach. Ans Heiraten hatte Dane bis vor Kurzem nie gedacht. Doch in letzter Zeit fragte er sich öfter, ob – nein, er hoffte, dass er eines Tages so lieben konnte, wie seine Eltern es getan hatten. Eine so tiefe Verbindung wollte auch er erleben.

»Ich glaube, du musst zum Fotografen.« Lacy wusste nicht, wohin mit ihren Händen.

Gott, sie ist süß, wenn sie so nervös ist. Dane fragte sich, ob sie merkte, dass er ebenso aufgeregt war. Eigentlich wollte er nicht von ihr weg. Aber je schneller die Bilder im Kasten waren, desto eher konnte er wieder mit ihr zusammen sein. »Ja, ich hoffe, es dauert nicht zu lange. Du denkst an unseren Tanz, okay?«

»Ich freue mich schon darauf.«

Ende des Auszugs

Wenn Ihnen die Vorschau gefallen hat, bestellen Sie *Wogen der Liebe* gleich bei Ihrem Online-Buchhändler!

Danksagung

Wie immer möchte ich auch diesmal all den Leuten danken, die mich beim Schreiben begleiten und mir immer wieder hilfreich zur Seite stehen. Ein großes Dankeschön geht an meine Leserinnen für ihre E-Mails und Nachrichten in den sozialen Medien, in denen sie mich ermuntern, ihnen noch mehr und noch schneller von den Braden-Geschwistern zu erzählen. Sie inspirieren mich jeden Tag aufs Neue und ich weiß Ihr Interesse sehr zu schätzen. Wenn ich weiß, dass Sie warten, schreibe ich tatsächlich schneller.

Eine ganz besonders dicke virtuelle Umarmung haben Bonnie Trachtenberg und Kristen Weber verdient, die mir so viel über New York erzählt haben. Danke für eure Engelsgeduld und für eure Zeit und Energie.

Herzlich danken möchte ich auch den Bloggerinnen, Leserinnen, Autorinnen und Freundinnen, die mich immer wieder auf die unterschiedlichste Weise anspornen. Danke, dass ihr an mich glaubt. Ich danke meinen Freundinnen Kathie, Stacy, Amy, Bonnie, Wendy, Christine, Gerria, Kian, Clare, Amy, Emerald, Tasha, Marlene und Juliette und natürlich meiner Mutter. Danke, dass ihr in guten wie in schlechten Zeiten für mich da seid.

Ohne mein Lektoratsteam würden meine Charaktere in einem heillosen Durcheinander an Rechtschreibfehlern versinken. Diesen Frauen gebührt daher besonderer Dank: Kristen Weber, Penina Lopez, Jenna Bagnini, Juliette Hill und

Marlene Engel.

Les und meinen jüngsten Söhnen danke ich dafür, dass sie meine größten und geduldigsten Fans sind. Ich liebe euch.

Abonnieren Sie Melissas Newsletter, um über Neuerscheinungen informiert zu werden:
www.MelissaFoster.com/Newsletter_German

Love in Bloom – Herzen im Aufbruch

Für noch mehr Vergnügen lesen Sie die Bücher der Reihe nach.
Sie werden in jedem Band bekannte Figuren wiederfinden!

Bisher erschienen in deutscher Sprache:

Die Snow-Schwestern

Schwestern im Aufbruch
Schwestern im Glück
Schwestern in Weiß

Die Bradens (Weston, Colorado)

Im Herzen eins – neu erzählt
Für die Liebe bestimmt
Freundschaft in Flammen
Wogen der Liebe
Liebe voller Abenteuer
Verspielte Herzen
Ein Fest für die Liebe (Hochzeits-Geschichte)
Nachwuchs für die Liebe (Savannahs & Jacks Baby)
Happy End für die Liebe (Hochzeits-Geschichte)
Weihnachten mit den Bradens (Kurzgeschichte)

Die Bradens (Trusty, Colorado)

Bei Heimkehr Liebe
Bei Ankunft Liebe
Im Zweifel Liebe
Bei Rückkehr Liebe

Trotz allem Liebe
Bei Aufprall Liebe

Die Bradens (Peaceful Harbor)

Geheilte Herzen
Voller Einsatz für die Liebe
Liebe gegen den Strom
Vereinte Herzen
Melodie der Liebe
Sieg für die Liebe
Endlich Liebe – ein Braden-Flirt

Die Remingtons

Spiel der Herzen
Im Dschungel der Liebe
Herzen in Flammen
Herzen im Schnee
Liebe zwischen den Zeilen
Von der Liebe berührt

Die Bradens & Montgomerys
(Pleasant Hill – Oak Falls)

Von der Liebe umarmt
Alles für die Liebe
Pfade der Liebe
Wilde Herzen
Schenk mir dein Herz
Der Liebe auf der Spur
Verrückt nach Liebe

Liebe süß und sündig
Und dann kam die Liebe

…

Die Whiskeys: Dark Knights aus Peaceful Harbor

Tru Blue – Im Herzen stark
Truly, Madly, Whiskey – Für immer und ganz
Driving Whiskey Wild – Herz über Kopf
Wicked Whiskey Love – Ganz und gar Liebe
Mad About Moon – Verrückt nach dir
Taming My Whiskey – Im Herzen wild
The Gritty Truth – Kein Blick zurück
In For A Penny – Süßes Glück
Running on Diesel – Harte Zeiten für die Liebe

…

Seaside Summers

Träume in Seaside
Herzen in Seaside
Hoffnung in Seaside
Geheimnisse in Seaside

…

Entdecken Sie Melissa Fosters Bücher auch auf:
www.MelissaFoster.com/Herzen-im-Aufbruch